HEYNE BÜCHER

W0418718

SCIENCE FICTION

STAR TREK – Die neue Grenze:

Peter David: *Captain Calhoun* · 06/6551
Peter David: *U.S.S. Excalibur* · 06/6552
Peter David: *Märtyrer* · 06/6553 (in Vorb.)

Ein Verzeichnis aller weiteren im HEYNE VERLAG erschienenen STAR TREK-Romane finden Sie am Schluß des Bandes.

STAR TREK®

DIE NEUE GRENZE

PETER DAVID

U.S.S. EXCALIBUR

Zwei Romane

Star Trek
Die neue Grenze
Band 2

Deutsche Erstausgabe

WILHELM HEYNE VERLAG
MÜNCHEN

HEYNE SCIENCE FICTION & FANTASY
Band 06/6552

Titel der amerikanischen Originalausgaben
STAR TREK – NEW FRONTIER 3: THE TWO-FRONT WAR
STAR TREK – NEW FRONTIER 4: END GAME
Deutsche Übersetzung von Bernhard Kempen

Umwelthinweis:
Dieses Buch wurde auf
chlor- und säurefreiem Papier gedruckt

2. Auflage

Redaktion: Rainer-Michael Rahn

Erstausgabe by Pocket Bocks / Simon & Schuster Inc., New York

http://www.heyne.de
Printed in Germany 2001
Umschlagbild: Pocket Books / Simon & Schuster, New York
Umschlaggestaltung: Nele Schütz Design, München
Technische Betreuung: M. Spinola
Satz: Schaber Satz- und Datentechnik, Wels
Druck und Bindung: Ebner Ulm

ISBN 3-453-17936-6

STAR TREK

DIE NEUE GRENZE

DER ZWEIFRONTEN-KRIEG

MACKENZIE

Logbuch des Captains, Sternzeit 50926.1.

Die Excalibur *hat sich darum bemüht, dem gestrandeten Raumschiff* Cambon *und seinen vier Dutzend Passagieren, die sich gegenwärtig in unserer Krankenstation befinden, humanitäre Hilfe zu leisten. Doch nun werden wir plötzlich mit einem unbekannten Raumschiff konfrontiert, das das Feuer auf uns eröffnet hat.*

Logbuch des Ersten Offiziers, Sternzeit 50926.1.

Unser Versuch, ein beschädigtes Privatraumschiff namens Cambon *zu reparieren, das Flüchtlinge aus dem zusammengebrochenen Thallonianischen Imperium transportiert hat, wurde durch das Auftauchen eines unbekannten Schiffs unterbrochen, das feindselig auf unser unbefugtes Eindringen – wie es offensichtlich an Bord wahrgenommen wird – reagiert. Ich hoffe, daß Captain Calhoun in der Lage ist, die Angelegenheit auf ruhige und vernünftige Weise zu lösen.*

1.

»Ich würde diese Schweinehunde gerne aus dem Weltraum pusten!«

Die *Excalibur* wurde soeben von der ersten Salve des schwarz-silbrigen Raumschiffs erschüttert, das einhunderttausend Kilometer entfernt backbord lag. Die Plasmastrahlkanonen hatten ihre Energien in die Schilde des Starfleet-Schiffes geschleudert. Der Zweck dieser speziellen Plasmaphaser bestand nicht unmittelbar darin, die Schilde zu durchschlagen, sondern sie sollten vielmehr die Wellenstruktur der Schilde ermitteln und sich allmählich hindurcharbeiten. Schon der erste Treffer hatte den primären Schilden schwer zugesetzt und ließ die *Excalibur* heftig vibrieren.

Obwohl das Schiff diesem würdelosen und nicht provozierten Angriff ausgesetzt war, entlockten Captain Calhouns wütende Worte Commander Shelby ein entsetztes Keuchen. »Captain …!«

»Ersparen Sie sich die Entrüstung, Commander. Ich habe nicht gesagt, daß ich es tun *werde* … sondern nur, daß ich es gerne tun *würde*. Aber der Tag ist noch jung.« Damit erhob sich Calhoun aus seinem Sessel und blickte tatkräftig und zuversichtlich um sich. »Lefler, Schadensbericht!«

»Die primären Schilde sind beeinträchtigt«, meldete Robin Lefler von ihrer Funktionsstation. »Keine strukturellen Schäden. Vordere Schilde bei achtzig Prozent, aber sie halten.«

»McHenry …« begann Calhoun.

Zu seiner Überraschung antwortete der gewöhnlich sehr entspannte Navigator wie aus der Pistole geschossen: »Ich habe das Schiff gewendet, um die beschädigten Schilde zu schützen, Captain. Ich leite ein Ausweichmanöver ein.« Er fing Leflers Seitenblick aus dem Augenwinkel auf und drehte sich zum Captain um. »War ich vielleicht zu voreilig?«

»Ja, aber diesmal will ich es durchgehen lassen«, erwiderte Calhoun, der genau diese Befehle hatte geben wollen. »Mister Boyajian, haben Sie das Schiff schon gerufen?«

»Noch nicht, Captain«, sagte der große, schwarzhaarige taktische Spezialist, der Zak Kebrons Posten übernommen hatte, während sich der Sicherheitsoffizier nicht an Bord befand.

Calhoun sprach schnell und energisch, aber ohne jede Nervosität, so daß es den Eindruck erweckte, als fühlte er sich durch die gegenwärtige Situation überhaupt nicht bedroht. Ob dem wirklich so war, ließ sich für einen Außenstehenden unmöglich feststellen. »Versuchen Sie es weiter, aber halten Sie gleichzeitig Ausschau nach ihren Schwachpunkten und ermitteln Sie die Zielkoordinaten.«

»Ich versuche es, Captain. Aber es ist nicht einfach, durch ihre Schilde zu scannen.«

»Tun Sie Ihr Bestes.« Er wandte sich an die wissenschaftliche Station. »Lieutenant Soleta, gibt es irgendeinen Hinweis auf die Herkunft des Schiffes?«

»Obwohl es eine flüchtige Ähnlichkeit mit den Typen aufweist, die von den Kreel benutzt werden, ist es kein Schiff dieses Volks«, sagte sie, während sie ihre Sensorenanzeigen verfolgte. »Es wird einige Zeit dauern, eine komplette Analyse zu erstellen.«

»Gut, Sie haben zwanzig Sekunden.«

»Wenn ich gewußt hätte, daß es nicht eilt, Captain ...«

»Sie fliegen ein neues Angriffsmanöver«, warnte Shelby.

»Sie feuern wieder!« rief Boyajian.

Zwei Plasmastrahlen rasten auf die *Excalibur* zu. Mark McHenrys Augen schienen mit an Wahnsinn grenzender Schadenfreude zu glänzen, als seine Finger so schnell über die Kontrollen flogen, daß Lefler, die keine drei Meter entfernt saß, sie nur noch schemenhaft erkennen konnte.

Der doppelte Strahl zielte genau auf die Vorderseite des Diskussegments und wäre im nächsten Moment eingeschlagen, wenn die *Excalibur* nicht plötzlich – mit einem eleganten Manöver – eine Fünfundvierzig-Grad-Drehung um die Längsachse vollführt hätte. Begriffe wie »oben« und »unten« oder »auf der Seite« besaßen in der Tiefe des Weltraums, wo keine Planeten oder anderen Körper als Bezugssystem vorhanden waren, keine Bedeutung. Trotzdem ließ es sich nur so beschreiben, daß die *Excalibur* plötzlich »auf der Seite« lag, als die Plasmaladungen seitlich an ihr vorbeischossen und sie verfehlten.

»Ausgezeichnet!« rief Shelby. Sie war McHenrys schärfster Kritiker oder sogar sein größter Gegner gewesen, als sie erstmals beobachtet hatte, wie er scheinbar unkonzentriert und teilnahmslos an seinem Posten saß. Doch in einer Krise war McHenry stets voll bei der Sache.

Seine Reaktion auf Shelbys spontanes Lob bestand darin, daß er sich zu ihr umdrehte und sie angrinste.

Soleta, die überhaupt nicht auf McHenrys Manöver zu reagieren schien, blickte von ihrer wissenschaftlichen Station auf. »Captain, ich glaube, daß dieser Bukkel in der Hecksektion ein wesentliches Element ihres Antriebssystems darstellt ... eine Art konzentrierte Ionenkammer.«

»Mister Boyajian, erfassen Sie dieses Ziel und programmieren Sie die Phaser auf einen drei Sekunden dauernden Schuß mit voller Stärke. Dann stellen Sie eine Verbindung zum anderen Schiff her.«

»Verstanden, Captain, aber ich kann nicht versprechen, daß man Ihnen zuhört.«

»Das Risiko gehe ich ein. Ach ja, und wenn ich bei fünf bin, eröffnen Sie das Feuer.«

»Die Verbindung steht«, sagte Boyajian, »aber was meinen Sie mit ...?«

Calhoun ließ ihm keine Zeit, seine Frage zu vervollständigen. Statt dessen sagte er ruhig und sachlich: »An das fremde Schiff. Hier spricht Captain Calhoun vom Föderationsraumschiff *Excalibur*. Ihr Angriff ist ohne jede vorausgegangene Provokation erfolgt. Ich gebe Ihnen Zeit, den Angriff abzubrechen, bis ich bis fünf gezählt habe. Ansonsten werden wir das Feuer erwidern.«

Boyajians Finger lagen auf dem Auslöser für die Phaser.

Calhoun verlor keine Zeit und begann zu zählen: »Eins ... zwei ... *fünf*.«

Boyajian feuerte den Phaser instinktiv ab, als er das Stichwort hörte. Er handelte so automatisch, daß die Phaser bereits ausgelöst waren, als er bemerkte, daß die Zahlenreihe gar nicht vollständig gewesen war.

Die Phaser entluden ihre Energie in den Weltraum und trafen das fremde Schiff genau an der Stelle, die Soleta vorgeschlagen hatte. Der Angreifer geriet heftig ins Trudeln, während die Phaserstrahlen von den Schilden absorbiert wurden.

»Direkter Treffer«, meldete Boyajian. »Die Schilde halten, aber ihr Optimismus dürfte einen Dämpfer bekommen haben.«

»Ich habe nicht damit gerechnet, daß wir ihnen Schaden zufügen«, sagte Calhoun. »Nicht durch einen Beschuß von nur drei Sekunden Dauer.«

»Ein Warnschuß«, erkannte Shelby. »Um ihnen zu verdeutlichen, daß wir einen Schwachpunkt ins Visier genommen haben.«

Calhoun nickte. Dann sagte Boyajian: »Wir empfangen einen Ruf, Captain.«

»Gut. Sie sollen noch ein wenig schwitzen, bis wir antworten.«

Shelby wandte sich mit leiser Stimme an Calhoun, um ihren vorgesetzten Offizier nicht vor der versammelten Brückenmannschaft zu brüskieren. »Wenn Sie das Schiff warnen wollten, hätten Sie mit halber Energie feuern können. Oder Sie hätten nicht genau darauf zielen müssen.«

»Commander, wenn ich mit Pfeil und Bogen bewaffnet bin, schieße ich keinen stumpfen Pfeil ins Gebüsch neben meinem Gegner, um meiner Verärgerung Ausdruck zu verleihen. Ich schieße ihm einen echten Pfeil ins Bein. Das verstehe ich unter einem Warnschuß.«

»Sie sind der Gandhi der Weltraumfahrt, Captain.«

Er lächelte und sagte dann: »Stellen Sie mich jetzt durch, Boyajian.«

»Sie sind auf Sendung, Captain.«

»Hier spricht Captain Calhoun von der *Excalibur*«, sagte er. »Identifizieren Sie sich und stellen Sie weitere feindselige Aktionen ein. Andernfalls kann ich Ihnen versprechen, daß Sie diese Konfrontation nicht mit heiler Haut überstehen werden.«

Der Bildschirm flimmerte eine Weile, und dann wurde der Kommandant (falls es sich um diesen handelte) des gegnerischen Schiffes sichtbar.

Obwohl eine geschlechtliche Unterscheidung bei einem Erstkontakt immer etwas problematisch war, wirkte Calhouns Kontrahent eindeutig weiblich. Nach irdischen Begriffen ließ sich die Frau sogar als engelhafte Schönheit beschreiben. Sie war unbehaart, hatte goldene Haut und eine Stirn, die leicht vorgewölbt war, obwohl das ihrer Attraktivität erstaunlicherweise keinen Abbruch tat. Es war schwierig, ihre Augenfarbe einzuordnen, doch wenn sie den Kopf neigte, schienen die Augen in einem beinahe purpurnen Schimmer zu erstrahlen. Als sie sprach, hatte ihre Stimme ein nahezu musikalisches Vibrato.

»Ich bin Laheera von Nelkar«, erwiderte sie. »Möchten Sie die Bedingungen Ihrer Kapitulation verhandeln?«

»Kapitulation?« Calhoun warf Shelby einen skeptischen Blick zu, als wollte er sagen: *Hast du das gehört?* Dann wandte er sich wieder an Laheera. »Sie erwarten von mir, einem Starfleet-Captain, daß ich auf der Jungfernfahrt unseres neuen Schiffs vor dem ersten Gegner kapituliere, der sich mir in den Weg stellt? Entschuldigen Sie, aber das ist ganz und gar nicht mein Stil.«

»Aber es ist Ihr Stil, an Orten herumzuspionieren, wo Sie nichts zu suchen haben, wie? Wir kennen Typen wie Sie, Calhoun«, sagte Laheera. Selbst wenn sie verärgert war, klang ihre Stimme noch sympathisch. »Früher herrschte Ordnung in unserem Sektor, doch nun lockt er scharenweise Plünderer und Piraten an. Die jede Gelegenheit ausnutzen, unseren Besitz zu verwüsten und unsere Hilflosigkeit auszunutzen. Aber wir wissen uns zu schützen.«

»Das weiß ich zu schätzen«, erwiderte Calhoun. »Aber Sie machen sich ein falsches Bild von uns. Wir sind nur hier, um zu helfen.«

»Woher sollen wir das wissen? Direkt neben Ihnen liegt ein leeres und beschädigtes Transportschiff. Woher sollen wir wissen, daß Sie es nicht gerade nach allen Regeln der Kunst geplündert haben?«

»Die Besatzung des Transportschiffs befindet sich an Bord der *Excalibur*. Wir haben den Leuten geholfen. Wenn Sie wünschen, können Sie mit dem Captain des Schiffs und einer Delegation seiner Besatzung sprechen.«

Laheera blickte zur Seite und murmelte etwas. Offenbar beriet sie sich mit jemandem, der sich außerhalb des Bildes befand. Dann sagte sie zu Calhoun: »Das ist ein akzeptables Angebot.«

»Geben Sie uns fünf Minuten. Calhoun Ende.« Er wartete nicht einmal ab, bis sich der Bildschirm ausgeschaltet hatte, sondern sagte unmittelbar darauf: »Brücke an Krankenstation.«

»Hier Krankenstation, Dr. Selar«, kam die knappe Antwort.

»Doktor, ich möchte, daß Sie unverzüglich mit Captain Hufmin und einigen Passagieren von der *Cambon* raufkommen. Eine Handvoll Leute, die einigermaßen bei Gesundheit sind und im Namen aller sprechen können. Und beeilen Sie sich.«

»Genügen drei Minuten?«

»Besser wären zwei. Calhoun Ende.« Dann drehte er sich zu Boyajian um und fragte: »Können Sie eine Verbindung zur *Marquand* herstellen?«

»Ja, Captain.«

»Gut. Ich möchte mit Si Cwan sprechen. Ich will erfahren, was er über diese Nelkar-Leute weiß.«

Er blickte sich zu Shelby um und wußte genau, was sie dachte. Wenn er Si Cwan und Zak Kebron nicht mit dem Runabout losgeschickt hätte, um sich mit dem Raumschiff *Kayven Ryin* zu treffen, dann wäre der Thallonianer jetzt an Bord der *Excalibur* und könnte ihnen von großem Nutzen sein. Shelby war jedoch ein viel zu guter Offizier, um diese Überlegungen laut auszusprechen ... zumindest nicht, solange andere Besatzungsmitglieder in der Nähe waren. Also nickte sie unverbindlich und sagte nur: »Ein guter Plan, Captain.«

»Zoran, es wird langsamer!«

An Bord der *Kayven Ryin* hatte eine Gruppe von Thallonianern den Anflug der *Marquand* mit großem Interesse und süffisanter Begeisterung verfolgt. Vielleicht zum hundertsten Mal hatte Zoran seinen Disruptor überprüft und sich vergewissert, daß das Energiemagazin über volle Ladung verfügte. Doch als er den alarmierten Ausruf seines Kollegen Rojam hörte, riß sich Zoran von der Beschäftigung mit seiner Waffe los.

Rojam hatte recht. Die *Marquand*, die von der *Excalibur* gestartet war und das ahnungslose Objekt von Zorans brennendem Interesse an Bord hatte – nämlich Lord Si Cwan, den ehemaligen Prinzen des Thallonianischen Imperiums –, hatte sich mit hoher Geschwindigkeit der *Kayven Ryin* genähert.

»Sie ahnen etwas«, murmelte Rojam.

»Dann unternehmen Sie etwas«, erwiderte Zoran. »Wir müssen verhindern, daß Si Cwan in unsere unmittelbare Reichweite kommt, nur um uns anschließend wieder zu entwischen! Ich will seine Kehle zwischen meinen Händen haben, damit ich persönlich das Leben aus ihm herausquetschen kann!« Die anderen Thallonianer bestätigten seine Worte nickend, was keine Überraschung war. Wenn Zoran sprach, neigten die anderen dazu, ihm jederzeit beizupflichten.

Rojam schaltete die Kommunikationseinheit wieder ein und rief den anfliegenden Runabout. Er bemühte sich, nicht nervös, aufgeregt oder übereifrig zu klingen, obwohl ein wenig von allem völlig verständlich gewesen wäre. Schließlich hatten sie sich als verängstigte, gestrandete Passagiere eines beschädigten Forschungsraumschiffs vorgestellt. Ein gewisser Grad an Nervosität wäre durchaus im Einklang mit der Situation gewesen, die sie vortäuschten. »*Marquand*, gibt es ein Problem? Sie scheinen langsamer zu werden.« Er hielt kurz inne und fügte dann hinzu: »Wollen Sie uns etwa nicht helfen?«

Zunächst kam keine Antwort, und ein anderer Thallonianer, ein kleinerer und aggressiv wirkender Mann namens Jufim, flüsterte: »Zielen Sie auf das Schiff! Na los! Setzen Sie die externen Waffensysteme ein und zerfetzen Sie es in seine Atome! Beeilen Sie sich, bevor es zu spät ist!«

»Sie halten sich ein wenig außerhalb unserer Feuerreichweite auf«, stellte Zoran erzürnt fest. »Vermutlich könnten wir ihnen keinen Schaden zufügen, und sie könnten sich wieder aus dem Staub machen. Verdammt, ihre Instrumente würden ihnen vermutlich verraten, daß unsere Waffen auf sie ausgerichtet sind. Sie würden in den Warpraum springen und auf und davon sein, bevor wir auch nur einen einzigen Schuß abfeuern könnten.« Seine Stimme klang immer schärfer, bis er in drohendem Tonfall hinzufügte: »Rojam ...«

»Sie antworten nicht.«

»Das ist unerhört! Stellen Sie sofort eine Verbindung her!«

»Aber wenn sie nicht ant...«

Zorans gewaltige Hand packte Rojam im Genick, und dieser hatte das Gefühl, als sollte ihm der Kopf von den Schultern gerissen werden. »Die Vorsehung hat Si Cwan zu uns geführt«, knurrte Zoran, »und ich werde ihn auf keinen Fall entkommen lassen. Jetzt stellen Sie eine Verbindung her!«

Nie zuvor war Rojam stärker davon überzeugt gewesen, daß sein Ableben kurz bevorstand. Und dann, als wären seine stummen Gebete erhört worden, kam eine rauhe Stimme über die Lautsprecher. »Hier spricht Lieutenant Kebron von der *Marquand*. Gedulden Sie sich bitte, *Kayven Ryin*. Wir empfangen soeben eine Nachricht von unserem Mutterschiff. Kebron Ende.«

»Rufen Sie das Schiff noch einmal!« drängte Zoran.

»Das geht nicht. Die Verbindung ist tot.«

»Wenn sie uns entkommen«, sage Zoran unheilvoll, »wird diese Verbindung nicht das einzige sein, was tot ist.«

Si Cwan rieb sich nachdenklich das Kinn. »Die Nelkariten also?«

»Sie kennen sie?« antwortete Calhouns Stimme über die Subraumverbindung. »Sind sie vertrauenswürdig?«

»Heutzutage gibt es nicht mehr viele im Sektor 221-G, die ich als absolut vertrauenswürdig betrachten würde«, teilte Si Cwan ihm mit. »Im Verhältnis zu anderen waren die Nelkariten jedoch recht harmlos. Sie haben niemals Kriege begonnen und sich bereitwillig der thallonianischen Herrschaft untergeordnet. Allerdings ...«

»Allerdings?« drängte Calhoun, nachdem es schien, als wollte Si Cwan es bei diesem Wort belassen.

»Nun ... diese Leute lebten im großen und ganzen als Plünderer. Ihre Möglichkeiten waren recht begrenzt. Sie haben ihre Raumschiffe aus allem zusammengeflickt, was sie finden konnten, und dabei auch Technik eingesetzt, die sie nicht immer verstanden haben.«

Soletas Stimme war über die Verbindung zu hören, als sie bemerkte: »Das würde die etwas planlose Konstruktion ihres Schiffs erklären.«

»Beantwortet das Ihre Fragen, Captain?« erkundigte sich Si Cwan, der seine Ungeduld nicht völlig verbergen konnte. »Wenn damit alles geklärt ist, können wir ...«

»Bleiben Sie auf Position. Fliegen Sie die *Kayven Ryin* nicht an, bis wir uns zurückgemeldet haben.«

»Aber, Captain ...!«

»Ich möchte zuerst diese Angelegenheit klären, bevor Sie an Bord des anderen Schiffes gehen, und ich möchte jederzeit mit Ihnen in Verbindung treten können. Wenn das Kommunikationssystem der *Kayven Ryin* gestört wird, sind Sie für mich nicht mehr erreichbar.«

»Captain ...« versuchte Si Cwan zu protestieren.

Aber Calhoun war nicht bereit, darauf einzugehen. Statt dessen fragte er: »Haben Sie meine Befehle verstanden, Lieutenant Kebron?«

»Ja, Captain«, antwortete Kebron ohne Zögern.

»*Excalibur* Ende.«

Si Cwan gab sich keine Mühe mehr, seine Wut zu verbergen, und sprang auf, wobei er mit den Fäusten gegen die Decke des Runabouts schlug. Kebron beobachtete ihn gelassen. »Was bezwecken Sie damit?«

»Ich lebe meine Wut aus, das sehen Sie doch!« erwiderte Si Cwan. Dann ging er wie ein gefangener Tiger im Innern des Shuttles auf und ab. »Sind Sie niemals so richtig wütend?«

»Ich versuche es zu vermeiden«, sagte Kebron gleichmütig. »Wenn ich die Kontrolle verlieren, gehen für gewöhnlich viele Dinge zu Bruch.«

»Dinge! Was für Dinge?« fragte Si Cwan ohne besonderes Interesse.

»Ach ... Arme ... Beine ... Köpfe ...«

Captain Hufmin vom beschädigten Raumschiff *Cambon* sowie zwei der Flüchtlinge – ein Ehepaar namens Boretskee und Cary, die sozusagen die inoffizielle Vertretung übernommen hatten – saßen zusammen mit Calhoun und Shelby im Konferenzraum. Auf dem Bildschirm war Laheera von Nelkar zu sehen, und für Calhoun bestand kein Zweifel daran, daß Hufmin und seine Begleiter von ihr fasziniert waren.

»Sie verstehen, daß uns nur am Wohlergehen Ihrer Passagiere gelegen ist«, sagte Laheera mit ihrer wunderbar melodischen Stimme zu Calhoun. »Doch wir sollten eine einfache Tatsache nicht aus den Augen verlieren: Dieser Weltraumsektor gehört uns. Sie sind hier lediglich Besucher. Es liegt in unserem Interesse, wachsam zu bleiben. Heutzutage erkennt man nicht mehr auf den ersten Blick, wem man vertrauen kann.«

»Verstanden«, sagte Calhoun sachlich.

»Captain Hufmin – ich biete Ihnen und Ihrer ... *Fracht* ...« Sie schien sich über diesen Ausdruck zu amüsieren. »… Zuflucht auf Nelkar an. Wir heißen Sie mit offenen Armen willkommen.«

Boretskee und Cary blickten sich mit aufrichtiger Freude und Erleichterung an. »Wir nehmen Ihr Angebot an«, sagten sie.

»Ausgezeichnet. Ich werde meine Heimatwelt sofort informieren.« Der Bildschirm flimmerte, und im nächsten Augenblick war ihr Gesicht verschwunden.

»Einen Moment mal«, sagte Shelby. »Sind Sie völlig sicher, daß Sie wissen, was Sie tun?«

»Commander, wir sind keine Pioniere«, erwiderte Cary. »Wir sind keine unerschrockenen Abenteurer wie Sie. Wir wollen nur überleben, das ist alles. Ob wir auf ihrem Planeten oder irgendwo außerhalb des Thallonianischen Imperiums überleben, macht für uns überhaupt keinen Unterschied.«

»Wie lautete dieses alte irdische Sprichwort? In der Not frißt der Teufel Fliegen, nicht wahr?« warf Hufmin ein.

»Ja, aber es gibt auch ein anderes: Wenn man dem Teufel den kleinen Finger gibt, nimmt er die ganze Hand«, sagte Calhoun.

Boretskee runzelte die Stirn. »Ich finde es nicht korrekt, wenn wir oder unsere Wohltäter als Teufel bezeichnet werden!«

»So war das auch nicht gemeint, sondern …«

Cary unterbrach ihn. »Wir sind Ihnen sehr dankbar für alles, was Sie für uns getan haben. Sie haben uns das Leben gerettet. Aus Dankbarkeit werden wir unsere nächste Generation von Kindern nach Ihnen benennen. Aber Ihnen sollte bewußt sein, Captain«, und Cary machte eine Handbewegung, als wollte er damit die gesamte Galaxis umfassen, »daß diese Umgebung, durch die Sie sich bewegen – der Weltraum –, für Sie etwas Vertrautes ist. Sie können hier leben. Aber ich, genauso wie Boretskee und die anderen in unserer

Gruppe ... wir sind keine Weltraumfahrer. Dieses Vakuum ... es erdrückt uns. Es macht uns Angst. Wir wären hier beinahe gestorben. Wenn die Nelkariten uns sicheres Geleit und ein Leben auf Ihrer Welt anbieten, dann werden wir dieses Angebot dankbar annehmen.«

Hufmin blickte Shelby und Calhoun an und zuckte unverbindlich die Schultern. »Ich bin hier nur ein Dienstleister. Sie sind die Passagiere. Ich bin nur daran interessiert, daß die Sicherheit meines Schiffs nicht gefährdet wird, doch ansonsten fühle ich mich verpflichtet, sie dorthin zu bringen, wohin sie gebracht werden möchten.«

»Das mag sein. Auf mich trifft das nicht zu«, sagte Calhoun.

Sie blickten ihn mit leichtem Entsetzen an. »Captain ... das können Sie nicht tun!« protestierte Boretskee.

»Ich muß das tun, was ich für richtig halte. Und ich halte es für nicht richtig, Sie in eine potentielle Gefahrensituation zu entlassen ...«

»Wir befinden uns bereits in einer potentiellen Gefahrensituation«, gab Cary zu bedenken. »Wir befinden uns irgendwo im Weltraum. Das ist schon gefährlich genug, was uns betrifft. Diese Situation hätte uns bereits einmal fast getötet. Wir wollen nicht abwarten, bis es ein zweites Mal dazu kommt.«

»Bei allem Respekt, Captain, aber es sollte nicht Ihre Aufgabe sein, solche Entscheidungen zu treffen«, sagte Boretskee.

»Bei allem Respekt ... aber genau das ist meine Aufgabe«, erwiderte Calhoun. Er stand auf und kehrte ihnen den Rücken zu, hinter dem er die Hände verschränkte. »Ich werde Sie wissen lassen, wie meine Entscheidung ausfällt. Das wäre dann alles.«

»Einen Moment! Ich denke ...«

»Ich denke, daß der Captain soeben dieses Gespräch beendet hat«, unterbrach Shelby ihn ruhig. »Wir haben vorläufige Quartiere für Sie und die übrigen Passagiere eingerichtet. Vielleicht sollten Sie jetzt die Zeit nutzen, um mit den anderen die bestehenden Möglichkeiten durchzudiskutieren ... nur für den Fall, daß Sie sich vielleicht nicht in allen Punkten einig sind.«

»Anscheinend ist es ohnehin irrelevant, wie wir uns entscheiden«, sagte Boretskee herausfordernd. Er hatte die Hände zu Fäusten geballt, und wie es schien, war er gereizt und wartete nur darauf, daß Calhoun auf aggressive Weise reagierte. Als Calhoun sich nicht einmal umdrehte, fügte Boretskee wütend hinzu: »Oder sind Sie anderer Ansicht, Captain?«

Jetzt wandte Calhoun ihm den Blick zu, und seine violetten Augen waren so mitfühlend wie ein Schwarzes Loch. »Nein, ich stimme Ihrer Einschätzung zu.« Mit jedem Wort schien die Luft kälter zu werden.

Boretskee schien gewillt, keinen Zentimeter nachzugeben, doch Cary unterband jede weitere Eskalation, indem sie an seinem Arm zerrte. Er ließ sich widerstandslos von ihr nach draußen führen. Captain Hufmin blieb kurz vor der Tür noch einmal stehen und sagte: »Hören Sie, Captain ... es ist mir völlig egal, wie Sie entscheiden. Ich verdiene ohnehin fast nichts an dieser Aktion. Aber Sie sollten nicht vergessen, daß diese Leute nahezu alles verloren haben. Es wäre eine Schande, wenn sie jetzt auch noch ihren Stolz aufgeben müßten.«

Shelby wartete, bis Hufmin gegangen war und sich niemand mehr in Hörweite befand. »Sie wissen, daß die Entscheidung gar nicht in Ihrer Hand liegt«, sagte sie zu Calhoun.

Er hob eine Augenbraue. »Wie bitte?«

»Für einen solchen Fall gibt es eindeutige Vorschriften. Diese Leute wissen genau, was sie wollen. Für Sie gibt es keinen vernünftigen Grund, Ihnen diesen Wunsch zu verweigern.«

»Doch, den gibt es.«

»Und der wäre?«

»Mein Gefühl.«

Sie lehnte sich mit verschränkten Armen zurück. »Ihr Gefühl«, wiederholte sie skeptisch. »Seltsam. Ich kann mich nicht erinnern, daß dieses Kriterium irgendwo in den Vorschriften auftaucht.«

»Meine Nase sagt mir, daß diese Nelkariten nicht vertrauenswürdig sind.«

»Soso, zuerst ein Gefühl und nun ein Geruch. Sind Sie ein Starfleet-Captain oder ein Weinprüfer?«

Sie war völlig überrascht, als er unvermittelt mit der Faust auf den Konferenztisch schlug. Sie zuckte erschrocken zusammen, hatte sich aber sofort wieder unter Kontrolle. Calhoun war genauso schnell wieder die Ruhe in Person. »Wir haben es hier mit Feinheiten zu tun, Commander. Vorschriften sind nicht auf Feinheiten anwendbar. Sie wurden erlassen, um in grober Verallgemeinerung zahlreiche Situationen zu berücksichtigen. Aber nicht alle.«

»Trotzdem können Sie nicht in jeder individuellen Situation nach Ihrem Gefühl handeln. Und Sie sollten darauf verzichten, unkontrolliert Ihre Frustration auszuleben.«

»Ich bin nicht frustriert«, sagte Calhoun. »Ich weiß nur, was ich weiß. Und in diesem Fall weiß ich, daß die Nelkariten ein falsches Spiel treiben. Ich vertraue Laheera nicht.«

»Willst du dich deshalb als Diktator aufführen, Mac? Angesichts deiner Vergangenheit solltest du eigentlich nicht nach einer solchen Position streben.«

Er lächelte matt. »Du hast wohl auf alles eine Erwiderung.«

»Jahrelange Übung.« Sie schlenderte auf ihn zu und blieb etwa einen Meter entfernt stehen. »Hör mal, Mac ... grundsätzlich respektiere ich dein Gefühl, deine

Nase … deinen Instinkt. Aber wir müssen diese Dinge in geordnete Bahnen lenken. Wir sind hier draußen das einzige Starfleet-Schiff. Hier draußen herrschen Chaos und Auflösung. Wir müssen für bestimmte Werte eintreten und können nicht einfach hereinplatzen und nach eigenem Gutdünken handeln. Das wäre Bevormundung, verstehst du das nicht?«

»Doch, das verstehe ich sehr gut. Aber aus denselben Gründen darf ich nicht zulassen, daß diese Leute sich in eine gefährliche Situation begeben, obwohl ich etwas dagegen unternehmen kann.«

Sie schwieg für längere Zeit. »Du meinst, genauso wie es mit dem Captain der *Grissom* war?«

Calhoun seufzte schwer. »Eppy … du weißt, daß ich dich bewundere. Daß ich dich respektiere. Daß ich immer noch etwas empfinde, auch wenn ich es nur ungern zugebe … obwohl es natürlich nichts Romantisches ist. Auf gar keinen Fall …!«

»Natürlich nicht«, pflichtete sie ihm hastig bei.

»Aber wenn du noch einmal das Thema *Grissom* ansprichst, könnte ich gewalttätig werden.«

»Ach! Versuch's nur, und ich werde dir einen Tritt in den Hintern verpassen … Captain!«

Er lachte. »Ich wette, genau das würdest du tun.« Dann wurde er wieder ernst. »Also gut, Commander. Aber in diesem Fall machen wir es auf meine Weise.«

»Und die wäre?«

Statt einer Antwort schaltete er die Kommunikationseinheit ein. »Brücke … öffnen Sie eine Frequenz zum Nelkar-Schiff. Stellen Sie die Verbindung zu mir durch.«

Nach wenigen Augenblicken lächelte Laheera sie auf ihre engelhafte Art an. »Ich grüße Sie«, sagte die Frau. »Sind Sie bereit, Ihre Schützlinge auf unser Schiff zu beamen?«

»Nun …« begann Calhoun. »Ich hatte eigentlich entschieden, sie selbst ans Ziel zu befördern, wenn es Ihnen nichts ausmacht.«

Shelbys Blick wanderte von Calhoun zu Laheera, um einen Hinweis darauf zu erhalten, was diese Frau bewegte. Doch falls Laheera Probleme mit Calhouns Ansinnen hatte, ließ sie es sich nicht anmerken. »Das ist völlig akzeptabel. Ich werde Ihnen die Koordinaten unserer Heimatwelt übermitteln. Laheera Ende.«

Als ihr Bild verblaßt war, fragte Shelby: »Was ist mit der *Cambon*? Wir können sie doch nicht bei Warpgeschwindigkeit mitschleppen.«

»Wir lassen sie hier im Raum treiben, bis wir wieder Zeit haben, uns um sie zu kümmern«, sagte er nach kurzer Überlegung. »In Anbetracht ihres Zustandes müssen wir uns wohl kaum Sorgen wegen Plünderern machen.«

»Brücke an Captain Calhoun«, meldete sich McHenrys Stimme.

»Calhoun hier.«

»Captain, wir haben die Koordinaten von Nelkar erhalten.« Er machte eine kurze Pause. »Haben wir darum gebeten?«

»Ja, das haben wir. Mit Warp fünf wären wir wie lange unterwegs, Mister McHenry?«

»Mit Warp fünf? Zwei Stunden und zehn Minuten, Captain. Der Planet ist nicht allzuweit entfernt.«

»Wenn ich mir das Raumschiff der Nelkariten ansehe«, bemerkte Shelby, »das nicht gerade zu den fortgeschrittensten Typen gehört, kann ich nicht behaupten, daß mich das überrascht. Damit bleibt uns noch ein unerledigtes Problem.«

»Ja, dessen bin ich mir bewußt. McHenry, setzen Sie Kurs auf Nelkar, Warp fünf. Dann sagen Sie Mister Boyajian, daß er mich zur *Marquand* durchstellen soll. Unsere Leute sollen wissen, daß wir sie nicht im Stich lassen werden.«

»Sie haben die richtige Entscheidung getroffen, Captain«, sagte Shelby.

»Ich bin unendlich erleichtert, daß ich Ihre Zustimmung gewonnen habe, Commander.« Er grinste. »Mein einziges Problem ist nur ... Sie wissen, daß ich hinsichtlich der Nelkariten dieses unangenehme Gefühl habe.«

»Ja.«

»Nun ... allmählich stellt sich bei mir das gleiche Gefühl ein, wenn ich an das Rendezvous zwischen der *Marquand* und der *Kayven Ryin* denke. Ich hoffe, daß diese Aktion nicht ebenfalls ein großer Fehler ist.«

»Captain, wenn Sie ständig Ihre Entscheidungen hinterfragen, machen Sie sich irgendwann verrückt.«

»Und ich dachte, Sie wären seit dem Tag, als ich unsere Verlobung löste, davon überzeugt, daß ich verrückt geworden bin.«

Sie lachte verächtlich und sagte: »Captain ... ich mache Sie nur ungern darauf aufmerksam ... aber *ich* habe unsere Verlobung gelöst. Nicht Sie.« Als sie aus dem Konferenzraum marschierte, blickte Calhoun ihr mit amüsiertem Kopfschütteln nach. Doch dann verflüchtigte sich seine Belustigung, als die Realität wieder von ihm Besitz ergriff.

Die Situation gefiel ihm nicht. Ganz und gar nicht.

Seit vielen Jahren war er praktisch sein eigener Chef gewesen. Er hatte sich vor niemandem verantworten müssen, höchstens auf sehr indirekte Weise vor Admiral Nechayev. Er war keinen Regeln außer den elementaren gesellschaftlichen Konventionen unterworfen gewesen, und er hatte Entscheidungen getroffen, die er nur mit seinem eigenen Gewissen vereinbaren mußte. Er hatte ein äußerst freies Leben geführt.

Doch nun ... nun stellten sich ihm Vorschriften in den Weg, wohin er auch blickte. Es war nicht das erste Mal, daß er Rücksicht auf Vorschriften nehmen mußte ... aber damals war er selbst es gewesen, der diese Vorschriften machte. Als er noch ein Freiheitskämpfer auf seiner Heimatwelt Xenex gewesen war, hatten seine List und Gerissenheit ihm den Respekt und den Gehorsam seiner Anhänger eingebracht. Sie hatten ihm ohne Fragen oder Zögern gehorcht. Hätte er ihnen gesagt, daß sie sich in ihre Schwerter stürzen sollten, hätten sie es in der festen Überzeugung getan, daß es einen sinnvollen Grund dafür gab.

Hier war es ganz anders. Sicher, er war der Captain, und man gehorchte seinen Befehlen. Doch dieser Gehorsam war das Resultat einer langen Tradition, die diese Art von Gehorsam zu einer Notwendigkeit gemacht hatte. Man erwies seinem Rang Respekt, nicht ihm. Was ihn persönlich betraf, so spürte er genau, daß seine Besatzung – und insbesondere Shelby – über seine Befehle nachdachte, sie hinterfragte und kritisierte. Das ärgerte ihn, machte ihn wütend.

Dennoch …

Sollte er nicht eigentlich froh darüber sein? Sollte es ihn nicht glücklich machen, statt ihn zu beunruhigen? Schließlich hatte er in einer Umwelt gelebt, in der blinder Gehorsam völlig selbstverständlich erwartet wurde, in der Ungehorsam sofort bestraft wurde. Die Xenexianer hatten unter der Knechtschaft der Danteri gestanden, und in jener Zeit hatten die Danteri keine Gelegenheit ausgelassen, ihnen zu zeigen, wer das Sagen hatte. Sie hatten die Xenexianer ohne Zögern als ihren Besitz betrachtet, sie als Werkzeuge oder gar Spielzeuge benutzt, die sie nach Belieben ausbeuten oder wegwerfen konnten. Der junge M'k'n'zy von Calhoun hatte diese Dinge beobachtet, und sie hatten ihn mit kalter Wut erfüllt. Die Wut war immer größer geworden, bis sie zur offenen Rebellion explodiert war, und durch pure Willenskraft hatte er ein ganzes Volk mitgerissen.

Ja, er hatte aus erster Hand erlebt, welche Gefahren

es mit sich brachte, unbedingten Gehorsam zu verlangen. Gleichzeit war er frustriert, daß die gleichen Regeln, von denen er sich oftmals eingeengt fühlte, genau jene waren, die gewährleisteten, daß sein eigenes Volk das tat, was er von ihm verlangte. Und das genügte ihm nicht.

Zeit, versuchte eine Stimme in seinem Kopf ihn zu trösten. Diese Dinge brauchten Zeit. Er war schon immer zu ungeduldig gewesen, hatte schon immer gewollt, daß er seinen Willen ohne Verzögerung durchsetzen konnte. Diese Haltung war ihm in der Vergangenheit von großem Nutzen gewesen. Als die Ältesten seines Volkes ihm gesagt hatten, daß eines Tages in ferner Zukunft die Xenexianer frei sein würden, hatte sich der junge M'k'n'zy nicht damit zufriedengeben wollen. »Eines Tages« war zu abstrakt für ihn; er hatte mit diesem Begriff nichts anfangen können. Er hatte gewollt, daß dieser Tag jetzt anbrach. Er wollte selbst bestimmen, wann »eines Tages« sein würde.

Er lächelte über diese Absurditäten. Obwohl er schon soviel mitgemacht und erlebt hatte, steckte in ihm immer noch ein ungeduldiger junger Xenexianer, der nicht verstand, warum man manchmal abwarten mußte. Ein junger Xenexianer, der immer alles sofort erreichen wollte und der keinen Sinn für die »ferne Zukunft« hatte.

Er tippte auf seinen Kommunikator. »Calhoun an Shelby.«

»Shelby hier«, kam die prompte Antwort.

»Haben wir eine Verbindung mit Kebron und Si Cwan herstellen können?«

»Ja, Captain. Sie haben inzwischen mit der Besatzung der *Kayven Ryin* gesprochen. Obwohl sie sich in einer Notsituation befinden, droht ihnen keine unmittelbare Lebensgefahr. Sie melden, daß die Lebenserhaltungssysteme noch funktionsfähig sind. Kebron und

Cwan hatten die Absicht, an Bord der *Kayven Ryin* zu gehen und zu helfen, wo sie helfen können, bis die *Excalibur* dazustößt.«

»Einverstanden. Also auf nach Nelkar, mit optimaler Geschwindigkeit … auf mein Kommando.«

»Verstanden«, sagte sie. Nach einer kurzen Pause setzte sie hinzu: »Captain …?«

»Ja, Commander?«

»Wir warten auf Ihr Kommando.«

Er lächelte, obwohl niemand es sehen konnte. »Ja, ich weiß.« Er wartete noch einen Moment ab und sagte dann: »Jetzt.«

»Befehl ausgeführt, Captain.«

Es war ihm ein heimliches Vergnügen, sie auf seinen Befehl warten zu lassen. Auch wenn es vermutlich kindisch war. Eine alberne Machtdemonstration, aber er stellte fest, daß es ihm Spaß machte. Und er hatte in letzter Zeit nur wenig Spaß gehabt.

»Ach, noch etwas, Commander«, fügte er schließlich hinzu.

»Ja, Captain?«

»Nur zu Ihrer Information: *Ich* habe sie gelöst. Calhoun Ende.«

Auf der Brücke der *Excalibur* drehte sich Lefler mit ihrem Sitz herum und blickte Shelby verdutzt an. Sie bemerkte, daß Shelby still in sich hineinzulächeln schien. »Er hat ›sie gelöst‹, Commander?«

»Das behauptet er, Lieutenant«, erwiderte Shelby.

Darauf mischte sich Soleta von der wissenschaftlichen Station ein. »Benötigt er Hilfe, um sie wieder zu befestigen?«

Dann starrte sie Shelby verwirrt an, als die Frau sich nicht mehr zusammenreißen konnte und laut auflachen mußte.

SI CWAN

11.

Zoran glaubte, daß er es nicht mehr lange aushalten würde.

Es kam ihm so vor, als würde das Shuttle ihn absichtlich an der Nase herumführen, während es da draußen reglos abwartete, knapp außerhalb seiner Feuerreichweite.

Er hatte es immer wieder anfunken wollen, mit Nachrichten bombardieren wollen, daß sie sofort auf das Schiff kommen sollten, daß ihre Hilfe verzweifelt benötigt wurde, daß es viele Tote geben würde, wenn sie keine unverzüglichen Maßnahmen ergriffen. Doch Rojam hatte zur Vorsicht gemahnt. »Sie verfügen über gute Instrumente«, hatte er Zoran ins Gewissen geredet. »Wenn wir versuchen, sie auszutricksen, wenn wir behaupten, es würde unmittelbare Gefahr drohen, obwohl dies gar nicht der Fall ist, dann werden sie uns durchschauen.«

»Vielleicht sollten wir dieses Risiko einfach eingehen«, drängte Zoran.

»Ich rate davon ab«, entgegnete Rojam. »Was sollen wir sagen? Daß unsere Maschinen kurz vor der Explosion stehen? Daß unsere Lebenserhaltung versagen wird? Das wäre sehr unklug, weil sie mit ihren Bordsystemen mühelos feststellen können, daß wir lügen. Und wenn sie wissen, daß wir lügen, werden sie sich fragen, was wirklich vor sich geht. Und wenn sie das tun, haben wir ein großes Problem.«

»Verdammt!« knurrte Zoran und ging nervös auf

und ab. Seine langen und kräftigen Beine trugen ihn schnell von einem Ende des Raumes zum anderen, und seine blaue Rüstung knirschte, während er sich bewegte. Sein rotes Gesicht war dunkler als gewöhnlich, während er mit seiner Verzweiflung zurechtzukommen versuchte. »Si Cwan gehörte überhaupt nicht zum ursprünglichen Plan, doch wenn er einmal hier ist … ich verfluche ihn und alle anderen!«

»Flüche werden uns kein Stück weiterbr…« setzte Rojam an. Doch dann verstummte er, als ein blinkendes rotes Lämpchen auf der Kontrollkonsole seine Aufmerksamkeit erregte. »Wir empfangen einen Ruf von der *Marquand*«, sagte er.

»Das wurde auch Zeit!« schrie Zoran fast.

»Es wäre gut, wenn Sie sich beruhigen würden«, sagte Jufim verzweifelt. »Wenn wir eine Verbindung herstellen und Si Cwan Ihr Gebrüll hört, wird alles umsonst gewesen sein.«

Mit Mühe gelang es Zoran, sich einigermaßen zu beherrschen, während Rojam den Ruf beantwortete. »Wir haben uns bereits Sorgen gemacht, *Marquand*.«

»Wir mußten einige Dinge mit der *Excalibur* besprechen«, antwortete die tiefe Stimme, die zum Begleiter von Si Cwan gehörte, wie sie wußten. »Wie sieht Ihre gegenwärtige Notlage aus? Wie lange können Sie noch an Bord Ihres Schiffes überleben?«

Zoran gab Rojam durch eine Geste zu verstehen, daß er lügen sollte, doch Rojam war davon überzeugt, daß dieses Vorhaben nicht sehr erfolgversprechend war. Er glaubte daran, daß all die Gründe zutrafen, die er Zoran gegenüber erwähnt hatte.

Außerdem gab es einen weiteren wesentlichen Faktor: Wenn sich Si Cwan an Bord der *Marquand* befand, würden sämtliche Dämonen der Hölle ihn nicht dazu bringen können, seine Schwester im Stich zu lassen.

»*Lügen* Sie!« zischte Zoran mit leiser Stimme. »Sie werden *verschwinden*, wenn wir es nicht tun!« Und die Art und Weise, wie er seine Fäuste ballte, verriet Rojam eine äußerst beunruhigende Wahrheit: Wenn er die Frage von der *Marquand* den Tatsachen entsprechend beantwortete und das Shuttle daraufhin zum Mutterschiff zurückkehrte, würde Rojam die nächste Stunde mit großer Wahrscheinlichkeit nicht überleben. Nicht in Anbetracht der Stimmung, in der sich Zoran augenblicklich befand.

Dennoch war er überzeugt, daß er seinen Instinkten vertrauen sollte, und sagte deshalb: »Die Lebenserhaltung dürfte noch einige Zeit zuverlässig arbeiten. Unser Hauptproblem sind die Antriebssysteme. Unsere Energievorräte gehen allmählich zur Neige, so daß wir nicht unbegrenzt überleben können, aber vorläufig ist das Gefahrenpotential tolerabel.«

Es folgte ein längeres Schweigen, und Rojam glaubte hören zu können, wie sich seine Lebenserwartung rapide verkürzte. Doch dann antwortete die Stimme: »Hier spricht die *Marquand*. Mit Ihrer Erlaubnis würden wir gerne an Bord kommen und Ihnen helfen, soweit es uns möglich ist, bis die *Excalibur* zu uns stößt. Ist dieser Vorschlag akzeptabel für Sie?«

»Ja, wir haben keine Einwände«, sagte Rojam, während seine Erleichterung ihn zu überwältigen drohte. Gleichzeitig spürte er, wie Zoran hinter seinem Rücken anerkennend nickte.

»Wir hätten allerdings eine Bitte ...«

»Ja, *Marquand*?«

»Wenn Sie den Passagier namens Kallinda holen könnten ... ihr Bruder würde gerne mit ihr sprechen.«

»Ähm ...« Plötzlich standen Schweißperlen auf Rojams purpurroter Stirn, und seine gebleckten Zähne bildeten einen auffälligen Kontrast zu seinem Gesicht. »Einen Moment, bitte.« Er schaltete die Sprachübertragung ab und drehte sich zu Zoran um. »Was machen wir jetzt?«

»Jetzt?« Zoran lächelte. »Jetzt … werden wir ihnen geben, worum sie gebeten haben.«

Si Cwan starrte Zak Kebron verwirrt an. »Warum wollen Sie mit Kallinda sprechen?«

»Weil«, sagte Kebron langsam und bedächtig, was mehr oder weniger seine übliche Sprechweise war, »ich vorsichtig bin. Es ist meine Aufgabe, für die Sicherheit der Besatzung der *Excalibur* zu sorgen. Und das schließt sogar solche Personen ein, die eigentlich nichts an Bord verloren haben.«

»Ich weiß Ihre Rücksichtnahme zu schätzen.«

»Tun Sie es nicht. Wie ich bemerkte, ist es nur meine Aufgabe.« Er hielt inne. »Würden Sie die Stimme Ihrer Schwester erkennen, wenn Sie sie hören?«

»Natürlich.« Er wartete auf eine Erwiderung, aber es schien im Augenblick keine nötig zu sein. Dennoch machte er sich allmählich Sorgen. »Sie gehen doch nicht davon aus, daß es Probleme gibt, oder?«

»Ich gehe immer davon aus, daß es Probleme geben könnte«, entgegnete Kebron. »Das spart Zeit. Und rettet Leben.« Er konsultierte seine Instrumente. »Ihre Lebenserhaltung scheint stabil zu sein. Schade. Wenn sie uns in dieser Hinsicht etwas vorgespielt hätten, wäre mir sofort klar geworden, daß etwas nicht stimmt. Vielleicht ist die Falle nicht so einfach zu durchschauen.«

»Oder vielleicht ist das Schiff wirklich in Not. Aber … warum ist Kallinda dann noch nicht …?« Es war ein beunruhigender Gedanke. Er war bisher völlig selbstverständlich davon ausgegangen, daß seine Schwester wirklich ein Passagier des Forschungsraumschiffs war. Es war eine quälende Vorstellung, daß es vielleicht gar nicht den Tatsachen entsprach. Wenn seine Hoffnungen zunächst geschürt und dann plötzlich erstickt wurden …

Doch es war noch viel beunruhigender, wie ihm nun bewußt wurde, daß er die Umstände nicht einen Augenblick lang in Frage gestellt hatte. Man erreichte keine Machtposition, wenn man sich so einfach hinters Licht führen ließ. Hatte er zugelassen, daß die Liebe zu seiner Schwester und sein Wunsch, einen Teil seines früheren Lebens zurückzugewinnen, ihn alle Vorsicht vergessen ließ? Es war äußerst gefährlich, sich unkritisch solchen Illusionen hinzugeben.

Dann drang eine Mädchenstimme über die Kommunikationsverbindung. »Si Cwan?« fragte sie.

Si Cwan hätte Kebron beinahe zur Seite gestoßen – soweit das bei jemandem möglich war, der die Beharrlichkeit eines Berges aus Granit besaß. »Kally?« schrie er fast.

»Si Cwan, bist du es?«

»Ja ... ich bin es! Kally, alles wird wieder gut werden ...«

»Ich bin so froh, deine Stimme zu hören, Si Cwan ...«

Si Cwan glaubte, vor Erleichterung zu ersticken, doch dann forderte Kebron ihn mit eindringlichem Flüstern auf: »Fragen Sie sie etwas, das nur sie wissen kann!«

»Was?« Er schien Schwierigkeiten zu haben, sich zu konzentrieren, was Kebron wiederum in Rage versetzte.

»Etwas, das nur sie wissen kann«, wiederholte er.

Si Cwan nickte langsam. »Kally ... erinnerst du dich? An die Zeit, kurz bevor wir aufbrechen mußten? Weißt du noch? Als ich sagte, daß ich immer für dich da sein würde? Weißt du noch, wie wir an unserem Lieblingsplatz darüber sprachen?«

Es folgte ein kurzes Zögern, worüber sich Si Cwan nur ein klein wenig wunderte, bis ihre Stimme sagte: »Du meinst, als wir bei den Feuerfällen wären? Meinst du das?«

Er schloß die Augen und nickte. Kallinda, die es natürlich nicht sehen konnte, sprach unterdessen weiter: »Si Cwan? Ist es das, wovon du redest?«

»Ja, das habe ich gemeint.«

»Warum hast du danach gefragt?«

»Ich bin nur vorsichtig. Du verstehst schon. Heutzutage kann man nicht vorsichtig genug sein.« Er blickte Kebron triumphierend an, der nur kurz grunzte und den Runabout in Richtung *Kayven Ryin* in Bewegung setzte.

»Ganz, wie du meinst, Si Cwan ...«

»Wir werden in wenigen Minuten dort sein, Kally. Mach dir keine Sorgen. Es wird nicht mehr lange dauern.«

»Gut, Si Cwan. Dann sehen wir uns bald.« Damit brach die Verbindung ab.

Im gleichen Augenblick brachte Kebron das Schiff mitten im Weltraum zum Halt. Si Cwan bemerkte sofort, was er getan hatte. »Was soll das?« verlangte er zu wissen.

Zak Kebron drehte sich in seinem Sitz zu ihm herum. »Das gefällt mir nicht.«

»*Was?*«

»Ich sagte, das gefällt mir nicht.«

Si Cwan schien kurz vor einer Explosion zu stehen. Die unterdrückte Wut ließ seinen Körper erzittern. »Jetzt hören Sie mir mal zu!« sagte er zornig. »Ich weiß genau, was hier gespielt wird.«

»Aha?« sagte Kebron unbeeindruckt.

»Es reicht offenbar nicht, daß Sie ständig gegen mich hetzen oder mir das Recht verweigern, mich in der *Excalibur* aufzuhalten. Jetzt wollen Sie sich außerdem an einem kleinen Mädchen rächen ... dem sie niemals zuvor begegnet sind ... das Ihnen überhaupt nichts getan hat ...«

»Es muß angenehm sein, als Prinz zu leben«, sagte

Kebron gleichmütig, »und alles zu wissen, was es zu wissen gibt.« Dann warf er einen Blick auf seine Kontrollen. »Sie rufen uns.«

»Natürlich rufen sie uns! Sie fragen sich, was plötzlich in uns gefahren ist!« Si Cwan beugte sich mit wachsendem Zorn zu Kebron hinüber. »Sie können ja nicht wissen, daß ein mißtrauischer Brikar versucht, mir das Leben zur Hölle zu machen!«

Kebron ging nicht weiter auf ihn ein, sondern stellte die Verbindung her. Er konnte kaum mehr als »Hier *Marquand*« sagen, als er bereits durch eine verärgerte Stimme unterbrochen wurde. »Warum ziehen Sie sich zurück?«

»Wir kehren zu unserem Schiff zurück«, sagte Kebron sachlich. »Es ist ein neues Problem aufgetreten. *Marquand* Ende.« Damit trennte er die Verbindung.

»Was hoffen Sie damit zu erreichen?« wollte Si Cwan wissen.

»Ich bin nur vorsichtig.«

»Reden Sie nicht um den heißen Brei herum! Es ist nur ein neuer Versuch, mich zu reizen, mir das Recht streitig zu machen ...«

Der Brikar schnitt ihm unerschüttert das Wort ab. »Dieses Sonnensystem – genauso wie alle anderen – dreht sich nicht um Sie, Si Cwan. Es gefällt mir nicht, daß Kallinda so abrupt das Gespräch mit uns beendet hat. Wenn ich eine junge Frau wäre und mit meinem Bruder sprechen könnte, um dessen Leben ich mir Sorgen gemacht habe, würde ich so lange mit ihm reden, bis er an Bord eingetroffen ist. Ich würde auf keinen Fall die Verbindung unterbrechen, als müßte ich befürchten, er könnte herausfinden, daß ich ihm etwas vorgespielt habe.«

»Das ist ...«

Dann begann ein Lämpchen auf der Kontrollkonsole zu blinken, und ein schriller Warnton erregte ihre Aufmerksamkeit. Kebron begann sofort, das Schiff zu wenden, während Si Cwan fragte: »Was ist passiert?«

»Man hat uns ins Visier genommen. Sie werden auf uns schießen.«

»Sie werden … was?«

Si Cwan blickte aus dem Hauptfenster und erhaschte noch einen letzten Blick auf die *Kayven Ryin*, als der Runabout abdrehte und sich vom Schiff zu entfernen begann. Er bemerkte eine Bewegung in der Hecksektion. Trotz der Entfernung konnte er genau erkennen, was dort geschah. Er sah, wie sich zwei Geschützstellungen öffneten und schwere Phaserkanonen sichtbar wurden. Und das letzte, was er sah, bevor das Forschungsschiff aus dem Blickfeld wanderte, waren die Mündungen der Kanonen, wie sie glühend zum Leben erwachten.

»Halten Sie sich fest!« rief Kebron. »Ich versuche, auf Warp zu gehen, bevor sie …«

Ihm blieb keine Zeit, den Satz zu vervollständigen, weil die *Marquand* plötzlich mittschiffs von der ersten Phasersalve getroffen wurde. Der Runabout geriet ins Trudeln, während Kebron darum kämpfte, das angeschlagene Schiff wieder unter seine Kontrolle zu bringen. Dabei verlor er nicht einen Augenblick die Ruhe. Es machte sogar den Eindruck, als wäre er gar nicht in der Lage, unruhig zu werden.

Si Cwan war nicht in seinem Sitz angeschnallt. Infolgedessen wurde er durch die Kabine geschleudert, während er verzweifelt nach irgend etwas suchte, an dem er sich festhalten konnte. Dann krachte er gegen eine Wand und spürte, wie etwas in seiner Schulter knackte.

Funken sprühten aus der Hauptkonsole, während Kebron sich bemühte, Notfallmaßnahmen einzuleiten. Als das Shuttle erneut erschüttert wurde, rief Kebron: »Wir müssen das Schiff aufgeben!«

»*Was?*« Si Cwan lag auf dem Rücken und blickte benommen und verwirrt um sich.

Er hatte eine Kopfverletzung, von der Kebron hoffte, daß sie nicht so schlimm war, wie sie aussah. Es würde keinen guten Eindruck in seiner Dienstakte machen, wenn er mit einem lebenden Passagier startete und mit einer Leiche zurückkehrte. Die Idee, daß die gegenwärtigen Ereignisse vielleicht den letzten Eintrag in seiner Akte darstellten, kam ihm überhaupt nicht in den Sinn. Er war nicht bereit, diese Möglichkeit in Erwägung zu ziehen. »Der Warpantrieb ist ausgefallen. Wir stellen eine perfekte Zielscheibe dar. Wir müssen davon ausgehen, daß sie weiterschießen, bis nichts mehr von uns übrig ist.«

»Warum machen sie das?«

»Wenn ich eine Vermutung äußern darf: weil man Sie töten will, Si Cwan. Ich bin lediglich der unschuldige Leidtragende.« Er packte Si Cwan am Arm, worauf dieser so laut aufschrie, daß Kebron ihn sofort wieder losließ. Er wußte, daß er Si Cwan nicht zu hart angefaßt hatte; allein die Bewegung hatte genügt, um ihm diese Schmerzen zu bereiten. Also wurde ihm klar, daß Cwans Arm verletzt war. »Stehen Sie auf!« sagte er, zum ersten Mal mit Dringlichkeit in der Stimme. »Wir müssen gehen.«

»Wohin?«

»Dorthin!« Kebron wies mit einem Finger in die allgemeine Richtung, in der sich das Forschungsschiff befand. Si Cwan rappelte sich auf, und Kebron packte ihn nun im Genick, weil er davon ausging, daß der Thallonianer dort nicht verletzt war. Er drängte ihn zum Zweipersonentransporter, der sich im hinteren Bereich des Shuttles befand.

Die Hauptkonsole war in Brand geraten, und Rauch erfüllte das Innere des kleinen Raumschiffs. Die Finger des Brikar bewegten sich mit überraschender Gelenkigkeit, wenn man ihre Größe bedachte, als er eine kleine Konsole neben dem Transporter aus der Wand zog. Darauf befand sich ein großer roter Knopf, den er ohne Zögern drückte. Es war eine Notschaltung, die genau für Fälle wie diesen vorgesehen war, wenn die Spracherkennungssysteme versagten und es unmöglich geworden war, die Koordinaten über die Hauptkonsole einzugeben.

Der Nottransportvorgang wurde eingeleitet, und nun blieb Kebron und Si Cwan noch ein Spielraum von fünf Sekunden, um auf die Transporterplattform zu treten. Si Cwan hielt sich die verletzte Schulter, während Kebron ihn teils schob, teils zog und hoffte, daß die fünfsekündige Verzögerung sie nicht das Leben kostete.

Der Transporter scannte automatisch die Umgebung und richtete sich auf den nächstgelegenen Ort aus, an dem akzeptable Lebensbedingungen herrschten. Und im nächsten Moment lösten sich die Körper von Si Cwan und Zak Kebron auf, als der Transportereffekt einsetzte und ihre Moleküle durch die Dunkelheit des Weltraums jagte, um sie an dem Ort wieder zusammenzusetzen, der ihre einzige Hoffnung auf Überleben darstellte: an Bord der *Kayven Ryin*. Das Schiff, von dem sie angegriffen worden waren, bot ihnen nun die einzige Chance ... zumindest für die nächsten paar Minuten.

Als Zoran beobachtete, wie sich die *Marquand* zurückzog, erzitterte er vor Wut. »Wohin fliegen sie? Wir haben ihnen doch gegeben, was sie wollten! Si Cwan hat mit seiner Schwester gesprochen. Holen Sie sie zurück!« Er versetzte Rojam einen Schlag gegen den Kopf. »Holen Sie sie zurück!«

Rojam spürte den Schmerz kaum. Dazu war er viel zu bestürzt über die Tatsache, daß die *Marquand* plötzlich von ihrem Kurs abgewichen war, als hätte man dort die Falle gewittert. Doch viel mehr beunruhigte ihn die Frage, wie Zoran darauf reagieren würde – und in welcher Form dieser seinem Mißfallen Ausdruck verleihen würde. Rojam rief das Shuttle und versuchte, seine wachsende Panik zu unterdrücken, während er fragte: »Warum ziehen Sie sich zurück?«

Vom Shuttle kam nur eine knappe, sachliche Antwort: »Wir kehren zu unserem Schiff zurück. Es ist ein neues Problem aufgetreten. *Marquand* Ende.«

»Sie wissen Bescheid! *Sie wissen Bescheid!*« brüllte Zoran.

Rojams Gedanken rasten, während er zu bestimmen versuchte, ob diese Einschätzung den Tatsachen entsprach. »Ich ... ich glaube es nicht. Sie haben vielleicht einen Verdacht, aber sie kennen uns überhaupt nicht. Sie wollen nur sehen, wie wir reagieren. Wenn wir vorsichtig handeln ...«

»Wenn wir vorsichtig handeln, sind sie gleich weg!«

»Das wissen wir nicht! Zoran, hören Sie mir zu ...!«

Doch Zoran war nicht in der Stimmung, irgendwem zuzuhören. Statt dessen stieß der kräftig gebaute Thallonianer unter lautem Wutgebrüll Rojam aus seinem Sitz. Dieser keuchte auf, als er zu Boden ging, während Zoran sich vor die Kontrollen setzte. »Gehen Sie weg von der Konsole!« rief Rojam.

»Seien Sie still! Sie haben nur Angst, das zu tun, was getan werden muß!« Noch während er sprach, hantierte Zoran bereits an den Schaltungen.

»Ich habe keine Angst. Aber es ist unnötig! Es ist ein großer Fehler!«

»Es ist meine Entscheidung, nicht Ihre! Sie können sich glücklich schätzen, daß ich Sie nicht längst wegen Ihrer Inkompetenz getötet habe! Und wenn die Phaserkanonen, die Sie eingerichtet haben, nicht so funktionieren, wie Sie versprochen haben ...«

Es bestand kein Grund, die Drohung zu spezifizieren, da die Phaserkanonen gehorsam in Schußposition gingen, während sich die Zielsysteme auf die *Marquard* ausrichteten.

»Im Namen all jener, über die Sie Unglück gebracht haben, Si Cwan … Rache!« knurrte Zoran, als er den Feuerbefehl auslöste.

Die Phaserkanonen reagierten ohne Verzögerung, und beide Strahlen gingen genau ins Ziel. Die Triumphschreie des halben Dutzends Thallonianer im Kontrollraum waren ohrenbetäubend. In Wirklichkeit jubelten jedoch nur fünf. Rojam setzte sich unterdessen auf und rieb sich den Kopf, wo Zoran ihn geschlagen hatte. »Das war unnötig«, wiederholte er, doch er hätte genausogut gegen eine leere Wand sprechen können.

Das Shuttle hatte den Energien der Phaserkanonen nichts entgegenzusetzen. Die Thallonianer bejubelten jeden Treffer und waren von Zorans Zielgenauigkeit begeistert. Selbst Rojam mußte trotz seiner Verärgerung anerkennen, daß Zoran ein guter Schütze war. Natürlich durfte man nicht vergessen, daß die Computer ihm den größten Teil der Arbeit abnahmen.

»Schon wieder getroffen!« krähte Dackow, der kleinste, aber gleichzeitig auch der lauteste der Thallonianer – wenn er in entsprechender Stimmung war. Dackow äußerte niemals eine Ansicht, bevor er nicht völlig sicher sein konnte, wie die Lage einzuschätzen war, doch wenn dieser Punkt erreicht war, unterstützte er die vorherrschende Meinung mit solchem Nachdruck, daß man leicht vergaß, daß er bis zu diesem Augenblick nicht die leiseste Äußerung von sich gegeben hatte. »Sie haben sie voll erwischt, Zoran!«

Als Zoran erneut feuerte, verfehlte er das Shuttle mit einer Phaserkanone, während die zweite einen weiteren Volltreffer landete.

Doch während Zoran sich nun im Licht seiner Erfolge sonnte, bemerkte Rojam trocken: »Was ist aus Ihrer Absicht geworden, Si Cwans Kehle mit den Händen zu packen und ihm das Leben herauszuquetschen?«

Dadurch wurde Zoran für einen Moment ernüchtert. »Wenn Sie bessere Arbeit geleistet hätten, wäre es mir vielleicht vergönnt gewesen, das zu tun«, sagte er, doch selbst ihm wurde bewußt, daß dies nur eine schwache Erwiderung war. In Wirklichkeit hatte Rojams Bemerkung ihm den Augenblick des Triumphs verdorben. Sicher, er hatte gewonnen, aber nicht auf die Weise, die ihm am liebsten gewesen wäre.

Dann erstrahlte auf dem Bildschirm ein heller Blitz, als das Shuttle in einem Feuerball explodierte. Die Thallonianer schraken instinktiv zusammen, als hätten sie vergessen, daß die Detonation keine Gefahr für sie darstellte. Bereits nach wenigen Sekunden war die Flamme erloschen, da es im Vakuum des Alls keine Luft gab, um sie zu nähren. Die Trümmer des Raumschiffs, das einmal die *Marquand* gewesen war, wirbelten davon. Den verbogenen Stücken aus Duraniumlegierungen war jetzt nicht mehr anzusehen, daß sie einmal etwas anderes als bloße Metallfetzen gewesen waren.

»Schmor in der Hölle, Si Cwan!« sagte Zoran nach längerem Schweigen. Wie immer nickten die anderen lediglich in stummer Zustimmung.

Nur Rojam beteiligte sich nicht an der ehrfürchtigen Andacht. Statt dessen überprüfte er die Anzeigen der Instrumente an einer anderen Konsole. »Was machen Sie da?« fragte Zoran nach einer Weile.

»Ich scanne die Trümmer«, teilte Rojam ihm mit.

»Wozu?« fragte Jufim, der sich keine Mühe gab, den Sarkasmus aus seiner Stimme herauszuhalten. »Machen Sie sich Sorgen, daß von ihnen immer noch eine Gefahr ausgehen könnte?«

»Es wäre immerhin möglich.«

Seine Antwort wurde mit verächtlichem Gelächter quittiert, bis Rojam hinzufügte: »Sie waren nicht mehr an Bord des Shuttles.«

»Was?« Zoran war sofort von dieser Aussage elektrisiert. »Was reden Sie da? Sind Sie sicher? Das ist unmöglich!«

»Es ist nicht unmöglich, und sie waren wirklich nicht mehr an Bord«, sagte Rojam mit wachsender Zuversicht. »Zwischen den Trümmern sind keine Spuren von Leichen zu entdecken. Ich rechne nicht damit, daß sie noch in irgendeiner Form intakt wären ... nicht in Anbetracht der Kräfte, die bei der Explosion freigesetzt wurden. Aber zwischen den Trümmern müßten zumindest irgendwelche organischen Spuren zu finden sein. Doch außer den Fragmenten des Shuttles ist da draußen nichts.«

»Wollen Sie damit sagen, daß sie niemals an Bord waren? Daß sie uns alles nur vorgegaukelt haben?« Zorans Zorn wuchs von Minute zu Minute.

»Das wäre eine Möglichkeit, aber ich glaube nicht daran. Wenn sie niemals in Gefahr waren, haben sie sich ungewöhnlich vorsichtig verhalten. Aber es gibt noch eine ganz andere Möglichkeit. Einige dieser Föderationsshuttles sind nämlich mit Transportern ausgerüstet.«

»Sie meinen, sie könnten sich evakuiert haben, bevor das Schiff explodierte?«

»Genau.«

»Aber der einzige Ort, an den sie sich hätten flüchten können ...« Dann ließ die allmähliche Erkenntnis ein Grinsen auf Zorans Gesicht entstehen. »... ist hier. Hier, an Bord unseres Schiffes.«

Rojam nickte.

Zoran strahlte vor Freude, als er Rojam anerkennend auf den Rücken schlug. »Ausgezeichnet! Ausgezeichnete Arbeit!« Rojam entließ einen kurzen Seufzer der

Erleichterung, als Zoran sich zu den anderen umdrehte und sagte: »Also gut, meine Freunde. Irgendwo in diesem Schiff verstecken sich Lord Si Cwan und sein Begleiter Lieutenant Kebron. Wir wollen sie aufstöbern … und unserem ehemaligen Prinzen die königliche Behandlung zukommen lassen, die er verdient hat.«

SELAR

III.

Soleta blickte von ihrer wissenschaftlichen Station auf, als ihr bewußt wurde, daß McHenry ihr über die Schulter sah. Sie schaute zu ihm auf und hob fragend die Augenbrauen. »Ja?« fragte sie.

McHenry blickte sich mit übertrieben wirkender Besorgnis auf der Brücke um und vergewisserte sich, daß niemand sie beobachtete oder belauschte. »Ich wollte mich nur bei Ihnen bedanken«, sagte er dann mit gesenkter Stimme.

»Bitte«, erwiderte Soleta gelassen und versuchte dann, sich wieder ihrem Studium thallonianischer Mineralproben zu widmen.

»Möchten Sie gar nicht wissen, warum?« fragte er nach einer Weile.

»Eigentlich nicht, Lieutenant. Ihr Bedürfnis, es mir mitzuteilen, genügt mir vollauf.«

»Ich weiß, daß ich vor einiger Zeit etwas ... ›geistesabwesend‹ war, wie es mir gelegentlich passiert, und ich weiß, daß Sie mich verteidigt haben. Dafür wollte ich mich bedanken.«

»Ich war mir bewußt, daß Ihre Angewohnheiten keine Gefahr für die *Excalibur* darstellten«, entgegnete sie sachlich. »Ich habe den Captain und den Commander von dieser Tatsache in Kenntnis gesetzt. Ich wüßte nicht, was es darüber hinaus noch zu sagen gäbe.«

»Warum sind Sie ausgestiegen, Soleta? Ich meine, warum haben Sie Starfleet verlassen?«

Auf diese Frage war sie nicht vorbereitet gewesen.

Jetzt war sie es, die sich umblickte, um sich zu vergewissern, daß niemand auf der Brücke versuchte, sie zu belauschen. Im Grunde hätte sie unbesorgt sein können, denn das Starfleet-Personal gab sich gewöhnlich nicht diesem Zeitvertreib hin. Dennoch war sie selbst überrascht, wie sehr diese Frage sie aus dem Konzept brachte. »Es spielt keine Rolle. Ich bin zurückgekommen.«

»Es spielt sehr wohl eine Rolle. Wir waren Freunde, Soleta, damals an der Akademie. Wir gingen in dieselbe Klasse.«

»Ich hatte Klassenkameraden, ja, aber keine Freunde.« Sie sagte es auf so nüchterne Weise, daß keine Spur von Selbstmitleid in ihrem Tonfall lag.

»Ach, erzählen Sie mir nichts! Natürlich hatten Sie Freunde. Worf, Kebron, mich ...«

»Mark, dieses Gespräch ist wirklich überflüssig.«

»Ist es nicht.«

»Aber ich sage, es ist überflüssig!«

Soletas überraschender Ausbruch setzte ihrem Vorhaben ein Ende, keine unangemessene Aufmerksamkeit auf sich zu lenken. Nun blickten alle, die auf der Brücke anwesend waren, in offener Verblüffung zu den beiden hinüber und schienen interessiert zu sein, was Soletas leidenschaftlich geäußerte Bemerkung zu bedeuten hatte. Vom Kommandosessel fragte Calhoun: »Gibt es ein Problem?«

»Nein, Captain«, sagte Soleta sofort, und McHenry bestätigte es.

»Sind Sie sicher?«

»Ziemlich sicher, ja.«

»Weil Sie einen recht heftigen Disput zu führen scheinen«, sagte er, während sein Blick skeptisch zwischen beiden hin und her wechselte.

»Mister McHenry hat lediglich eine wissenschaftliche Vermutung geäußert, mit der ich nicht übereinstimme.«

Und nun meldete sich Shelby zu Wort. »Es geschieht selten, daß man jemanden erlebt, der seinen Standpunkt mit solcher Vehemenz vertritt – insbesondere wenn es sich um eine Vulkanierin handelt.«

»Lieutenant Soleta verfolgt ihre Arbeit eben mit leidenschaftlichem Interesse«, sagte McHenry, obwohl er nicht sehr überzeugt klang.

»Ich verstehe«, sagte Calhoun, der in Wirklichkeit gar nichts verstand. »Mister McHenry, wie lange brauchen wir noch bis Nelkar?«

»Siebenundzwanzig Minuten, Captain«, antwortete McHenry ohne jede Verzögerung. Dann wandte er sich von Soleta ab und kehrte an seine Navigationskonsole zurück.

Calhoun war immer wieder davon beeindruckt, wie McHenry solche Dinge im Kopf behalten konnte. Nur Vulkanier schienen dazu imstande, Berechnungen in solcher Geschwindigkeit durchzuführen, doch McHenry war offenbar noch schneller als ein durchschnittlicher Vulkanier.

Soleta war allem Anschein nach alles andere als eine durchschnittliche Vulkanierin. Ihre heftige Erwiderung konnte kaum durch eine wissenschaftliche Meinungsverschiedenheit ausgelöst worden sein. Doch Calhoun fand, daß es ihm nicht zustand, sich nach dem wahren Grund dafür zu erkundigen … zumindest nicht, solange er das Gefühl hatte, daß die Sicherheit des Schiffes dadurch nicht beeinträchtigt wurde.

Falls es sich jedoch zu einem Problem entwickeln sollte, würde er nicht zögern, Soleta zu fragen, um herauszufinden, was sie veranlaßt hatte, McHenry gegenüber trotz ihrer vulkanischen Disziplin laut zu werden.

»Vulkanier!« murmelte er leise.

Soleta drehte sich mit ihrem Sitz herum und blickte Calhoun fragend an. »Was ist mit Vulkaniern, Captain?« fragte sie.

Er starrte auf ihre spitzen Ohren, denen dieser Kommentar natürlich nicht entgangen war, und sagte: »Ich habe nur überlegt, daß es vielleicht ganz nützlich wäre, wenn wir an Bord dieses Schiffes mehr Vulkanier zur Verfügung hätten.«

»Es ist immer von Vorteil, Vulkanier zur Verfügung zu haben«, pflichtete sie ihm bei und widmete sich wieder ihren Analysen.

Der Freizeitraum der *Excalibur* befand sich auf Deck 7 im hinteren Bereich des Diskussegments und wurde inoffiziell als Casino bezeichnet, ein alter Begriff, der sich seit der Frühzeit der Weltraumfahrt gehalten hatte. Dorthin hatte sich Burgoyne 172 zurückgezogen, nachdem er/sie auf das Schiff zurückgekehrt war. Er/sie verspürte eine gewisse Unzufriedenheit, da er/sie nicht die Gelegenheit erhalten hatte, seine/ihre Arbeit auf der *Cambon* zu Ende zu führen. Wenn es eins gab, was Burgoyne haßte, dann waren es unvollendete Projekte.

Dann bemerkte er/sie, wie ein anderes potentiell unvollendetes Projekt das Casino betrat. Dr. Selar war soeben eingetreten und blickte sich um, als würde sie nach jemandem suchen. Burgoyne schaute sich ebenfalls um und stellte fest, daß alle Tische mit mindestens einer Person besetzt waren. Dann wandte er/sie den Blick wieder Selar zu und sah, wie für einen winzigen Moment ein verärgerter Ausdruck über das Gesicht der Vulkanierin huschte. Daß eine Vulkanierin überhaupt eine erkennbare Emotion zeigte, war schon erstaunlich genug, und dann erkannte Burgoyne das eigentliche Problem. Selar suchte nicht nach jemandem, neben den sie sich setzen konnte. Sie versuchte, einen unbesetzten Tisch zu finden.

Sie ließ den Blick durch den Raum wandern, bis sie Burgoyne entdeckte. Burgoyne bemühte sich, zurückhaltend zu bleiben. Er/sie deutete auf freundliche, aber nicht zu aufdringliche Weise auf den freien Sitz ihm/ihr gegenüber. Selar zögerte kurz und stieß, wie es schien, einen schweren mentalen Seufzer aus, bevor sie sich Burgoyne näherte. Burgoyne konnte nicht anders, er/sie mußte einfach ihre Haltung bewundern: Sie war groß und bewegte sich mit geradezu königlicher Würde. Als Selar Platz nahm, hielt sie den Oberkörper aufrecht. Ihr Auftreten war vollkommen und tadellos.

»Ich glaube«, sagte Selar in ihrer sorgfältigen, gemessenen Sprechweise, »daß unsere erste Begegnung etwas unglücklich verlief … für beide Seiten.«

»Ich denke, die Schuld liegt allein bei mir«, erwiderte Burgoyne.

»Das sehe ich genauso. Schließlich haben Sie mir recht aggressive Avancen gemacht. Nichtsdestotrotz wäre es unangemessen, die Schuld einzig und allein Ihnen zuzuweisen. Zweifellos habe ich nur unzureichend deutlich machen können, daß ich nicht im geringsten interessiert bin.«

»Nun …« Burgoyne rückte sich auf seinem/ihrem Stuhl zurecht. »Ich würde nicht unbedingt von ›aggressiven Avancen‹ sprechen.«

»Nein?« Sie hob skeptisch eine Augenbraue.

Burgoyne beugte sich vor und sagte: »Ich würde es eher als …« Doch dann verstummte er/sie und verwarf seine/ihre beabsichtigten Worte. Statt dessen fragte er/sie: »Möchten Sie etwas trinken?«

»Ich bin sicher, daß das, was Sie gewählt haben, für mich völlig adäquat ist.«

Burgoyne nickte, stand auf, verschwand hinter der Bar und kehrte kurz darauf mit einem Glas zurück, in dem sich die gleiche dunkle Flüssigkeit wie in seinem/ihrem Glas befand. Selar griff danach, schnupperte prüfend daran und kippte dann die Hälfte des Inhalts hinunter. Es war nur ihrer außergewöhnlichen vulkanischen Selbstbeherrschung zu verdanken, daß sie es anschließend nicht wieder durch die Nase aushustete. »Das ... ist kein Synthehol«, sagte sie überflüssigerweise.

Er/sie schüttelte den Kopf. »Das Getränk heißt ›Scotch‹. Es ist nicht einfach zu bekommen.«

»Wie sind Sie auf diesen Geschmack gekommen?«

»Nun«, begann Burgoyne, und seiner/ihrer Haltung war deutlich zu entnehmen, daß er/sie in der Vergangenheit schon des öfteren über dieses Thema gesprochen hatte. »Vor etwa zwei Jahren hatte ich Landurlaub auf Argelius Zwei ... eine reizende Welt. Waren Sie schon einmal dort?« Als Selar leicht den Kopf schüttelte, fuhr Burgoyne fort: »Ich besuchte dort eine Schenke, und ich kann Ihnen versichern, daß es dort recht lebhaft zuging. An diesem Ort waren die Frauen so ...«

Als Burgoyne den ungeduldigen Ausdruck auf Selars Gesicht bemerkte, nahm er/sie davon Abstand, über diesen Punkt ins Schwärmen zu geraten. »Auf jeden Fall fühlte ich mich ganz in meinem Element. Wir Hermats werden gelegentlich als recht hedonistisches Volk bezeichnet. Das ist zweifellos eine grobe Verallgemeinerung, die jedoch nicht einer gewissen Grundlage entbehrt. In dieser Gaststätte also beobachtete ich die Argelianer und diversen Besucher von anderen Welten, wie sie ihren Ausschweifungen nachgingen, und da hatte ich plötzlich das Gefühl, daß meine bescheidenen Neigungen vergleichsweise harmlos waren.

Dann wurde meine Aufmerksamkeit von jemandem angezogen, der auf der anderen Seite des Raumes saß. Ein Terraner, wie es den Anschein hatte, mit silbernem Haar in Form einer Mondsichel.«

»Sie fühlten sich zweifellos von ihm angezogen«, sagte Selar trocken.

»Nein, ganz und gar nicht. Er war für meinen Geschmack etwas zu alt. Aber ich war an ihm interessiert, denn er schien alles zu beobachten, ohne das geringste Interesse zu entwickeln, an irgendwelchen Aktivitäten teilzunehmen. Obendrein trug er – ob Sie es glauben oder nicht – eine Starfleet-Uniform, wie sie seit Jahren nicht mehr in Gebrauch ist. Ein Kostüm, dachte ich mir. Ich fragte den Barkeeper nach ihm und erfuhr, daß dieser Mann einige Wochen zuvor einfach hereinspaziert war und es sich an diesem Plätzchen gemütlich gemacht hatte. Er war fast immer da. Also ging ich zu ihm hinüber und plauderte mit ihm. Ich fragte ihn, was er an diesem Ort machte. Darauf sagte er zu mir, er würde ›die alten Zeiten aufleben lassen‹, wie er sich ausdrückte. Sich an alte, verlorene Freunde und verlorene Zeiten zurückerinnern. Zunächst war er nicht sehr gesprächig, aber irgendwann taute er auf. Es ist meine spezielle Gabe, die Leute dazu zu bringen.«

»In der Tat.«

»Ja. Und er schien besonders interessiert zu sein, als ich ihm sagte, ich sei Ingenieur. Daraufhin behauptete er, denselben Beruf erlernt zu haben. Er behauptete sogar, er hätte ein bedeutendes technisches Handbuch geschrieben.«

»Ein Mann, der etwas getrunken hat, wird viele Dinge behaupten, um die Aufmerksamkeit eines hübschen Gesichts auf sich zu lenken«, stellte Selar fest.

Burgoyne wollte schon weiterreden, als er/sie innehielt und mit einem Grinsen fragte: »Wollen Sie damit sagen, ich hätte ein hübsches Gesicht?«

»Ich will damit sagen, daß im Zustand der Berauschtheit jedes Gesicht attraktiv erscheinen dürfte«, erwiderte Selar. »Aber ich wollte Sie nicht unterbrechen ...«

»Nun ... wie ich sagte, prahlte er damit, viele große Taten vollbracht zu haben. Im Zustand der Berauschtheit, wie Sie es formulierten. Er erzählte die unglaublichsten Sachen. Er sei über einhundertfünfzig Jahre alt, er habe unter Captain Kirk gedient ... und viele andere Absurditäten. Außerdem hatte er überhaupt nichts übrig für ... wie hat er sich noch gleich ausgedrückt?« Darauf bemühte er sich, einen schottischen Akzent nachzuahmen, und brummte: »›Dieses erbärmliche Gebräu, das in diesem gottverlassenen Jahrhundert als Drink durchgeht.‹ Er hat das hier getrunken«, sagte Burgoyne und tippte gegen das Glas mit der braunen Flüssigkeit.

»Genau dieses Getränk?«

»Natürlich nicht dasselbe. Es ist immerhin schon zwei Jahre her. Aber er schien über einen scheinbar unbegrenzten Vorrat zu verfügen. Wir haben uns recht gut verstanden. Ich glaube, zuerst hat er mich für ein einseitig weibliches Wesen gehalten, zumindest hat er ungehemmt mit mir geflirtet. Als ich ihn über die Natur der Hermats und unser duales Geschlecht aufklärte, schien er zunächst verblüfft, doch dann lachte er nur und sagte ...« Wieder imitierte Burgoyne den Akzent. »›Ach, ich hätte liebend gerne ein Rendezvous zwischen Ihnen und Captain Kirk arrangiert. Anschließend hätten wir bestimmt einige Geschichten zu erzählen gehabt.‹« Burgoyne verstummte und fügte dann als Erklärung hinzu: »Es gibt Individuen, die durch unser doppeltes Geschlecht irritiert sind.«

»Was Sie nicht sagen«, erwiderte Selar unverbindlich.

»Ja.« Burgoyne schwenkte das Getränk im Glas. »Sagen Sie mir, Doktor ... gehören Sie zu diesen Leuten?«

»Überhaupt nicht. Ich finde *Sie* irritierend.«

Burgoyne lächelte und entblößte seine/ihre Eckzähne. »Das fasse ich als Kompliment auf«, sagte er/sie.

»Das steht Ihnen völlig frei.«

»Auf jeden Fall bot mir der Terraner etwas von seinem Getränk an. Ich versuchte es, und ich schwöre, daß ich glaubte, es würde mir die Haut im Innern meiner Kehle verätzen. Ich erkannte sofort, daß er völlig recht hatte: Das Gesöff, an das man uns bei Starfleet gewöhnt hat, ist nichts im Vergleich zu echtem Alkohol von der Erde. Verdammt, selbst Hermat-Getränke verblassen dagegen zur Bedeutungslosigkeit.« Er/sie rieb liebevoll das Glas. »Es gibt nichts Besseres als ›guten alten‹ Scotch-Whisky. Er sagte zu mir, wenn ich den Ehrgeiz besäße, ein wirklich guter Ingenieur zu werden, müßte ich in der Lage sein, ihn unter den Tisch zu trinken. Ich nahm die Herausforderung an, und gemeinsam leerten wir Glas um Glas.«

»Und ist es Ihnen gelungen? Ihn unter den Tisch zu trinken, meine ich.«

»Wollen Sie sich über mich lustig machen?« Burgoyne lachte. »Das letzte, woran ich mich erinnere, war sein lächelndes Gesicht, das sich plötzlich um einen Winkel von neunzig Grad neigte … oder zumindest hatte ich diesen Eindruck, bevor ich zu Boden stürzte. Doch bevor es dazu kam, habe ich es ihm so richtig gegeben.«

»Ihm was gegeben?«

»Ich sagte ihm, ich wäre überzeugt, daß er ein feiger Hund ist. Daß er in dieser Kneipe herumsaß, um sich vor der übrigen Galaxis zu verstecken, während er dort draußen atemberaubende Dinge leisten könnte. Daß er sich vielleicht einredete, er sei nur nostalgisch, doch daß er in Wirklichkeit ein Feigling war.« Und er/sie tippte mehrmals mit einem langen Finger auf den Tisch, um seine/ihre letzten Worte zu unterstreichen. Dann zuckte er/sie leicht zusammen und setzte hinzu: »Zumindest glaube ich, daß ich es zu ihm gesagt habe. Zum Ende hin werden meine Erinnerungen etwas undeutlicher. Als ich wieder zu mir kam, lag ich in einem Hinterzimmer der Schenke, wo alle möglichen Ausschweifungen und Perversionen vor sich gingen. Es erinnerte mich stark an zu Hause. Und ich stellte fest, daß er mir etwas hinterlassen hatte: eine Flasche Scotch und eine Botschaft, die auf das Etikett gekritzelt war. Und diese Botschaft bestand aus exakt drei Worten. Er hatte geschrieben: ›Sie haben recht.‹«

»›Sie haben recht.‹ Das war die gesamte Botschaft?«

»Das war alles, ja. Ich habe ihn niemals wiedergesehen, aber ich kann nur vermuten, daß er beschlossen hat, wieder dorthin zu gehen, wohin er gehört.«

»Und wo soll das sein?«

»Ich habe nicht den leisesten Schimmer.« Burgoyne beugte sich vor. »Verstehen Sie, was ich Ihnen damit sagen will, Doktor?«

»Nun ... eigentlich nicht, nein. Ich war davon ausgegangen, daß es sich um eine längere und im wesentlichen bedeutungslose Erzählung handelt. Meinen Sie, daß irgendein tieferer Sinn in dieser Geschichte steckt?«

»Ich will damit sagen, Selar, daß wir uns nicht davor fürchten sollten, neue Dinge auszuprobieren. Wir Hermats haben vielleicht eine für andere Spezies ungewöhnliche Anatomie, aber ...«

Sie hob eine Hand. »Lieutenant Commander ...«

»Welch umständlicher Titel. Es wäre mir lieber, wenn sie mich Burgoyne nennen würden.«

»Also gut. Commander Burgoyne ... trotz Ihrer erheblichen Bemühungen wird sich dieses Gespräch nicht in eine wesentlich andersartige Richtung entwickeln als unser vorhergehendes. Ich bin nicht an Ihnen interessiert.«

»Doch, das sind Sie. Sie wissen es nur noch nicht.«

»Darf ich fragen, wie Sie zu dieser faszinierenden, wenn auch völlig irrtümlichen Schlußfolgerung gelangt sind?«

»Na gut ... aber nur, wenn Sie versprechen, daß es unter uns bleibt.«

Sie schob das Scotch-Glas mehrere Zentimeter von sich fort, während sie sagte: »Ich versichere Ihnen, Chief Burgoyne ... es gibt für mich keine größere persönliche Genugtuung, als dafür zu sorgen, daß dieses Gespräch niemals über diesen Tisch hinausgeht.«

Er/sie beugte sich mit verschwörerischer Miene vor und gab Selar durch einen Wink zu verstehen, daß sie ihm/ihr näher kommen sollte. Mit einem leichten Seufzer tat Selar, was Burgoyne von ihr verlangte, und dann sagte der/die Hermat mit so leiser Stimme, daß selbst das feine Gehör der Vulkanierin sie kaum verstehen konnte:

»Pheromone«, flüsterte Burgoyne.

»Wie bitte?«

»Es sind die Pheromone. Hermats können bei den meisten Spezies eine erhöhte Pheromonproduktion feststellen. Es ist eine besondere Gabe. Für uns ist es ein deutlicher Hinweis auf erhöhte sexuelle Kontaktbereitschaft.«

»Ich verstehe. Und bei mir haben Sie eine solche erhöhte Pheromonproduktion festgestellt.«

»Genauso ist es«, erwiderte Burgoyne mit solcher Überzeugung, daß selbst die ansonsten unerschütterliche Selar verunsichert wurde. »Sie werden sexuell erregt ... insbesondere in meiner Gegenwart, obwohl das natürlich eine Wunschvorstellung von mir sein mag. Ich war schon immer recht romantisch veranlagt.«

»Commander ... ich bin überzeugt, daß Sie in Ihrem Job hervorragende Arbeit leisten ...«

»So ist es.«

»Aber Sie scheinen sich nicht sehr gut mit vulkanischer Biologie auszukennen. Es ist ...« Dann riß sie sich zusammen, während sie über sich selbst staunte. Sie war drauf und dran gewesen, mit einem Nicht-Vulkanier über eine so delikate und persönliche Angelegenheit wie das *Pon Farr* zu reden. Was hatte sie sich nur dabei gedacht? Hatte sie neuerdings Probleme damit, die richtigen Prioritäten zu setzen? »... es ist auf jeden Fall unmöglich, daß ich an Ihnen interessiert sein könnte.«

»Wieso unmöglich?«

»Das kann ich Ihnen nicht erklären.«

Burgoyne beugte sich vor und blickte sie mit einer Miene aufrichtiger Neugier an. »Warum nicht?«

»Es geht einfach nicht«, sagte Selar, etwas lauter als sie für angemessen hielt. Trotzdem schien die zusätzliche Lautstärke nicht allzuviel zu bewirken.

»Hören Sie, ich könnte zumindest Ihr Freund sein. Wenn Sie ein Problem haben ...«

Selar war unvermittelt aufgesprungen und schrie wütend ihre Erwiderung: *»Ich sagte, ich kann es Ihnen nicht erklären! Welchen Teil dieser Feststellung haben Sie nicht verstanden?«*

Im Casino wurde es sofort totenstill. Selar war es gelungen, das Augenmerk aller Anwesenden auf sich zu lenken. Allerdings hatte sie dieses Resultat keineswegs beabsichtigt. Langsam wanderte ihr Blick durch den Raum. Sie kämpfte darum, ihren gewohnten Tonfall zurückgewinnen, als sie fragte: »Ich hoffe doch sehr, daß wichtigere Dinge als ich Ihre ungeteilte Aufmerksamkeit verdienen!«

Die Besatzungsmitglieder brauchten keine klarere Aufforderung, um sich wieder ihren Gesprächen zuzuwenden, obwohl es immer wieder zu verstohlenen Blicken in Selars Richtung kam.

Automatisch legte sie eine Hand an ihre Kehle. Ihr Puls raste. Die Geräusche des Raumes schienen plötzlich durch einen ungewöhnlichen Effekt verstärkt zu werden. Burgoyne hatte sie zur Weißglut getrieben, und auch wenn er/sie eine der irritierendsten Personen war, denen Selar jemals begegnet war, rechtfertigte dieser Umstand kaum, daß die Vulkanierin ihr jahrelanges

Training vergaß und sich emotionalen Überreaktionen hingab.

»Ich muß gehen«, sagte sie, während sie ihre gesamte Disziplin einsetzen mußte, um sich unter Kontrolle zu halten.

Von Burgoyne war jede Koketterie und Selbstgefälligkeit abgefallen. Statt dessen nahm er/sie Selars Hand in seine/ihre. Selar versuchte halbherzig, sich von ihm/ihr zu lösen, doch Burgoynes Griff war überraschend stark. Erst jetzt fiel Selar wieder ein, daß die körperliche Kraft eines Hermats etwa dem Anderthalbfachen der menschlichen Norm entsprach. »Selar ... in erster Linie sind wir Offizierskollegen. Wenn ein Kollege in Schwierigkeiten ist, werde ich alles in meiner Macht Stehende tun, um bei der Beseitigung dieser Schwierigkeiten zu helfen. Was immer mit Ihnen nicht in Ordnung ist, ich bin bereit, Ihnen zu helfen.«

»Ich brauche keine Hilfe. Ich möchte nur, daß man mich in Frieden läßt. Vielen Dank.« Damit verließ sie das Casino, so schnell es ihr möglich war. Anschließend starrten alle Anwesenden Burgoyne verblüfft an. »Möge der Große Vogel der Galaxis sich auf euren Planeten niederlassen«, sagte er/sie zum gesamten Personal im Casino. Er/sie trank sein/ihr Glas leer, hob mit einem Schulterzucken Selars Glas auf und kippte es sich ebenfalls hinter die Binde.

Selar rannte, so schnell sie konnte, durch die Korridore der *Excalibur*. Zwei Passanten hätte sie beinahe umgerannt, bevor sie endlich die Krankenstation erreichte. Als Dr. Maxwell sie bemerkte, wollte er ihr sofort einen kurzen Bericht über den Zustand der vier Dutzend Passagiere von der *Cambon* geben. Doch er brachte kaum mehr als einen Satz heraus, bevor sie ihm mit einer energischen Geste das Wort abschnitt.

»Stimmt etwas nicht, Doktor?« fragte Maxwell, der sich nun ehrliche Sorgen um die Verfassung des Ersten Bordarztes machte. »Gibt es ein Problem, bei dem ich Ihnen behilflich sein kann?«

»Es ist alles in Ordnung«, erwiderte sie, obwohl es alles andere als überzeugend klang.

»Sind Sie sicher? Sie wirken recht erregt. Haben Sie ...«

»Sind Sie etwa Experte in vulkanischer Physiologie?« gab Selar zurück.

»Nein ... kein ausgewiesener Experte, obwohl ich generell recht gut ...«

»Nun, ich hingegen bin Experte«, erwiderte Selar. »Ich lebe nun schon seit recht langer Zeit mit meiner spezifischen vulkanischen Physiologie, und ich kann Ihnen versichern, daß ich bei bester Gesundheit bin.«

»Mit allem gebührendem Respekt, Doktor, aber ich weiß nicht, ob ich dem zustimmen kann.«

»Doktor, ob Sie zustimmen oder nicht zustimmen, besitzt für mich nicht die geringste Relevanz ... mit allem gebührendem Respekt.« Sie machte kehrt und marschierte zu ihrem Büro, wo sie die Tür hinter sich verriegelte, um fortan ungestört zu sein.

Sie war nicht daran interessiert, sich vor den Augen aller Mitarbeiter und Techniker in der Krankenstation einer medizinischen Untersuchung zu unterziehen. Sie machte sich keine besonderen Sorgen um die Privatsphäre anderer Besatzungsmitglieder, wenn es um die Erstellung von Diagnosen oder die Behandlung von Problemen ging. Wenn jedoch sie selbst die betroffene Person war, nahm ihr Recht auf Privatsphäre eine überragende Bedeutung ein. Darin lag eine Ironie, auch wenn sie nicht in der Lage war, die ironischen Aspekte dieser Situation würdigen zu können.

Sie öffnete ein Ausrüstungsfach in der Wand und nahm einen medizinischen Tricorder heraus. Sie stellte das Gerät auf ihre Physiologie ein und betrachtete die Anzeigen.

Puls, Herzschlag, Atmung ... alle Werte waren erhöht. Außerdem hatte sie immer noch Schwierigkeiten, sich auf irgend etwas zu konzentrieren.

Selar versenkte sich in ihr Inneres. Alle Vulkanier besaßen ein tief verwurzeltes Ruhezentrum der Logik, das bereits im frühesten Alter trainiert wurde. Dennoch fiel es Selar nicht leicht, ihre Fähigkeiten zu nutzen, um dieses Zentrum zu finden und daraus Kraft zu schöpfen. Ihr Körper, ihr gesamtes System war allein dem Willen ihres Geistes unterworfen, und sie wollte sich selbst zwingen, ihren eigenen Befehlen zu gehorchen. Langsam beruhigte sich ihre hektische Atmung. Sie verdrängte jeden Lärm, jede Ablenkung, bis sie ihren beschleunigten Herzschlag hören konnte. Sie verlangsamte ihn nach und nach und ersetzte den blaßroten Nebel, von dem sie umgeben schien, durch ein entspanntes, klares Blau.

Sie dachte an ihre ersten Tage in der Akademie zurück, als sie zum ersten Mal den Pool der Akademie erlebt hatte. So etwas war auf Vulkan praktisch unbekannt, einem trockenen Planeten mit konstant rotem Himmel und einer so sengenden Sonne, daß die Vulkanier ein inneres Augenlid entwickelt hatten, um sich vor ihrer Strahlung zu schützen. Der Pool war ihr wie das Artefakt einer fremdartigen Spezies vorgekommen, was es in gewisser Weise sogar war.

Sie hatte einen Badeanzug getragen und am Rand des Beckens gestanden. Sie hatte einen Zeh ins Wasser getaucht und war sich unschlüssig gewesen, was sie nun tun sollte. Ihre Logik hatte ihr gesagt, daß es nicht das geringste zu befürchten gab. Jegliche Befürchtung war wie so häufig völlig sinnlos. Dennoch konnte sie sich nicht dazu überwinden, sich ins Wasser gleiten zu lassen ... bis ihr diese Entscheidung aus der Hand genommen wurde, als ein Kadett namens Finnegan vorbeikam und es für einen Riesenspaß hielt, sie von hinten in den Pool zu schubsen. Sie war mit den Füßen voran in den tieferen Abschnitt des Beckens gefallen ... und begann zu ertrinken, da sie als Angehörige eines Volkes, das von einem Wüstenplaneten stammte, naturgemäß nicht schwimmen konnte. Derselbe Finnegan war daraufhin erschrocken ins Wasser gesprungen und hatte die prustende Vulkanierin herausgezerrt.

Selar jedoch hatte diese anfänglich sehr unangenehme Erfahrung als Herausforderung empfunden und von nun an jeden Tag den Pool aufgesucht, bis sie eine genauso gute Schwimmerin geworden war wie alle terranischen Kadetten. Häufig hatte sie sich einfach nur im Wasser treiben und mit ausgestreckten Armen von den sanften Wellen schaukeln lassen.

Jetzt versuchte sie sich in diese Zeit zurückzuversetzen. Sie stellte sich vor, wie sie mühelos schwamm, schwerelos auf den Wellen dahintrieb. Sie baute ihre Erinnerungen an den Akademie-Pool zu ihrer privaten Zuflucht aus. Die übrige Welt, ihre Sorgen, ihre Probleme, ihre untypische Verwirrung verflüchtigten sich vollständig, während sie ohne äußere Störfaktoren im Wasser trieb. Sie spürte, wie ihre Ruhe und Beherrschung zurückkehrten, wie ihre unfehlbare Logik wieder die Kontrolle über ihre Handlungen übernahm. Was auch immer mit ihr geschah, es war nichts darunter, was sie nicht kontrollieren konnte. Nichts, was ...

»Hallo!« sagte eine Stimme. Und dort schwamm in einem engen Badeanzug, der die festen Brüste, die runden Hüften und, wie es schien, außerdem eine beeindruckende männliche Ausstattung betonte, Burgoyne an ihr vorbei.

Selar schreckte auf, während der Pool gemeinsam mit dem ungebetenen Eindringling verschwand. Sie blickte sich um und stellte fest, daß sie sich natürlich immer noch in ihrem Büro befand. Eine schnelle Untersuchung mit dem Tricorder verriet ihr, daß ihre Biowerte wieder im normalen Bereich lagen. Doch Burgoynes Bild hatte sich fest in ihre Gedanken eingebrannt.

Sie beugte sich über ihr Computerterminal und sagte: »Computer.«

»Bereit.«

»Persönliches Logbuch des Bordarztes, Sternzeit 50926.2 ...«

Sie machte eine Pause, die lange genug war, um den Computer zu einer Reaktion zu veranlassen. »Warte auf Eingabe.«

Selar fiel eigentlich nur eins ein, was sie sagen konnte. Fünf Worte, die ihre gegenwärtige Situation sehr treffend beschrieben.

»Ich stecke in großen Schwierigkeiten«, sagte sie.

KEBRON

IV.

»Wie groß würden Sie das gegenwärtige Ausmaß unserer Schwierigkeiten einschätzen?« fragte Si Cwan mit leiser, angespannter Stimme.

»Als ziemlich groß«, erwiderte Zak Kebron.

Insgesamt besaßen sie einen Phaser – die Handwaffe, die Kebron in der Regel bei sich trug, wenn er sich auf irgendeine Mission begab. Ihnen war keine Zeit geblieben, sich weitere Ausrüstung zu schnappen, bevor das bedauernswerte Shuttle explodiert war.

Das Forschungsschiff war nicht sehr groß – es war in nur acht Decks unterteilt –, und es handelte sich um eins der ältesten Modelle dieses Typs. Es war mit Treppen und Leitern zwischen den Decks statt mit Turboliften ausgestattet, und der Boden bestand aus Metallgittern, die einen Höllenlärm machten, wenn jemand – insbesondere Kebron – darauf lief. Obendrein war die Beleuchtung sparsam. Ob es daran lag, daß die Systeme auf Notenergie liefen, oder ob es absichtlich so eingerichtet worden war, um Kebron und Si Cwan zu irritieren, ließ sich derzeit nicht feststellen.

Sie kauerten in einer Ecke, soweit ihnen das möglich war. Dabei mußte man berücksichtigen, daß Si Cwans Größe und Kebrons Umfang nicht gerade günstige Voraussetzungen für eine solche Haltung waren. »Es ist verrückt«, murmelte Si Cwan. »Warum haben sie auf uns geschossen?«

»Wenn man jemanden töten möchte, ist das in der Regel eine recht erfolgversprechende Methode.«

»Aber warum will man uns töten?«

»Das ist im Augenblick unwesentlich. Wichtiger ist die Tatsache als solche, mit der wir uns auseinanderzusetzen haben.« Aus ihrem düsteren Versteck beobachtete er die Umgebung so genau, wie es ihm möglich war.

»Wir brauchen einen Plan«, drängte Si Cwan.

Kebron schien einen Moment lang darüber nachzudenken, bis er lediglich sagte: »Überleben.«

»Das ist recht offensichtlich. Stellen Sie sich absichtlich so begriffsstutzig an, Kebron? Immerhin ist unser Leben in Gefahr ...«

Kebron funkelte ihn an, und in seinen Augen, die aus der Tiefe seines dunkelbraunen Gesichts blickten, lag etwas Gefährliches. »*Unser* Leben ist in Gefahr, weil *Sie* darauf bestanden, daß wir Ihre Schwester retten. Vergessen Sie das nicht.«

»Natürlich nicht. Nachdem wir jetzt die Schuldfrage geklärt haben, sollten wir uns vielleicht unseren dringlicheren Problemen widmen.« Si Cwan wartete, doch die einzige Antwort, die er erhielt, war ein Grunzen. Er beschloß, diese Äußerung als Zustimmung zu verstehen, und sagte nach kurzer Überlegung: »Ich denke, wir sollten uns aufteilen.«

»Und ich denke, daß Sie ein Idiot sind«, erwiderte Kebron.

»Warum? Auf diese Weise bieten wir ein weniger auffälliges Ziel.«

Kebron warf ihm einen finsteren Blick zu. »Schauen Sie mich an. Schauen Sie sich selbst an. Unsere Figur macht uns zu einem Ziel, ob wir nun zusammen oder einzeln auftreten. Wenn wir allein sind, können wir uns nicht gegenseitig den Rücken freihalten.«

»Als ob Sie mir den Rücken freihalten würden!« entgegnete Si Cwan verächtlich. »Viel Glück, Kebron. Ich werde sehen, was ich allein erreichen kann.« Er wollte sich aus dem Versteck entfernen, als er spürte, wie sich Kebrons starke Hand plötzlich auf seine Schulter legte. Bevor er auch nur ein einziges Wort des Protests äußern konnte, hatte Kebron ihn zurückgezerrt und gegen die Wand gestoßen. Das Metall erzitterte leicht unter dem Aufprall.

»Sie sind hier kein Prinz, Cwan«, teilte Kebron ihm gepreßt mit. »Und auch kein Lord. Sie werden tun, was ich sage, und wenn Sie es nicht tun, werde ich Ihnen mit bloßen Händen den Schädel zerquetschen, um jenen, die hinter uns her sind, weitere Mühen zu ersparen. Haben wir uns verstanden?«

Es gab mindestens hundert Erwiderungen, die Si Cwan in den Sinn kamen, doch er verzichtete darauf, sie zu artikulieren. Allerdings wäre es ihm generell schwergefallen, sich zu artikulieren, da Kebrons Finger sich um seine Kehle klammerten. So gelang es ihm mit Mühe und Not, ein heiseres »Klar!« zu krächzen.

Kebron ließ ihn los, und Si Cwan hielt sich den Hals, während er Kebron anstarrte. »Und Sie wollen auf *meiner* Seite stehen?«

Zak Kebron erachtete es offensichtlich als unter seiner Würde, eine Antwort auf diese Frage zu geben. Statt dessen horchte er aufmerksam. »Sie kommen«, sagte er so leise, wie es ihm möglich war.

Si Cwan lauschte ebenfalls. »Es sind zwei. Glauben Sie, daß dies die ganze Besatzung ist?«

»Davon sollten wir lieber nicht ausgehen«, stellte Kebron fest. Si Cwan hatte anscheinend keine Einwände gegen diese Einschätzung.

Kebron zeigte nach oben, was heißen sollte, daß sie sich auf dem Deck über ihnen bewegten. Si Cwan nickte, dann schaute er sich um. Drei Meter hinter ihnen befand sich eine Treppe, die zum nächsthöheren Deck hinaufführte und hinter der sich ein freier Raum befand. Cwan deutete mit dem Daumen in diese Richtung, und Kebron verstand sofort, was Si Cwan damit sagen wollte. Sie zogen sich zurück und versuchten sich hinter der Treppe zu verstecken, doch dort war es zu eng für sie beide. Kebron zeigte mit dem Finger auf Si Cwan und sagte: »Lockvogel.«

Die Aufgabe eines Lockvogels war nicht unbedingt Si Cwans erste Wahl, aber es blieb keine Zeit, um die Angelegenheit auszudiskutieren. Außerdem lag etwas in Kebrons herausforderndem Blick, das ihn ärgerte. Als wäre Kebron davon überzeugt, daß Si Cwan sich niemals in Gefahr begeben würde, sondern lieber darauf vertraute, daß Kebron ihn heraushaute.

Si Cwan bezog direkt vor der Treppe Stellung, etwa zwei Meter von Kebron entfernt. Dieser ging hinter der Treppe in Deckung. Der Lärm von oben wurde lauter, dann tauchten zwei Füße auf, die die Stufen hinabstiegen. Cwan keuchte auf, als er sah, daß es zwei Thallonianer waren. Sie wurden langsamer, als Si Cwan in ihr Blickfeld geriet. Beide hielten seltsam aussehende Waffen in den Händen, die Si Cwan zuerst nicht erkannte. Aber dann doch. Es waren Plasmastrahler. Es gab nur wenige Waffen mit unangenehmerer Wirkung.

Die beiden blieben auf der Treppe stehen. »Wo ist der andere, Si Cwan?« wollte einer der Thallonianer wissen. »Der mit der grollenden Stimme.«

»Er kam bei Ihrem Angriff ums Leben«, erwiderte Si Cwan. »Er hat es nicht mehr geschafft, sich aus dem Schiff zu retten.«

»Warum glaube ich Ihnen das nicht?« fragte der andere Thallonianer. »Wollen Sie versuchen, uns zu täuschen, Si Cwan?«

»Wo ist meine Schwester? Wer sind Sie?« wollte er wissen.

Sie hatten sich auf der Treppe nicht von der Stelle gerührt. »Es steht ihnen nicht zu, Fragen zu st...« begann einer der beiden.

»Wo ist meine Schwester, und wer sind Sie?« In seiner Stimme lag ein düsterer, furchteinflößender Unterton, und die Thallonianer erschauderten unwillkürlich, als sie ihn hörten. Früher einmal wäre es einem Todesurteil gleichgekommen, jemanden in diesem Tonfall sprechen zu hören. Obwohl Si Cwan unbewaffnet auf die Mündungen der Waffen starrte, die aus nächster Nähe auf ihn gerichtet waren, schien es, als wäre er derjenige, der das Kommando führte.

»Mein Name ist Skarm«, sagte einer von ihnen schließlich, um dann mit einem Kopfnicken auf seinen Kollegen zu deuten. »Und das ist Atol. Ich denke, es ist mehr als angemessen, daß Sie die Namen der Personen erfahren, die Sie töten werden. Was den Aufenthaltsort Ihrer Schwester betrifft«, sagte Skarm und grinste schief, »den wüßten wir auch gerne.«

Er berührte einen Knopf an der Seite des Plasmastrahlers und stieg eine Stufe weiter hinunter. Er zielte mit der Waffe genau auf Si Cwan, während der ehemalige Prinz einfach nur dastand und seine dunklen Augen in kaltem Zorn funkelten.

Dann griffen plötzlich Zak Kebrons Hände zwischen den Treppenstufen hindurch und packten Skarms Knöchel. Skarm, der nicht wußte, wie ihm geschah, stieß einen erschrockenen Schrei aus und ruderte mit den Armen, um die Störung seines Gleichgewichts zu kompensieren. Es gelang ihm jedoch nicht, so daß er vornüber die Treppe hinunterstürzte. Unterdessen blickte sein Kollege namens Atol sich hektisch um, da er keine Ahnung hatte, was plötzlich geschah.

Der Strahler fiel Skarm aus der Hand und polterte zu Boden. Si Cwan hechtete darauf zu, und Atol feuerte unverzüglich einen Schuß aus seiner Waffe ab. Sie schien glühende Lava auszustoßen. Der Plasmastrahl zischte dicht an Si Cwan vorbei, und es war nur seine Geschwindigkeit, die ihm das Leben rettete, als er nach hinten zurückwich. Der Strahl traf die heruntergefallene Waffe und brachte das Magazin mit dem Plasmafeld zur Explosion.

Si Cwan blieb nur ein Sekundenbruchteil, um zu reagieren, und er tat das einzige, was ihm in diesem Augenblick einfiel. Er sprang senkrecht nach oben und krallte seine Finger verzweifelt in das Deckengitter genau über ihm, um seinen Körper nach oben zu ziehen, als die getroffene Waffe detonierte. Unter ihm breitete sich ein Feuerball aus, und er spürte, wie seine Jacke am Rücken versengt wurde. Sofort streifte er das brennende Kleidungsstück ab und ließ es in die Flammen fallen, die hungrig nach ihm leckten.

Atol bekam ebenfalls etwas von der Hitze ab, aber er versuchte trotzdem, unter die Treppenstufen zu schauen. Ihm blieb nur ein Sekundenbruchteil, um zu reagieren, nachdem er die furchtbaren Augen von Zak Kebron entdeckt hatte. Kebron gab daraufhin seine obsolet gewordene Deckung auf und erhob sich. Dabei riß er die Treppe aus der Verankerung und warf Atol kopfüber in den Flammenherd aus brennendem Plasma. Skarm rollte von den Stufen, als Kebron sie hochstieß, und sein schlaffer Kopf ließ keinen Zweifel daran, daß er bereits tot war. Beim Sturz hatte er sich das Genick gebrochen.

Atol stieß einen Schrei aus, der kurz darauf erstarb, als er ein Opfer der Flammen wurde. All das geschah innerhalb weniger Sekunden, und nun wurden die automatischen Feuerbekämpfungssysteme des Schiffes aktiviert. Wasser sprühte unter hohem Druck aus verborgenen Leitungen entlang des Korridors und löschte den Brand innerhalb weniger Augenblicke.

Si Cwan ließ los und landete in der Hocke auf dem Boden. Kebron stieß die verbogenen Überreste der Treppe beiseite, während Si Cwan keine Zeit verlor und sich um Atol kümmerte. Der Körper des Thallonianers war eine einzige Masse aus Verbrennungen. Das Plasma hatte schnell, effizient und grausam gearbeitet. Es war klar, daß er keine Gefahr mehr darstellte, aber Si Cwan war nicht gewillt, ihn einfach so entkommen zu lassen. Er packte Atol am Kopf und riß ihn hoch. Das hätte er vielleicht nicht tun sollen, denn dabei löste sich ein Stück Haut, das als großer, verkohlter Fladen in seiner Hand zurückblieb. Mit einem angewiderten Brummen warf Si Cwan es beiseite und begnügte sich nun damit, Atol ins Gesicht zu knurren: »Wo ist meine Schwester? Ist sie auf diesem Schiff? Wer steckt hinter all dem? Wenn Sie darauf hoffen, Ihre Vorfahren halbwegs in einem Stück begrüßen zu können – die Vorfahren, die meiner Familie die Treue schworen, lange bevor der Vater ihres Vaters geboren war –, dann beantworten Sie *sofort* meine Fragen!«

Atols Mund bewegte sich, aber es kam kein Wort heraus. Si Cwan konnte jedoch trotzdem erkennen, was Atol sagen wollte, auch wenn kein Laut zu hören war. Ein zweisilbiger Name, von dem er gehofft hatte, ihn nie wieder zu hören. »Zoran?« fragte er entsetzt.

Atol gelang es mit Mühe zu nicken, dann erzitterte sein Körper. »Gehen Sie zu Ihren Vorfahren!« sagte Si Cwan, und als würde er einem letzten Befehl seines ehemaligen Herrn gehorchen, schüttelte Atol den Kopf. Allerdings ließ sich nicht mehr unterscheiden, ob es eine absichtliche Bewegung war oder ob sie zu den beginnenden Todeszuckungen gehörte. Dann verdrehte er die Augen und erstarrte.

Kebron stand über den zwei Thallonianern am Boden und blickte auf sie herab. Sein Phaser steckte immer noch unberührt im Halfter. »Ich hatte eigentlich den Eindruck gewonnen«, sagte Si Cwan, »daß Starfleet-Sicherheitsoffiziere ihren Gegnern die Chance zur Kapitulation geben.«

Der Brikar schien kurzzeitig darüber nachzudenken, während er mit der Stiefelspitze gegen Skarms Leiche stieß. »Schändliche Gerüchte!« sagte er schließlich und fragte nach einer Pause: »Wer ist Zoran?«

»Ein sehr ungewöhnlicher Mann. Er hat es sich in den Kopf gesetzt, mich zu töten.«

Kebron blickte ihn mit seiner typischen todernsten Brikar-Miene an und sagte: »Ich hoffe, Sie glauben nicht, daß sein Wunsch, Sie zu töten, ihn zu einem ungewöhnlichen Mann macht.«

Si Cwan brummte in einem Tonfall, der beinahe nach makabrer Belustigung klang, und schob sich dann an Kebron vorbei. Cwan war ein geborener Anführer, und seine Natur drängte ihn dazu, immer die Kontrolle zu übernehmen und in der ersten Reihe zu stehen, ganz gleich, in welcher Situation.

Diesmal hätte seine Natur ihn beinahe das Leben gekostet.

Kebron bemerkte erst im allerletzten Moment, daß sich ein Schatten aus den übrigen Schatten weiter hinten im Korridor löste. Die beiden Männer hatten einen dritten Begleiter gehabt, der sich genähert hatte, während die ersten beiden auf die Eindringlinge gestoßen waren. Zak blieb sehr wenig Zeit für eine Reaktion. Er holte mit seinem schweren Arm aus, warf Si Cwan zu Boden, zog seinen Phaser und feuerte …

… aber zu spät. Der Angreifer am anderen Ende des Korridors sah, wie mit dem Phaser auf ihn gezielt wurde, und ging hinter einer Strebe in Deckung, während er gleichzeitig einen Schuß mit seinem Plasmastrahler abgab. Der Strahl traf Kebron in die rechte Schulter, worauf der Brikar ein schmerzvolles Grunzen ausstieß, was jedoch seine einzige Reaktion auf den Treffer darstellte. Bei anderen Spezies hätte der Plasmastrahl das Fleisch bis auf die Knochen verdampft, aber die Haut eines Brikar war erheblich widerstandsfähiger. Trotzdem empfand Kebron offensichtlich große Schmerzen, während das Plasma in seiner Schulter brodelte und sich ein gräßlicher Gestank nach verbranntem Fleisch ausbreitete.

Er ließ den Phaser fallen, den Si Cwan in der Luft auffing. Mit einer eleganten Bewegung legte Cwan an und feuerte. Der Phaserstrahl traf den thallonianischen Angreifer und warf ihn zurück. Er schlug gegen die Wand, seine Waffe wurde aus der Hand geschleudert und fiel neben ihm zu Boden. Der Thallonianer faßte sich an die Brust und wollte mit der anderen Hand nach dem Strahler greifen, doch dann sah er, daß Si Cwan ihn erneut ins Visier nahm, worauf er in die entgegengesetzte Richtung sprang und in einem seitlichen Korridor verschwand, bevor Si Cwan ihn mit einem Phaserschuß stoppen konnte. Cwan setzte ihm nach, ohne sich zu vergewissern, wie es dem gestürzten Brikar ging. Er war ganz darauf konzentriert, den dritten Angreifer zu jagen und in Erfahrung zu bringen, ob sich Kallinda irgendwo auf diesem Schiff befand. Er würde es herausfinden, selbst wenn er es aus dem Kerl herausprügeln mußte.

Er hetzte um die Ecke und hielt nicht einmal an, um den Plasmastrahler aufzuheben, weil er keine Zeit verlieren wollte. Doch vom Thallonianer war nichts zu sehen, so daß Si Cwan hinter der nächsten Ecke in einen weiteren Korridor trat.

Er sah die Eisenstange nicht, die sich plötzlich in Bewegung setzte. Aber er spürte sie, als sie gegen seinen Arm schlug, mit dem er den Phaser hielt. Immerhin gelang es ihm, die Waffe nicht zu verlieren, und er versuchte sie auf seinen Angreifer zu richten. Doch ein weiterer Hieb mit der Eisenstange zerschmetterte seine Finger, worauf ihm der Phaser aus der Hand fiel.

»Haben Sie Angst, mir von Mann zu Mann gegenüberzutreten, o großer Lord?« verspottete ihn der Thallonianer. Die Stange, die er hielt, war etwa einen Meter lang, und er hatte sie fest an einem Ende gepackt.

»Ich kenne Sie. Sie sind Dackow, nicht war?« sagte Si Cwan langsam. In seiner rechten Hand tobten furchtbare Schmerzen, doch seine linke war völlig in Ordnung. Die Finger krallten sich in das Bodengitter, und er spürte, daß es ein wenig nachgab. Offenbar bestand es aus einzelnen Abschnitten, die in passende Nuten im Boden eingelassen waren.

Dackow hielt überrascht inne. »Ich bin beeindruckt, daß ein so großer Mann wie Sie sich an einen bescheidenen Niemand wie mich erinnert.«

»Es fällt mir schwer, einen Speichellecker wie Sie zu vergessen. Ich erinnere mich, daß Sie gerne am Rand des königlichen Hofs herumgelungert haben, um im richtigen Moment zu lachen, wenn die richtige Person sprach, und die Nase zu rümpfen, wenn jemand in Ungnade fiel. Und als sich die Stimmung gegen meine Familie wandte, gehörten Sie zu den ersten, die sich auf die Seite jener schlugen, die uns verbannen wollten. Sie drehen Ihr Fähnchen nach dem Wind, Dackow, und Sie haben sich zweifellos für Ihre Voraussicht beglückwünscht, aber in Wirklichkeit sind Sie ein Feigling. Ein ausgemachter Feigling.«

Mit einem Wutschrei hob Dackow die Stange über den Kopf und holte in weitem Bogen damit aus. Hätte der Schlag ins Ziel getroffen, wäre Si Cwan vermutlich der Schädel gespalten worden.

Mit einem heftigen Ruck riß Si Cwan das metallene Bodengitter hoch und hielt es sich wie einen Schild vor den Körper. Die Stange krachte mit einem ohrenbetäubenden Knall gegen das Gitter. Dackow veränderte den Winkel und zielte mit dem zweiten Schlag auf Cwans Rippen. Doch auch diesmal parierte Si Cwan den Angriff, nachdem er inzwischen in die Knie gegangen war. Immer wieder schlug Dackow zu, während sein Zorn sich ins Maßlose steigerte; immer wieder versuchte er den thallonianischen Prinzen zu treffen. Von links, von rechts, von oben und von unten, doch jedesmal konnte Si Cwan sich erfolgreich verteidigen.

Mit einem noch wütenderen Schrei wechselte Dackow seinen Griff und versuchte nun, die Stange Cwan in den Leib zu treiben, als wollte er einen Vampir pfählen. Si Cwan wich ein Stück zurück, um den Abstand zwischen sich und Dackow zu vergrößern, dann warf er das Gitter wie einen Diskus von sich. Dackow sah, wie es auf ihn zuflog, aber im schmalen Korridor war nicht genügend Platz, um dem Wurfgeschoß auszuweichen. Das Metallgitter schlug mit beträchtlicher Gewalt gegen seinen Körper, genau in den Solarplexus. Dackow heulte vor Schmerz auf, und Si Cwan war wieder auf den Beinen, um sich mit ausgebreiteten Armen auf ihn zu werfen. Er bekam den Rand des Gitters zu fassen und stieß mit aller Kraft zu.

Dadurch wurde der gegenüberliegende Rand etwa eine Handspanne tief in Dackows Körper getrieben, der von den Beinen gerissen wurde. Sein Rücken krachte gegen die Wand, und es gab ein hörbares Knacken … das Geräusch, mit dem sein Rückgrat brach, als wäre es nicht genug, von scharfem Metall aufgespießt zu werden.

Blut sickerte ihm aus den Mundwinkeln, und Si Cwan trat zurück. Er ließ das Gitter los, worauf Dackow zu Boden sackte. »Wo ist Kallinda? Wo ist meine Schwester?« verlangte er zu wissen.

Dackow sammelte einen Teil des Blutes in seiner Mundhöhle und schaffte es, Si Cwan damit voller Verachtung anzuspucken. Es war das letzte, was er in seinem Leben vollbrachte.

Si Cwan hörte, wie sich schwere Schritte von hinten näherten, und wirbelte herum, die Arme in Verteidigungshaltung angewinkelt, doch es war nur Kebron, der ihm gefolgt war. Der Brikar massierte sich die verletzte Schulter, als er sagte: »*Erst* fragen ... und *dann* töten. Das ist wesentlich produktiver.«

»Ich werde versuchen, es mir zu merken«, gab Si Cwan zurück. Für einen Moment fühlte er sich unsicher auf den Beinen, als die Anstrengung des Kampfes ihren Tribut forderte. »Was denken Sie, wie viele es noch sind?«

»Ich habe keine Ahnung«, erwiderte Kebron. »Und das macht mir Sorgen.« Er hob den zu Boden gefallenen Phaser auf und steckte ihn wieder an seinen Gürtel. Er hielt einen der Plasmastrahler in der Hand und deutete auf den anderen, der am Boden lag. »Schnappen Sie ihn sich, und lassen Sie uns dann weiter vorrücken.«

Noch vor kurzem hätte sich Si Cwan vielleicht über Kebrons Kommandoton geärgert, doch nun nickte er nur und hob den Plasmastrahler auf. »Im allgemeinen mag ich keine Waffen«, bemerkte er. »Sie können versagen oder einem abgenommen werden.«

»Tatsächlich? Mir geht es genauso. Benutzen Sie sie trotzdem, wenn es sein muß.« Er zeigte entschlossen in eine Richtung. »Hier entlang!«

»Warum dort entlang?«

»Warum nicht?«

Dazu fiel Si Cwan keine geeignete Antwort ein, also zuckte er mit den Schultern und folgte Kebron in die Richtung, die er vorgegeben hatte. Doch dann hörten sie hinter sich einen leisen, hellen Ton. Sie hielten an, drehten sich um ...

... und stellten fest, daß Dackows Kommunikator piepte.

Im Kontrollraum starrte Zoran ungläubig auf Rojam. »Sie können *keinen einzigen* erreichen?«

Rojam schüttelte den Kopf. »Ich habe den Kontakt zu allen drei verloren. Sie reagieren auf keinen Anruf mehr.«

»Drei bewaffnete thallonianische Kämpfer gegen einen Starfleet-Schwächling und einen verweichlichten Snob«, knurrte Zoran. »Wie ist das möglich?«

Nun verlor Rojam die Geduld mit Zoran, was eine sehr gefährliche Entwicklung war, aber es war ihm inzwischen gleichgültig geworden. »Weil es keine Schwächlinge sind, die für Starfleet arbeiten, und weil Si Cwan – ganz gleich, wie sehr Sie und wir alle ihn verabscheuen – alles andere als ein verweichlichter Snob ist. Er ist vor allem ein beeindruckender Kämpfer, und Sie täten gut daran, sich an diese Tatsache zu erinnern.«

»Ich täte gut daran, mich zu erinnern? Ich? Sie täten gut daran«, knurrte Zoran, während er wütend die Hände zu Fäusten ballte, »sich daran zu erinnern, daß ...«

Er erhielt keine Gelegenheit mehr, seinen Satz zu vervollständigen, denn in diesem Augenblick meldete die Kommunikationskonsole einen Anruf. Rojam drückte eine Taste, um die Verbindung herzustellen, womit auch die Identifikationskennung übertragen wurde, und sagte dann: »Dackow? Haben Sie etwas erreicht?«

Es gab eine kurze Pause, bis eine vertraute Stimme sagte: »Dackow dürfte jetzt nicht mehr allzuviel erreichen.« Sie hörten ein leises Kichern und dann: »Hallo, Zoran!«

»Si Cwan!« antwortete Zoran mit einem wütenden Knurren.

»Es ist schon sehr lange her, nicht wahr?«

»Dafür werde ich Sie töten!«

»Dafür und für all die anderen eingebildeten Beleidigungen.« Er klang amüsiert, doch dann wurde er todernst. »Wo ist Kallinda, Zoran? Sie hat Ihnen nichts getan. Und Sie sind nicht mehr als ein sadistisches Schwein.« Nun wurde sein Tonfall spöttisch. »Ich hätte gedacht, Sie würden sie freilassen, damit wir die Sache allein unter uns austragen können, Zoran. Unter Männern, ohne daß Drohungen gegen ein unschuldiges Mädchen ausgestoßen werden müssen. Sie haben doch immer so ›hohe‹ Maßstäbe an sich angelegt. Sie haben sich im Vergleich zu mir immer für etwas wesentlich Besseres gehalten. Doch Sie sind immer tiefer gesunken, haben sich von Ihrer Eifersucht und Ihrem Zorn immer tiefer in den Dreck ziehen lassen. Sie wollten sich immer als überlegenes Individuum präsentieren, während Sie nicht einmal den Mut hatten ...«

»Sie ist tot, Sie Narr!«

Rojam drehte sich um und starrte Zoran in fassungslosem Entsetzen an, und diesmal konnte Zoran es ihm nicht einmal verübeln. Kallinda wäre ein Trumpf gewesen, den sie ausgezeichnet gegen Si Cwan hätten ausspielen können. Damit hätten sie ihn vielleicht in eine Situation manövrieren können, aus der er nicht mehr entkommen konnte. Doch nun hatte Zoran diese Chance verspielt.

Zoran wandte sich ab, worauf Rojam die Verbindung unterbrach und hastig auf Zoran zutrat. »Warum haben Sie das gesagt? Warum?« wollte er wissen.

Zoran wirbelte zu ihm herum und zischte: »Weil ich ihm Schmerzen zufügen wollte. Ich wollte, daß zuerst seine Seele stirbt. Sie haben gehört, was er gesagt hat! Sie haben seine selbstgefälligen Beleidigungen gehört ...«

»Er hat Ihnen einen Köder hingeworfen, den Sie bereitwillig geschluckt haben! Wir waren im Vorteil! Wir hätten ihm Forderungen stellen können! Statt dessen haben Sie alles vereitelt!«

»Wir sind immer noch im Vorteil! Wir sind bewaffnet! Wir sind in der Überzahl! Wir haben ...«

Doch dann trat Jufim vor und gab zu bedenken: »Wahrscheinlich sind sie ebenfalls bewaffnet. Wir müssen davon ausgehen, daß sie den anderen die Waffen abgenommen haben. Jetzt streunen sie durch das Schiff und haben die Möglichkeit, uns große Schwierigkeiten zu machen.«

Es kostete Zoran offensichtlich erhebliche Mühe, sich auf Jufim zu konzentrieren. »Was sagen Sie da?«

»Ich sage, wir sollten unsere Verluste in Grenzen halten, das Schiff aufgeben und es aus sicherer Entfernung sprengen.«

»Um ihn womöglich entkommen zu lassen?«

»Es gehörte nie zu unserem Plan, ihn zu jagen! Das war niemals vorgesehen!« sagte Jufim. »Das haben Sie völlig aus den Augen verloren! Sie haben alles andere aus den Augen verloren, weil Si Cwan unverhofft unseren Weg kreuzte und Sie von einem Moment auf den anderen Ihre bisherigen Prioritäten vergessen haben! Für mich besitzt es jedenfalls höchste Priorität, diesem Wahnsinn einigermaßen unversehrt zu entkommen! Und wenn Sie nicht genauso denken, dann stimmt etwas mit Ihnen nicht.«

»Mit mir soll etwas nicht stimmen?«

»Ja!«

Zoran wurde plötzlich ungewöhnlich ruhig, und diese Ruhe war im Grunde viel furchteinflößender als sein Zorn. »Zehn Minuten«, sagte er.

Rojam und Jufim warfen sich einen kurzen Blick zu. »Was ist damit?« fragte Rojam.

»Zehn Minuten. Ich will nur zehn Minuten, um diesen Bastard zu jagen. Wenn ich seinen Kopf nicht in zehn Minuten habe, dann tun wir, was Sie vorgeschlagen haben. Was sagen Sie dazu?«

Die Wahrheit lautete, daß keiner von ihnen sonderlich von diesem Plan angetan war. Aber sie sahen den eiskalten Blick in seinen Augen und erkannten, daß sie nicht mehr von ihm erwarten konnten. Langsam und zögernd nickten sie, um ihr Einverständnis anzuzeigen.

»Rojam«, sagte Zoran mit beinahe übernatürlicher Ruhe, »stellen Sie den Zeitzünder der Bombe auf fünfzehn Minuten ein. Damit bleiben mir die zehn Minuten, auf die wir uns geeinigt haben, und weitere fünf, um unser Schiff zu verlassen und uns zu entfernen. Das ist mehr als genug.«

Mehr als genug für jemanden, der sich nach dem Tod sehnt ... dachte Rojam, doch er wagte nicht, es laut auszusprechen. Er hatte das Gefühl, daß er bereits mehr gesagt hatte, als er sich unter normalen Umständen erlauben konnte.

»Sie ist tot, Sie Narr!«

Die Worte schnitten tief in Si Cwans Herz und vereisten seine Seele. Er bemerkte nicht einmal, daß er leicht schwankte, bis er Kebrons Hand an seinem Arm spürte, der ihn dadurch stützen wollte. Sein rotes Gesicht wurde dunkelviolett, ein Anzeichen für heftigste Erregung. Er hielt den Kommunikator, den sie dem toten Thallonianer abgenommen hatten, in der Hand, so fest, daß nicht mehr viel fehlte, bis er das Gerät zerquetscht hätte.

»Si Cwan ... beruhigen Sie sich«, drängte Kebron energisch. »Die anderen versuchen nur, Sie wütend zu machen. Und Wut ist ein äußerst gefährlicher Zustand. Zumindest werden Sie mir dann nicht mehr von großem Nutzen sein.«

Si Cwan war nicht anzumerken, ob er ihn gehört hatte oder nicht. Er hob den Kommunikator. »Sie lügen!« fauchte er hinein. *»Sie lügen!«*

Als keine Antwort kam, schüttelte er das Gerät, bis Kebron es ihm aus den Fingern wand. »Sie vergeuden Ihre Zeit«, sagte er. »Er wird nicht antworten.«

Si Cwan wirbelte herum und starrte dem Brikar ins

Gesicht. In seinen Augen funkelte eine entfesselte Mordlust. Bislang hatte Kebron in erster Linie Verachtung für Si Cwan empfunden. Verachtung, Verärgerung und Wut. Doch niemals hatte er sich auch nur im geringsten eingeschüchtert gefühlt. Aufgrund des massiven Körperbaus und der Selbstsicherheit, die eine widerstandsfähige Haut mit sich brachte, war es im allgemeinen recht schwierig, einem Brikar Furcht einzuflößen. Auch als Kebron nun in Si Cwans Augen blickte, fühlte er sich nicht unbedingt eingeschüchtert, aber er wußte genau, daß er unter gar keinen Umständen in der Haut dieses Zoran stecken wollte.

»Wir müssen ihn finden«, sagte Si Cwan gepreßt. »Wir müssen ihn finden, und wenn ich ihn töte, kann ich das hier nicht gebrauchen.« Er zeigte auf den Plasmastrahler. »Das muß Ihnen klar sein, Kebron. Er wird mit meinen Händen an seiner Kehle sterben. Jedes andere Mittel wäre unangemessen.«

»Es gibt Alternativen«, sagte Kebron. »Es ist nicht zwingend notwendig, ihn zu töten.«

Die Temperatur im Korridor schien aufgrund der Kälte in Cwans Stimme um etwa zwanzig Grad zu fallen. »Nein. Es gibt keine Alternativen.«

Und plötzlich piepte der Kommunikator. Kebron aktivierte ihn, und sie hörten Zorans Stimme sagen: »Hallo, Si Cwan. Ich gehe davon aus, daß Sie mich hören können.«

Si Cwan wollte zu einer geharnischten Erwiderung ansetzen, doch Kebron legte einen Finger auf seine Lippen. Zuerst stutzte Cwan, doch dann erkannte er die Weisheit dieser Empfehlung. Ein Gespräch mit Zoran würde nur dazu führen, daß Si Cwan noch wütender und noch unbeherrschter wurde, was nur Zorans Selbstsicherheit stärken würde. Cwan mußte sich auf die Unterlippe beißen, so heftig, daß einige schwärzliche Blutstropfen austraten.

»Si Cwan«, sagte Zoran langsam. »Es war so einfach, Sie hinters Licht zu führen. Ich mußte nur den Computer ein wenig umprogrammieren, um Kallindas Stimme zu synthetisieren. Es dauerte nur dreißig Sekunden. Dreißig Sekunden, um ihre Hoffnung zu schüren.« Er senkte die Stimme, so daß sie nun wie ein obszönes Schnurren klang. »Sie schrie Ihren Namen, als sie starb, Si Cwan. Immer wieder hat sie nach Ihnen gerufen. Ich werde Ihnen nicht erzählen, wie sie starb. Ich werde Ihnen nicht sagen, was ihr angetan wurde, wie lange es dauerte und was sie im einzelnen durchmachte. Wissen Sie warum? Weil Sie sich nun die schlimmsten aller denkbaren Fälle ausmalen werden. Ich will nicht, daß die Wahrheit vielleicht gar nicht so schlimm ist wie das, was Ihre Phantasie heraufzubeschwören imstande ist.«

Si Cwan zitterte sichtlich. Er konnte sich nur noch mit Mühe beherrschen.

»Ich suche nach Ihnen, Si Cwan«, sagte Zorans höhnische Stimme. »Kommen Sie, und suchen Sie nach mir ... wenn Sie können.« Damit unterbrach er die Verbindung.

»Si Cwan ... reißen Sie sich zusammen!« Kebron sah, daß Si Cwan vor blinder Wut sprachlos geworden war, und er packte ihn fest an den Schultern.

Seine Stimme war nur noch ein ersticktes Flüstern. »Ich werde ihn töten ...«

»Wenn ich Sie wäre, würde ich es auch wollen. Keine Frage. Aber in Ihrer gegenwärtigen Verfassung ist es wahrscheinlicher, daß er Sie töten wird. Auch das steht außer Frage. Im Augenblick sind Sie genau das, was er sich wünscht: ein leichtes Opfer, das sich kaum noch wehren kann.« Aber Si Cwan hörte ihm gar nicht zu. Er war völlig in seine eigenen Gedanken versunken, murmelte leise vor sich hin und achtete überhaupt nicht mehr auf seine Umgebung. Sein Kopf war von den eingebildeten Todesschreien seiner Schwester erfüllt.

Kebron schüttelte ihn und sagte: »Cwan, ich weiß genau, wie Sie sich fühlen.«

Si Cwan gelang es mit Mühe, sich auf ihn zu konzentrieren. »Nein, das können Sie nicht wissen ... Sie können nicht einmal ...«

»Und ob ich es kann«, gab Kebron zurück. »Meine Eltern lebten in einer Bergwerkskolonie ... bis sie von orionischen Piraten getötet wurden, die nach Beute suchten und die Kolonie plünderten. Sie haben dafür gearbeitet, mich an die Akademie schicken zu können, und während ich dort war, mußten sie ihre Selbstlosigkeit mit dem Tod bezahlen. Als ich davon hörte, ließ ich mich von der Akademie beurlauben und versuchte, die Piraten aufzuspüren. Und wissen Sie, was geschah? Ich wurde beinahe getötet. Als Starfleet mich wiederfand, war ich fast tot. Ich lag zwei Monate lang im Lazarett, bis man mich wieder zusammengeflickt hatte. Ich bin denen, die meine Familie zerstörten, nie wieder begegnet, und ich hatte großes Glück, die erste Begegnung zu überleben, nur weil ich blind vor Zorn war, genauso wie Sie es jetzt sind. Und jetzt reißen Sie sich zusammen!«

Es war die längste Rede, die Si Cwan je von Kebron gehört hatte. Und es war auch die längste Rede, die Kebron je gehalten hatte, soweit er selbst sich erinnern konnte. Und er mußte schnell weiterreden, nachdem er einmal Cwans Aufmerksamkeit gewonnen hatte. »Dieser Zoran ... erzählen Sie mir alles über ihn. Sagen Sie mir, womit wir rechnen müssen.«

»Zoran ...« sagte Si Cwan und atmete tief durch. »Zoran ... er ist wahrscheinlich nicht allein. Die wir bereits erledigt haben, waren bestimmt nicht die einzigen. Einer heißt Rojam, der andere Jufim. Sie sind zweifellos zu dritt.«

»Woher wollen Sie das wissen?«

»Weil«, sagte Si Cwan mit eiskalter Stimme, »wir früher zu viert waren.« Er hielt für die Dauer eines Herzschlags inne. »Waren Sie jemals gezwungen, Ihren besten Freund zu töten? Gibt es auch in dieser Hinsicht eine Gemeinsamkeit zwischen uns?«

»Nein«, gestand Kebron ein.

»Nun … gut«, sagte Si Cwan und faßte Zak Kebrons Ellbogen. »Dann kommen Sie mit. Ich werde Ihnen zeigen, wie es geht.«

V.

»Ist es nicht erstaunlich?« murmelte Calhoun, während der Planet Nelkar auf dem Hauptsichtschirm unter ihnen rotierte. »Von hier oben sieht ein Planet im Grunde wie der andere aus. Manchmal möchte man planetengebundene Spezies, die sich untereinander bekriegen, nach hier oben bringen, um ihnen ihre Welt zu zeigen. Damit sie erkennen, daß es *eine* Welt ist, auf der sie gemeinsam leben sollten, statt darum zu kämpfen.«

Shelby, die neben ihm auf der Brücke stand, fragte: »Und wenn jemand genau das mit dem jungen ...« Sie tat sich wie üblich etwas schwer mit der Aussprache. »... M'k'n'zy von Calhoun gemacht hätte ... hätte er dann mit dem Kämpfen aufgehört?«

»Nein«, mußte er mit einem leichten Grinsen zugeben. Er dachte an das Kurzschwert, das an der Wand seines Bereitschaftsraums hing. »Mister Boyajian«, sagte er mit etwas lauterer Stimme, um das Thema zu wechseln, »haben Sie schon mit jemandem auf der Planetenoberfläche Kontakt aufnehmen können?«

»Noch nicht, Captain. Bis jetzt habe ich ... Einen Moment. Ich empfange soeben eine Übertragung.«

»Auf den Schirm.«

Der Sichtschirm flackerte nur leicht, und dann wurde ein männlicher Nelkarit sichtbar. Er sah ähnlich engelhaft wie Laheera aus ... und präsentierte die gleiche Zu-schön-um-wahr-zu-sein-Erscheinung, die Calhoun als so ärgerlich empfunden hatte, als er den Nelkariten zum ersten Mal begegnet war.

»Ich grüße Sie«, sagte er mit melodischer Stimme, die ebenfalls an Laheera erinnerte. »Ich bin Celter, der Gouverneur der Hauptstadt Selinium. Willkommen auf Nelkar.«

»Mackenzie Calhoun, Captain der *Excalibur*. Laheera teilte uns mit, daß Sie bereit sind, den Passagieren, die sich an Bord unseres Schiffes befinden, Asyl zu gewähren.«

»So ist es. Und sie teilte uns mit«, erwiderte er, wobei ein offenes Lächeln auf sein Gesicht trat, »daß Sie uns nicht trauen.«

»Ich bin während eines Erstkontakts zur Umsicht verpflichtet«, erklärte Calhoun sachlich. »Es wäre grob nachlässig von mir, wenn ich nicht zumindest gewisse Bedenken hätte, vier Dutzend Individuen auf einer fremden Welt abzusetzen.«

»Ich möchte Ihnen in Erinnerung rufen, Captain, daß Sie hier die Fremden sind. Wenn irgendwer das Recht zur Besorgnis hat, dann wir. Trotzdem heißen wir Sie willkommen und vertrauen Ihnen. Wir denken, daß wir zumindest eine ähnliche Rücksichtnahme verdient haben.«

»Natürlich«, räumte Calhoun ein. »Nichtsdestotrotz würden wir die Passagiere gerne mit einer Eskorte zu Ihnen schicken. Ich ziehe einen Bericht aus erster Hand vor, um mich über die Umgebung zu informieren, in der wir sie absetzen.«

»Wie Sie wünschen, Captain«, sagte Celter mit höflicher Unbestimmtheit. »Wir haben nichts zu verbergen. Wir geben uns lediglich Mühe, uneigennützig zu sein. Schließlich leben wir in ungewöhnlichen Zeiten.«

»Jede Zeit ist ungewöhnlich, Gouverneur. Manche Zeiten sind nur etwas ungewöhnlicher als andere. Bitte geben Sie uns die Koordinaten, an denen wir Ihre neuen Mitbürger absetzen sollen. Calhoun Ende.« Der Sichtschirm wurde dunkel, bevor Celter noch etwas sagen konnte.

Und bevor Calhoun einen weiteren Befehl oder auch nur irgendeine Äußerung von sich geben konnte, sagte Shelby steif: »Captain, Bitte um Erlaubnis, das Außenteam führen zu dürfen.«

Ihr Antrag überraschte Calhoun mitten in einem Gedankengang, und er drehte sich zu Shelby um. Ein Blick in seine dunkelvioletten Augen genügte, um Shelby wissen zu lassen, daß ihre Vermutung den Tatsachen entsprach: Calhoun hatte beabsichtigt, selbst das Außenteam zu führen, obwohl Starfleet dies untersagt hatte. Hätte er die Zusammensetzung des Außenteams bestimmt, bevor sie etwas sagen konnte, hätte sie versuchen müssen, ihm diese Entscheidung auszureden, nachdem sie ausgesprochen war. Sie war nicht daran interessiert, seine Autorität zu untergraben, aber gleichzeitig war sie gewillt, ihren Verpflichtungen als Erster Offizier der *Excalibur* nachzukommen. Und dazu gehörte es, Außenteams zu führen, damit der Captain auf der Brücke in Sicherheit seine Aufgaben erfüllen konnte.

All dies teilten sich die beiden während eines stummen Blickkontakts mit. Es geschah so unterschwellig und beiläufig, daß niemand anderer auf der Brücke etwas davon bemerkte. Calhoun wußte, was Shelby dachte, und sie wußte, was in seinem Kopf vor sich ging. Er wußte genau, warum sie ihm zuvorgekommen war, und es schien ihm nicht besonders zu gefallen. Doch gleichzeitig war er sich bewußt, daß sie aus Respekt vor seiner Position und seinen Gefühlen gehandelt hatte. Nun konnte Calhoun ihre freiwillige Meldung als eigene Befehlsentscheidung bestätigen, und sie mußten nicht um diesen Punkt streiten.

»Also gut«, sagte er langsam. »Commander Shelby, sie führen das Außenteam, das aus Ihnen sowie Lieutenant Lefler und Sicherheitswächter Meyer besteht.«

Robin Lefler blickte von ihrer Station auf. »Ich, Captain?«

»Ich möchte eine Einschätzung des technischen Entwicklungsstandes der Nelkariten. Durch Ihren beruflichen Hintergrund sind Sie die optimale Wahl. Außerdem landeten Sie an der Akademie bei den Prüfungen zur Vorgehensweise bei einem Erstkontakt unter den ersten drei Prozent.«

Sie blinzelte überrascht, da sie offensichtlich von den ausführlichen Kenntnissen des Captains über ihre Ausbildung beeindruckt war. Sie selbst konnte sich gar nicht mehr erinnern, wie sie in diesem speziellen Fach abgeschnitten hatte. »Ähm ... ja, Captain.« Sie stand von ihrer Station auf, und Boyajian, ein zuverlässiger »Springer« auf der Brücke, übernahm ihren Posten. Sie machte sich gemeinsam mit Shelby auf den Weg.

»Captain«, sagte McHenry, unmittelbar nachdem sie verschwunden waren, »woher wußten Sie, daß Lefler bei diesem Kurs ein so gutes Ergebnis erzielt hat?«

Calhoun lächelte. »Ich weiß es gar nicht. Aber wer würde abstreiten, darin gut abgeschnitten zu haben?«

»Captain!«

Er drehte sich zu Soleta um, die sich zu Wort gemeldet hatte. »Ja, Lieutenant?«

»Dr. Selar bittet darum, daß ich in die Krankenstation komme.«

»Sind Sie krank, Lieutenant?«

»Nicht daß ich wüßte, Captain. Mir ist nicht klar, aus welchem Grund Sie mich sprechen möchte. Sie hat mich über meinen Kommunikator kontaktiert. Ich vermute, daß es sich um eine persönliche Angelegenheit handelt. Habe ich die Erlaubnis, die Brücke verlassen zu dürfen?«

Calhoun dachte kurz darüber nach und fragte sich, ob er direkt zu Selar gehen sollte, um sie danach zu fragen. Doch sein Gefühl sagte ihm, daß er sich nicht in diese Angelegenheit einmischen sollte. »Sie bitten mich wegen einer solchen Banalität um meine ausdrückliche Erlaubnis?«

»Die Vorschriften besagen, daß während eines Kontakts oder mitten in einer Mission niemand seinen Posten verlassen darf, sondern in jedem Fall die Erlaubnis ...«

»Ich kenne die Vorschriften, Lieutenant, aber die Person, die sie verfaßt hat, ist nicht hier. Sie sind ein großes Mädchen, Soleta. Teilen Sie mir einfach mit, daß Sie gehen, und werfen Sie ihren Kommunikator nicht in die Schublade, damit ich Sie jederzeit erreichen kann.«

»Captain, ich verlasse jetzt die Brücke.«

»Viel Erfolg!«

Als sie den Turbolift bestieg, seufzte Calhoun innerlich. Was kam als nächstes? Würde jemand »Achtung, der Captain!« brüllen, sobald er den Raum betrat? Einerseits wußte er die Bemühungen zu schätzen, alle Vorgänge mit einer gewissen Ordnung ablaufen zu lassen. Doch andererseits hatte er schon erlebt, daß die Vorschriften so streng befolgt wurden, daß es anderen das Leben gekostet hatte. Wer für Starfleet arbeitete, mußte damit rechnen, aber ein solcher Tod war sinnlos.

Eine innere Stimme warnte ihn davor, sich nicht zu ausführlich mit diesem Thema zu beschäftigen, weil sonst die Gefahr drohte, den Verstand zu verlieren. Also wandte er seine Aufmerksamkeit wieder dem Planeten zu, der sich unter ihnen drehte.

Er spürte, wie sich seine Nackenhaare sträubten.

Diese Sache gefiel ihm ganz und gar nicht.

Die *Excalibur* verfügte nicht über die nötigen Einrichtungen, um alle vier Dutzend Passagiere von der *Cambon* gleichzeitig hinunterzubeamen. Also wurden sie in Sechsergruppen transportiert, wobei Shelby, Lefler und Meyer die erste Gruppe begleiteten. Meyer war ein schlanker und drahtig gebauter Mann mit stahlblauen

Augen, die alles aufzunehmen schienen, was um ihn herum geschah. Außerdem war er einer der schnellsten Schützen der Schiffsbesatzung.

Lefler begann sofort damit, die Architektur von Selinium zu untersuchen, während sie ihre Beobachtungen in den Tricorder diktierte. Sie waren an einem Ort materialisiert, bei dem es sich offenbar um den Zentralplatz der Stadt handelte. Sie standen auf einem erhöhten Gehweg, der über Straßen hinwegführte, auf dem sich der Verkehr mit hoher Geschwindigkeit bewegte. Lefler stellte fest, daß die Fahrzeuge einen niedrigen technischen Entwicklungsstand repräsentierten, da sie sich auf Rädern und nicht mit Antigrav- oder Magnetsystemen fortbewegten.

Ringsum ragten die Gebäude der Stadt auf. Es war jedoch keine besonders große Stadt, obwohl sie als Hauptstadt bezeichnet worden war. Schon die ersten Scans hatten darauf hingedeutet, daß hier kaum mehr als hunderttausend Individuen lebten, was vergleichsweise wenig war.

Trotzdem war etwas an diesen Gebäuden, das ... irgendwie seltsam wirkte. Lefler begann sofort, sie genauer mit ihrem Tricorder zu untersuchen. Sie war so sehr darin vertieft, daß sie gar nicht sah, wie sich das Empfangskomitee dem Außenteam näherte, und sie blickte erst auf, als sie Shelby sagen hörte: »Hallo. Ich bin Commander Shelby von der *U.S.S. Excalibur*. Captain Laheera, wenn ich mich richtig erinnere.«

Laheera, die von weiteren offiziellen Vertretern flankiert wurde, nickte bestätigend mit dem Kopf. »›Captain‹ entspricht nicht ganz unseren Begriffen. Die angemessenere Entsprechung wäre so etwas wie ›Erster unter Gleichen‹. Aber es ist in Ordnung, wenn Sie mich der Einfachheit halber mit ›Captain‹ ansprechen möchten.«

Lefler stellte überrascht fest, daß Laheera verhältnismäßig klein war. In der ganzen Gruppe gab es niemanden, der über 1,50 Meter groß war. Doch sie alle hatten etwas an sich, sie verströmten eine Art inneres Licht, das sie – auch wenn dieser Eindruck schwer zu objektivieren war – größer erscheinen ließ, als sie tatsächlich waren. Größer und beeindruckender … irgendwie.

Ihre Kleidung jedenfalls ließ der Phantasie nur noch wenig Spielraum. Im Gegensatz zur ›offiziellen‹ Garderobe, die sie bei ihrer ersten Begegnung getragen hatte, war Laheera nun ganz in Weiß gekleidet. Sie trug ein enges weißes Oberteil, das knapp unter der Hüfte endete, und darunter weiße Leggings. Der Stoff schmiegte sich so eng an ihre Figur, daß Shelby zweimal hinschauen mußte, um sich zu vergewissern, daß es sich nicht lediglich um Körperbemalung handelte. Es war definitiv Kleidung, aber der Unterschied wäre nur geringfügig gewesen.

Shelby stellte ihre Begleiter vor und suchte dann nach Captain Hufmin von der *Cambon*, der sich in der Nähe aufhielt. Er hatte zur ersten Gruppe gehört, die man hinuntergebeamt hatte, damit er sich mit eigenen Augen davon überzeugen konnte, daß seine Schutzbefohlenen hier gut versorgt sein würden. Andererseits vermutete Shelby aufgrund der erhöhten Atemfrequenz, in die er beim Anblick Laheeras verfiel, daß wohl mehr hinter Hufmins Hilfsbereitschaft steckte als lediglich die Rücksichtnahme auf die Wünsche seiner Passagiere. Er war zweifellos von der Schönheit ihrer Gastgeber fasziniert. Und der Anblick des gesamten Begrüßungskomitees hatte seine Begeisterung offensichtlich noch gesteigert. Vermutlich hätte Laheera ihn dazu auffordern können, sich einen Phaser in den Mund zu stecken und den Auslöser zu drücken, worauf er bereitwillig gehorcht und sich mit seinen letzten Worten bedankt hätte, daß ihm die Ehre, ihr dienen zu dürfen, zuteil geworden war.

Lefler widmete sich unterdessen wieder ihren Pflichten, während die gegenseitige Vorstellung weiterging. Shelby schlenderte beiläufig zu ihr, während Laheera und ihre Kollegen zu den übrigen Flüchtlingen traten, die inzwischen heruntergebeamt worden waren, um sie zu begrüßen.

»Ihre Meinung, Lieutenant?« fragte Shelby.

»Commander ... wenn ich mich recht entsinne, sind sie einigermaßen mit den Borg vertraut.«

»Ein wenig«, sagte Shelby lakonisch.

»Nun ... diese Stadt erinnert mich entfernt daran, auf welche Weise die Borg ... wie sagt man noch gleich ...?«

»Assimilation?« schlug Shelby vor, da sich dieser Begriff zwangsläufig aufdrängte, wenn von den Borg die Rede war.

»Richtig. Wie sie Technologie aus der gesamten Galaxis assimiliert haben. Allerdings haben die Borg sie zu einem uniformen Ganzen integriert. Hier jedoch ... ist es ein großer Mischmasch. Schauen Sie sich um.« Sie zeigte auf die Gebäude. »Alles sieht irgendwie zusammengestückelt aus, ohne Sinn und Verstand. Man kann nirgendwo einen allgemeinen Stil erkennen. Dort drüben, zum Beispiel«, sagte sie und zeigte in eine Richtung, »schauen Sie sich die Kuppel dieses Gebäudes an.«

»Was ist damit?« fragte Shelby, doch dann wurde ihr allmählich bewußt, daß sie diese Frage auch selbst beantworten konnte. »Einen Moment ... ist das nicht ...?«

»Ja, andorianisch. Man erkennt es an den Markierungen am unteren Rand.«

»Wie kommt die Kuppel eines andorianischen Gebäudes auf diesen Planeten?«

»An der Grenze des Sektors 221-G gibt es eine verlassene Kolonie der Andorianer. Ich vermute, daß die Nelkariten sie irgendwann geplündert haben. Sie nahmen alles mit, was sie irgendwie gebrauchen konnten.

Sehen Sie diesen Mann in Laheeras Gruppe? Er trägt ein Gewand aus tellaritischer Produktion. Und die goldene runde Tür im Gebäude da drüben? Das Iris-Schott eines orionischen Sklavenschiffs. Diese Stadt ist ein einziges Sammelsurium. Es ist wie ...« Sie versuchte, einen passenden Vergleich zu finden. »Es ist, als würde man in ein Kannibalendorf kommen und überall auf Kleidung oder Schmuck oder andere Reste von früheren ... äh ... Mahlzeiten stoßen.«

»Wollen Sie damit sagen, wir sollten aufpassen, daß sich die Nelkariten nicht als nächstes für uns interessieren?« sagte Shelby langsam. Sie bemerkte, daß Laheera und die anderen die Begrüßung der Neuankömmlinge abgeschlossen hatten und nun zu ihr und Lefler zurückkehrten.

Lefler schien eine Weile über diese Möglichkeit nachzudenken, doch dann verwarf sie sie. »Nein ... nein, das glaube ich nicht. Sie scheinen nur allgemein an Technik interessiert zu sein. Ich glaube nicht, daß sie in irgendeiner Weise gefährlich werden könnten. Es ist nur ein kleines Volk mit beschränkten Mitteln, das alles zu verwerten versucht, das ihm in die Hände gerät, um weiterzukommen. Ich wette, daß auch das Schiff, mit dem sie uns konfrontierten, keine Eigenentwicklung ist.«

»Ja, Soleta hatte denselben Eindruck. Sie sagte, daß es etwas ›planlos‹ aus unterschiedlichsten Elementen zusammengebaut war, von denen die der Kreel am auffälligsten waren.«

»Es wäre möglich, daß Kreel-Piraten hier aufkreuzten, um die Situation zu ihrem Vorteil auszunutzen ... um anschließend mit ihrem Schiff dafür zu bezahlen.«

»Was bedeuten würde, daß die Nelkariten durchaus in der Lage sind, sich zu schützen«, überlegte Shelby. »Für die Flüchtlinge ist das zweifellos eine gute Nachricht. Sie können Schutz gut gebrauchen.«

»Commander«, hörten sie Laheeras melodische Stimme. »Habe ich richtig gehört, daß Sie gerade etwas von … Schutz sagten?« Sie schien sich über diesen Begriff zu amüsieren. »Ich hoffe doch, daß Sie nicht glauben, wir könnten eine Bedrohung für Sie darstellen!«

Captain Hufmin stieß dazu und schnappte noch das Ende der Bemerkung auf, und bevor Shelby etwas sagen konnte, verkündete er zuversichtlich: »Oh, ich bezweifle, daß Commander Shelby jemals an etwas Derartiges gedacht hat. Nicht wahr, Commander?«

Shelby lächelte unverbindlich. »Ich bin in erster Linie neugierig, Laheera«, sagte sie. »Wir bringen Ihnen vier Dutzend Flüchtlinge. Wo wollen Sie sie unterbringen?«

»Ach, das ist überhaupt kein Problem. Ich bin sogar froh, daß Sie danach fragen«, sagte Laheera und wirkte in der Tat überaus erfreut – mehr als bei einer solchen Frage zu erwarten war. »Wir haben eine Reihe von wunderbaren Einrichtungen für sie vorbereitet.«

»Aber hoffentlich kein Lager oder eine ähnlich ungemütliche Institution!«

»Auf gar keinen Fall, Commander.« Laheera beugte sich vor und sprach in beinahe verschwörerischem Tonfall weiter. »Die Unterkünfte sind so luxuriös, daß vielleicht sogar Sie selbst bleiben möchten, statt auf die *Excalibur* zurückzukehren.«

Shelby gab sich alle Mühe, Laheeras überschwenglichen Singsang nachzuahmen und erwiderte mit vorgetäuschter Begeisterung: »Dieses Risiko gehe ich bereitwillig ein!« Lefler legte sich eine Hand auf den Mund, um ihr Lachen zu unterdrücken, obwohl ihre zuckenden Schultern deutlich verrieten, wie sehr sie sich amüsierte.

»Kommen Sie«, sagte Laheera und winkte den Flüchtlingen, die sich auf dem Platz versammelt hatten und sich erstaunt in ihrer neuen Heimat umsahen. »Kommen Sie mit, alle zusammen. Ich werde Ihnen zeigen, wo Sie wohnen sollen.« Sie wandte sich wieder an Shelby und sagte mit offensichtlicher Zufriedenheit: »Danach können Sie zu Ihrem Captain zurückkehren und ihn wissen lassen, daß diese Leute in guten Händen sind.« Dann hakte sie sich bei Hufmin ein und schlenderte mit ihm davon.

Shelby und Lefler tauschten skeptische Blicke aus.

»Ich glaube, mir wird schlecht«, sagte Lefler.

VI.

»Ich glaube, mir geht es nicht gut. In psychischer Hinsicht. Und ich brauche Ihre Hilfe, um mir Gewißheit zu verschaffen.«

Dr. Selar und Lieutenant Soleta hielten sich in Selars Privatquartier auf. Soleta hatte sich wie verabredet in der Krankenstation eingefunden, doch dann hatte die vulkanische Ärztin entschieden, daß ihr Büro nicht genügend Privatsphäre besaß, so daß sie darum gebeten hatte, das Treffen an einen geeigneteren Ort zu verlegen.

Soleta war beeindruckt, wie spartanisch Dr. Selars Quartier eingerichtet war. Es sah beinahe aus, als würde sie gar nicht hier wohnen, als würde sich ihr ganzes Leben in der Krankenstation abspielen, so daß ihr Quartier lediglich den Raum darstellte, in den sie sich zurückzog, um den minimalen Anforderungen nachzukommen, die der Wiederherstellung ihrer Arbeitskraft dienten. Hier gab es einen Computer (Standardmodell), ein Bett (Standardmodell) …

… und eine einzige Lampe.

Die Tatsache, daß es in diesem Raum nichts weiter gab, das Soletas Aufmerksamkeit beanspruchen konnte, lenkte diese fast zwangsläufig auf die Lampe. Sie war etwa dreißig Zentimeter hoch und zylindrisch, und sie leuchtete mit einem blauen Schein. Das Licht hatte für Soleta etwas unbeschreiblich Trauriges, aber sie konnte nicht genau sagen, was es war. Wie konnte Licht traurig sein?

Selar bemerkte, was ihre Aufmerksamkeit in Anspruch nahm. Natürlich lächelte sie nicht und zeigte auch keinen anderen Gefühlsausdruck. »Sie haben noch nie eine *Shantzar* gesehen? Eine Erinnerungslampe?«

»Nein ... noch nie«, sagte Soleta. »Ist es eine Art Andenken?«

»In gewisser Weise ja. An jemanden ... der schon lange tot ist.« Sie riß sich sofort wieder zusammen und sagte zu Soleta: »Ich befinde mich in ... einer schwierigen Situation. Ich muß Sie um Hilfe und Diskretion bitten, nicht nur als Crew-Mitglied, sondern auch als Vulkanierin ... schließlich sind Sie die einzige andere Vertreterin unseres Volkes an Bord dieses Schiffes. Ich bitte Sie ...« Sie räusperte sich, bevor sie weitersprach. »Ich bitte Sie in aller Form um *Beistand*.«

Soleta besaß längst nicht soviel Geschick wie Selar, ihre Überraschung zu verbergen. »In aller Form? Sie sind nicht in der Lage, mich einfach nur um Hilfe zu bitten und davon auszugehen, daß ich Ihre Bitte erfüllen werde?«

Selar senkte den Blick. Soleta war erstaunt, daß die Ärztin Schwierigkeiten hatte, ihr in die Augen zu blicken. »Hier geht es um delikate Angelegenheiten und Ungewißheiten. Ich möchte Ihnen keinen Freundschaftsdienst aufzwingen.«

»Sind wir Freunde?«

»Meines Wissens nicht«, sagte Selar. »Und das ist genau der Punkt.«

»Ich kann nicht behaupten, ich würde Sie verstehen, weil ich dann lügen müßte.«

Selar blickte sich in ihrem Quartier um, doch in erster Linie wich ihr Blick Soleta aus. »Ich bin nicht sehr geschickt in ... der Interaktion mit anderen«, sagte sie nach einiger Zeit.

»Das ist eine seltsame Feststellung für eine Ärztin«,

sagte Soleta, bevor sie sich überlegen konnte, ob diese Bemerkung angemessen war.

Ein anderer hätte sie vielleicht als Kritik aufgefaßt, doch Selar nickte nur. »Als Ärztin sehe ich mich selbst gar nicht unbedingt in der Interaktion mit Individuen, sondern vielmehr mit ihren Beschwerden. Es ist nicht nötig, emotional in Patienten zu investieren, genausowenig wie ein Ingenieur eine Beziehung zu einem Energieverteiler herstellen muß. Wenn es ein Problem gibt, ist es mein Job, meine Berufung, es zu beheben. Mehr nicht.«

»Ich denke, daß Ingenieure sehr wohl eine emotionale Beziehung zu ihrer Arbeit herstellen können«, entgegnete Soleta. »Insbesondere Menschen. Sie tun häufig so, als würden unbelebte Objekte ein eigenes Leben besitzen. Vor allem mit ihrem Raumschiff gehen sie um, als würde es eine weibliche Persönlichkeit besitzen.«

»Richtig. Es gibt ihnen ... einen gewissen Trost, würde ich meinen. Menschen suchen ständig nach Trost.« Dann blickte sie mit gebieterischem Gesichtsausdruck zu Soleta auf. »Das ist bei Vulkaniern anders. Dies ist einer der Aspekte, denen wir unsere Stärke verdanken.«

Soleta seufzte, als sie erwiderte: »Oder unsere Schwäche.«

Selar schien etwas entgegnen zu wollen, doch dann überlegte sie es sich anders. »Wir sind vom Thema abgekommen«, sagte sie, und wieder wich sie einem direkten Blickkontakt mit Soleta aus. »Ich habe Sie in aller Form um *Beistand* gebeten. Sind Ihnen die Bedingungen eines solchen Anliegens bewußt?«

»Ich denke schon«, sagte Soleta langsam. »Sie bitten mich darum, mich zu verpflichten, Ihnen in einer Angelegenheit zu helfen, ohne deren Natur zu kennen oder zu wissen, wozu ich mich damit verpflichten werde. Das würde bedeuten, daß ich Ihnen die Bitte um Hilfe nicht mehr abschlagen kann, wenn ich feststellen sollte, daß sie meine Fähigkeiten übersteigt – oder wenn ich aus irgendeinem anderen Grund davon Abstand nehmen möchte. Eine solche Bitte wird gewöhnlich nur von einer sehr verzweifelten und eingeschüchterten Person geäußert, die niemanden mehr hat, auf den sie sich verlassen kann.«

»Ich würde bestreiten, daß die letzte Bemerkung zutrifft ...«

»Würden Sie das?« fragte Soleta mit einer plötzlichen Heftigkeit, so daß Selar praktisch gezwungen war, ihr in die Augen zu sehen. »Würden Sie das wirklich bestreiten wollen?«

»Ich ...« Selars vulkanische Disziplin war äußerst beeindruckend. Ihr Kinn schob sich ein winziges Stück vor, während sie sagte: »Da ich soeben eine noch nicht erfüllte Bitte um *Beistand* vorgebracht habe, wäre es unangemessen, Sie in eine Diskussion über Ihre Ansichten zu verwickeln. Glauben Sie, was Sie wollen. Aber ich hätte nun gerne eine Antwort auf meine Frage.«

»Diese Antwort lautet nein.«

Soleta drehte sich um und ging zur Tür. Sie hatte sie fast erreicht, als Selar sie mit einem Wort innehalten ließ ...

»Bitte!«

In diesem einen Wort lag genausowenig Emotion wie in all den Worten, die ihm vorausgegangen waren. Dennoch war Soleta überzeugt, daß sie Verzweiflung in Selars Stimme gehört hatte. Sie wandte sich wieder der Ärztin zu und sagte nüchtern und beinahe hektisch: »Hiermit erkläre ich meine Bereitschaft, Ihnen *Beistand* zu leisten. In jeder mir möglichen Weise.«

Selar trat einen Schritt vor und sagte: »Ich bitte Sie um eine Mentalverschmelzung.«

»Wie bitte?«

»Ich mache mir Sorgen wegen meines Geisteszustandes. Ich befürchte, daß meine mentalen Fähigkeiten nachlassen. Ich habe … Gefühle empfunden. Verwirrende Emotionen, die vor dem Hintergrund meiner Ausbildung und Erfahrung völlig unangemessen sind.«

Langsam ließ Soleta sich in einen Stuhl sinken, ohne Selar aus den Augen zu lassen. »Sie möchten, daß ich eine Mentalverschmelzung mit Ihnen durchführe.«

Selar ging im Raum auf und ab und sprach auf sachliche und klinisch distanzierte Weise über ihre Probleme, was ihr wesentlich angenehmer war, als den emotionalen Aufruhr einzugestehen, den sie nur noch mit Mühe bändigen konnte. »Ich glaube, daß ich möglicherweise an einem Anfangsstadium des Bendii-Syndroms leide, das allmählich meine Selbstkontrolle zerstört.«

»Wenn Sie davon ausgehen, sollten Sie zuerst durch medizinische Tests überprüfen …«

Doch Selar schüttelte den Kopf. »Das Bendii-Syndrom wäre in diesem Stadium mit den üblichen medizinischen Mitteln gar nicht feststellbar. Es gibt eine Reihe von physischen Symptomen, zum Beispiel gewisse Veränderungen in den Gehirnwellenmustern. Aber sie treten in derselben Form bei mehreren anderen Erkrankungen auf. Es könnte sich demnach auch um die Hibbs-Krankheit oder Telemiostase handeln … es könnte sogar *Pon Farr* sein, obwohl das unmöglich ist.«

»Wieso unmöglich? Wegen des Zeitpunkts?«

Selar fühlte sich plötzlich sehr unwohl. »Ja.«

»Wann hatten Sie zuletzt …?«

»Daran kann es nicht liegen, glauben Sie mir«, teilte Selar ohne eine Spur von Unsicherheit mit. Sie schien diesen Punkt als erledigt zu betrachten und fuhr fort: »Auf Vulkan wäre in dieser Situation eine Diagnose durch Mentalverschmelzung eine akzeptable und angemessene Vorgehensweise. Es gibt Ärzte, Psi-Mediker, die sich auf diese Technik spezialisiert haben.«

»Aber wir sind nicht auf Vulkan, und ich bin kein Arzt«, gab Soleta zu bedenken. »Diese Lösung wäre mir nicht sehr angenehm.«

»Dafür habe ich Verständnis. Aber es ist gar nicht notwendig, daß Sie eine entsprechende medizinische Ausbildung besitzen. Während der Verschmelzung werde ich in der Lage sein, ihre Außenperspektive zu benutzen, so als würde ich ein Diagnoseinstrument einsetzen. Wäre ich selbst keine Ärztin und nicht gründlich in solchen Techniken ausgebildet worden, wäre es undurchführbar. Auf diese Weise ist es zwar etwas mühevoller und ineffizienter als mit einem Psi-Mediker, aber ich bin bereit, mich damit zufriedenzugeben.«

Längere Zeit sagte Soleta nichts. Selar war keineswegs schwer von Begriff; es war offensichtlich, daß Soleta Bedenken hatte. Doch sie wollte jetzt nicht mehr lockerlassen. »Sie haben sich verpflichtet, mir *Beistand* zu gewähren«, sagte sie, als wäre es nötig, Soleta daran zu erinnern. »Sie können sich nicht weigern.«

»Das ist richtig. Trotzdem ...« sagte Soleta, stand auf und straffte die Schultern. Sie schien sich noch unwohler zu fühlen als Selar vor kurzem, und sie besaß weder die Disziplin noch die Selbstbeherrschung von Dr. Selar, um ihre Empfindungen erfolgreich vor ihr verbergen zu können. »... trotzdem habe ich das Recht, Sie zu bitten, mich von meiner Verpflichtung zu entbinden. Das tue ich hiermit.«

»Ich lehne ab.«

»Sie wollen mich zu einer Mentalverschmelzung zwingen?« Soleta machte keinen Hehl aus ihrem maßlosen Erstaunen. »Das widerspricht allen ...« Sie konnte es nicht einmal richtig artikulieren. Eine Mentalverschmelzung war eine äußerst persönliche und private Angelegenheit. Jemanden zu drängen, sie zu vollziehen, oder gar ohne Einwilligung in den Geist eines anderen einzudringen, war praktisch undenkbar.

»Lieutenant, ich verstehe Ihre Bedenken«, sagte Selar.

»Nein, ich glaube nicht, daß Sie mich verstehen.«

»Wir kennen uns kaum, und Sie fühlen sich von mir unter Druck gesetzt«, erklärte Selar. »Eine solche Mentalverschmelzung erfordert, daß Sie tiefer vordringen, als es unter normalen Umständen üblich ist. Etwas Derartiges wird ansonsten nur von Intimpartnern oder außergewöhnlich guten Psi-Medikern durchgeführt, die in der Lage sind, die geistige Durchdringung zu bewältigen und gleichzeitig für eine Abschirmung ...«

Aber Soleta wischte all das mit einer ungeduldigen Geste beiseite. »Darum geht es überhaupt nicht.«

Nun war Selar leicht überrascht. »Nun ... dann möchten Sie es mir vielleicht erklären.«

»Das möchte ich nicht. Jetzt entlassen Sie mich bitte aus meiner Verpflichtung.«

»Nein.«

Die zwei Frauen starrten sich an. Keine war bereit, in ihrer Entschlossenheit nachzugeben. Es war Soleta, die als erste das Schweigen brach. Sie wandte den Blick von Selar ab und sagte mit so leiser Stimme, daß Selar sie kaum verstand: »Es ist nur zu Ihrem Besten.«

»Zu meinem Besten? Lieutenant, ich brauche Ihre Hilfe. Das wäre ›zu meinem Besten‹.«

»Sie wollen meine Hilfe gar nicht.«

»Ich glaube, ich weiß sehr gut, was ich will und ...«

»Sie wollen meine Hilfe gar nicht!«

Der Gefühlsausbruch kam so unerwartet und war so untypisch und unvulkanisch, daß Selar – wenn sie ein Mensch gewesen wäre – fassungslos die Augen aufgerissen hätte. Doch auch so konnte sie ihre Verblüffung kaum unterdrücken. Soleta sah aus, als hätte ihr jemand ein Stück ihrer Seele herausgerissen. Sie kämpfte darum, ihre Beherrschung zurückzugewinnen, was ihr jedoch nur teilweise gelang. Selar war während ihres gesamten Lebens noch nie einem Vulkanier begegnet, dessen Gefühle so dicht unter der Oberfläche lagen. Sie wußte nur, daß sie sich allmählich weniger als Bittstellerin, sondern mehr als Peinigerin vorkam.

»Ich entlasse Sie«, sagte sie langsam.

Soleta stieß einen zitternden Seufzer der Erleichterung aus. »Vielen Dank«, sagte sie.

Es war offensichtlich, daß sie gehen wollte. Sie wollte soviel Abstand wie möglich zwischen sich und Selar bringen. Doch der Grund für ihren Gefühlsausbruch und Selars geweckte Neugierde ließen sich nicht ohne weiteres ignorieren. Sie konnte nicht so tun, als wäre es niemals geschehen. Trotz der Größe der *Excalibur* war das Schiff klein genug, um das Leben zur Hölle werden zu lassen, wenn sich jemand an Bord befand, dessen Gegenwart einem unangenehm war. Insbesondere wenn es sich um den Ersten Medo-Offizier des Schiffes handelte – nicht gerade jemand, von dem man hoffen konnte, daß es niemals zu einer persönlichen Interaktion kam.

Soleta lehnte sich gegen die Wand, die Hände flach dagegen gepreßt, als würde sie sonst das Gleichgewicht verlieren. Sie ging alle Möglichkeiten durch und kam dann zu einer Entscheidung, die sie als einzige logische Konsequenz erkannte. Trotzdem mußte sie sich vorher absichern. »Wenn ich Ihnen etwas erzähle, das mit meiner biologischen Disposition zusammenhängt ... werden Sie es dann im Sinne des Vertrauensverhältnisses zwischen Arzt und Patient behandeln?«

»Stellt es eine potentielle Gefährdung der Gesundheit oder Sicherheit der Besatzung der *Excalibur* dar?«

Soletas Mundwinkel zogen sich kaum merklich nach oben. »Nein. Nicht im geringsten.«

»Also gut.«

Sie atmete tief durch. »Ich bin ... unrein«, sagte sie. »Es wäre Ihnen zweifellos unangenehm, mit meinem Geist in Berührung zu kommen.«

»Was meinen Sie mit ›unrein‹? Ich verstehe nicht.«

»Ich bin keine ... reine Vulkanierin.«

Selar blinzelte, das einzige äußere Anzeichen für ihre Überraschung. »Ihre medizinischen Daten geben keinen Hinweis darauf.« Sie hielt inne, um die Information zu verarbeiten. »Es ist eine unerwartete Offenbarung, aber keineswegs eine Katastrophe. Ihr Verhalten und ihr Auftreten deuten darauf hin, daß Sie Ihre Herkunft in irgendeiner Weise als schändlich betrachten. Einige der größten Persönlichkeiten der vulkanischen Geschichte waren ›unreiner‹ Herkunft, wie Sie es ausdrücken.«

»Dessen bin ich mir bewußt. Ich bin persönlich mit Botschafter Spock bekannt.«

»Persönlich!« Selar war beeindruckt und gab sich keine Mühe, es zu verbergen. »Darf ich fragen, unter welchen Umständen Sie sich kennengelernt haben?«

»Wir waren gemeinsam im Gefängnis.«

Selar war erstaunt, aber sie entschied, daß es vermutlich besser wäre, die Angelegenheit nicht weiter zu vertiefen. Ohne Zweifel gab es wichtigere Probleme zu bewältigen. Selar war sich nur zu gut bewußt, daß ihre gesellschaftlichen Umgangsformen nicht unbedingt zu ihren Stärken gehörten. Und ihre Erfahrungen seit dem Tod ihres Partners Voltak hatten nicht dazu beigetragen, ihre Schwierigkeiten zu verringern. Sie wußte, daß sie noch viel distanzierter und unnahbarer geworden war, als ihre Ausbildung von ihr verlangte, aber es war ihr bisher gleichgültig gewesen. Tatsächlich war ihr seit Voltaks Tod vor zwei langen Jahren sehr viel gleichgültig geworden. Dennoch stand es außer Frage, daß Selar ihre eigenen Probleme beiseite lassen mußte, um sich mit denen von Soleta auseinandersetzen zu können.

Sie legte ihre Hand auf Soletas Schulter. Soleta starrte die Hand an, als wäre sie eine exotische Lebensform. »Ein Nervengriff?« fragte sie.

»Ich bemühe mich nur, Ihnen Trost zu spenden«, sagte Selar förmlich.

»Danke für den Versuch.« In den Worten schwang eine Spur von ironischem Humor mit, obwohl Soleta überhaupt nicht belustigt wirkte.

Langsam zog Selar ihre Hand von Soletas Schulter zurück. Dann zog sie ihre Uniformjacke glatt und sagte: »Ich kann mich nicht erinnern, daß in Ihrer Personalakte etwas über Ihre gemischte Herkunft vermerkt ist. Obwohl ich mich an meine ärztliche Schweigepflicht halten werde, ist es nicht rechtens, falsche Angaben zu Ihren persönlichen Daten zu machen. In manchen Fällen könnte es sogar zu einer Anklage führen, wenn der unwahrscheinliche Fall vorliegt, daß ein Elternteil Angehöriger einer feindlichen Spezies wie ...«

Sie sprach nicht weiter, als sie an Soletas Gesichtsausdruck erkannte, daß sie auf ein bestimmtes Wort wartete. Selar wagte kaum, es auszusprechen. »Romulaner?« flüsterte sie.

Soleta nickte.

»Sie ... haben gelogen und verschwiegen, daß Sie einen romulanischen Elternteil haben?«

Doch nun schüttelte Soleta den Kopf. Langsam ließ sie sich wieder auf den Stuhl sinken.

»Meine Mutter war Vulkanierin«, sagte sie leise. »Ich dachte, mein Vater wäre es ebenfalls. Sie waren Kolonisten ... Forscher und Wissenschaftler. Mehrere Male haben Sie im *Pon Farr* versucht, ein Kind zu zeugen, doch jedesmal endete die Schwangerschaft mit einer Fehlgeburt. Für sie war es ein tragischer Schicksalsschlag, aber sie ertrugen ihn mit typisch vulkanischem Stoizismus. Außerdem hatten sie ihre Arbeit, die sie davon ablenkte.

Und dann kam der Tag, als sich meine Mutter allein auf einer Expedition befand, während mein Vater mit anderen Dingen beschäftigt war. Zu ihrer Überraschung stieß sie auf ein gestrandetes Schiff, ein kleines Einmannschiff. Da die Möglichkeit bestand, daß jemand Hilfe benötigte, ging sie an Bord und fand tatsächlich einen Passagier. Es war ein Romulaner, der beim Absturz des Schiffes verletzt worden war. Er sagte, er sei ein Deserteur.«

»Ein Deserteur?«

»Das behauptete er zumindest. Er flehte meine Mutter an, niemanden über seine Existenz zu informieren. Er befürchtete, daß die Föderation ihn an die romulanische Regierung ausliefern würde … oder ihn in Kriegsgefangenschaft nehmen würde. Sie teilte ihm mit, daß Sie ihm kein solches Versprechen geben konnte. Es wäre logisch gewesen, wenn sie gelogen hätte, aber meine Mutter konnte sich nicht dazu durchringen. Er wurde sehr wütend und versuchte sie zurückzuhalten. Sie wehrte sich gegen ihn und dann …« Soleta senkte die Stimme. »Dann erfuhr sie die Wahrheit über ihn. Er war kein Deserteur, sondern ein entflohener Verbrecher. Ein gewalttätiges, unmoralisches Individuum, und dann hat er …«

Sie brachte den Satz nicht zu Ende. Aber es war gar nicht nötig, mehr zu sagen.

Selar sagte nichts. Sie glaubte nicht, daß sie in der Lage wäre, ohne Gefühlsregung zu sprechen.

»Als meine Mutter nach Hause kam, war sie bereits schwanger«, sagte Soleta. »Sie überlegte, ob sie abtreiben sollte … und entschied sich dagegen. Es war keine logische Entscheidung.«

»Keine logische Entscheidung.« Selar, die der Logik einen genauso hohen Stellenwert wie jeder andere Vulkanier einräumte, konnte nicht fassen, was sie gerade gehört hatte. »Wenn sie die Schwangerschaft abgebrochen hätte, wären Sie jetzt nicht hier.«

»Das ist wahr. Aber in Anbetracht der Umstände meiner Empfängnis ... und der Natur meines Erzeugers ... wäre es logischer gewesen, meine Geburt zu verhindern. Doch meine Mutter und ... der Mann, den ich für meinen Vater gehalten hatte ... sie waren der Ansicht, es sei ... unlogisch ... mir die Existenz nur wegen der Identität meines wirklichen Vaters zu verweigern. Sie waren bereit, darauf zu hoffen, daß ich mich nicht zu einem gewalttätigen Verbrecher entwickle. Daß ihre Fürsorge, ihre Erziehung, ihre Anleitung mehr als genügen müßten, die möglichen negativen Tendenzen meiner genetischen Herkunft zu überwinden. Es war ein riskantes Spiel, aber sie waren bereit, es trotzdem zu versuchen. Vielleicht wurde die Entscheidung durch ihre schlechten Erfahrungen mit dem *Pon Farr* beeinflußt. Oder sie waren durch die jüngsten Ereignisse zu ... desorientiert, um zu einer vernünftigeren Einsicht zu gelangen. Was auch immer der Grund gewesen sein mag, sie wollten die Schwangerschaft nicht abbrechen. Diesmal hatte meine Mutter keine Fehlgeburt. Ich schätze, darin liegt eine große Ironie des Schicksals.«

»Und Sie wußten nichts über Ihre wahre Herkunft?«

»Nein. Ich wuchs in der Überzeugung auf, eine reine Vulkanierin zu sein. Weder mein Vater noch meine Mutter sagten mir jemals die Wahrheit. Sie hielten es für überflüssig. Sie waren der Meinung, es sei eine Information, aus der ich keinen Nutzen ziehen würde. Schließlich war ich die Tochter meiner Mutter, und mein Vater hätte sich nicht besser um mich kümmern können, wenn er mein biologischer Vater gewesen wäre. Sie sehen, Doktor, daß von meiner Seite aus kein Versuch der bewußten Täuschung unternommen wurde. Als ich in die Starfleet-Akademie eintrat, entsprachen die Daten, die ich angab, vollständig der Wahrheit, soweit sie mir bekannt war. Sie hätten mich in jener Zeit erleben sollen, Doktor. Ich war eine geradezu vorbildliche Vulkanierin. Kühl, unerschütterlich. Meine Ausbildung war gründlich, meine geistige Verfassung praktisch ideal. Ich sprach makelloses Föderations-Standard, wie es für unser Volk typisch ist. Niemand hätte mir anmerken können, wer mein wahrer Vater war. Wie auch? Ich wußte es ja selbst nicht.«

»Was geschah mit ihm? Nachdem er … nach dem Zwischenfall mit Ihrer Mutter. Wurde er gefaßt? An die Romulaner ausgeliefert?«

Soleta hatte Mühe weiterzusprechen. »Als meine Mutter anschließend in die Stadt der Kolonisten zurückkehrte … nachdem ihr Gewalt angetan worden war … suchte mein Vater nach dem verbrecherischen Romulaner. Doch er war verschwunden; es war ihm gelungen, sein Schiff zu reparieren und zu entfliehen. Er konnte sich der Gefangenschaft entziehen.«

»Wurde er jemals gefaßt?«

»O ja … man hat ihn gefaßt …« Soleta lachte. Es war ein äußerst ungewöhnlicher Laut, der Selar zutiefst irritierte. Sie hatte noch nie einen Vulkanier lachen gehört. »Das Schicksal hat sich einige Scherze erlaubt, wie man es ausdrücken könnte. Er wurde viele Jahre nach dem ›Zwischenfall‹, wie Sie es genannt haben, gefangengenommen. Er hatte sich in der Zwischenzeit einen großen Namen gemacht, und zwar durch eine sehr beeindruckende Schmugglerorganisation. Ein Starfleet-Schiff, die *Aldrin*, setzte seinen illegalen Aktivitäten ein Ende. Und an Bord dieses Schiffes befand sich ein junger Fähnrich namens Soleta. Sie hatte natürlich schon von den Romulanern gehört, verstehen Sie, hatte aber noch nie die Gelegenheit erhalten, einen von ihnen aus der Nähe zu betrachten. Sie hegte ein rein wissenschaftliches Interesse für sie, vor allem, da es sich um Abkömmlinge des vulkanischen Volkes handelte. Ihre wissenschaftliche Neugier trieb sie dazu, die Arrestzellen aufzusuchen, ihn zu beobachten, sich ihm zu nähern und ihm Fragen zu stellen.

Dabei fiel ihm etwas auf. Etwas, das sie im Haar trug. Ein Familienerbstück, das auch ihre Mutter stets getragen hatte, bis sie es an ihre Tochter weitergegeben hatte, als diese in die Akademie eintrat.«

Selar wußte sofort, was sie meinte, sah es in Soletas Haar glitzern. »Die UMUK-Nadel.«

»Ja.« Soleta berührte die Nadel, die sie im Haar zu tragen pflegte. »Exakt. Er war recht redselig, dieser Romulaner. Und er war recht stolz auf seine Leistungen, insbesondere die unmoralischen. Ich glaube, er war auf seine Art genauso an mir interessiert wie ich an ihm. Ich glaube, er wollte ausprobieren, ob er mich in irgendeiner Weise ›schockieren‹ konnte. Er begann mir die genauen Umstände der Gelegenheit zu erzählen, bei der er eine solche Nadel schon einmal gesehen hatte. Er beschrieb die Vulkanierin, die sie getragen hatte, und wie sie ihr aus dem Haar gefallen war, als er ... sie mit Gewalt genommen hatte. Er erging sich in den intimsten Details dieser Tat. Um mich zu schockieren, wie ich bereits sagte. Und er schockierte mich tatsächlich, wenn auch nicht auf die Weise, wie er geglaubt hatte. Denn er ging einfach nur davon aus, daß die Erzählung seiner Grausamkeiten – wie er eine vulkanische Frau vergewaltigt hatte – mich erschüttern würde. Das allein hätte nicht genügt, denn dazu war meine Ausbildung zu gründlich. Aber er beschrieb den Planeten, auf dem er notgelandet war, erwähnte den Zeitpunkt, zu dem es geschah, und dann war da noch die Verbindung mit der Nadel ...« Soleta holte tief und zitternd Luft. »Er hatte keine Ahnung. Er wußte nicht, mit wem er sprach. Er dachte, daß es einfach nur eine Nadel von der gleichen Art war. Ein reiner Zufall. Und mehr hätte es eigentlich gar nicht sein sollen. Ich meine, die Wahrheit ... die Wahrheit war einfach zu verrückt, um sie in Erwägung zu ziehen. Der Vater erzählt seiner Tochter alle Details der Vergewaltigung, die zu ihrer Empfängnis führte, ohne daß er etwas davon ahnt. Es war ...«

Ihre Schultern begannen zu zittern, und ihre Disziplin brach zusammen. Eine Träne rann ihr über die Wange. Dann trat Selar zu ihr, wollte eine Hand nach ihr ausstrecken, doch Soleta stieß sie zurück. Als ihr die Heftigkeit dieser Bewegung bewußt wurde, wischte sie sich schnell mit dem Handrücken über das Gesicht, während sie bittend sagte: »Es tut mir leid, ich ...«

Aber Selar tat den Einwand ab. »Sie müssen sich für nichts entschuldigen. Und diesen Umständen ...«

»Nach der Begegnung mit meinem ... mit dem Romulaner ... informierte ich Starfleet, daß ein Notfall persönlicher Art eingetreten war, um den ich mich unverzüglich kümmern mußte. Ich wollte von Angesicht zu Angesicht mit meinen Eltern reden. So etwas konnte nicht über eine Subraumverbindung besprochen werden. Ich flog nach Hause, nach Vulkan, wohin meine Eltern inzwischen zurückgekehrt waren. Ich konfrontierte sie mit meinem Wissen, und sie ... gestanden mir alles über meine wahre Herkunft. Sie wiesen mich darauf hin, daß sie mich niemals belogen hatten, was sogar stimmte. Welches Kind, das in einer normalen Umgebung lebt, kommt schon auf die Idee, seinen Vater zu fragen, ob er wirklich sein Vater ist? Sie hatten niemals lügen müssen, weil diese Frage niemals gestellt wurde. Sie sagten mir, daß sich überhaupt nichts verändert hatte. Daß mein Wert als Person in keiner Weise davon berührt wurde.« Sie schüttelte langsam den Kopf. »Nichts hatte sich verändert ...« wiederholte sie flüsternd, und ihr war anzumerken, daß sie keineswegs an die Wahrheit dieses Satzes glaubte.

Selar wartete. Als Soleta längere Zeit nichts sagte,

fragte sie behutsam: »Sind Sie zu Starfleet zurückgekehrt?«

»Nicht sofort. Ich konnte es nicht. Ich fühlte mich ... so wertlos. Trotz der Versicherungen meiner Eltern glaubte ich, daß ich nicht mehr die Frau war, die ich vorher gewesen war. Die Offenbarung beeinflußte mein Verhalten, mein Selbstwertgefühl. Die Art, wie ich mich kleidete, wie ich sprach ... ich hatte mich völlig verändert. Meine Gewohnheiten, meine Ausbildung ... alles erschien mir plötzlich als Farce. Es waren Dinge, die eine andere Person gelernt hatte, welche nicht ich war, die aber so getan hatte, als wäre sie ich. Ich verlängerte meinen Urlaub, und ich streifte ruhelos umher. Es ging so lange, daß Starfleet mir schließlich mitteilen ließ, daß ich aus dem Dienst entlassen würde, wenn ich nicht zurückkehrte. Man zwang mich zur Entscheidung, was ich von nun an mit meinem Leben anfangen wollte.«

»Offensichtlich beschlossen sie, zu Starfleet zurückzukehren.«

»Ja, offensichtlich, wenn man bedenkt, daß ich hier in einer Uniform sitze. Aber für mich war es keineswegs eine offensichtliche Entscheidung.«

»Was veranlaßte Sie dazu, sie zu treffen?«

»Es war der letzte Wunsch meiner Mutter auf dem Sterbebett.«

Selar senkte den Blick. »Es tut mir ... leid ... daß sie einen so schweren Verlust erleiden mußten. Sie muß noch recht jung gewesen sein.«

»Viel zu jung. Vulkanier haben unter idealen Bedingungen eine sehr hohe Lebenserwartung, aber dafür gibt es keine Garantie.«

»Das ist mir bewußt, glauben Sie mir«, sagte Selar. Wäre Soleta nicht so sehr auf sich selbst konzentriert gewesen, hätte sie den wehmütigen Unterton in Selars Stimme bemerkt.

Statt dessen starrte Soleta auf die Erinnerungslampe, die in Selars Quartier leuchtete. »Ich bat darum, nach meiner Rückkehr als Lehrerin eingesetzt zu werden, und in Anbetracht meiner längeren Abwesenheit gab es für Starfleet keinen Grund, meine Bitte abzuschlagen. Mit dieser Situation konnte ich viel besser leben, als wäre ich weiterhin durch die Galaxis gezogen. Doch dann traten Umstände ein, die meine Versetzung auf dieses Schiff erforderten.«

»Und Sie haben Starfleet niemals mitgeteilt, was Sie erfahren haben – daß Sie einen anderen Vater haben?«

»Nein. Faktisch handelt es sich um die Zurückhaltung einer Information. Ich glaube, man könnte mir große Schwierigkeiten machen, wenn es jemals bekannt wird. Aber ... man folgte der Tradition meiner Familie und fragte niemals nach. Also gab es für mich niemals einen Anlaß zu lügen. Sehr praktisch, nicht wahr?«

»Sehr.«

Soleta schwieg längere Zeit und schien über etwas nachzudenken. Schließlich sagte Selar: »Was mich betrifft, Soleta ... so könnte ich Sie niemals als ›unrein‹ betrachten, wie es die Menschen ausdrücken würden. Als gepeinigte Seele, ja. Aber unrein? Nein. Ich halte Sie für eine gewissenhafte und integre Person. Glanz gleich, was in Zukunft an Bord dieses Schiffes geschieht, ich werde es stets als Ehre betrachten, mit Ihnen zusammenarbeiten zu dürfen.«

»Vielen Dank. Es bedeutet mir wirklich sehr viel, daß Sie das gesagt haben. Und dadurch haben Sie es mir ermöglicht, zu einer Entscheidung zu gelangen.« Sie klatschte in die Hände und sagte: »Leeren Sie Ihren Geist.«

»Wie bitte?«

Soleta zeigte durch eine ungeduldige Handbewegung an, daß Selar näher kommen sollte. »Wenn es immer noch Ihr Wunsch ist, daß ich in Ihren Geist eindringe ... daß ich eine Bewußtseinsverschmelzung mit Ihnen herstelle ... dann bin ich jetzt dazu bereit. Nachdem sie sich geduldig meine Lebensgeschichte angehört haben ...«

»Ich möchte nicht, daß Sie sich aus Dankbarkeit dazu verpflichtet fühlen, mir helfen zu müssen«, erwiderte Selar.

Soleta blickte sie skeptisch an. »Entschuldigen Sie bitte, aber ich erinnere mich, daß Sie noch vor kurzer Zeit versucht haben, mich aufgrund eines blinden Versprechens zu zwingen, Ihnen zu helfen. Und jetzt machen Sie sich Sorgen um die Beweggründe meiner Hilfsbereitschaft?«

»Die Voraussetzungen haben sich geändert. Ihre erste Entscheidung, es nicht zu tun, war völlig richtig.« Es bestand kein Zweifel, daß Selar diesen Punkt nur ungern zugab. »Ich war ... wirklich ›verzweifelt‹, sofern dieser menschliche Begriff angemessen ist. Ich wollte nicht auf Freundschaften oder andere Beziehungen angewiesen sein, um das zu erreichen, was meiner Ansicht nach nötig war. Aber nachdem Sie jetzt Ihr Herz ausgeschüttet haben ...«

»Sind wir uns näher gekommen?«

»Nicht unbedingt. Nein. Ich finde nur, daß Sie viel mehr Probleme als ich haben, und es ist vermutlich ungerecht, Sie mit meinen zu belasten.«

Diese Bemerkung veranlaßte Soleta erneut, laut aufzulachen, was für beide Frauen eine schockierende Erfahrung war. Auch für Soleta war es ungewohnt. Es war ein kurzer, abgehackter Laut, der eher an das Bellen eines Seehunds erinnerte als an tatsächliches Lachen. »Ich bin Ihnen für Ihre Rücksichtnahme dankbar«, entgegnete sie. »Aber ich sage Ihnen jetzt ganz offen, Doktor, daß ich Ihnen bei ihrer Selbstuntersuchung assistieren werde, wenn Sie mit der neuen Situation leben können – mit dem, was Sie nun über mich wissen. Wenn ich Ihnen sage, daß es das mindeste ist, was ich tun kann, dann bitte ich Sie darum, es in der Weise zu akzeptieren, in der ich es Ihnen anbiete.«

Selar nickte knapp. »Also gut.«

Sie zog einen Stuhl heran und nahm Soleta gegenüber Platz. Sie leerte ihren Geist, atmete langsam und regelmäßig und entspannte sich, um den geistigen Zustand zu erreichen, der eine Verschmelzung erleichterte. Soleta tat das gleiche, und zwar mit einer gewissen Erleichterung.

Soleta hatte nicht viel Erfahrung mit der Technik der Mentalverschmelzung, aber sie war überzeugt, daß dieser Mangel durch Selars hervorragende Ausbildung mehr als ausgeglichen wurde. Sie wartete methodisch und entspannt ab, bis sie spürte, daß ihr Atem im gleichen Rhythmus wie Selars ging. Dann hob sie langsam die Hände und berührte Selars Schläfen mit den Fingern.

»Unser Geist soll verschmelzen, Selar«, sagte sie.

Ihre Gedanken und Erinnerungen, ihre gesamten Persönlichkeiten kamen sich immer näher. Ihre Bewußtseinsfühler suchten sich und tasteten nacheinander …

… und dann … war der Kontakt hergestellt.

Sie kamen sich immer näher, und ihre Gedanken begannen sich zu überlagern. Allmählich wurde es immer schwieriger, eine Unterscheidung zu treffen, wo der eine Geist aufhörte und der andere begann …

… und Soleta wußte immer noch, wer sie war, sie verlor keineswegs das Bewußtsein für ihre Person, ihr Geist war immer noch voller Leben und Dynamik, doch gleichzeitig hatte sie ein Bewußtsein für Selar, sie war Selar, und Selar sah sich selbst aus Soletas Blickwinkel, außerhalb ihres eigenen Bewußtseins, beinahe wie in einem Spiegel …

… und Selar verspürte Unsicherheit und Furcht. Sie wußte nicht genau, ob diese Empfindungen von ihr selbst stammten, ob sie auf das Wissen über Soletas wahre Herkunft zurückzuführen waren … oder auf ihre eigenen Sorgen um ihren geistigen Zustand. Sie versuchte, diese Unsicherheit zu überwinden …

… und Soleta sah Bilder, die an ihr vorbeiglitten, Bilder von ihr selbst und doch nicht von ihr selbst, Bilder und Empfindungen und Erfahrungen, die für sie völlig real waren, nur daß nichts davon zu ihrem eigenen Erlebnisschatz gehörte … und sie begann sich selbst zu analysieren, mit einem Sachverstand, über den sie noch niemals verfügt hatte. Nur daß es gar nicht sie selbst war, die sich untersuchte, obwohl sie es doch war. Es geschah mit einer Leichtigkeit, zu der sie nie zuvor imstande gewesen war, und doch …

… Selar spürte, wie sie immer tiefer in ihr eigenes Bewußtsein tauchte, sie verschmolz mit Soletas Geist und benutzte ihn, wie die alten Tiefseeforscher eine Taucherkugel benutzt hatten. Die Wellen ihrer eigenen bewußten und unbewußten Gedanken umspielten sie, während sie immer tiefer hinabstieg und sich durch ihren Geist manövrierte. Dann spürte sie pulsierende Wellen aus Licht. Nein, kein Licht … sondern Leben, ihr Leben, das sich um sie herum ausbreitete …

… und Soleta spürte Schmerz, Wellen des Schmerzes, und sie hörte Stimmen schreien, und eine davon war ihre eigene, ihre eigene Stimme und eine andere, die Stimme eines Mannes, dem sie noch niemals begegnet war, und sein Name war Voltak, und sie kannte ihn besser als sie jemals sich selbst gekannt hatte, und sie konnte spüren, wie er sich in ihr bewegte …

… und Selar spürte, wie er entglitt, und Soleta rief seinen Namen, und Selar spürte, wie sein Verlust sie zerriß, und dann wurde Soleta plötzlich in die Tiefe gerissen, immer tiefer nach unten, während sie zu Voltak hinaufblickte, wie ein Schwimmer unter einem zugefrorenen See, der das Gesicht von jemandem über dem Eis sah …

… und Selars Geist war nun völlig nackt und entblößt, während Soleta mit Selars Sachverstand weiterforschte, immer tiefer in den Kern ihrer Psyche vorstieß, während sie von Wellen überspült wurde, roten Wellen der Hitze, die ihr köstliche Todesqualen bereiteten, die sie nicht ignorieren konnte, die durch jede Pore ihrer Haut drangen, sie umhüllten, sie streichelten, und sie stöhnte unter den herrlichen Qualen auf …

… und sie spürte, wie etwas nach ihr rief, sie drängte, und es waren Stimmen, nicht nur ihre, nicht nur Soletas und Selars, nicht nur Voltaks, sondern die von Vulkaniern, Hunderten, Tausenden, Millionen Vulkaniern, die sie in Richtung Hitze drängten, auf die roten Wellen zu, als wollten sie sie in einer infernalischen Brandung vergehen lassen. Und sie ließ sich treiben, hieß die Hitze und die Wellen willkommen, sie konnte und wollte gar nicht zurückweichen, sie sehnte sich danach, mehr als nach allem anderen, sie ließ sich hineinfallen, und ihr Atem kam in keuchenden Stößen, während ihre Bewußtseinssphären zusammenprallten …

Unmöglich …

Die Trennung war gewaltsam. Soleta wurde von Selar losgerissen, und Selar kippte mit dem Stuhl zurück, verlor das Gleichgewicht und fiel rückwärts zu Boden. Soleta ging es genauso, sie verlor den Halt und landete auf dem Boden. Dann lag sie keuchend und nach Luft schnappend da, während sich ihre Finger immer noch verkrampften und ihr Körper von heftigen Empfindungen geschüttelt wurde. Schweiß tropfte von ihrer Stirn. Es kostete sie eine gewaltige Anstrengung, sich zu Selar umzuschauen, der es nicht wesentlich besser zu gehen schien. Selar lag auf dem Rücken, die

Arme ausgestreckt, und füllte ihre Lungen dankbar mit Luft, als hätte sie für die gesamte Dauer ihrer Verbindung zu atmen vergessen. Mit sichtlicher Anstrengung drehte Selar langsam den Kopf, bis sie Soleta sehen konnte. Soleta war es plötzlich peinlich, sie fühlte sich wie ein Voyeur, auch wenn es Selar gewesen war, die um die Verschmelzung gebeten hatte.

Selar versuchte etwas zu sagen. Soleta stemmte sich auf einem Ellbogen hoch und rückte etwas näher an Selar heran, um sie verstehen zu können.

»Unmöglich«, flüsterte sie. Selar sammelte neue Kräfte und schüttelte den Kopf. Wieder murmelte sie: »Unmöglich.«

»Offensichtlich … nicht.« Soleta war selbst überrascht und sogar beeindruckt, wie ruhig ihre Stimme klang. Seitdem sie die Wahrheit über sich erfahren hatte, war es ihr nie mehr leichtgefallen, eine stoische Abgeklärtheit zu wahren. Doch in dieser Situation war sie plötzlich wieder dazu in der Lage. »Offensichtlich ist es nicht unmöglich.«

»Aber es war … es ist kaum zwei Jahre her … daß ich es durchgemacht habe … es hätte erst … in Jahren wieder … soweit sein dürfen …«

»Vielleicht hat es damit zu tun, daß es beim letzten Mal so abrupt beendet wurde«, mutmaßte Selar. »Der Trieb wurde nicht richtig befriedigt, aber weil Sie sich damals in einer Mentalverschmelzung befanden … verfielen Sie in einen psychischen Schockzustand … Sie wurden gelähmt … doch nun hat es sich gelöst …«

»Sie … Sie wissen nicht … was Sie da sagen …« Selars Gesicht war totenblaß geworden.

»Vielleicht nicht«, räumte Soleta ein. »Vielleicht weiß ich gar nicht, was ich sage. Vielleicht bin ich völlig verrückt … nur daß ich genau weiß, was ich gesehen habe, Selar. Ich weiß, was ich gefühlt und erfahren habe. Ob es Ihnen gefällt oder nicht, ob Sie es sich eingestehen wollen oder nicht … aber das, was Sie zur Zeit durchleben, sind die ersten Stadien des *Pon Farr.* Ihre schlimme Erfahrung mit dem ersten Mal hat Sie aus dem Rhythmus gebracht, und nun ist Ihr Paarungstrieb mit verstärkter Kraft zurückgekehrt. Und ich habe nicht die geringste Ahnung, was Sie dagegen unternehmen können.«

Und Selar hatte das äußerst unangenehme Gefühl, daß irgendwo an Bord des Schiffes Burgoyne schnuppernd eine Witterung aufnahm und grinste. Und damit lag sie gar nicht weit von der Wahrheit entfernt.

VII.

Si Cwan bewegte sich mit höchster Vorsicht durch die Korridore der *Kayven Ryin* und streckte seinen Arm, um die Verspannung in seiner Schulter zu lockern.

Er war allein.

Er hatte Zak Kebron abgeschüttelt, nachdem dieser ihm deutlich zu verstehen gegeben hatte, er würde nicht zulassen, daß Cwan die Dinge auf seine Weise erledigte. Allein schon die Vorstellung, keine Handwaffen einsetzen zu wollen, war Kebron ein Greuel. In seiner Arroganz – zumindest betrachtete Si Cwan sein Verhalten als Arroganz – war Kebron der Ansicht, daß er selbst nicht auf Waffen angewiesen war. Doch er vertrat nachdrücklich die Meinung, daß Si Cwan, wenn er die Gelegenheit hatte, Zoran mit einer Waffe zu begegnen, diese benutzen sollte. Daß er nichts erreichen würde, wenn er den Kampf als eine Sache der Ehre betrachtete.

Doch es war eine Sache der Ehre geworden. Für Si Cwan stand völlig außer Frage, daß er Zoran töten würde. Er mußte es einfach tun. Die Ehre ließ ihm gar keine andere Wahl mehr. Und er mußte es mit bloßen Händen tun. Es ging gar nicht darum, daß die Ehre nichts anderes erlaubte, sondern es stand lediglich seine Entschlossenheit dahinter, Zorans Strafe so schmerzhaft wie möglich zu gestalten.

Also hatte Si Cwan den Brikar abgehängt. Er war sehr geschickt vorgegangen. Er war durch einen Korridor gerannt, wesentlich schneller, als der Brikar zu laufen imstande war, um dann in einen Seitengang abzubiegen und durch eine Wartungsröhre zu schlüpfen. Danach war er allein gewesen. Und falls er lange genug überleben sollte, um sich irgendwann rechtfertigen zu müssen, konnte er jederzeit behaupten, daß sie zufällig getrennt worden waren. Schließlich gab es Zufälle.

Er hörte ein Geräusch.

Es war eindeutig nicht Zak Kebron. Dessen stampfende Schritte waren ihm bereits gut vertraut. Nein, es waren schnelle und äußerst leichte Schritte. Es klang fast, als würden die Geräusche von einem kleinen Tier verursacht werden, so rasch und beinahe körperlos war die Bewegung. Doch Si Cwan ließ sich nicht täuschen, nicht für einen Augenblick.

Er ließ sich zu Boden sinken und bewegte sich wie eine Riesenspinne weiter. Seine Arme und Beine arbeiteten in perfekter Synchronisation. Auf diese Weise stellte er ein möglichst kleines Ziel dar, falls es zum Äußersten kommen sollte.

Er kam an einem Raum vorbei, dessen Tür verschlossen war und aus dem er etwas zu hören glaubte. Ein rascher Schritt oder vielleicht ein Gegenstand, der von einem Tisch herabfiel. Irgend etwas. Er wartete vor der Tür, und ging an einer Seite in die Hocke, während er überlegte, ob er den Raum stürmen sollte. Es war sehr gut möglich, daß jemand darauf wartete, daß er genau das tat, daß bereits eine tödliche Waffe direkt auf die Tür gerichtet war.

Oder vielleicht rechneten sie damit, daß er die Tür für eine Falle halten würde ... und zielten statt dessen auf die Decke oder die Öffnung eines Luftschachts, in der Hoffnung, daß er sich auf diese Weise Zugang verschaffen würde.

Er hatte immer noch den Plasmastrahler dabei, den er sich über die Schulter gehängt hatte, und nun erhoben praktische Erwägungen ihr häßliches Haupt. Er hatte immer noch allen Grund, Zoran mit eigenen Händen erdrosseln zu wollen ... aber genauso war er daran interessiert, die Auseinandersetzung lebend zu überstehen.

Nun ... vielleicht wäre der Einsatz des Plasmastrahlers gar kein großes Verbrechen, sofern er den tödlichen Schlag mit der Hand führte. Das war schließlich der einzig wichtige Punkt.

Er nahm den Strahler ab, zielte damit auf die Tür und feuerte. Auf diese kurze Distanz wurde die Tür von der Plasmaladung durchschlagen wie Papier von einer Faust. Si Cwan sprang blitzschnell durch die Öffnung, rollte sich ab und war zum Angriff bereit.

Doch da war nichts.

Er befand sich in einem Labor, in dem es kein Anzeichen gab, daß sich noch eine andere Person hier aufhielt. Ein Becherglas rollte über einen Tisch. Doch davon abgesehen rührte sich nichts.

Er brummte einen Fluch, während er sich den Plasmastrahler wieder über die Schulter hängte. Der Lärm des Schusses würde Zoran oder seine Spießgesellen zweifellos anlocken. Oder vielleicht sogar Kebron, worauf Si Cwan ihm einige Erklärungen schuldig wäre und er einen unerwünschten Verbündeten im Rücken hätte. Wenn es eins gab, das Si Cwan im Augenblick überhaupt nicht gebrauchen konnte, dann war es jemand, der auf ihn aufpaßte.

Während er diese Überlegung anstellte, brach die Decke über ihm ein.

Er wurde völlig überrascht, als ein Metallgitter auf ihn fiel und ihn in die Knie gehen ließ. Einen Sekundenbruchteil später kam Zoran aus seinem Versteck in einem Versorgungsschacht an der Decke und sprang genau auf Si Cwans Rücken.

Er versetzte Si Cwan einen brutalen Schlag ins Genick, und normalerweise hätte Si Cwan für die nächsten fünf Minuten vom Hals abwärts gelähmt sein müssen. Vorübergehend stellte sich genau diese Wirkung ein. Si Cwan sackte zu Boden, während der Rest seines Körpers völlig taub geworden war. Sein Sturz warf auch Zoran zu Boden, der sich jedoch abrollte und sofort wieder aufrappelte. Si Cwan kämpfte verzweifelt darum, die Kontrolle über seine Bewegungen zurückzuerlangen, während Zoran mit höhnischem Grinsen näher kam.

»Zu leicht. Viel zu leicht«, sagte er.

Es war reine Willenssache, wie es Menschen gelegentlich auszudrücken pflegten. In diesem Fall weigerte sich Si Cwans Wille, die materielle Tatsache zu akzeptieren, daß sein Körper zu keiner Bewegung mehr imstande war. Er wollte nicht gelähmt daliegen und sterben, ohne sich wehren zu können. Es sollte einfach nicht so sein. Sein Gehirn sandte Befehle an den übrigen Körper und zwang ihn zu einer Reaktion, indem er ihn mit synaptischen Impulsen überflutete, die wie Photonentorpedos durch seine Nervenbahnen schossen.

Obwohl es im Grunde unmöglich war, obwohl Zoran nicht glauben wollte, was geschah, schlugen plötzlich Si Cwans Beine nach ihm aus. Sie bewegten sich nicht mit der vollen Kraft, über die er normalerweise verfügte. Aber es genügte. Seine Beine klammerten sich um Zorans Knie, und bevor dieser reagieren konnte, gelang es Si Cwan, Zoran aus dem Gleichgewicht zu bringen, der sich plötzlich am Boden wiederfand, Auge in Auge mit dem wutentbrannten Si Cwan.

Si Cwan drehte sich und stürzte sich auf Zoran. Er landete genau auf seinem Gegner, packte ihn an den Ohren, riß seinen Kopf hoch und stieß ihn wieder zurück, um ihn gegen das Bodengitter zu schlagen. Der Aufprall jagte brennende Schmerzen durch Zorans

Kopf und stachelte im nächsten Moment seinen Zorn an, was ihm die Energie verschaffte, Si Cwan mit einem lauten Schrei von sich zu stoßen. Si Cwan rollte auf einen Tisch zu, erkannte sofort die Gelegenheit und packte den Tisch, um ihn in Zorans Richtung zu katapultieren. Zoran hatte Mühe, ihm auszuweichen, doch er wurde lange genug behindert, so daß sie beide im gleichen Moment wieder auf die Beine kamen.

Eine Weile standen sie reglos da und schnappten nach Luft. Nur ihr Keuchen und ihr beinahe greifbarer Haß hingen im Raum.

»Es ist schon eine halbe Ewigkeit her«, knurrte Zoran.

»Wo sind die anderen beiden? Rojam und Jufim. Sie müssen irgendwo in der Nähe sein.«

»Sie glauben doch nicht, daß ich Ihnen freiwillig strategische Informationen gebe!« Doch sie waren nirgendwo in der Nähe. Dieser Kampf fand allein zwischen Zoran und Si Cwan statt, und genauso hatte Zoran es haben wollen.

Dennoch lächelte Si Cwan mit kaum verhohlener Verachtung, als er sagte: »Haben Sie dieses wahnsinnige Unternehmen allein begonnen? Oder haben die beiden Sie zunächst begleitet und dann die erste Gelegenheit ergriffen, Sie im Stich zu lassen? Das erscheint mir wahrscheinlicher, wenn ich darüber nachdenke. Ist es Ihnen mit Ihrem herrischen Gehabe nach all den Jahren gelungen, sie zu vergraulen? Das würde mich nicht überraschen. Nein, nicht im geringsten.«

Zoran sammelte sich. »Verraten Sie mir, Si Cwan, wie man sich fühlt, nachdem man sich als völliger Versager erwiesen hat!«

Si Cwan empfand es als unter seiner Würde, eine solche Frage zu beantworten. Er warf Zoran lediglich einen Blick voller Verachtung zu.

»Ich sehe, daß Sie eine Waffe bei sich tragen«, sprach

Zoran weiter. »Aber Sie wollen sie offenbar nicht benutzen.«

»Ich kenne Sie schon viel zu lange, Zoran. Ich wußte, daß Sie es vorziehen würden, die Angelegenheit in ehrlicher Handarbeit zu erledigen. Ihr Verhalten ist in vielerlei Hinsicht mühelos vorhersagbar.«

»Das gleiche gilt für Sie. Der Unterschied zwischen uns beiden besteht darin, daß ich meine Vorhersagbarkeit zu meinem Vorteil einsetze ... und Sie nicht.«

Dann streckte Zoran den Arm in einer seltsam beiläufigen Geste vor, als wollte er Si Cwan die Hand schütteln.

Ein kleines Messer flog aus seinem Ärmel und grub sich tief in Cwans ohnehin schon verletzte Schulter. Si Cwan stieß einen Wutschrei aus und versuchte, es herauszuziehen, doch die Klinge war gezahnt und würde sich nicht ohne Schmerzen entfernen lassen. Und Zoran war auch nicht gewillt, ihm die Zeit zu geben, denn er sprang sofort auf Si Cwan zu, packte das Messer am Griff und drehte es herum. Si Cwan nahm außer Schmerzen nichts mehr wahr und heulte auf.

»Genießen Sie Ihre Rache, Si Cwan?« fragte Zoran, während er weiter den Kurzdolch drehte. Blut schoß aus der klaffenden Wunde.

Doch um an das Messer zu gelangen, hatte sich Zoran in Si Cwans Nähe begeben müssen, womit dieser die Gelegenheit zur Gegenwehr erhielt. Si Cwans Hand schlug gegen Zorans Nasenrücken, und das Knacken hallte deutlich durch den Raum. Zoran sah, wie sich ein roter Schleier vor die Welt legte, und dann spürte er plötzlich Si Cwans Hände an seiner Kehle. Cwans Daumen drückten sich tief hinein und suchten nach Zorans Luftröhre, um ihn am Atmen zu hindern.

»Es ist mir gleichgültig, was mit mir geschieht«, sagte Si Cwan mit einem heiseren Knurren, »und es ist mir genauso gleichgültig, wie Sie sterben, solange Sie nur als erster sterben.«

Zoran zog ein Bein an und rammte Si Cwan das Knie in den Unterleib. Si Cwan keuchte auf, ignorierte jedoch weitgehend die Schmerzen, die ihn jetzt kaum noch beeinflussen konnten. Er war nur auf ein Ziel konzentriert: Zoran zu erdrosseln. Seine Hände waren fest um den Hals seines Gegners verschränkt, und er legte seine ganze Kraft in diese Anstrengung. Die übrige Welt schien sich in Bedeutungslosigkeit aufzulösen. Es gab nur noch Zoran und ihn, das Gefühl von Zorans Pulsschlag unter seinen Fingern und sein Wille, den Pulsschlag zum Versiegen zu bringen.

Allmählich zwang er Zoran zu Boden, ließ ihn in die Knie gehen, während Zoran vor Schmerz und Angst keuchte. Und in seiner Verzweiflung gelang es Zoran, mit dem Kopf gegen den Griff des Messers zu stoßen, um es noch tiefer hineinzutreiben.

Si Cwan hatte keine Wahl. Das Messer traf einen Muskel, worauf Si Cwans Hände sich im Reflex für einen Moment lockerten. Das genügte Zoran, um sich loszureißen und sich im Hintergrund des Labors in Sicherheit zu bringen. Seine Flucht war so überstürzt, daß er kurz vor der Tür zu Boden krachte.

Dunkle Flüssigkeit bedeckte die gesamte Vorderseite von Si Cwans Kleidung, aber er achtete überhaupt nicht darauf. Wie eine unaufhaltsame Kampfmaschine stürmte er auf Zoran zu, während seine Finger sich krampfhaft öffneten und schlossen, als hätte er immer noch Zorans Kehle im Griff. Und als wäre er überzeugt, daß es nur eine Sache von wenigen Augenblicken sein konnte, bis er wieder Zorans Leben in den Händen hatte.

Zoran hatte sich viele Gedanken und Vorstellungen über Si Cwan gemacht, denn es war schon mehrere Jahre her, seit er ihn zum letzten Mal aus der Nähe gesehen hatte. Er hatte Gelegenheit gehabt, sich selbst von vielen Dingen zu überzeugen. Vor langer Zeit hatte er des öfteren mehrere Tage gemeinsam mit Si Cwan auf der Jagd verbracht. Er hatte mit ihm gerungen, seine Kräfte mit ihm gemessen, sich ihm anvertraut, er hatte sich auf Si Cwan verlassen können, und dieser hatte ihm vertraut. Um das Zerwürfnis zu begründen, das schließlich eingetreten war, hatte Zoran auf die Gewohnheit zurückgegriffen, die die meisten intelligenten Lebensformen benutzten, wenn sie sich von alten Freunden trennten: Er hatte ihn dämonisiert. Zoran hatte so vielen Leuten erzählt, Si Cwan sei ein Schwindler, ein Betrüger, ein Faulpelz, der mehr Glück als Verstand gehabt hatte und vor dem jeder nur wegen seines Status Angst hatte, daß er schließlich selbst davon überzeugt gewesen war.

Deshalb war es nun eine sehr verstörende Erfahrung für Zoran, nach der langen Zeit wieder dem Objekt seines Hasses gegenüberzustehen. Denn er mußte erkennen, daß seine Erinnerungen ihn in die Irre geführt hatten. Er hatte keinen Zweifel daran gehabt, daß er sich im Kampf Mann gegen Mann mühelos gegen Si Cwan durchsetzen würde.

Doch nun wurde ihm klar, daß er zumindest große Schwierigkeiten hatte, sich gegen Si Cwan zu behaupten. Das bedeutete konkret, daß er sehr viel Zeit darauf verwenden mußte, sein Ziel zu erreichen. Und Zeit war ein Faktor, der ihm keineswegs im Überfluß zur Verfügung stand.

Noch während er durch den Korridor zurücktaumelte, aktivierte er den Kommunikator an seinem Handgelenk. »Gut, es reicht! Beamen Sie mich raus!«

In diesem Augenblick spürte Zoran, daß der Boden unter seinen Füßen erzitterte. Er warf einen Blick nach rechts, und sah, wie sich ihm etwas näherte, das wie ein wandelnder Kontinent wirkte. Zak Kebron stürmte auf ihn zu.

Dann hörte Zoran einen trotzigen Kriegsruf, was seine Aufmerksamkeit auf Si Cwan zurücklenkte. Cwan war es tatsächlich gelungen, sich das gezahnte Messer aus der Schulter zu ziehen, was eigentlich unmöglich sein sollte. Zumindest wäre jedes normale Individuum an diesem Punkt vor Schmerzen in Ohnmacht gefallen. Doch falls es irgendeinen Zweifel für Zoran gegeben hatte, daß Si Cwan alles andere als normal war, dann war er spätestens jetzt ausgeräumt.

Si Cwans Blut tropfte von der Messerklinge, doch es schien ihm völlig gleichgültig zu sein. Er warf den Dolch beiseite, der scheppernd über den Boden schlitterte und eine rote Spur hinterließ. Dann setzte er zum nächsten Angriff auf Zoran an.

Er hatte eine Hand ausgestreckt, die mit zäher, dunkler Flüssigkeit beschmiert war. Seinem eigenen Blut.

Es war ihm völlig gleichgültig geworden.

Über der Schulter trug er immer noch die Waffe.

Auch das spielte für ihn jetzt keine Rolle mehr.

Er war verletzt, er blutete, jeder Muskel seines Körpers schmerzte, und er war vom Blutverlust geschwächt. Auch das war Si Cwan gleichgültig geworden.

Für ihn zählte nur noch, es Zoran heimzahlen zu können. Wozu er jedoch in letzter Konsequenz keine Gelegenheit mehr erhielt.

Ein Geräusch erfüllte die unmittelbare Umgebung. Obwohl es eine andere Klangfarbe als der akustische Effekt eines Starfleet-Transporters hatte, war es trotzdem mühelos als Begleitgeräusch eines Transportvorgangs zu identifizieren.

»Nein!« heulte Si Cwan wütend auf, und in seiner Verzweiflung warf er sich auf Zoran. Er hoffte, daß er es schaffte, in den Erfassungsbereich des Transporters zu gelangen, um den Ortswechsel gemeinsam mit Zoran vollziehen zu können. Aber er kam zu spät.

Zorans Gestalt war bereits so immateriell geworden, daß Si Cwan einfach hindurchfiel. Er landete auf den harten Bodengittern, als Zoran gemeinsam mit Si Cwans Hoffnung auf Rache verschwand.

»Kommen Sie sofort zurück, Sie Mistkerl!« schrie Si Cwan und schlug frustriert mit der Faust auf den Boden.

»Ich bezweifle, daß er Sie jetzt noch hören kann«, stellte Kebron fest, der sich gerade noch abbremsen konnte, bevor er Si Cwan über den Haufen gerannt hätte.

Dann piepte der Kommunikator, den Si Cwan dem erledigten Thallonianer abgenommen hatte. Für ihn stand es völlig außer Frage, wer hier versuchte, Kontakt mit ihm aufzunehmen. Er aktivierte das Gerät und sagte wütend: »In meinen Augen sind Sie ein Feigling, Zoran!«

»Und in meinen Augen sind Sie bereits ein toter Mann, Si Cwan«, erwiderte Zoran mit einem Hauch des Bedauerns. »Aber wenn Sie weiter darüber diskutieren möchten, schlage ich vor, daß Sie sich schnellstens an einen Ort zwei Decks tiefer in der Hecksektion begeben.« Damit unterbrach er die Verbindung.

Ohne zu zögern, fuhr Si Cwan herum und rannte in die Richtung los, die Zoran ihm angewiesen hatte, doch dann wurde er abrupt durch Kebron gestoppt, der ihn mit sicherem Griff am Arm gepackt hielt. »Nein, das lasse ich nicht zu. Nicht noch einmal.«

»Ich werde ihn nicht einfach so entkommen lassen!«

»Das haben Sie bereits getan. Wenn Sie meinen, daß Sie ihn nicht *ein zweites Mal* entkommen lassen wollen, ist das eine andere Sache.«

»Kebron, lassen Sie mich los!« befahl er wütend in herrischem Tonfall. Doch dann fügte er etwas sanfter hinzu: »Bitte.«

»Wir gehen gemeinsam. Schwören Sie es, bei Ihrer Ehre.«

Si Cwan knirschte mit den Zähnen und nickte widerstrebend. »Wir gehen zusammen. Aber Sie werden sich nicht in den Kampf einmischen. Bei Ihrer Ehre. Schwören Sie, daß Sie nichts unternehmen werden, um den Kampf zwischen Zoran und mir in irgendeiner Weise zu beeinflussen.«

»Wenn Sie darauf bestehen. Ich schwöre bei meiner Ehre, daß ich mich nicht in den Kampf einmischen werde.«

»Also gut. Gehen wir.« Er rannte los, war aber langsam genug, daß Kebron mit ihm Schritt halten konnte.

Zoran blickte in die Tiefen des Weltraums hinaus, die ihn magisch anzuziehen schienen. Rojam und Jufim standen links und rechts neben ihm und starrten nervös auf die verdunkelte Navigationskonsole ihres Fluchtraumschiffs. Es war kein besonders großes Schiff. Daß es fest mit einer Luftschleuse der *Kayven Ryin* verbunden gewesen war, hatte es letztlich davor bewahrt, von der *Marquand* entdeckt zu werden. Es bot drei Passagieren Platz und verfügte sogar über eine einzelne Transporterplattform, die Rojam dazu benutzt hatte, um Zoran von Bord des Forschungsschiffs zu holen, an das sie immer noch gekoppelt waren.

»Zoran, bringen Sie uns von hier weg!« drängte Jufim.

Es war schwer zu sagen, ob Zoran ihn wirklich gehört hatte. Er saß einfach nur da, mit steinerner Miene und einem zornigen Funkeln in den Augen.

Rojam ging in die Hocke und sagte eindringlich: »Zoran ... ich hätte es Ihnen aufrichtig gegönnt, wenn es Ihnen gelungen wäre, ihn auf die Weise, die Sie sich gewünscht haben, zu besiegen. Aber wir hatten eine Vereinbarung getroffen. Wir haben Ihnen zehn Minuten gegeben. Die Bombe ist scharf. Eine weitere Verzögerung bringt nur unser aller Leben in Gefahr.«

Jufim fügte in leicht spöttischem Tonfall hinzu: »Es sieht Si Cwan und seinesgleichen ähnlich, Versprechungen abzugeben, die sie nicht halten können.«

Langsam drehte Zoran sich zu ihnen herum und schien zum ersten Mal, seit er in das Fluchtschiff gebeamt worden war, ihre Anwesenheit zu registrieren. »Eins würde mich interessieren«, sagte er. »Wenn ich dieses Schiff nicht so programmiert hätte, daß die Systeme nur auf meine Stimme reagieren … hätten Sie mich dann im Schiff zurückgelassen? Hätten Sie mich im Stich gelassen, damit ich gemeinsam mit Si Cwan sterbe? Haben Sie sich nur deshalb an unseren Plan gehalten, weil Sie mich brauchen, um fliehen zu können?«

»Reden Sie keinen Unsinn!« erwiderte Rojam kategorisch, und Jufim pflichtete ihm bei.

Zoran blickte in ihre Augen und versuchte darin ihre wahren Gedanken zu erkennen. »Sie haben Angst«, sagte er nach einer Weile.

»Natürlich haben wir Angst!« entgegnete Jufim mit zunehmender Ungeduld. »Wir sind an ein Raumschiff gekoppelt, daß in wenigen Minuten zu Sternenstaub explodieren wird, und Sie fragen uns, wie zuverlässig unsere Freundschaft ist! Starten wir endlich, damit wir die Sache hinter uns haben! Später können wir so ausführlich darüber diskutieren, wie Sie möchten, aber wenn wir nicht bald von hier verschwinden, wird es kein Später mehr geben!«

Zoran starrte sie eine Weile an, die sich zu einer halben Ewigkeit auszudehnen schien, bis er sagte: »Navigationscomputer, Stimmidentifikation, Zoran Si Verdin.«

»Stimme identifiziert«, meldete der Computer leidenschaftslos.

»Navigationssysteme aktivieren. Das Schiff von der Luftschleuse abkoppeln. Kurs 183 auf der Y-Achse einschlagen. Aktivieren.«

»Vorgang aktiviert.«

Ein leichter Ruck ging durch das Schiff, dann war ein kratzendes Geräusch zu hören, als sich große Metallklammern lösten, und kurz darauf war die Verbindung getrennt. Das Fluchtraumschiff entfernte sich von der *Kayven Ryin*, die längst dem Untergang geweiht war, und stieß in die Dunkelheit des Weltraums vor.

Die drei bemerkten nicht mehr, daß in weiter Ferne etwas zu materialisieren begann …

Si Cwan schob sich langsam kriechend vor, bis er entnervt aufblickte, als Zak Kebron vorbeistapfte – ohne auch nur ansatzweise zu versuchen, seine Anwesenheit zu verheimlichen. »Kebron!« zischte er verärgert. »Zoran ist irgendwo da vorne! Es wäre angebracht, wenn Sie etwas behutsamer vorrücken würden!«

Kebron warf ihm einen nichtssagenden Blick zu. »Ich bin ein Brikar«, teilte er ihm mit. »Behutsamkeit ist nicht gerade meine Stärke.«

Si Cwan verdrehte die Augen.

»Außerdem vermute ich«, sprach Kebron weiter, während er vorausmarschierte und der Boden lautstark unter seinen Schritten vibrierte, »daß der Streitpunkt ohnehin müßig ist. Ich glaube nicht, daß sich Zoran dort befindet.«

»Wie bitte?«

»Es wäre sehr dumm von ihm, uns seinen Aufenthaltsort zu verraten oder den Vorteil der Überraschung zu vergeben.«

»Sie kennen Zoran nicht, wie ich ihn kenne«, sagte Si Cwan, der unmittelbar hinter Kebron herging.

»Das ist richtig. Infolgedessen kann ich ihn ruhig und sachlich einschätzen, statt meine Meinung durch blinden Haß trüben zu lassen. Ich sage Ihnen, daß es eine gewaltige Dummheit gewesen wäre, wenn er uns die Wahrheit gesagt hätte. Und das, was Sie mir über ihn erzählt haben, deutet in keinerlei Hinsicht darauf hin, daß er über ein derartiges Ausmaß an Dummheit verfügt.«

»Und was sollte er Ihrer Meinung nach damit bezweckt haben?«

»Er will uns eine Falle stellen.«

Si Cwan stieß herablassend den Atem durch die Zähne aus. »Ich werde mit jeder Falle fertig, die Zoran sich ausdenken kann!«

Als sie um eine Ecke bogen, kam Kebron so abrupt zum Stehen, daß Si Cwan gegen seinen massiven Rücken prallte. Er trat zurück, rieb sich die schmerzende Nase und wollte sich wütend beschweren ... doch dann sah er es ebenfalls.

Es war groß und zylindrisch und war mit stabilen Streben am Boden, an den Wänden und an der Decke befestigt, so daß es nur unter größten Schwierigkeiten von der Stelle bewegt werden konnte. Es piepte unbeirrbar in regelmäßigen Abständen, und ein Zählwerk zeigte einen Countdown an.

Si Cwans Gesicht wurde dunkler, als Kebron sich zu ihm umdrehte. »Also gut, Cwan. Sie sind an der Reihe. Werden Sie damit fertig.«

Si Cwan näherte sich vorsichtig. Er blickte auf die kleine Anzeige mit den Zahlen auf der Vorderseite. »Ich glaube, es ist eine Bombe«, sagte er.

»Ja. Eine schwere Thermitbombe, wenn ich mich nicht irre. Nach den Anzeigen und der Energiekonzentration würde ich sagen, daß sie in den nächsten zwei Minuten explodieren wird. Wie ich die Sachlage einschätze, ist Zoran längst aus diesem Raumschiff verschwunden und hat uns der nichtvorhandenen Gnade dieser Bombe überlassen.«

Si Cwan unterdrückte verzweifelt seine aufkommende Panik, während seine Finger die Außenhülle der Bombe untersuchten. Sie war aus einem Guß.

»Kebron, ich bin kein Sprengstoffexperte. Sie müssen sie entschärfen.«

»Ich habe geschworen, daß ich mich nicht in den Verlauf dieses Kampfes einmischen werde. Die Bombe wurde offensichtlich von Zoran hier plaziert, also ist sie ein Teil Ihres Duells. Wenn ich irgend etwas unternehme, würde ich damit meinen Schwur brechen. Und das wäre unehrenhaft. Ich fürchte also, daß ich nichts für Sie tun kann.«

Si Cwan wollte nicht glauben, was er gerade gehört hatte. »Soll das etwa ein Beispiel dafür sein, was die Brikar unter Humor verstehen?«

»Ich meine es völlig ernst.« Er hielt kurz inne. »Sie könnten mich natürlich von meinem Schwur entbinden ...«

»Ich entbinde Sie! *Ich entbinde Sie von Ihrem Schwur!*«

Sobald er diese Worte gehört hatte, näherte sich Kebron schnell der Bombe und sah sie sich aus der Nähe an. Dann setzte er seine überwältigende Kraft ein, um zu versuchen, das Gehäuse zu öffnen. Als er dadurch nichts erreichte, zerrte er prüfend an den Streben, dann mit größerer Kraft. Doch die Metallelemente rührten sich nicht. Er überlegte kurz, bis er sich zu Si Cwan umdrehte und ihm eine schwere Hand auf die Schulter legte. »Mögen die Augen der Götter auf Sie blicken und all Ihren künftigen Unternehmungen wohlgesonnen sein.«

»Jammern Sie mir nichts vor! *Tun* Sie etwas!«

»Ich *tue* etwas«, erwiderte er unerschüttert. »Ich wünsche Ihnen alles Gute für Ihr Leben nach dem Tode. Darüber hinaus sind meine Handlungsmöglichkeiten recht eingeschränkt.«

»Entschärfen Sie die Bombe!«

»Mit zwei Stunden Zeit und der Unterstützung eines Starfleet-Expertenteams würde ich es möglicherweise schaffen. Aber wie die Dinge stehen ...«

»Sie haben doch einen Phaser. Schießen Sie darauf! Vernichten Sie die Bombe!«

»Ein solcher Versuch würde sie sofort zur Zündung bringen. Und sehen Sie das kleine Lämpchen dort?« Er zeigte auf die Armaturen. »Es gehört zu einem Bewegungssensor. Jeder Versuch, die Bombe von der Stelle zu bewegen, würde sie ebenfalls zünden.«

Si Cwan hatte sich bereits in Bewegung gesetzt. »Dann lassen Sie uns verschwinden.«

»Wohin?« erkundigte sich Kebron neugierig.

»Ans andere Ende des Schiffes!«

»Cwan, wenn dieses Ding in weniger als einer Minute hochgeht, ist es das Ende des gesamten Schiffes. Es wird nicht mehr viel davon übrigbleiben.«

Verzweifelt starrte Si Cwan auf die Bombe und gelangte zur gleichen Schlußfolgerung, die sich für Kebron bereits in dem Augenblick ergeben hatte, als er sie zum ersten Mal gesehen hatte.

Einen Moment lang herrschte Schweigen, bis Si Cwan sich zu Kebron umdrehte und sagte: »Ich möchte eins klarstellen: Ich habe keine Angst vor dem Tod. In gewisser Hinsicht ist es sogar ein Segen. Aber es ärgert mich maßlos, daß ich sterbe und Zoran ungeschoren davonkommt. Das macht mich sehr wütend.«

»Das Leben besteht aus unzähligen losen Enden.«

Si Cwan nickte und beobachtete, wie der Countdown der Bombe fortschritt. Dann klopfte er Kebron auf die Schulter. »Sie sind ein tapferer Krieger, Kebron. Ich bedaure es, daß wir nicht mehr Zeit hatten, um unsere Differenzen beizulegen. Zumindest … werde ich jetzt wieder mit meiner Schwester vereint sein – so wie Sie mit Ihren Eltern.«

»Meinen Eltern …« Kebron sah ihn mit starrem Blick an.

»Ja. Ihre Eltern. Die in einer Bergwerkskolonie von orionischen Piraten getötet wurden …«

»Ach, das!« sagte Kebron und bewegte seinen massiven Körper auf eine Weise, die vermutlich einem Schulterzucken entsprechen sollte. »Ich hielt es für eine zweckmäßige Idee, Ihnen diese Geschichte zu erzählen. In Wirklichkeit leben meine Eltern auf Brikar. Meine Mutter ist Politikerin, und mein Vater verkauft Motivationsprogramme. Es geht ihnen gut. Trotzdem danke für Ihr Mitgefühl.«

Si Cwan starrte ihn an. »Sie haben sich die Geschichte nur ausgedacht?«

»Natürlich. Ich wollte Ihnen das Gefühl geben, daß wir etwas gemeinsam haben, damit Sie mir zuhören, statt wie ein Idiot durch die Gegend zu toben. Zumindest hatte ich gehofft, daß mein Plan funktioniert.«

Der Countdown der Bombe endete bei Null.

»Ich hasse Sie«, sagte Si Cwan.

Dann explodierte das Schiff.

LAHEERA

VIII.

Calhoun war unterwegs zur Brücke und wollte unbedingt mit Shelby und Lefler sprechen, die soeben von der Oberfläche Nelkars zurückgekehrt waren. Doch kurz bevor er in den Turbolift treten konnte, traf er im Korridor auf Selar.

»Doktor«, begrüßte er sie, um einen möglichst neutralen Tonfall bemüht.

»Captain«, antwortete sie, neigte den Kopf und ging weiter.

Calhoun verspürte einen unwiderstehlichen Zwang, sich umzudrehen und zu fragen: »Dr. Selar … ist alles in Ordnung?«

Sie blieb stehen und blickte ihn an, die Arme über der Brust verschränkt. »Das ist eine sehr allgemeine Frage, Captain. Könnten Sie sich vielleicht etwas spezifischer ausdrücken?«

»Das könnte ich. Bestehen Sie darauf, daß ich spezifischer werde?«

Sie stand einfach nur da und starrte ihn mit vorgetäuschtem Desinteresse an.

»Also gut.« Er trat einen Schritt vor. »Ich …«

Dann piepte sein Kommunikator. »Calhoun hier«, meldete er sich.

»Captain, wir empfangen eine Übertragung von den Nelkariten«, teilte Shelbys Stimme ihm mit.

»Bin schon unterwegs«, sagte er. »Doktor … wir werden das Gespräch später fortsetzen.«

»Es wird mir ein Vergnügen sein«, erwiderte sie. Erst

nachdem Calhoun den Turbolift betreten hatte, wurde ihm bewußt, daß er Selar soeben zum ersten Mal bei einer Lüge ertappt hatte.

Als Calhoun die Brücke erreichte, bemerkte er, daß Soleta wieder ihren Platz an der wissenschaftlichen Station eingenommen hatte, und er gelangte zum Schluß, daß es vermutlich sinnlos wäre, sie über Selar ausfragen zu wollen. Boyajian meldete sich von der taktischen Station. »Auf den Schirm, Captain?«

»Noch nicht. Shelby, Lefler ... Ihren Bericht, bitte.« Er nahm im Kommandosessel Platz und verschränkte erwartungsvoll die Finger.

»Die Einrichtungen, in denen die Flüchtlinge untergebracht werden sollen, waren zwar nicht luxuriös, aber keinesfalls spartanisch«, teilte Shelby mit. »Die Nelkariten scheinen wirklich daran interessiert zu sein, Hilfe zu leisten und die Flüchtlinge in ihre Gesellschaft zu integrieren.«

»Und die Flüchtlinge haben den Wunsch, auf dem Planeten zu bleiben?«

»Daran haben sie keinen Zweifel gelassen. Ich habe sogar vorgeschlagen, daß sie sich zu einer letzten Beratung noch einmal auf die *Excalibur* zurückziehen, doch sie haben sich einstimmig dagegen ausgesprochen und wünschen, daß Ihre Habseligkeiten nachgeschickt werden. Sie wollen auf Nelkar bleiben und scheinen sich dort wohl zu fühlen.«

»Ich bin überglücklich«, sagte Calhoun, obwohl sein Tonfall keine Spur von Begeisterung verriet. »Lefler?«

»Nach unseren Maßstäben ist ihre Gesellschaft nicht sehr hoch entwickelt. Sie wirken irgendwie ... ›träge‹ ist nicht ganz das richtige Wort. Eher ›unmotiviert‹. Sie führen keine größeren wissenschaftlichen Forschungsprogramme durch. Sie begnügen sich damit, alles von anderen Spezies zu übernehmen und sich auf diese

Weise weiterzuentwickeln. In gewisser Weise ›schnorren‹ sie sich durch.«

»Verstehe. Ihre Empfehlungen?«

»Dazu gibt es leider kaum etwas zu sagen, Captain«, antwortete Shelby. »Die Flüchtlinge haben ihre Wünsche geäußert. Sie möchten auf Nelkar bleiben. Wir können und dürfen sie in dieser Entscheidung nicht beeinflussen. Das wäre ein Verstoß gegen die Erste Direktive. Nicht nur das ... es wäre beinahe diktatorisch.«

Calhoun betrachtete sie mit leicht überraschtem Gesichtsausdruck. »Commander ... ich lasse mir vieles nachsagen. Aber mir ›diktatorische‹ Qualitäten zuzuschreiben, geht etwas zu weit.«

»Dessen bin ich mir durchaus bewußt, Captain«, sagte sie sachlich. »Und genau deshalb befürchte ich, daß uns in dieser Angelegenheit kaum eine Wahl bleibt.«

Er trommelte mit den Fingern auf die Armlehne seines Sessels. »So sieht es wohl aus. Also gut, Boyajian ... auf den Schirm mit ihnen.«

Kurz darauf erschien ein opulent ausgestatteter Raum auf dem Sichtschirm. Captain Hufmin war zu erkennen. Er trug ein adrettes blaues Gewand und ein Dauerlächeln auf dem Gesicht. Wenn man berücksichtigte, daß er ein Glas in der Hand hielt und leicht schwankte, drängte sich die Vermutung auf, daß er buchstäblich ›angeheitert‹ war. Neben ihm stand Laheera, und in seinem gegenwärtigen Zustand konnte Hufmin nicht mehr verbergen, wie sehr er von ihren körperlichen Vorzügen angetan war.

»Hallo, Captain Calhoun«, sagte Laheera in ihrem typischen melodischen Tonfall.

»Ich grüße Sie«, erwiderte Calhoun gleichmütig. »Nach dem, was mein Erster Offizier mir berichtet hat, haben Sie einen ziemlichen Eindruck auf unsere Passagiere gemacht. Und offenbar genauso auf Captain Hufmin, wie ich feststelle.«

»Ja, es scheint so«, bemerkte sie. »Aber jetzt hätten wir noch einige andere Dinge zu besprechen, Captain.«

»Wie ich hörte, gibt es eigentlich nicht mehr viel zu sagen«, erwiderte Calhoun mit einem verstohlenen Seitenblick auf Shelby. »Wir werden die Habseligkeiten unserer Passagiere hinunterbeamen und dann unserer Wege ziehen. Ich hoffe, daß sie sich in ihrer neuen Heimat wohl fühlen werden.«

»Davon bin ich überzeugt, Captain Calhoun … sobald Sie zur Kooperation bereit sind.«

Obwohl ihre Stimme nicht die angenehme Intonation verlor, schwang nun in ihren Worten ein Unterton mit, der niemandem von der Brückenbesatzung entging. Hufmin jedoch schien nichts davon zu bemerken, da er Laheera nach wie vor dümmlich angrinste.

»Kooperation?« wiederholte Calhoun langsam.

»Ja. Sehen Sie, Captain, Sie besitzen eine sehr hoch entwickelte Technologie. Computersysteme, Waffensysteme, Warptriebwerke, die weit über das hinausgehen, was …«

»Ich möchte nicht unhöflich sein, Laheera, aber Sie können sich weitere Worte ersparen. Glauben Sie bitte nicht, wir wären Ihnen nicht dankbar, daß Sie ein Herz für die Flüchtlinge hatten und Ihnen ein neues Zuhause gaben. Aber ich kann keine technische Entwicklungshilfe leisten.« Er erhob sich aus seinem Sessel und näherte sich langsam dem Sichtschirm, während er so ruhig und sachlich wie möglich weitersprach. »Es gibt Regeln, an die wir uns halten müssen, Gesetze, nach denen wir leben, so wie auch Sie zweifellos Ihre Gesetze haben. Ihre Gesellschaft hat einen bestimmten Entwicklungsstand erreicht, und es wäre weder rechtens noch angemessen, wenn wir Ihnen helfen würden, schneller ein höheres Niveau zu erreichen. Das müssen Sie aus eigener Kraft erreichen.«

»Wir haben diesen Leuten selbstlos geholfen«, sagte

Laheera und zog einen leichten Schmollmund, was, offen gesagt, einfach reizend wirkte. »Es wäre sehr egoistisch von Ihnen, wenn Sie uns jegliche Hilfe verweigern.«

»Das finde ich auch!« bekräftigte Hufmin. Doch in seinem zweifachen Rauschzustand – bewirkt durch konsumierte Getränke und Laheeras betörende Gegenwart – hätte er vermutlich sogar beteuert, daß die Sonne in Wirklichkeit aus gedünstetem Kohl bestand.

»Für Sie mag sich dieser Eindruck ergeben«, räumte Calhoun ein. »Aber glauben Sie mir, Laheera, es ist nur zu Ihrem Besten.«

»Ich fürchte, dem kann ich nicht zustimmen«, sagte Laheera.

»Völlig richtig, Captain«, warf Hufmin ein, »dem kann sie nicht zustim...«

Es geschah so schnell, daß Lefler, die genau in diesem Augenblick blinzelte, es überhaupt nicht sah. Aber alle anderen auf der Brücke sahen es.

Plötzlich war das Messer in Laheeras rechter Hand, und mit der linken packte sie den grinsenden Hufmin an den Haaren und riß seinen Kopf zurück. Das Unheimlichste daran war, daß ihr Lächeln nicht für einen Moment nachließ, als sie mit dem Messer geschickt durch Hufmins Kehle schnitt. Blut quoll hervor und verfärbte das blaue Gewand dunkelviolett. Etwas davon spritzte Laheera ins Gesicht, als hätte sie plötzlich rote Sommersprossen auf der goldenen Haut bekommen. Entweder bemerkte sie es nicht, oder es war ihr gleichgültig. Hufmin schien überhaupt nicht registriert zu haben, daß er ermordet wurde. Er griff mit einer recht ungezielt wirkenden Bewegung nach der klaffenden Wunde, ohne daß sein dümmliches Grinsen verschwand. Offenbar wunderte er sich nur, woher die warme Flüssigkeit kam, bis er zusammenbrach und nicht mehr zu sehen war.

Shelby blickte sich entsetzt zu Calhoun um.

Sein Gesicht wirkte wie eine Totenmaske. Es zeigte weder Zorn noch Abscheu; es war völlig ausdruckslos. Doch dann sah sie es, sah es in seinen violetten Augen, eine tief innen brennende Wut, die er kaum noch zügeln konnte.

Laheera bückte sich und wischte auf geradezu beiläufige Weise das Blut von der Klinge. Obwohl es außerhalb des Bildausschnittes stattfand, bestand kein Zweifel, daß sie dazu die Kleidung des getöteten Hufmin benutzte. »So«, sagte Laheera im Plauderton, »das habe ich getan, um Ihnen zu zeigen, daß wir bereit sind, alles Nötige zu unternehmen, um zu bekommen, was wir wollen. Wir werden die Flüchtlinge töten. Alle. Die Männer, die Frauen, die Kinder … ohne Unterschied. Wir werden in Kürze damit beginnen und so lange weitermachen, bis Sie uns die Technologie zur Verfügung stellen. Wir geben Ihnen eine Stunde, um darüber nachzudenken und sich nötigenfalls mit Ihren Vorgesetzten zu beraten, wenn Sie …«

»Nein.«

Das Wort klang wie der Schlußakkord einer Totenmesse. Calhoun hatte es ohne Zögern, ohne Reue und ohne jede Spur von Mitleid ausgesprochen.

Laheera neigte leicht den Kopf zur Seite, wie ein Hund, der auf ein feines Geräusch lauschte. »Sie meinen, Sie haben längst beschlossen, mit uns zu kooperieren?«

»Nein«, sagte Calhoun. »Ich meine, nein, es gibt keine Beratungen. Nein, es gibt keine Verhandlungen. Und nein, Sie müssen nicht warten. Töten Sie die Flüchtlinge.«

Lefler keuchte auf, als sie seine Worte hörte. Soleta wahrte die Fassung, aber McHenry erbleichte, und sogar Shelby schien erschüttert. Calhoun sah sich zu ihr um, und ihre Lippen formten lautlos die Worte: *Verhandeln Sie!*

Laheera schien nicht glauben zu wollen, daß sie Calhoun richtig verstanden hatte. »Captain ... vielleicht verkennen Sie den Ernst der Lage ...«

»Mein Erster Offizier«, unterbrach Calhoun sie, »ist offenbar der Ansicht, daß ich verhandeln sollte.«

»Ein kluger Vorschlag.«

Calhoun trat direkt vor den Hauptsichtschirm, die Schultern gestrafft und die Augen eiskalt. »Laheera ... die Flüchtlinge haben ihre Entscheidung getroffen. Ich habe ihnen einen anderslautenden Rat gegeben, aber sie haben ihn ignoriert. Jetzt sind sie selbst für alles verantwortlich, was ihnen zustößt. Ich hege kein Mitgefühl für diese Leute, das Sie für Ihre Zwecke benutzen könnten. Ich habe keine Schuldgefühle und kein schlechtes Gewissen, wenn ich nichts gegen ihren Tod unternehme. Sie haben eine freie Wahl getroffen, und sie sterben als freie Individuen. Und ich habe auch nicht den Wunsch, mit Terroristen zu verhandeln. Weil es sinnlos ist.«

»Nach dem, was ich vom leider verschiedenen Captain Hufmin erfahren habe, waren Sie früher selbst einmal so etwas wie ein Terrorist, Captain«, sagte Laheera. Es war beklemmend, wie sie immer noch in ihrem melodischen Singsang sprach. »Wer sind Sie, daß Sie sich anmaßen, ein Urteil über mich zu fällen?«

Längere Zeit herrschte Totenstille auf der Brücke.

Als Calhoun schließlich sprach, lag etwas Erschrekkendes in seiner Stimme. Niemand von der Brückenbesatzung hatte jemals zuvor etwas Ähnliches gehört. Es war wie eine bedrohlich näher rückende Naturkatastrophe, wie ein Tornado oder ein Ionensturm, der plötzlich eine Stimme erhalten hatte, um das schreckliche Unheil anzukündigen, das er anzurichten im Begriff war.

»Sie möchten verhandeln, Laheera? Diesen Wunsch werde ich Ihnen nicht erfüllen. Ich verhandle niemals.

Das ist ein unumstößliches Gesetz meines Universums. Doch ein weiteres unumstößliches Gesetz der Physik besagt, daß jede Aktion eine entsprechende und entgegengesetzte Reaktion hervorruft. Töten Sie die Flüchtlinge, Laheera. Töten Sie sie alle. Mir ist es egal. Ich habe schon zuviel Tod erlebt, als daß eine solche Drohung mich noch erschüttern könnte. Aber wenn Sie alle getötet haben, machen Sie sich bewußt, daß Sie sich selbst getötet haben. Weil ich dann den Befehl geben werde, daß dieses Schiff das Feuer auf Ihre Hauptstadt eröffnet und Sie alle zur Hölle schickt. Wer ich bin, daß ich mir ein Urteil über Sie anmaße, haben Sie gefragt, Laheera? Ich bin jemand, der genau weiß, wie man mit jemandem verhandelt, der genauso ist wie ich. Calhoun Ende.«

STAR TREK

DIE NEUE GRENZE

ENDSPIEL

Logbuch des Captains, Sternzeit 50927.2.

Während unseres Kontakts zu den Nelkariten ist es zu leichten Spannungen gekommen. Ich bemühe mich, die Problematik gemäß den Starfleet-Vorschriften mit Sorgfalt und Geduld zu lösen.

Persönliches Logbuch des Ersten Offiziers, Sternzeit 50927.2.

Wir befinden uns in einer äußerst kritischen Situation. Wir haben vier Dutzend Flüchtlinge zum Planeten Nelkar gebracht, auf Einladung der Nelkariten, die sich einverstanden erklärten, ihnen Zuflucht zu gewähren. Doch nun benutzen die Nelkariten die unschuldigen Flüchtlinge für ein bizarres Machtspiel. Wir haben es mit einer klassischen C-5-Geiselnahme zu tun, die behutsames Vorgehen erfordert, doch Captain Calhoun hat bisher eine gnadenlose Unnachgiebigkeit an den Tag gelegt. Wenn Mackenzie Calhoun glaubt, er kann das Leben der vier Dutzend Geiseln einfach so abschreiben – um anschließend den Planeten zu bombardieren –, dann werde ich ihn in diesem Punkt zurechtweisen müssen. Und wenn ich keinen Erfolg damit habe, dann wird mir nichts anderes übrigbleiben, als zu versuchen, das Kommando über die Excalibur *an mich zu reißen, weil sich Mac als ungeeigneter Befehlshaber erwiesen hat.*

LAHEERA

I.

Die Flüchtlinge von der *Cambon* heulten vor Angst, als sie in ein großes Auditorium getrieben wurden. An der Vorderseite des Raumes ging die Frau auf und ab, die sie als Laheera kennengelernt hatten – offensichtlich ein hohes Tier in der Hierarchie der Gesellschaft von Nelkar. Sie funkelte die Leute verärgert an. Ihr Zorn schien wie eine Strahlung von ihr auszugehen, als wäre sie problemlos mit entsprechenden Instrumenten meßbar. Neben ihr stand Celter, der Gouverneur der Hauptstadt Selinium, ihrem gegenwärtigen Aufenthaltsort.

Einer der Anführer der Gruppe, ein älterer, silberhaariger Mann namens Boretskee, trat einen Schritt vor und sagte langsam und unsicher: »Gibt es ... ein Problem? Wir sollten gerade in unsere neuen Wohnungen gebracht werden, als ...«

»Ja, man könnte sagen, daß es ein Problem gibt«, bestätigte Laheera, ohne sich zu bemühen, ihre Wut zu unterdrücken. Es war eine recht beeindruckende Kombination: Laheeras goldener, fast engelhafter Hautton und ihre ungezügelte Rage. »Wir haben darum gebeten, daß die *Excalibur* uns eine bescheidene ›Bezahlung‹ zukommen läßt. Eine Entschädigung für die Anstrengungen, die wir auf uns genommen haben, um Ihnen eine neue Heimat zu geben.«

Die Flüchtlinge warfen sich unsichere Blicke zu. Cary, die neben Boretskee stand, sagte: »Eine ›Bezahlung‹? Wir ... äh ...« Sie trat unbehaglich von einem

Bein auf das andere. »Wir hatten nicht den Eindruck, daß irgendeine Art von Bezahlung erforderlich wäre. Wir würden ... ich meine, natürlich möchten wir kooperieren. Wenn wir auf irgendeine Weise ...«

Nun meldete sich Celter zu Wort. »Von Ihnen erwarten wir keine Bezahlung. Sie sind für uns – um ganz offen zu sein – lediglich Mittel zum Zweck. Wir streben nicht nach finanziellem Profit, sondern sind eher an einem Tauschhandel interessiert. Wir haben etwas, das Sie sich wünschen – einen Ort, an dem Sie leben können –, und die *Excalibur* besitzt fortgeschrittene Technologie, die für uns besitzenswert ist. Wir geben Ihnen, was Sie benötigen, und wir bekommen, was wir brauchen. Und jeder profitiert davon.«

»Das Problem ist, daß der Captain der *Excalibur* die Kooperation verweigert hat«, warf Laheera ein. »Er hat sehr deutlich gemacht, daß es ihm völlig gleichgültig ist, was mit Ihnen geschieht. Ihm geht es nur um seine Vorschriften und Regeln und seinen egoistischen Stolz. Das ist alles.«

»... was mit uns geschieht?« Boretskee war zutiefst verwirrt, aber er wußte genau, daß ihm nicht gefiel, was er gehört hatte. »Wie darf ich das verstehen ... was mit uns geschieht?«

Doch als sich nun Cary, Boretskees schlanke, brünette Frau, umblickte, kam ihr allmählich ein furchtbarer Verdacht. »Wo ist Captain Hufmin?« fragte sie.

»Ach ja, der furchtlose Kommandant des guten Schiffes *Cambon*«, sagte Laheera voller Verachtung. »Ich fürchte, wir mußten ein Exempel an ihm statuieren. So war es am besten, glauben Sie mir. Es ging mir auf die Nerven, daß er mir nicht mehr von der Seite weichen wollte.«

»Ein ... Exempel«, wiederholte Cary langsam. »Sie ... meinen doch nicht ... ich kann mir nicht vorstellen, daß er ...«

»Wenn ›tot‹ das Wort ist, nach dem Sie suchen, lautet die Antwort: Ja, Sie haben recht«, sagte Laheera gelassen.

Es war deutlich zu hören, wie die Geiseln überrascht nach Luft schnappten. Ein junges Mädchen namens Meggan begann zu weinen. Die anderen waren viel zu schockiert, um heftiger auf diese Neuigkeit zu reagieren.

Boretskee riß sich zusammen und sagte gepreßt: »Und wir werden die nächsten sein, wie? Sieht so Ihr Plan aus? Wenn Calhoun nicht tut, was Sie verlangen?«

»Das ist richtig, ja«, erwiderte Celter. Als Laheera schweigend nickte, fuhr Celter fort: »Jetzt hören Sie mir bitte genau zu. Für Sie gibt es nur eine einzige Möglichkeit, wie Sie Ihr Überleben sichern können. Captain Calhoun hat keinen Zweifel daran gelassen, daß er bereit ist, Ihren Tod in Kauf zu nehmen. Nun liegt es an Ihnen, ihn umzustimmen. Wenn es Ihnen nicht gelingt, werden wir Sie alle töten. Haben Sie das verstanden?«

Boretskee trat einen Schritt vor. Er zitterte vor Wut. Er war ein recht streitsüchtiger Charakter und hätte Laheera und Celter am liebsten gesagt, sie sollten keine Zeit verlieren und sich dann schleunigst zum Teufel scheren. Doch dann sah er den erschrockenen Ausdruck auf dem Gesicht seiner Frau und die Angst auf den Gesichtern der anderen Flüchtlinge, die plötzlich zu bloßen Figuren in einem häßlichen Machtspiel zwischen den Nelkariten und der *Excalibur* geworden waren. Und er trug die Verantwortung dafür. Calhoun hatte bezüglich der Nelkariten gewisse Bedenken geäußert, doch Boretskee und Cary hatten darauf beharrt, das Angebot der Nelkariten anzunehmen. Und jetzt standen sie vor großen Problemen. Wenn irgendwer die Aufgabe hatte, die Angelegenheit wieder in Ordnung zu bringen, dann war es Boretskee.

»Also gut«, sagte er langsam. »Ich werde mit ihm

reden.« Als er das schluchzende junge Mädchen bemerkte, deutete er mit einem Kopfnicken in ihre Richtung. »Und sie auch. Calhoun muß schon ein verdammt kaltherziger Mistkerl sein, wenn er nicht auf das Flehen eines Kindes hört. Gemeinsam müßten wir es schaffen, daß Sie von ihm bekommen, was Sie wollen.« Und in Gedanken fügte er hinzu: … *ihr Mistkerle.*

Du Mistkerl, dachte Commander Elizabeth Shelby, aber sie sagte es nicht.

Im Bereitschaftsraum des Captains neben der Brücke war es durchaus möglich, daß sie es gar nicht sagen mußte. Sie stand Calhoun gegenüber, der nachdenklich aus dem Aussichtsfenster blickte.

»Das wollen Sie nicht wirklich durchziehen!« sagte sie.

»Soll das ein Befehl oder eine Frage sein?« wollte er wissen, während seine violetten Augen amüsiert funkelten.

»Sie können die Flüchtlinge nicht einfach der Gnade der Nelkariten überlassen. Außerdem können Sie nicht als Racheengel auftreten und das Feuer auf Nelkar eröffnen.«

»Warum?« Er schien sich wirklich über ihre Frage zu wundern. »Welchen Teil kann ich nicht tun?«

»Alles!«

»So.« Er runzelte kurz die Stirn und zählte dann die Punkte an den Fingern ab. »Wenn ich die Flüchtlinge gezwungen hätte, gegen ihren Willen an Bord des Schiffes zu bleiben, wäre der Tatbestand der Nötigung erfüllt. Das ist gegen die Vorschriften. Also habe ich mich an die Vorschriften gehalten und ihnen erlaubt, sich auf Nelkar anzusiedeln. Damit sind sie jetzt zu einem Teil der nelkaritischen Gesellschaft geworden. Wenn die Nelkariten willens sind, die Flüchtlinge zu eliminieren, ist das eine innere Angelegenheit, die uns gemäß der Ersten Direktive nichts angeht. Richtig?«

Sie öffnete den Mund, schloß ihn jedoch kurz darauf wieder, ohne etwas zu sagen. Widerstrebend nickte sie.

»Damit bleibt nur noch die Frage, ob ich auf die Nelkariten schießen kann. Die Nelkariten versuchen uns zu erpressen. Jeder Erpressungsversuch gegenüber einem Föderationsschiff stellt eine Verletzung der Föderationsgesetze dar. Als Captain der *Excalibur* bin ich der offizielle Repräsentant der Föderationsgesetze in diesem Sektor. Ich erachte die Bevölkerung von Nelkar für schuldig, einen Erpressungsversuch unternommen zu haben. Würden Sie diesen Punkt abstreiten wollen?«

»Nein«, sagte sie leise.

»Das würde niemand tun, der einigermaßen bei Verstand ist. Also sind sie schuldig im Sinne der Anklage und können in Abwesenheit verurteilt werden. Außerdem besitze ich einen weiten Ermessensspielraum, was die Entscheidung für ein Urteil betrifft. Also verurteile ich sie zu einer Salve Photonentorpedos.«

»Das Föderationsrecht sieht keine solche Verurteilung vor«, teilte Shelby ihm mit.

»Richtig, aber das gehört zum Ermessensspielraum.«

Sie schlug mit der offenen Hand auf den Tisch, ähnlich wie er es vor einiger Zeit getan hatte. Die Gegenstände auf der Tischplatte hüpften und vibrierten. »Es muß eine andere Möglichkeit geben«, sagte sie gepreßt. »Hier geht es nicht um ein Spiel mit Worten. Es ist kein Quiz und auch kein Witz ...«

»Das weiß ich«, erwiderte Calhoun, und für einen kurzen Augenblick verriet seine Stimme, wie verzweifelt er sich in Wirklichkeit fühlte. Er strich sich mit den Fingern durch sein schwarzes Haar. »Du verstehst es nicht, Elizabeth. Ich hatte bereits einmal mit einer solchen Situation zu tun.«

Sie neigte den Kopf und betrachtete ihn verwirrt. »Während deiner Starfleet-Karriere?«

Er schüttelte den Kopf. »Nein. Auf Xenex, als Jugendlicher.« Er lehnte sich gegen das Aussichtsfenster seines Büros, und zum ersten Mal bemerkte Shelby, daß er zutiefst erschöpft wirkte. »Die Danteri nahmen die Bevölkerung eines kleinen Dorfes gefangen, verschleppten die Leute und gaben bekannt, daß sie alle töten würden, wenn wir, die Anführer der Rebellion, nicht kapitulierten.«

»Und habt ihr es getan?« fragte sie.

Er brummte. »Natürlich nicht. Wir waren doch nicht dumm! Sie hätten uns sofort hingerichtet. Du hättest diese Leute sehen sollen, die Gefangenen! Alle, bis zum kleinsten Kind, waren voller Stolz, Xenexianer zu sein. Sie hatten die Häupter hoch erhoben, und ihre Gesichter zeigten keine Spur von Unsicherheit.«

»Und du hast einfach ... zugesehen, wie sie alle abgeschlachtet wurden?«

»Nein«, sagte er leise. »Wir griffen an. Wir griffen die Danteri an, während sie sich im Dorf aufhielten. Wir hatten damit gerechnet, daß sie versuchen würden, die Dorfbewohner als lebende Schutzschilde zu benutzen. Doch die xenexianischen Geiseln riefen laut: ›Nehmt keine Rücksicht! Schießt durch uns hindurch! Bringt keine Schande über uns!‹«

»Aber ihr habt nicht wirklich auf sie geschossen ...« Doch dann sah sie den Ausdruck seiner Augen und hielt entsetzt den Atem an. »Mein Gott, ihr habt es getan! Ihr habt sie alle getötet!«

»Nein, nicht alle. Die meisten überlebten, weil wir sehr gute Schützen waren und die Danteri nicht darauf vorbereitet waren, daß ihre Strategie nicht funktionieren würde. Wenn wir es nicht versucht hätten, hätten wir Unehre über die Xenexianer gebracht. Sie waren bereit, für die Sache zu sterben.«

»Das ist ja großartig, Mac!« sagte Shelby und ging im Raum auf und ab. »Das ist einfach klasse! Aber es gibt ein kleines Problem, denn die Leute, die auf Nelkar festgehalten werden, wollen nicht als Märtyrer sterben. Sie sind einfach nur Opfer, die zufällig zur falschen Zeit am falschen Ort waren.«

»Genauso wie die Dorfbewohner«, erwiderte Mackenzie Calhoun. »Auch sie waren keineswegs darauf aus, irgendwann eines gewaltsamen Todes zu sterben. Aber die Unterdrücker unseres Volkes haben sie als Schachfiguren in einem Machtspiel eingesetzt. Wenn man sich von Erpressern in die Knie zwingen läßt ... wenn man auch nur ein einziges Mal nachgibt ... ermutigt man sie damit nur zu weiteren Versuchen.«

»Und man selbst wird geschwächt, weil man weiß, daß man sich manipulieren läßt.«

Er nickte. »Ja. Es freut mich, daß du es genauso siehst.«

Shelby rieb sich eine Weile das Kinn, bis sie sagte: »Wenn du mir die Frage erlaubst ... Ich würde gerne wissen, wer den Befehl gab. Durch die Geiseln zu schießen, meine ich.«

Sie wußte die Antwort bereits, bevor er antwortete: »Ich.«

»Und wie hast du dich dabei gefühlt? Zu wissen, daß sie vielleicht getötet werden, wenn ihr das Feuer eröffnet?«

»Ich hatte überhaupt keine Gefühle in dieser Angelegenheit«, sagte er leise. »So etwas konnte ich mir nicht leisten.«

»Und hast du auch jetzt keine Gefühle wegen dieser Geiseln? Wegen der Leute, die jetzt auf Nelkar festsitzen?«

»Nein.«

»Das glaube ich nicht«, sagte sie rundheraus. »Der Mackenzie Calhoun, den ich kenne, könnte niemals so gleichgültig sein. Er könnte sie nicht einfach abschreiben.«

Er hatte den Blick von ihr abgewandt, doch nun

drehte er sich zu ihr um und sah sie an. »Dann scheinst du mich nicht allzugut zu kennen«, sagte er mit sehr leiser Stimme.

»Das könnte der Grund gewesen sein, warum wir uns getrennt haben«, mutmaßte sie. Und nach kurzer Überlegung fügte sie hinzu: »Captain, es muß eine andere Möglichkeit geben. Einen Mittelweg zwischen den zwei Extremen, entweder die Geiseln als verloren abzuschreiben oder in allen Punkten den Forderungen der Nelkariten nachzugeben. Vielleicht könnte man sich einige Präzedenzfälle ansehen ...«

»Präzedenzfälle?« In seiner Stimme lag ein Unterton der Belustigung, den sie aus irgendeinem Grund ziemlich ärgerlich fand. »Zum Beispiel ...«

»Ich kenne keine speziellen Fälle. Irgendwelche Maßnahmen, die von anderen Captains, anderen Befehlshabern in die Wege geleitet wurden. Vergleichbare Situationen, an denen man sich orientieren könnte. Wir müssen eine Möglichkeit finden, auf konstruktiver Basis mit diesen Leuten zusammenzuarbeiten.«

»Ich verstehe, was du damit sagen willst, Elizabeth. Und vielleicht hat dein Vorschlag sogar etwas für sich. Aber ich werde trotzdem ...«

In diesem Augenblick meldete sein Kommunikator einen Anruf. Er tippte auf das Gerät und sagte: »Hier Calhoun. Sprechen Sie.«

»Captain«, war Robin Leflers Stimme zu hören, »wir empfangen einen Anruf von den Nelkariten.«

Calhoun warf Shelby einen knappen Blick zu, doch ihrer Miene war keine Regung zu entnehmen. »Schon unterwegs«, war alles, was er sagte, bevor er im nächsten Augenblick aufstand und sich auf den Weg zur Brücke machte. Seine Besatzung bemühte sich zwar, die professionelle Disziplin zu wahren, wirkte aber dennoch einigermaßen besorgt. Er wußte, daß die Offiziere wegen seiner kürzlichen Bekanntmachungen beunruhigt waren. Die Vorstellung, die Geiseln aufgrund höherer Interessen zu opfern, ohne mit der Wimper zu zucken, bereitete ihnen gewisse Probleme. Es waren gute Leute, eine gute Besatzung ... doch seiner Ansicht nach waren sie ein wenig zu mitfühlend. Auf jeden Fall konnte er nicht zulassen, daß dadurch seine Entscheidungen beeinflußt wurden. »Legen Sie das Gespräch auf den Hauptschirm«, sagte er.

Kurz darauf wurden Laheera und neben ihr Boretskee sichtbar.

»Hier gibt es jemanden, der mit Ihnen sprechen möchte, Captain«, teilte Laheera ihm mit und nickte dann Boretskee zu.

Boretskees Unbehagen war überdeutlich. Er räusperte sich lautstark und sagte: »Captain, wie ich erfahren habe, befinden wir uns ... das heißt, befinden Sie sich in einer recht schwierigen Situation. Ich ... wir bedauern diese Unannehmlichkeiten und ...«

Laheera schnaufte ungeduldig. Er warf ihr einen Blick zu, der Castrodium zertrümmert hätte, bevor er seinen Faden wieder aufnahm. »Hier unten befinden sich unschuldige Menschen, Captain. Deren Leben von dem abhängt, was Sie als nächstes tun werden.«

Nun meldete sich Laheera zu Wort. »Ich wollte noch sagen, daß Sie bitte nicht auf die nette Idee kommen sollten, Ihren Transporter einzusetzen, um das Problem zu lösen, Captain. Wir haben die Geiseln über die ganze Stadt verteilt. Und falls Sie versuchen sollten, sich an dieser Kommunikation zu orientieren und beispielsweise mich als Geisel an Bord zu beamen ... dann werden die Leute sofort getötet. Sie haben gesagt, daß es Ihnen gleichgültig ist, ob sie leben oder sterben, und daß Sie entsprechend handeln werden. Wir beide wissen jedoch, daß sich so etwas leicht sagen läßt. Ich möchte Sie daher auffordern, einen Blick auf die Gesichter dieser ›Todgeweihten‹ zu werfen.«

Sie beugte sich aus dem Erfassungswinkel der Kamera und zerrte jemanden ins Bild. Es war Meggan, das kleine Mädchen, dessen Haar zu einem großen Knoten zusammengebunden war, deren Augen so tief wie der Weltraum waren.

Calhoun blickte weder nach links noch rechts und sah auch keinen seiner Offiziere an. Statt dessen war sein Blick direkt auf den Sichtschirm gerichtet. Als Laheera sprach, tat sie es mit erbittertem Trotz – und der charmante Wohlklang ihrer Stimme, in dem sie über die Bedingungen von Leben und Tod sprach, war geradezu widerlich. »Nun, Captain … ich würde gerne erfahren, wie es um Ihr störrisches Naturell steht, wenn der Ernst der Lage etwas offensichtlicher wird. Sie haben gesagt, daß Sie das Feuer auf uns eröffnen werden, wenn wir die Geiseln töten. Meine Frage an Sie lautet nun: Haben Sie wirklich die Nerven, untätig zuzusehen, wie wir sie umbringen? Sie haben gesagt, daß sich die *Excalibur* auf einer humanitären Mission befindet. Wäre es wirklich humanitär, wenn Sie bei Ihren geäußerten Ansichten bleiben? Nun …? Wie stehen Sie zu dieser Frage?«

Calhoun schien ihre Worte mit der gleichen Leidenschaft zu bedenken wie jemand, der das Gewimmel von Amöben durch ein Mikroskop beobachtete. Schließlich sagte er sehr ruhig: »Also gut, Laheera. Sie haben recht. Eine solche Demonstration wäre völlig überflüssig.«

»Es freut mich, daß Sie vernünftigen Argumenten zugänglich sind.«

Doch Calhoun hatte Laheera bereits den Rücken zugekehrt. Er blickte zu Boyajian, der an der taktischen Station stand und den abwesenden Zak Kebron vertrat. »Mister Boyajian«, sagte er mit gelassener und sicherer Stimme. »Machen Sie die Photonentorpedos eins und zwei abschußbereit.«

Falls Boyajian durch diesen Befehl überrascht war, ließ seine Professionalität nicht zu, daß ihm etwas anzumerken war. »Photonentorpedos sind abschußbereit. Ziel?«

»Torpedo eins auf die Ausgangskoordinaten der gegenwärtigen Übertragung ausrichten«, sagte Calhoun. »Und Torpedo zwei ...« Er zögerte kurz, während er nachdachte. »Suchen Sie mit den Sensoren nach einer möglichst dicht bevölkerten Region von Selinium.«

»Bevölkert?« mischte sich Shelby erstaunt ein. »Captain, vielleicht sollten wir ein technisches Ziel vorziehen. Einen Bereich mit hoher Energiekonzentration, ein Kraftwerk oder ...«

»Kraftwerke lassen sich durch neue ersetzen«, entgegnete Calhoun sachlich. »Die Bevölkerung nicht. Mister Boyajian, haben Sie die Ziele erfaßt?«

»Ja, Captain«, meldete Boyajian, obwohl er nicht gerade glücklich klang.

»Geschätzte Verluste durch den Einsatz beider Torpedos?«

Boyajian hatte das Gefühl, daß plötzlich sein Mund völlig ausgetrocknet war. Er fuhr sich mit der Zunge über die Lippen, konsultierte den Computer und sagte: »Schätz...« Auch seine Kehle schien von der Austrocknung betroffen zu sein. »Schätzungsweise fünf ... fünfhunderttausend, Captain.«

Alle Augen waren jetzt auf Calhoun gerichtet. Soleta blickte mit stoischem und undeutbarem Gesichtsausdruck von der wissenschaftlichen Station herüber. Mark McHenry an der Navigation schien sich insgeheim zu amüsieren, als wäre er überzeugt, daß Calhoun niemals ausführen würde, was er soeben vorbereitete. Nur Robin Lefler an der Funktionsstation ließ sich anmerken, wie besorgt sie war. Sie biß sich auf die Unterlippe – eine nervöse Angewohnheit, die sie sich schon seit zehn Jahren abzugewöhnen versuchte. Bisher waren ihre Bemühungen jedoch erfolglos geblieben, und Situationen wie diese machten es ihr keineswegs leichter.

Und Shelby …

… Shelby blickte ihn an, nicht erzürnt, wie er erwartet hätte, sondern eher mit einer gewissen Enttäuschung.

All dies nahm Calhoun innerhalb einer Sekunde wahr. »Eine halbe Million. Beeindruckend. Mister McHenry, wann werden wir in Reichweite sein?« fragte er.

»Bei der gegenwärtigen Orbitalgeschwindigkeit in einer Minute und drei Sekunden«, sagte McHenry, ohne noch einmal die Anzeigen seiner Navigationskonsole zu betrachten, wie Calhoun bemerkte. Unter ihnen drehte sich langsam die blau-graue Kugel, die Nelkar war.

»Und wie lange wird es dauern, bis die Torpedos nach dem Abschuß ihre Primärziele erreichen?«

»Siebenundvierzig Sekunden.«

Er nickte und sagte dann zu Boyajian: »Aktivieren Sie die Sicherung der Torpedos, Mister Boyajian. Abbruch nach vierundvierzig Sekunden.«

»Sicherungen sind aktiviert, Captain.«

Laheera verfolgte die Aktivitäten vom Bildschirm aus, ohne richtig zu verstehen, was eigentlich geschah. »Captain, was haben Sie vor? Darf ich Sie daran erinnern, daß es um das Schicksal der Geiseln geht?«

»Dazu besteht kein Grund. Was Sie nicht verstehen, ist die Tatsache, daß ich ihr Schicksal bestimme. Nicht Sie. Sondern ich. Und ich bestimme auch über Ihr Schicksal, Laheera. Ich habe mir zu Herzen genommen, was Sie vorhin sagten. Es gibt keinen Grund für mich, untätig abzuwarten, bis Sie die Geiseln ermordet haben. Außerdem haben Sie Captain Hufmin bereits getötet. Sie können das folgende als Bestrafung für diese Tat betrachten. Es ist bedauernswert, daß die anderen Geiseln zusammen mit Ihnen sterben müssen, aber im Krieg sind solche Dinge manchmal nicht zu vermeiden.« Und im nächsten Augenblick – ohne das geringste Zögern von seiner Seite, wie es schien – hatte er sich wieder Boyajian zugewandt und befahl: »Feuern Sie die Photonentorpedos ab, und beginnen Sie dann mit dem Countdown.«

Boyajians Unschlüssigkeit währte nur einen winzigen Moment, bis er mit fester Stimme erwiderte: »Ja, Captain.« Er drückte auf eine Taste, worauf zwei Photonentorpedos aus dem Bauch der *Excalibur* schossen und Kurs auf die ungeschützte Stadt nahmen. »Torpedos sind unterwegs«, sagte er. »Siebenundvierzig ... sechsundvierzig ... fünfundvierzig ...«

Als Laheera sprach, klang es, als hätte ihre Stimme plötzlich einen Oktavsprung nach oben gemacht. Boretskee und das kleine Mädchen blickten sich verwirrt um, da sie offenbar nicht ganz begriffen, was vor sich ging. »Was haben Sie getan?« verlangte Laheera zu wissen.

»Ich habe gerade zwei Photonentorpedos abgefeuert. Sie werden die Geschwindigkeit ein wenig verlangsamen, wenn sie in Ihre Atmosphäre eintreten, aber sie besitzen nichtsdestotrotz ausreichend Energie, um Ihre Hauptstadt dem Erdboden gleichzumachen.«

»... siebenunddreißig ... sechsunddreißig ...« zählte Boyajian.

»Sie wollen sie töten! Sie wollen dieses Mädchen töten!« rief Laheera und schüttelte Meggan, die einen erschrockenen Ruf ausstieß. »Das können Sie nicht tun!«

»Doch, das kann ich.«

»Sie sind unschuldig! Sie bluffen nur!«

»... dreißig ... neunundzwanzig ...« sprach Boyajian monoton weiter.

»Es wird allmählich knapp«, sagte er mit ruhiger Überzeugungskraft. »Aber die Torpedos sind mit Sicherungen ausgestattet. Ich habe die Möglichkeit, sie innerhalb der ersten vierundvierzig Sekunden zu entschärfen. In den letzten drei Sekunden kann sie jedoch nichts mehr aufhalten. Erklären Sie Ihre Bereitschaft, die Geiseln freizulassen, oder Sie werden innerhalb der nächsten …

»… zwanzig …« sagte Boyajian gerade.

»Danke … zwanzig Sekunden sterben. Sie und etwa eine halbe Millionen weiterer Nelkariten. In kürzester Zeit, weil Sie und Gouverneur Celter mir gedroht und zu hoch gepokert haben. Entscheiden Sie sich jetzt, Laheera.«

Für einen kurzen Moment schien sie zu schwanken, doch dann riß sie sich wieder zusammen und sagte entschieden: »Sie bluffen. Ich kann es von hier aus riechen. Ich lasse mich nicht einschüchtern.«

Calhouns Miene war keine Regung zu entnehmen. »Sie setzen das Leben einer halben Million Mitbürger einschließlich ihres eigenen aufs Spiel, nur weil sie etwas zu riechen glauben?«

»Mein eigenes? Nein. Ich befinde mich hier in einem Tiefbunker, der ausreichend geschützt ist. Was die anderen betrifft, nun … wie ich schon sagte, glaube ich, daß Sie nur bluffen. Ich bin bereit, das Leben einer halben Million auf meine Instinkte zu verwetten.«

»Überlegen Sie es sich noch einmal, wenn Ihnen etwas an Ihrem Volk liegt.«

»Nein.«

Auf der Brücke herrschte Totenstille, die nur von Boyajian unterbrochen wurde, der die letzte Phase des Countdowns ankündigte. »Zehn … neun … acht …«

Eine Unmenge von Gedanken raste gleichzeitig durch Shelbys Kopf. Jetzt war der Augenblick gekommen. Sie durfte nicht länger warten. Denn nun wurde ihr etwas klar, das sie sich zuvor nie richtig bewußt gemacht hatte. Mackenzie Calhoun hatte die ihn prägenden Jahre als Terrorist verbracht. Daran gab es nichts zu beschönigen. Allerdings war es leicht, darüber hinwegzugehen, weil die meisten dazu neigten, schmeichelhaftere oder gar romantischere Synonyme wie »Rebellenführer« oder »Freiheitskämpfer« zu verwenden. Doch im Grunde seines Herzens war er nichts anderes als ein Terrorist, und nun setzte er wieder terroristische Taktiken ein. Die Vorschriften bedeuteten ihm überhaupt nichts. Das Leben selbst bedeutete ihm nichts. Es ging ihm nur darum, im Kampf gegen einen Gegner alle Mittel einzusetzen, bis dieser keinen Widerstand mehr leisten konnte.

»... sieben ...«

Jetzt, schrien ihre Gedanken, *jetzt! Übernimm das Kommando, erkläre Calhoun als unfähig und gib Boyajian den Befehl zum Abbruch! Das hat nichts mit Meuterei zu tun! Niemand auf dieser Brücke will miterleben, wie diese Farce Wirklichkeit wird! Alle warten darauf, daß ich das Kommando übernehme!*

»... sechs ...«

Auf dem Schirm war Laheera zu sehen, die Arme verschränkt, selbstgefällig und zuversichtlich. Boretskee und das junge Mädchen waren schockiert.

»... fünf ...«

Calhoun stand auf der Brücke, die Arme hinter dem Rücken, und starrte ruhig auf den Bildschirm. Dann, ohne ersichtlichen Grund, wanderte sein Blick zu Shelby. Ihre Augen blickten genau in seine und schienen sich tief in sein Gehirn zu brennen.

Boyajians Lippen setzten zum ersten Buchstaben des Wortes »vier« an ...

»Abbruch«, sagte Calhoun in diesem Augenblick.

Boyajians Fingerkuppe, die einen Mikrometer über der Taste verharrt hatte, senkte sich nach unten. Der Reflex kam so schnell, daß ihm nicht einmal die Zeit blieb, das Gefühl unendlicher Erleichterung zu verspüren.

Wenige tausend Meter über Selinium empfingen zwei Photonentorpedos – die normalerweise beim Aufprall explodiert wären – einen Befehl zur Zündung. Sie detonierten vorzeitig und erzeugten einen spektakulären Lichtblitz und einen lauten Donnerknall am blauen Himmel. Die Bewohner von Selinium, die keine Ahnung hatten, daß zwei Photonentorpedos zu ihnen unterwegs waren, blickten verwirrt und ängstlich auf. Niemand hatte eine Erklärung für das, was soeben geschehen war. Zahlreiche Personen mußten wegen Erblindung behandelt werden, weil sie zufällig genau in die Richtung geschaut hatten, in der sich die Explosion ereignete. Viele andere wurden vom Lärm vorübergehend taub. Selbst als das Echo der Detonation verklungen war, blickten sich die Nelkariten gegenseitig fragend an, ohne daß jemand eine Antwort geben konnte.

Doch eine Erklärung ließ nicht lange auf sich warten. Denn Gouverneur Celter ließ sofort sämtliche Kommunikationskanäle der Stadt freischalten und schien mit seiner bekannten beruhigenden Art direkt in die Herzen aller zu blicken, die ihn sahen, als er bekanntgab: »Zweifellos haben die meisten von Ihnen – wenn nicht alle – die Explosion am Himmel miterlebt. Ich habe die Ehre, Ihnen mitteilen zu dürfen, daß wir ein neues Waffensystem getestet haben, das unserem Planeten ein viel größeres Maß an Sicherheit verleihen wird als jemals zuvor.

Es handelte sich jedoch um einen geheimen Test, wie es bei solchen Angelegenheiten häufig der Fall ist, und so konnten wir den Test nicht vorher ankündigen. Deshalb hoffe ich, daß Sie es uns verzeihen, wenn wir Ihnen Sorgen bereitet haben. Schließlich arbeiten wir alle an einem gemeinsamen Ziel: Nelkar so stark und sicher wie möglich zu machen. Für Sie besteht kein Anlaß zu Besorgnis, und Sie können jetzt beruhigt wieder zur Tagesordnung übergehen. Vielen Dank für Ihre Aufmerksamkeit.«

Und er lächelte auf seine bekannte gewinnende Art.

Wieder herrschte Schweigen auf der Brücke ... nur daß es diesmal von einem tiefen, verächtlichen Lachen gebrochen wurde.

Das Lachen kam von Laheera. Sie konnte die gesamte Brücke der *Excalibur* beobachten. Diese Shelby machte den Eindruck, als täte es ihr leid, daß sie nicht einfach durch den Sichtschirm greifen und sie erwürgen konnte. Doch was Shelby dachte und wollte, interessierte Laheera nur am Rande.

Calhoun dagegen stand in aufrechter Haltung da ... und doch machte es irgendwie den Eindruck ... als wäre er kleiner geworden.

»Nun, Captain«, sagte Laheera, »nachdem wir beide jetzt wissen, wo der andere steht ... sollten wir vielleicht wieder zum Geschäftlichen kommen, nicht wahr? Wir sind, was unsere Wünsche angeht, recht flexibel. Wir brauchen Fortschritt, bei unseren Waffensystemen oder Warptriebwerken ... oder dem Materietransport. Wir wissen, daß Sie diese Technik beherrschen. Unsere eigenen Experimente auf diesem Gebiet waren leider nicht sehr zufriedenstellend. Unsere Testobjekte haben den Transport nicht in – wie soll ich sagen? – vorzeigbarem Zustand überstanden. Daher hoffen wir, daß Sie uns in dieser Hinsicht behilflich sein können.«

»Ja«, sagte Calhoun so leise, daß seine Stimme kaum mehr als ein Flüstern war.

Und Laheera legte tatsächlich eine Hand ans Ohr und sagte: »Wie bitte? Das habe ich nicht richtig verstanden.«

»Ich sagte, ja«, wiederholte Calhoun lauter, aber ohne besonderen Nachdruck. Es war, als wäre auf einmal sein inneres Feuer erloschen.

»Es freut mich, das zu hören. Es freut mich sogar sehr.«

»Wir würden Ihre Wünsche gerne ... noch einmal überdenken«, sagte Calhoun. »Verstehen Sie bitte, daß es sich um eine recht komplizierte Angelegenheit handelt. Wir sind nach wie vor der Ansicht, daß eine Erfüllung Ihrer Wünsche grundsätzlich falsch und potentiell gefährlich ist. Doch unter den gegebenen Umständen scheint uns nichts anderes übrigzubleiben, als mit Ihnen zu kooperieren. Aber wir würden gerne versuchen, den Schaden, den wir Ihnen damit zufügen, so gering wie möglich zu halten.«

»Das ist sehr rücksichtsvoll von Ihnen, Captain«, sagte Laheera, ohne sich die Mühe zu machen, ihre Stimme frei von Ironie zu halten. »Schließlich wissen wir, daß die Nelkariten im Augenblick vermutlich Ihr liebstes Volk in der gesamten Galaxis sind. Selbstverständlich liegt Ihnen unser Wohlergehen ganz besonders am Herzen.«

Calhoun sagte nichts, da es zu dieser Bemerkung nichts zu sagen gab.

»Sie haben vierundzwanzig Stunden, Captain. Das müßte mehr als genügend sein, würde ich meinen.«

»Vielen Dank«, sagte Calhoun. »Das ist sehr großzügig von Ihnen.«

Sie lächelte dünn. »Ich kann es mir leisten, im Triumph großzügig zu sein ... während Sie Ihre Niederlage mit Fassung tragen.«

Sie schaltete die Kommunikationseinheit ab und wandte sich Boretskee und Meggan zu. »So«, sagte sie mit ihrer reizenden melodischen Intonation. »Das war doch gar nicht so schwierig, oder?«

Boretskee bleckte die Zähne und knurrte. Er war so wütend, daß er kein sinnvolles Wort herausbrachte.

»Und nun werden die Wachen Sie zu ihren Quartieren führen«, sprach sie weiter. »Dort werden Sie bleiben, bis wir bekommen haben, was wir wollen. Und wenn die *Excalibur* uns aus irgendeinem Grund das Gewünschte nicht liefern kann … dann werden wir uns wiedertreffen.« Sie lächelte erbarmungslos und fügte hinzu: »Ein letztes Mal. Jetzt dürfen Sie gehen. Ach ja, sagen Sie den Wachen, daß man Sie am Großen Ehrenturm vorbeiführen soll. Diesen äußerst malerischen Anblick sollten Sie sich auf keinen Fall entgehen lassen.«

Shelby war bereit, Calhoun auf jede erdenkliche Weise zu trösten. Sie wollte ihm sagen, daß er sich völlig richtig verhalten hatte. Daß er Stärke und keinesfalls Schwäche demonstriert hatte, als er nachgegeben hatte. Daß jeder andere auf der Brücke sich genauso entschieden hätte. Daß sie sich seinetwegen nicht schämte, sondern stolz auf ihn war.

Doch sie erhielt keine Gelegenheit, irgend etwas in dieser Art zu sagen, denn in dem Augenblick, als der Sichtschirm dunkel wurde, drehte Calhoun sich zu seiner Besatzung um, und sein Gesicht zeigte plötzlich den Ausdruck grimmiger Belustigung.

»›Niederlage mit Fassung tragen‹ … meine Fresse! Denen werde ich zeigen, was eine Niederlage ist!«

THALLON

11.

Thallon war eine sterbende Welt ... davon war der Regent überzeugt.

Der Regent befand sich in seinem Studierzimmer, als der Boden unter seinen Füßen erzitterte. Diesmal jedoch fiel nichts von den Regalen, wurde kein Kunstwerk von den Wänden geschüttelt.

Es lag nicht daran, daß das Erdbeben sanfter als die vorherigen war; aber der Regent hatte aus diesen Vorfällen seine Lehren gezogen und alle beweglichen Gegenstände gesichert.

Trotzdem ließ es sich nicht vermeiden, daß es zu strukturellen Schäden kam. Das Beben schien eine Ewigkeit anzudauern, bis es endlich nachließ, und während er am Boden kauerte, bemerkte der Regent einen feinen Riß, der mitten im Raum begann und bis zu einer Ecke reichte. Die Grimasse seines rothäutigen Gesichts spiegelte sich im glänzenden Fußboden.

Er setzte sich auf, blieb jedoch vorerst auf dem Boden, auch nachdem die Vibrationen längst aufgehört hatten. Dieser Ort, der einstige »Palast« der königlichen Familie ... alles gehörte nun ihm. Ihm und seinen Verbündeten.

Das war es, was er gewollt hatte, was sie alle gewollt hatten. Was sie sich redlich verdient hatten. Die königliche Familie hatte geherrscht, hatte das Volk tyrannisiert und Reichtümer gehortet, hatte ihre eigenen Interessen seit mehr Generationen verfolgt, als irgendwer zählen konnte. Es war höchste Zeit, daß sich das Volk zurückholte, was rechtmäßig ihm gehörte. Und wenn der Regent davon profitierte, um so besser.

In gewisser Weise hatte die königliche Familie ein märchenhaftes Leben geführt. Ihr Aufstieg zur Macht hatte seine Wurzeln in der frühesten Phase der Geschichte des Planeten, als sie unter den ersten gewesen waren, die die Großen Maschinen bauten, mit denen die unerschöpflichen Energien des Bodens von Thallon genutzt wurden. Diese Maschinenenergie hatte der Familie gehört, und während die Zivilisation aufblühte und sich später das Imperium ausdehnte, waren im gleichen Maße der Einfluß und die Macht der königlichen Familie gewachsen. Die alten Geschichten vom Ursprung Thallons und der königlichen Familie waren in der Überlieferung so unentwirrbar miteinander verwoben, daß die Grenzen zur Mythologie völlig verwischt waren. Es schien beinahe, als würde ein transzendentaler Hauch über der Zentralwelt des Thallonianischen Imperiums schweben.

Doch wie jeder Thallonianer wußte, hatten die Großen Maschinen in den vergangenen Jahren immer weniger Energie gewonnen, die für die Versorgung des planetaren Bedarfs benötigt wurde. Die Energievorräte schienen sich wie bei einer versiegenden Ölquelle allmählich zu erschöpfen. Es war zu Verknappungen und Ausfällen gekommen; ganze Städte lagen tage- oder wochenlang im Dunkeln. Die Legenden hatten ihren Glanz verloren, und das allgemeine Gefühl der Unzufriedenheit war immer stärker geworden, bis es völlig außer Kontrolle geraten war.

Als Macht und Reichtum noch im Überfluß vorhanden waren, hatte es genug für alle gegeben. Als diese Dinge zur Mangelware wurden, hatten sich die übriggebliebenen Bastarde darum gezankt. Und im Verlauf dieses Kampfes war die königliche Familie in Stücke gerissen worden.

Viele hatten Thallon bereits verlassen und waren dem Ruf der Sterne gefolgt, die ihnen eine sichere Zuflucht versprochen hatten. Schließlich gab es innerhalb des ehemaligen Imperiums andere Welten, die ihnen eine Lebensgrundlage bieten konnten. Und außerhalb des Imperiums gab es noch viel mehr Welten, zu denen sie gehen konnten.

Doch andere weigerten sich, die Flucht zu ergreifen. Die Symbole ihrer Errungenschaften befanden sich genau hier auf Thallon. Viele von ihnen klammerten sich sogar fest an die Vorstellung, daß sich nun irgendwie durch die Entmachtung der königlichen Familie die Dinge umkehren würden, daß Thallon durch diesen Umschwung in eine neue Ära eintrat. Und es gab viele, die eine solche Chance auf einen Neuanfang keinesfalls verpassen wollten.

Und leider gab es auch einige wenige – herzlich wenige –, die wollten, daß die königliche Familie zurückkehrte.

»Sie wirken besorgt.«

Der Regent blickte auf und sah Zoran, der im Türrahmen stand. Der große, kräftig gebaute Thallonianer schien den gesamten Raum zu beherrschen, während er sich mit leichter Verwirrung und Belustigung umsah. »Finden Sie es auf dem Fußboden bequemer?«

»Falls es Ihnen entgangen ist – es hat vorhin wieder ein Erdbeben gegeben.«

»Ja, ich habe es bemerkt. Aber es war nichts, weswegen ein wahrer Thallonianer sich übermäßige Sorgen machen müßte.«

»Meinen Sie? Ihre Zuversicht ist äußerst beruhigend«, murmelte der Regent, ohne seinen Sarkasmus zu verbergen. Er kam wieder auf die Beine und klopfte sich den Staub von der Kleidung. »Ich mache mir Sorgen, daß diese Beben unablässig weitergehen werden, bis …«

»Bis was? Bis der Planet explodiert?« Zoran schnaufte verächtlich. »Solche Ideen gehören in das Reich der Phantasie, nicht in die Wirklichkeit. Diese Welt ist fest und sicher, und sie wird wieder bessere Zeiten erleben. Aber Sie tun so, als könnte sie wie ein riesiges Ei zerplatzen. Etwas mehr Zuversicht stünde Ihnen gut zu Gesicht.«

»Und Ihnen etwas weniger«, sagte der Regent. Er verschränkte die Hände hinter dem Rücken und ging auf und ab. »Ich hatte erwartet, über Subraum von Ihnen zu hören. Die lange Funkstille war nicht vorgesehen.«

»Ich war der Ansicht, daß ich mich still verhalten sollte«, erwiderte Zoran. »Übertragungen lassen sich abhören.«

»Ja, schon gut«, sagte der Regent. »Wie ist es gelaufen? War der Hinterhalt erfolgreich? Wurde M'k'n'zy in das Forschungsschiff gelockt, wie es der Plan vorsah?«

Zoran war über den Tonfall dieser Frage erstaunt. Er hatte damit gerechnet, daß der Regent sich mit einer gewissen Ungeduld nach seinen Erfolgen erkundigen würde, doch er machte eher den Eindruck, als würde ihn dieses Thema kaum interessieren. »Nein. Das Signal wurde wie geplant gesendet, und die *Excalibur* hat es empfangen. Aber das Schiff fand sich nicht ein.«

Der Regent wirkte ein wenig überrascht. »Seltsam. Ryjaan war fest überzeugt, daß es geschehen würde, genauso wie D'ndai.«

»Tatsächlich?« Zoran gab sich gar keine Mühe, ein süffisantes Grinsen zu unterdrücken. »Und haben Ryjaan, der Danteri-Narr, oder D'ndai, der schwachköpfige Bruder von M'k'n'zy Calhoun, Ihnen auch gesagt, daß sich Si Cwan an Bord des Schiffes befand?«

Das rötliche Gesicht des Regenten nahm eine dunklere Schattierung an, als er Zoran verdutzt anstarrte. »Lord Si Cwan? Er lebt?« Seinem offenen Mund war zu entnehmen, daß seine Überraschung maßlos war.

»Nicht mehr. Er und ein Starfleet-Offizier – ein Brikar – flogen zu zweit in einem Runabout das Forschungsraumschiff an. Anscheinend sollten sie Erste Hilfe leisten, solange die *Excalibur* mit anderen Dingen beschäftigt war. Doch was Si Cwans eigentliche Aufmerksamkeit erregte, war der Umstand, daß wir seine Schwester auf der Passagierliste aufgeführt hatten.«

»Warum haben Sie das getan?«

»Wir dachten, daß ein Mitglied der ehemaligen königlichen Familie ein zusätzlicher Anreiz für die *Excalibur* sein könnte. Wir wollten jedes Risiko ausschließen, daß wir ihrer Aufmerksamkeit möglicherweise entgehen. Und Kallinda war die einzige, die offiziell immer noch als vermißt geführt wird.« Er grinste. »Vielleicht könnte man es als ›göttliche Eingebung‹ bezeichnen. Ich legte ihren Namen als Köder aus und fing damit ihren Bruder.«

»Sie wollen damit sagen, daß Lord Si Cwan tot ist.«

»Völlig richtig.«

»Ich verstehe.« Er kratzte sich nachdenklich am Kinn. »Und Ihnen ist niemals die Idee gekommen, daß unseren Interessen besser gedient wäre, wenn wir ein öffentlicheres Forum gewählt hätten, um ihn zu beseitigen … zum Beispiel hier auf Thallon.«

»Meine Interessen waren mit seinem Tod erfüllt. Punkt.« Zoran wurde allmählich etwas ungehalten. »Ich muß sagen, daß ich von Ihnen etwas mehr Dankbarkeit erwartet hätte. Ich habe Si Cwan beseitigt, den Mann, den Sie mehr als jeden anderen haßten, und Sie begnügen sich damit, abfällige Bemerkungen von sich zu geben.«

»Nein. Damit begnüge ich mich keineswegs.« Seine Bewegung erfolgte so schnell, daß Zoran nichts davon bemerkte, als die Faust des Regenten ausholte und gegen Zorans Kinn schlug. Zoran war völlig überrascht und ging zu Boden. Er saß eine Weile benommen da, während sich die Welt um ihn drehte. Von oben sagte der Regent spöttelnd: »Finden Sie es auf dem Fußboden bequemer?«

Zorans Wut, die er selbst in normalen Situationen nur mit Mühe kontrollieren konnte, kochte brodelnd hoch. »Warum ... warum haben Sie ...?«

»Er ist nicht tot.«

»Doch, ist er«, widersprach Zoran energisch, während er sich wieder aufrappelte. »Ich habe ihn in die Luft gejagt! Ich habe das Schiff mit einer Bombe gesprengt! Fragen Sie Rojam, wenn Sie mir nicht glauben! Fragen Sie Jufim! Sie waren dabei!«

»Ja, das waren sie. Genauso wie D'ndai.«

Zorans Unterkiefer klappte herunter. Er schaffte es kaum noch, irgendein Wort zu artikulieren. Das einzige, was er herausbrachte, war: »Was?«

»Sie haben gehört, was ich gesagt habe.«

»Nein. Er war nirgendwo in der Nähe!«

»Er tauchte kurz nach Ihrem Verschwinden auf. Er wollte sich davon überzeugen, ob Sie Erfolg hatten, ob die *Excalibur* auf den Köder hereingefallen war. Er hatte beabsichtigt, genauso schnell wieder zu verschwinden, wie er gekommen war, doch als er Ihren hastigen Aufbruch bemerkte und nirgendwo das Starfleet-Schiff sah, untersuchte er das Forschungsraumschiff und stellte fest, daß sich zwei Personen an Bord befanden ... und eine Energiekonzentration, die auf eine Bombe mit Zeitzünder hindeutete. Da Sie ganz offensichtlich von der Planung abgewichen waren, entschied er sich, kein Risiko einzugehen, und beamte die beiden Personen in sein eigenes Schiff.«

»Sie sind in Sicherheit?« Zoran zitterte so heftig, daß man meinen konnte, ein weiteres Erdbeben hätte eingesetzt. »Sie sind in Sicherheit! Ich hatte sie in den sicheren Tod geschickt, Si Cwan und den Brikar! *Sie sind in Sicherheit?*«

»Nein, sie sind lediglich am Leben. ›Sicherheit‹ ist ein sehr subjektiver Begriff. D'ndai hat sie beide in sicherem Gewahrsam an Bord seines Schiffes. Er bringt sie hierher.«

»Hierher! Warum hierher?«

»Damit wir«, sagte der Regent, dessen Stimme nun tiefer und strenger wurde, »eine ordentliche Exekution veranstalten können. Wir wollen ihm keinen schnellen und ruhigen Tod gönnen. Ganz Thallon wird die Hinrichtung Si Cwans miterleben. Jeder wird sehen, wie er sich windet, wie er schreit und sich selbst beschmutzt. Wissen Sie, es gibt nämlich immer noch einige, die große Stücke auf ihn halten. Die ihn immer noch als Beschützer des Volkes betrachten, als jemanden, der sich um andere kümmert. Aber ich kenne ihn so, wie auch Sie ihn kennen. Ich weiß, daß er genauso arrogant und unerträglich wie alle seine Brüder ist. Und wenn das Volk sieht, wie er sich in Qualen windet, wird den Leuten ein für alle Mal jeder Gedanke an seine frühere herrschaftliche Stellung ausgetrieben.« Er legte eine Hand auf Zorans Schulter und lächelte. »Es wird ein glorreicher Tag sein.«

»Glauben Sie wirklich, daß es so einfach zu bewerkstelligen ist?« fragte Zoran. »Läßt sich das Volk wirklich so mühelos manipulieren?«

»Die Masse wird das glauben, was sie nach unserem Willen glauben soll«, erwiderte der Regent. »Sie wären erstaunt, wenn Sie wüßten, wie leicht sich die Leute von allem möglichen überzeugen lassen, insbesondere wenn man ihre elementaren Bedürfnisse anspricht: Habgier, Furcht, Verachtung für jede Form von Schwäche – und den Selbsterhaltungstrieb. Wenn man den Leuten all diese Dinge bewußt macht, stürzen Regierungen, und die Bürger beglückwünschen sich gegenseitig und bezeichnen sich als große Patrioten.«

LAHEERA

III.

Drei Stunden, bevor sie es mit einem blutrünstigen Mob zu tun bekam, erfuhr Laheera zum ersten Mal, daß sie vor einem ernsthaften Problem stand.

Sie befand sich in ihrem Büro im Hauptgebäude der Regierung. Als Leiterin des Militärs und rechte Hand von Gouverneur Celter hatte sie natürlich Anspruch auf angemessene Unterbringung ... nicht nur im Hauptgebäude, sondern auch in der unterirdischen Bunkeranlage, von der aus sie unter relativ geringer Gefährdung ihrer eigenen Sicherheit über Subraum kommunizieren konnte. Es war kaum zwei Stunden her, seit Sie das Gespräch mit der *Excalibur* geführt und Calhoun als großartigen Verlierer beglückwünscht hatte. Sie war gerade mit dem Versuch beschäftigt, den Profit durch die neue Technik des nahezu zeitverlustfreien Materietransports durchzurechnen, als Celter in ihr Büro stürmte. Er wurde kaum langsamer, als er die Türflügel mit der Schulter aufstieß. Seine goldfarbene Haut war aschfahl geworden. »Haben Sie gehört, was sie jetzt tun? Was diese Mistkerle anstellen? Haben Sie es gesehen? Haben Sie es gehört?«

Sie blickte verwirrt zu ihm auf. »Wovon reden Sie? Was ...«

»Es ist auf allen Kommunikationskanälen! Überall! Jeder hat es gehört! Sie haben uns getötet, Laheera! Sie haben uns alle auf dem Gewissen!«

Er wurde immer hysterischer, seine Worte überschlugen sich und waren kaum noch zu verstehen. Sie erhob sich wütend von ihrem Stuhl, kam hinter dem Schreibtisch hervor und baute sich ungeduldig mit verschränkten Armen vor ihm auf. Am liebsten hätte sie ihm eine Ohrfeige verpaßt, doch abgesehen von einer gelegentlichen durchschnittenen Kehle und einem zerstörten gegnerischen Raumschiff versuchte Laheera die Anwendung von Gewalt nach Möglichkeit zu vermeiden. »Würden Sie sich bitte beruhigen und mir sagen, was eigentlich los ist!«

Statt einer Antwort löste Celter eine Fernbedienung von seinem Gürtel, zielte damit auf Laheeras Bürobildschirm und aktivierte ihn. Die Mattscheibe erwachte zum Leben ...

... und Laheera sah die Brücke der *Excalibur*. Die Kamera blickte Calhoun über die Schulter, während er auf den Bildschirm seines Schiffes schaute ...

... auf dem sie zu sehen war. Sie unterhielt sich mit Calhoun und hatte eine unerträglich süffisante Miene aufgesetzt, während Calhoun ohne jede Regung sagte: »Sie setzen das Leben einer halben Million Mitbürger einschließlich ihres eigenen aufs Spiel, nur weil sie etwas zu riechen glauben?«

»Mein eigenes?« Laheera grinste überheblich. »Nein. Ich befinde mich hier in einem Tiefbunker, der ausreichend geschützt ist. Was die anderen betrifft, nun ... wie ich schon sagte, glaube ich, daß Sie nur bluffen. Ich bin bereit, das Leben einer halben Million auf meine Instinkte zu verwetten.«

»Überlegen Sie es sich noch einmal, wenn Ihnen etwas an Ihrem Volk liegt.«

»Nein.«

Während Laheera zusah, spürte sie, wie ihr das Blut aus dem Gesicht wich, bis sie genauso blaß wie Celter war. Ihr Mund bewegte sich, doch sie brachte keinen Ton hervor, solange die gesamte Szene abgespielt wurde. Dann flackerte der Bildschirm kurz, worauf die Szene von neuem begann.

»Ist Ihnen klar, in welchem Licht wir jetzt dastehen?« Celter kreischte beinahe. »Da ist der noble Captain der *Excalibur*, der das Leben der Geiseln zu retten versucht, die wir festhalten ... und trotzdem ist ihm das Leben der Nelkariten schützenswert, während wir selbst bereit sind, es ohne weiteres aufs Spiel zu setzen!«

»Die Bevölkerung war ... zu keinem Zeitpunkt wirklich in Gefahr«, stieß Laheera mühsam stammelnd hervor.

»Das wird die Bevölkerung anders sehen!«

»Schalten Sie die Übertragung aus!« sagte sie, und als Celter nicht schnell genug reagierte, nahm sie ihm die Fernbedienung aus der Hand und tat es selbst. Sie wirbelte zu ihm herum. »Es kommt von der *Excalibur*, nicht wahr?«

»Natürlich! Von wo sonst?«

»Stören Sie das Signal!« sagte sie gepreßt. »Unterdrücken Sie die Übertragung!«

»Das haben wir bereits versucht. Sie konnten die Störsignale eliminieren!«

»Dann schalten Sie alles ab! Legen Sie das gesamte Kommunikationssystem lahm!«

»Auch das haben wir getan!« erwiderte Celter verzweifelt. »Wir haben es vor über einer Stunde deaktiviert! Doch sie brauchten keine zehn Minuten, um es wieder in Betrieb zu nehmen!«

»Aus dem *Orbit*? Was sind das für Leute? Zauberer?«

»Es sind Teufel! Leibhaftige Teufel!« Celter rang die Hände. »Überall kommt es zu Unruhen! Die Bevölkerung ist aufgewiegelt! Die Leute toben! Sie sagen, uns würde nichts an ihnen liegen! Daß wir sie nur benutzt haben, genauso wie wir die Geiseln benutzen!«

»Wir waren bemüht, in ihrem Interesse zu handeln ...«

»Das weiß ich genauso wie Sie!« Er zeigte in die ungefähre Richtung der Stadt. »Aber die Leute wissen es nicht! Und es ist ihnen gleichgültig, was wir wissen! Sie sagen, daß wir sie verraten haben, und sie wollen Blut sehen!«

»Gut«, sagte Laheera nach kurzer Überlegung. »Suchen Sie Ihr persönliches Studio auf. Gehen Sie auf Sendung. Sagen Sie dem Volk, daß es eine Fälschung ist. Daß die Föderation sie für dumm verkaufen will.«

»Niemand wird es glauben«, sagte er und packte ihren Oberarm so fest, daß sie das Gefühl hatte, er würde ihn ausrenken. »Sie haben nicht gehört, was die Leute da draußen sagen. Der Aufruhr, der Zorn ... sie werden mir nicht einmal zuhören ...«

»Doch, Sie werden es schaffen«, sagte sie zuversichtlich. Behutsam löste sie sich aus seinem Griff. »Das war schon immer Ihre große Stärke. Sprechen Sie zu den Leuten. Gehen Sie auf Sendung, und sagen Sie ihnen ...«

»Was soll ich ihnen sagen?«

Für einen kurzen Moment verlor sie die Geduld und fauchte ihn an: *»Irgend etwas!«* Dann riß sie sich wieder zusammen und sprach ruhiger weiter. »Irgend etwas, ganz gleich. Nur sagen Sie etwas. Und hören Sie auf, ständig zu nicken!« Immer wenn Celter besonders aufgeregt war, wackelte er in dieser enervierenden Art und Weise mit dem Kopf. »Es sieht aus, als würde Ihnen jeden Augenblick der Kopf herunterfallen.« Celter verzog das Gesicht und hatte sich sofort wieder in der Gewalt.

Dann klopfte er ihr auf die Schulter, als würde ihm diese Berührung Kraft verleihen, und sagte: »Ich danke Ihnen, Laheera. Ich wüßte nicht, was ich ohne Sie tun sollte, um nicht die Hoffnung zu verlieren.« Dann verließ er eilig ihr Büro, um die Ansprache vorzubereiten, von der er fest überzeugt war, daß sie die größte Tat seines Lebens sein würde. Doch dann wandte er sich noch einmal in der Tür um und deutete mit einem zitternden Finger auf Laheera. »Und Sie ... Sie nehmen Verbindung mit diesen Leuten von der *Excalibur* auf. Mit diesem Captain Calhoun. Wir haben versucht, ihn zu erreichen, aber er hat nicht geantwortet. Vielleicht wird er Sie nicht ignorieren. Sagen Sie ihm, daß wir die Geiseln eliminieren werden, jede einzelne, und zwar unverzüglich!«

»Genau das habe ich vor.« Dann rief sie etwas lauter: »Okur!«

Okur war der Name einer der zwei Wachen, die ständig direkt vor ihrem Büro Posten bezogen hatten. Okur war anderthalbmal so groß wie jeder andere Nelkarit, dem Laheera jemals begegnet war, und zweimal so breit. Nebenbei war er außerdem ihr Liebhaber, was ihrer Ansicht nach eine angenehme Methode war, um seine Loyalität zu festigen. Er trat in die Tür, nachdem Celter an ihm vorbeigestürmt war, nickte knapp und sagte: »Ja?«

»Machen Sie meinen Sicherheitsraum bereit. Und bringen Sie Meggan zu mir. Sonst niemanden, nur Meggan. Ich will nicht, daß sich die Männer zu irgendwelchen Heldentaten veranlaßt sehen. Diesmal werde ich sie vom Schritt bis zum Brustbein aufschlitzen, während Calhoun zusieht.«

Schon seit einiger Zeit war kein überflüssiges Wort auf der Brücke der *Excalibur* gesprochen worden. Calhoun saß nur in seinem Kommandosessel, hatte die Finger verschränkt und starrte angestrengt auf den Planeten unter ihnen. »Lefler«, fragte er von Zeit zu Zeit, »wie sieht es aus?«

Und sie hatte schon einige Male geantwortet: »Die Sendung läuft wie angeordnet, Captain.«

Dann nickte er und wirkte vorübergehend beunruhigt, bis er sich wieder dem Studium von Nelkar widmete, als wäre er in der Lage, von hier aus zu sehen, was sich auf der Oberfläche abspielte.

Shelby beugte sich vor und sprach so leise, daß nur

er sie verstehen konnte: »Mac … bist du völlig sicher, daß du weißt, was du tust?«

Er schaute sie an, ohne zu antworten. Seine violetten Augen schienen für einen Moment abgelenkt, bevor sie sich auf sie konzentrierten. Dann schüttelte er kaum merklich den Kopf und setzte ein breites Grinsen auf. »Ich schätze, wir werden gemeinsam herausfinden müssen, ob es eine gute Idee war.«

Boyajian blickte auf und sagte: »Wir werden gerufen, Captain.«

»Immer noch von Celter?«

»Nein, diesmal von Laheera.«

»Ah!« Er erhob sich aus seinem Sitz, als würde er sich wohler oder sicherer fühlen, wenn er im Stehen zu ihr sprach. »Endlich ist die Macht hinter der Macht wieder bereit, mit mir zu reden.« Er tippte auf seinen Kommunikator. »Burgoyne, hören Sie mich?«

»Hier Burgoyne«, meldete sich die Stimme des Chefingenieurs.

»Wir haben alles besprochen. Sind Sie wie vereinbart auf dem Posten?«

»Ich bin bereit und warte nur auf Ihren Befehl zum Beamen, Captain.«

»Ich werde diesen Kanal geöffnet halten. Verfolgen Sie genau, was geschieht, und warten Sie auf mein Signal.« Er warf Shelby einen kurzen Blick zu, die mit einem Nicken antwortete. »Also gut, Boyajian«, ordnete er an, »auf den Schirm mit ihr.«

Der Sichtschirm flimmerte, dann erschien Laheera. An ihrer Seite war Meggan, genau wie Calhoun vermutet hatte. Laheera kam sofort auf den Punkt: »Was haben Sie sich dabei gedacht, Captain?«

Er blickte sie mit Unschuldsmiene an. »Ich habe keine Ahnung, wovon Sie reden, Laheera. Haben Sie ein Problem?«

»Ersparen Sie sich diese Ausflüchte, Captain.«

Er drehte sich mit scheinbar verständnislosem Gesichtsausdruck zu Shelby herum. »Eine höfliche Umschreibung für eine Lüge«, erklärte sie.

»Ich? Lügen?« Er wandte sich wieder dem Sichtschirm zu. »Ich bin schockiert und entsetzt, daß Sie etwas Derartiges andeuten wollen, Laheera. Wir geben uns alle Mühe, Ihre Forderungen so umfangreich wie möglich zu erfüllen, und Ihnen fällt nichts Besseres ein, als mich zu beleidigen. Sie ahnen nicht, wie sehr Sie mich damit verletzen.«

»Sie treiben ein entzückendes kleines Spiel, Captain«, erwiderte sie schnippisch. »Ich weiß genau, worum es geht. Sie versuchen alles, um den Status quo wiederherzustellen. Sie glauben, ich hätte vor Ihren Leuten Ihre Autorität untergraben. Also hielten Sie es für recht und billig, es mir mit gleicher Münze heimzuzahlen. Ich werde mich nicht zu weiteren Äußerungen über Ihre Aktionen hinreißen lassen, um Ihnen keinen Anlaß zu geben, zusätzliches Material zur Verfügung zu haben, mit dem sie das Volk von Nelkar verwirren können. Ich verlange, daß diese Sendung unverzüglich eingestellt wird.«

»Sendung?«

Sie rieb sich mit wachsender Beunruhigung über den Nasenrücken. »Muß ich Ihnen erneut drohen, Captain? Muß ich ihr drohen?« Sie deutete mit einem Kopfnicken auf Meggan. »Unsere Instrumente weisen eindeutig darauf hin, daß die Sendung von Ihrem Schiff ausgeht.«

»Von *unserem* Schiff? Eine nicht autorisierte Übertragung? Ich bin schockiert und entsetzt. Lieutenant!« sagte Calhoun steif und drehte sich zu Lefler um. »Wissen Sie irgend etwas von einer … *Sendung*?«

Lefler überprüfte mit übertriebener Umständlichkeit die Anzeigen ihrer Funktionsstation, und dann stieß sie ein so lautes Keuchen aus, daß es schien, als wäre sie soeben ins Vakuum gestoßen und ihr sämtliche Luft aus dem Körper gepreßt worden. »Captain! Anscheinend haben wir ein Problem mit dem VBL.« Sie blickte zu Laheera auf und erklärte: »Das visuelle Brücken-Logbuch.« Dann wandte sie sich wieder Calhoun zu. »Offenbar wurde die visuelle Logbuchaufzeichnung Ihres Gesprächs mit Laheera als automatische Sendung an das Kommunikationsnetzwerk von Nelkar übertragen.«

»Großer Gott!« rief Calhoun. »Wie konnte das nur passieren? Das muß sofort aufhören!«

»Ich werde mich darum kümmern, Captain. Ich veranlasse einen Diagnosecheck der Stufe eins. Dann werde ich den Fehler in kürzester Zeit gefunden haben.«

»Laheera«, sagte Calhoun, als er sich wieder dem Sichtschirm zuwandte. »Ich muß Sie aufrichtig um Verzeihung bitten. Wir fliegen mit einem sehr neuen Schiff, und es kommt immer wieder zu kleinen Pannen. Ich muß Ihnen sagen, daß ich einfach schockiert bin, daß so etwas geschehen konnte.«

»Und entsetzt?« fragte Laheera trocken.

»Ja, völlig richtig, entsetzt. Es liegt mir natürlich fern, den Zorn Ihres Volkes zu erregen.«

»Captain, wahrscheinlich halten Sie sich selbst für besonders intelligent oder gerissen. Aber ich kenne Ihre Erste Direktive, die Ihnen jede Einmischung in planetare Angelegenheiten verbietet. Doch genau das haben Sie getan, und ich bestehe darauf, daß die Sendung sofort eingestellt wird. Um es noch einmal mit einfacheren Worten auszudrücken: Mischen Sie sich nicht ein!«

»Es ist interessant, Laheera«, sagte Calhoun nachdenklich. »Sie fordern uns auf, streng nach der Ersten Direktive zu verfahren, wenn die Informationen, die verbreitet werden, nicht nach Ihrem Geschmack sind … aber gleichzeitig erwarten Sie von uns, daß wir die

Erste Direktive verletzen, wenn es Ihren Interessen dient. Diese Regel läßt sich nicht nach Belieben anwenden. Sie müssen sich schon entscheiden, Laheera.«

Nachdem sich die beiden eine Weile herausfordernd angestarrt hatten, lächelte Laheera. »Wirklich reizend, Captain. Sie scheinen zu glauben, daß Sie mir gerade etwas bewiesen haben. Vielleicht erwarten Sie jetzt, daß ich klein beigebe, meinen Irrtum eingestehe und auf die Forderungen verzichte, die im Zusammenhang mit dem Schicksal dieser Leute stehen.« Dabei berührte sie Meggans Schulter, worauf das Mädchen vor ihrer Hand zurückzuckte. »Captain, Sie befinden sich nicht in einer geeigneten Position, um mir Schuldgefühle einzureden oder zu bewirken, daß ich mich Ihren Wünschen beuge.« Sie schien kurzzeitig durch etwas abgelenkt zu werden und sagte dann: »Gouverneur Celter wird gleich zum Volk sprechen. Ich glaube, es wird Sie interessieren, wie ein beliebter Politiker die Sorgen einer zutiefst beunruhigten Bevölkerung beschwichtigen kann.«

Sie streckte eine Hand aus und berührte eine Kontrolle, worauf ihr Bild durch das von Celter ersetzt wurde. Er befand sich in seinem Büro und saß entspannt mit lässig übergeschlagenen Beinen in einem schweren Polstersessel. Calhoun war unwillkürlich von neuem durch die überirdische, goldene Schönheit der Nelkariten beeindruckt. Wenn sie doch nur nicht einen so verachtenswerten und gemeinen Charakter hätten!

»Meine lieben Mitbürger von Nelkar«, begann Celter und breitete die Arme aus.

Weiter kam er nicht.

Er schrak zusammen, als plötzlich vor der Tür zu seinem Büro das Heulen eines Disruptors zu hören war. Er sprang sofort auf und verlangte lautstark zu wissen, was geschehen war. Doch bereits im nächsten Augenblick wurde ihm die Antwort offenbart, als die Tür aufgebrochen wurde und wutentbrannte Nelkariten den Raum stürmten. Während die Gesichter der Nelkariten beinahe engelhaft wirkten, wenn sie zufrieden waren, hatte es etwas unglaublich Erschreckendes, wenn sie wie jetzt in blindem Zorn verzerrt waren. Es machte den Eindruck, als wären die himmlischen Heerscharen niedergefahren, um göttliche Rache zu üben.

»Nein, warten Sie!« rief Celter. »Wir haben niemals beabsichtigt, Ihnen zu schaden! Das Volk ist uns keineswegs gleichgültig! Wir können darüber reden und alles aufklären!« Und während er sprach, wackelte sein Kopf hektisch auf die Art und Weise, die Laheera als so unerträglich empfand.

Aber sie hörten ihm gar nicht zu. Sie hatten bereits alles gehört, was sie hören mußten. Einer aus der aufgebrachten Menge hatte eine phaserähnliche Waffe dabei und feuerte. Doch er hatte nicht besonders gut gezielt, so daß der bleistiftdünne Strahl wenige Zentimeter an Celters Kopf vorbeischoß.

Celter jedoch nahm dies überhaupt nicht wahr, so sehr war er durch das Geschrei und den Aufruhr abgelenkt. Ein Nelkarit holte mit einem Schlagstock aus, doch Celter wich geschickt nach links aus. Es war eine flinke Bewegung, und wenn der Strahl der Energiewaffe nicht gewesen wäre, hätte er einer ernsthaften Verletzung aus dem Weg gehen können – zumindest für einige weitere Sekunden.

Doch der Strahl war vorhanden, und da Celter ihn nicht bemerkt hatte, führte sein Sprung ihn direkt in die Bahn des Strahls, der so mühelos durch seinen Hals schnitt wie eine Klaviersaite durch Käse. Celter hatte immer noch nicht gänzlich verstanden, was geschah, und er nickte nach wie vor im verzweifelten Versuch der Beschwichtigung, als ihm der Kopf von den Schultern rollte und mit einem Knall zu Boden fiel.

Auf der Brücke herrschte betretenes Schweigen, und

als Shelby einen Blick zu Calhoun warf, bemerkte sie die grimmige Befriedigung in seinen Augen.

Der Bildschirm wechselte die Ansicht und zeigte nun wieder Laheera, deren entsetzter Ausdruck keinen Zweifel ließ, daß sie alles mitverfolgt hatte. Sie blickte nach links oben, wo sie das Geschehen offenbar auf einem anderen Monitor beobachtet hatte. Meggan hatte es ebenfalls gesehen und war kreidebleich geworden. Sie hielt eine Hand auf den Mund gepreßt, als wollte sie sich jeden Augenblick übergeben.

Laheeras Blick wechselte nun zwischen Calhoun und dem unsichtbaren Bildschirm. Es schien, als hätte sie völlig vergessen, daß sie in direkter Verbindung mit der *Excalibur* stand, während sie plötzlich schrie: »Okur! Okur! Komm sofort her!«

Doch ihr Befehl wurde nicht ausgeführt. Statt dessen hörte sie genauso wie die Brückenbesatzung weiteren Lärm. Hastige Schritte, abgefeuerte Waffen und Schreie des Schmerzes und der Panik.

»Jedes Volk möchte seinen Anführern vertrauen, Laheera«, sagte Calhoun leise. »Doch Sie haben es verraten, haben es in Gefahr gebracht, waren bereit, eine halbe Million aus einer Laune heraus dem Tod zu überantworten. Das Volk reagiert in der Regel sehr unversöhnlich auf einen solchen Verrat.«

Die Tür zu ihrer Zuflucht wurde eingebeult, und Laheera stieß einen spitzen Schrei aus. Meggan sah es ebenfalls und sprang auf, um zu versuchen, sich in einem entfernteren Teil des Raumes in Sicherheit zu bringen. Doch Laheera packte das Mädchen am Handgelenk, wirbelte es herum und hielt es wie einen Schutzschild vor ihren Körper. Das Kind wehrte sich, als Laheera plötzlich ein Messer in der Hand hatte – dasselbe, mit dem sie Hufmin getötet hatte – und es dem Mädchen an die Kehle setzte. »Kommen Sie nicht herein!« rief sie, obwohl vermutlich niemand sie im wütenden Lärm hören konnte, der durch die Tür drang.

»Captain ...« sagte Shelby nervös.

Calhoun machte den Eindruck, als wäre sein Gesicht aus Marmor gehauen. »Steht die Verbindung noch, Burgoyne?«

»Ich habe alles verfolgt, Captain.«

»Machen Sie sich bereit.«

Auf dem Sichtschirm konnten sie beobachten, wie die Tür weiter verformt wurde, bis sie schließlich nach innen aufsprang. Für einen kurzen Moment war Okur zu erkennen, der mit solcher Wildheit kämpfte, daß Calhoun vorübergehend von ihm beeindruckt war. Wer immer dieser Koloß war, er war nicht bereit, kampflos aufzugeben. Er war von Schnitten und Wunden übersät, die wie obszöne Schändungen seiner goldenen Haut wirkten. Doch dann mußte er kapitulieren, als die erzürnten Nelkariten durch die Tür stürmten und ihn einfach über den Haufen rannten.

»Keine Bewegung!« rief Laheera der Menge zu. Sie drückte das Messer an die Kehle des Kindes. »Keine Bewegung, oder Sie müssen sich für den Tod dieses Kindes verantworten!«

Und dies war der Moment, als Calhoun mit übermenschlicher Ruhe sagte: »Burgoyne ... Energie.«

Dann sahen alle zu, wie auf dem Sichtschirm das vertraute Summen und Flimmern des Transporterstrahls einsetzte. Laheera blickte sich verwirrt um, als sie das Geräusch hörte. Dann erkannte sie offenbar, worum es sich handelte, und für einen Moment, für einen kurzen Moment glaubte sie, daß es ihr gelingen würde, den Angreifern zu entkommen.

Sie glaubte so lange daran, wie es dauerte, bis sich Meggans molekulare Struktur aufgelöst hatte und zur *Excalibur* befördert worden war. Dann stellte Laheera fest, daß ihr Messer in der leeren Luft hing.

Sie wirbelte herum und blickte in Calhouns Gesicht auf dem Bildschirm. Dann schrie Laheera, die Erpresserin, die Verräterin, die Mörderin Mackenzie Calhoun ins Gesicht: *»Retten Sie mich!«*

Und es war M'k'n'zy von Calhoun, M'k'n'zy der Wilde, M'k'n'zy der Krieger, der gegen ein Imperium in den Kampf gezogen war und die Auseinandersetzung überlebt hatte, der nun mit eiskalter Ruhe erwiderte: »Sie wollten, daß ich mich nicht in Ihre Angelegenheiten einmische. Und ich werde mich nicht einmischen.«

»Sie Mistkerl!« heulte sie, kurz bevor sie vom Mob überrannt wurde.

Er antwortete mit leiser Stimme, eher im Selbstgespräch, da sie ihn im Getümmel ohnehin nicht verstehen würde. »Sie haben überhaupt nichts begriffen. Leben Sie wohl, Laheera.« Er drehte sich zu Lefler um und sagte: »Schirm aus.«

Robin Lefler betätigte die Schaltung, die die Verbindung unterbrach, doch kurz vorher sah sie noch, wie Blut auf den Sensor der Übertragungskamera spritzte. Sie zuckte leicht zurück, als würde sie befürchten, daß es auf die Brücke regnen könnte. Bevor die Szene noch scheußlicher wurde, wechselte die Ansicht zu dem Planeten, der sich unter ihnen drehte. Er hing so ruhig und idyllisch im Raum, daß aus dieser beinahe göttlichen Perspektive nichts darauf hindeutete, was auf der Oberfläche an außergewöhnlichen Dingen vor sich ging.

»Commander«, sagte Calhoun leise, »wir warten ungefähr eine Stunde ab, bis sich die Lage einigermaßen beruhigt hat. Dann nehmen Sie Kontakt mit dem Planeten auf, finden heraus, wer etwas zu sagen hat, und unternehmen alles Nötige, um die Sicherheit der Flüchtlinge zu gewährleisten. Wir wollen hoffen, daß das neue Regime vernünftiger als das vorherige ist. Schließlich ist kaum vorstellbar, daß es noch schlimmer kommen kann.« Damit erhob er sich und ging zum Turbolift.

»Darf ich fragen, Captain, wohin Sie jetzt gehen?« erkundigte sich Shelby.

Er hielt vor dem Eingang zur Kabine inne und sagte dann nachdenklich: »Zur Hölle, schätze ich.« Dann verließ er die Brücke.

Die Besatzung blickte ihm nach, und schließlich meinte McHenry: »Ich gebe ihm sechs Monate, dann hat er auch dort Ordnung geschaffen.«

Niemand widersprach ihm.

Calhoun saß im Casino der *Excalibur* und starrte angestrengt auf das Glas in seiner Hand. Die Besatzungsmitglieder unterhielten sich leise und blickten sich immer wieder zu ihm um. Inzwischen hatte sich im ganzen Schiff herumgesprochen, wie Calhoun mit den erpresserischen Drohungen der nelkaritischen Regierung umgegangen war – oder richtiger der ehemaligen nelkaritischen Regierung. Die Besatzung war sich zumindest in einem Punkt einig: Der Captain war ein Mann, den jeder lieber auf seiner Seite als gegen sich haben wollte.

»Captain ...«

Calhoun blickte auf und sah, daß Burgoyne 172 an seinen Tisch getreten war. Zu seiner Überraschung streckte Burgoyne ihm eine Hand hin. »Falls es nicht zu unangebracht ist ... würde ich Ihnen gerne die Hand schütteln.«

»Warum nicht?« Als Calhoun die angebotene Hand annahm, war er erstaunt. Seine Hand schien völlig in Burgoynes zu verschwinden, und trotz ihrer scheinbaren Zartheit hatte Burgoyne einen verdammt festen Griff.

»Ich habe schon mit vielen Starfleet-Offizieren zusammengearbeitet«, sagte Burgoyne. »Und viele von ihnen hätten niemals die Nerven gehabt, die Befehle zu geben, die Sie gegeben haben. Ich habe ein besonderes Talent, die Dinge von beiden Seiten zu betrachten ...«

»Ja, das kann ich mir vorstellen.«

»... und ich wollte Ihnen nur sagen, daß es mir eine Ehre ist, an Bord Ihres Schiffes zu dienen. Eine große Ehre. Möge der Große Vogel der Galaxis sich auf Ihrem Planeten niederlassen.«

Calhoun starrte ihn/sie verständnislos an. »Der *was?*«

»Sie haben noch nie vom Großen Vogel der Galaxis gehört?« erwiderte Burgoyne entgeistert. »Ein riesiger mythischer Vogel. Im allgemeinen wird er als Glücksbringer betrachtet«, setzte er/sie nachdenklich hinzu, »obwohl manche Völker darin ein schlechtes Omen sehen. Aber es scheint überall Unzufriedene zu geben.«

»Nun ... dann fasse ich Ihren ›Segen‹ im beabsichtigten Sinne auf.«

Burgoyne ließ Calhouns Hand los und verließ das Casino, während Calhoun versuchte, die Blutzirkulation in seinen Fingern wieder in Gang zu bringen.

Dann betrat Shelby den Raum und entdeckte ihn ganz allein in einer Ecke. Sie näherte sich langsam seinem Tisch und grüßte im Vorbeigehen verschiedene Besatzungsmitglieder mit einem knappen Nicken. Als sie seinen Tisch erreicht hatte, konnte sie nicht eindeutig feststellen, ob er ihre Anwesenheit überhaupt wahrnahm.

»Captain?« sagte sie leise.

Er blickte auf. Sie erinnerte sich an das erste Mal, als sie in seine Augen geblickt hatte. Äußerlich hatte man ihr nichts ansehen können, denn Shelby hatte zu diesem Zeitpunkt bereits ihr selbstsicheres, hartes und sachliches Auftreten gewonnen, die sie für eine Starfleet-Karriere als unerläßlich betrachtet hatte. Doch irgendwie hatten diese Augen direkt durch ihren Panzer geschaut, als könnte keine Täuschung diesem durchdringenden Blick widerstehen. Ein Teil von ihr war verängstigt, doch ein anderer sah es als Herausforderung. Und ein dritter bewunderte ihn dafür. Und zu ihrer Verärgerung mußte sie nun feststellen, daß sich an ihrer grundlegenden Reaktion nichts geändert hatte, obwohl sie sich alle erdenkliche Mühe gab, den Teil zu unterdrücken, der Bewunderung für ihn empfand.

»Sie möchten etwas melden, Commander?« fragte er.

Sie nickte und setzte sich an seinen Tisch. »Ich habe mit dem neuen provisorischen Gouverneur gesprochen. Sein Name ist Azizi. Er ist etwas mürrisch und niedergeschlagen, aber ein Mann mit Prinzipien. Er hat mir sein persönliches Versprechen gegeben, daß die Flüchtlinge auf Nelkar willkommen sind und sich dauerhaft dort ansiedeln können. Er ist sogar sehr angetan von dieser Idee, da er die Angelegenheit als Paradebeispiel für die Dummheit der alten Regierung betrachtet. Für die Gefahr, wie leicht die Verantwortlichen die wirklich wichtigen Werte aus den Augen verlieren können.«

»Das freut mich zu hören«, sagte Calhoun, doch er klang nicht besonders begeistert. Eigentlich machte er insgesamt keinen sehr glücklichen Eindruck. »Und die Flüchtlinge aus dem Schiff? Von der *Cambon*? Sind Sie mit dieser Regelung einverstanden?«

»Sie haben sich bereits mit den neuen Machthabern getroffen. Sie sind überzeugt, daß sie vertrauenswürdig sind. Die Tatsache, daß Azizi und seine Kollegen bisher nichts von uns verlangt haben, scheint ihre Aufrichtigkeit zu unterstreichen. Azizi hat sogar darauf hingewiesen, daß es im Norden von Nelkar weite unbesiedelte Landstriche gibt. Und wenn wir in Zukunft auf weitere Flüchtlinge stoßen, sollten wir sie nach Nelkar bringen, wo man sich um sie kümmern wird. Sie sind sehr darum bemüht, Sie glücklich zu machen, Captain.

Es ... äh ...« Sie räusperte sich und grinste leicht. »Es scheint, daß man Sie als eine Art Held betrachtet.«

»Was Sie nicht sagen! Auf jeden Fall haben Sie ausgezeichnete Arbeit geleistet, Commander. Ich wußte, daß ich mich auf Sie verlassen kann.«

»Es ist tröstlich, einer der seltenen Gelegenheiten des Lobes teilhaftig zu werden.«

Er beobachtete sie mit fragendem Gesichtsausdruck, aber sie vermutete, daß diese Miene lediglich Maskerade war. Wahrscheinlich wußte er ganz genau, was sie damit sagen wollte. »Sonst noch etwas?«

»Sie haben es schon wieder getan«, sagte sie. »Sie haben einen Plan entwickelt und mich nicht eingeweiht. Ich habe nicht protestiert, als Sie entschieden, unsere Aufzeichnung des Gesprächs mit Laheera nach Nelkar zu übertragen. Ich dachte, daß es sich einfach um die Verbreitung von Informationen handelte, die der allgemeinen Aufklärung dienten. Sie sprachen in diesem Zusammenhang lediglich von Ihrer Hoffnung, daß die Bevölkerung daraufhin Druck auf die Regierung ausüben würde. Von einem geplanten Umsturz der Regierung haben Sie nichts erwähnt.«

»Das war auch nicht geplant.«

»Ach, tatsächlich?«

»Nein«, sagte er ruhig.

»Aber Sie haben darauf gehofft.«

»Ich habe gehofft, daß das Volk sich für das Richtige entscheiden würde.«

»Was Sie als das Richtige betrachteten, wollen Sie sagen.«

Er lächelte dünn. »Das dürfte wohl davon abhängen, ob man das, was richtig und falsch ist, als universelle Konstanten ansieht, oder ob sie von der jeweiligen subjektiven Perspektive abhängen.«

»Sie hätten sie retten können. Laheera.«

»Ja, das hätte ich tun können.«

»Ich dachte, daß genau dies Ihr Plan B wäre, falls die Dinge zu sehr außer Kontrolle geraten sollten«, sagte Shelby.

»Möchtest du etwas trinken?«

»Lenk nicht vom Thema ab. Ja.«

Er nickte, stand auf und ging zur Bar. Er schenkte ein Glas Synthehol ein und kehrte damit zum Tisch zurück. Sie nahm es ohne Kommentar an und kippte die Hälfte des Inhalts hinunter, um das Glas dann wieder auf den Tisch zu stellen. »Nun?«

»Nun was?«

»Wirst du meine Frage beantworten?«

»Du hast keine Frage gestellt, sondern eine Feststellung getroffen.«

»Ich hasse es, wenn du diese Spielchen treibst«, sagte sie und stieß mit dem Zeigefinger in seine Richtung. »Ich hasse dich, wenn du dich in einer Diskussion, die dir unangenehm ist, auf Haarspaltereien zurückziehst.«

»Du kennst mich viel zu gut.« Er rückte sich auf seinem Stuhl zurecht und beugte sich dann vor. »Ich weiß, daß du dachtest, dies sei mein Ausweichplan. Und ich habe dich in diesem Glauben gelassen. Aber ich habe mit Burgoyne verabredet, daß er/sie den Ausgangspunkt des Signals erfassen und alle nicht-nelkaritischen Lebensformen ins Schiff beamen sollte.«

»Um Laheera der strafenden Gerechtigkeit des Mobs zu überlassen.«

»Immerhin war es eine Art von Gerechtigkeit«, gab er zurück. »Sie hat schwere Verbrechen begangen.«

»Wir hatten kein Recht, über sie zu urteilen.«

»Wir haben es auch nicht getan!«

»Oh doch! Gib es zu, Mac. Wenn wir in einer ähnlichen Situation einen gewalttätigen Regierungsumsturz miterlebt hätten und du mit der Politik des gestürzten Machthabers sympathisiert hättest, hättest du keinen

Augenblick gezögert, ihn oder sie zu retten. Doch im Fall von Laheera hast du einfach tatenlos zugesehen.«

»Ist es nicht genau das, was die Erste Direktive von uns verlangt?« entgegnete er. »Daß wir herumsitzen, nichts tun und auf Zehenspitzen durch die Galaxis huschen, um nur keine Fußabdrücke zu hinterlassen? Ich dachte, du wärst mit meinen Entscheidungen zufrieden, Elizabeth. Ich habe mich an die Erste Direktive gehalten.«

»Du hast dich nur an den Wortlaut gehalten, aber mit dem Sinn der Regel falsches Spiel getrieben. Und du hättest es mit mir diskutieren sollen, verdammt noch mal!«

»Ich dachte, es würde nur zu einem überflüssigen Streit führen.«

»Vielleicht hätte es zu einem notwendigen Streit geführt.« Sie beugte sich ebenfalls vor, bis sich ihre Nasenspitzen fast berührten. »Sei ehrlich, Mac. Was war ihr größeres Verbrechen – daß sie Hufmin ermordete und mit dem Tod der anderen drohte oder daß sie deinen Stolz verletzte? Daß sie deinen Bluff durchschaute? Hättest du sie am Leben gelassen, wenn du nicht das Gefühl gehabt hättest, daß sie dich vor der gesamten Besatzung blamiert hat?«

Er schwenkte den winzigen Rest seines Drinks im Glas und sagte dann leise: »Jede Tat zieht Konsequenzen nach sich. Das ist die einzige galaktische Konstante. Und in diesem Fall habe ich dafür gesorgt, daß Laheera die Konsequenzen zu spüren bekommt.«

»Du hattest nicht das Recht, so etwas zu tun.«

»Vielleicht nicht. Aber manchmal gerät man in eine Situation, in der man sich sagen muß: ›Verdammt, ich oder keiner.‹ Und wenn man nicht damit leben kann, daß es keiner tut, dann muß man es eben selbst tun.«

»Aber …«

»Elizabeth … ich möchte es dir an einem Beispiel demonstrieren.«

Sie verdrehte die Augen. »Mac, behandle mich nicht wie ein kleines Kind!«

»Das liegt mir völlig fern, glaube mir. Ich will nur etwas veranschaulichen.« Er nahm Shelbys Glas und deutete auf den Inhalt. »Sag mir, ob es halb leer oder halb voll ist.«

»Also wirklich, Mac ...«

»Halb leer oder halb voll?«

»Na gut«, seufzte sie. »Es ist halb ...«

Doch bevor sie ausreden konnte, hatte er den Rest ausgetrunken und stellte das Glas kopfüber auf den Tisch. »Die korrekte Antwort lautet: Es ist gar nichts mehr im Glas. Es hat keinen Sinn, sich über diese Frage den Kopf zu zerbrechen.«

Er gab ihr das leere Glas zurück. Sie starrte es stirnrunzelnd an. »Danke für den halben Drink, Captain.«

»Es war mir ein Vergnügen, Commander. Wir sollten des öfteren gemeinsam etwas trinken.« Er stand auf und sagte: »Geben Sie McHenry die Anweisung, er soll Kurs auf die *Kayven Ryin* setzen und uns mit Warp vier hinbringen.«

»Schon passiert, Captain. Wir sind längst unterwegs.«

Er blinzelte überrascht und schaute aus dem Aussichtsfenster. Es war nicht zu übersehen, daß die Sterne wie bunte Sternschnuppen im Warpraum an ihnen vorbeirauschten. »Ah! Gut gemacht.«

»Ich muß mich zwangsläufig darauf verlegen, Ihre Gedanken zu lesen, da es Ihnen immer wieder Schwierigkeiten bereitet, akustisch mit mir zu kommunizieren.«

Er nickte und machte sich auf den Weg nach draußen, doch sie hielt ihn mit einer Hand zurück. »Mac«, sagte sie leise, »deine Unabhängigkeit war schon immer einer der Charakterzüge, die ich an dir am meisten gelie... bewundert habe. Es ist vermutlich deine größte

Stärke. Aber du solltest dich allmählich bemühen, deinen Offizieren zu vertrauen. Vor allem solltest du mir vertrauen.«

»Ich vertraue dir, Elizabeth.«

»Aber nicht so sehr, wie du dir selbst vertraust.«

Er zuckte die Schultern. »Was für ein Captain wäre ich, wenn ich das nicht tun würde?«

Shelby zögerte keinen Moment mit der Antwort. »Ein Captain, der Laheera gerettet hätte.«

Er schwieg längere Zeit. Da Shelby mit einer besserwisserischen Erwiderung rechnete, war sie sehr überrascht, als er sagte: »Weißt du, was mich am meisten beunruhigt? Nicht diese Spiegelfechtereien oder moralischen Querelen um Gerechtigkeit versus Mitgefühl. Weißt du, was mich am meisten beunruhigt?«

»Klar.«

Als er sie ansah, stand etwas Furchtbares in seinen violetten Augen. »Es beunruhigt mich, daß ich den Sichtschirm abgeschaltet habe. Nachdem ich mich geweigert hatte, sie zu retten, hätte ich stark genug sein müssen, um zuzusehen, wie ihr Gerechtigkeit widerfuhr. Statt dessen habe ich den Blick abgewandt. Ich habe mich aus der Affäre gezogen. Natürlich habe ich mir eingeredet, daß ich der Besatzung den schrecklichen Anblick ersparen wollte, aber die Wahrheit ist, daß ich nicht mehr zuschauen konnte.«

Sie war nicht sicher, was sie darauf sagen sollte. »Mac, ich ...«

»Ich war einmal ein sehr starker Mann, Elizabeth. Ich habe das hier behalten«, sagte er und fuhr mit der Fingerspitze über seine Gesichtsnarbe, »um mich ständig daran zu erinnern, wer ich einmal war. Weil ich stets besorgt war, daß das Leben bei Starfleet ... das Leben fern von Xenex ... mich verweichlichen könnte. Daß ich den Kontakt zu meinen Wurzeln verlieren könnte. Und genau das ist nun eingetreten. Ich habe eine Drohung ausgestoßen, ich war bereit, sie durchzuziehen … doch dann begann ich zu zaudern. Statt dessen verfolgte ich einen Plan, der eine gemeine Mörderin ihrer gerechten Strafe zuführte … aber als es soweit war, konnte ich nicht zusehen. Ich habe mir ständig eingeredet, ich sei immer noch M'k'n'zy von Calhoun, der wilde Krieger, der sich lediglich ein dünnes Deckmäntelchen der Zivilisation übergeworfen hatte. Doch was ist, wenn man das Mäntelchen entfernt … und darunter gar nichts mehr ist?«

»Mac …« sagte sie und legte eine Hand auf seine Schulter. »Du bist in einer Zeit aufgewachsen, in der Mitgefühl eine verantwortungslose Schwäche war. Ein Luxus. Doch nun … könnte das Mitgefühl zu deiner größten Stärke werden. Du solltest dich deswegen nicht schämen – im Gegenteil.«

Seine Antwort bestand aus einem Grunzen. »Damit sollten wir diese Besprechung beenden, Commander.«

»Aber …«

»Nein, Commander«, sagte er in einem Tonfall, den sie nur zu gut kannte. Sie wußte, daß es sinnlos gewesen wäre, die Angelegenheit weiter verfolgen zu wollen, als er fortfuhr: »Im Augenblick gilt meine größte Sorge Lieutenant Kebron und Botschafter Si Cwan. Wollen wir hoffen, daß ihr erzwungener gemeinsamer Aufenthalt in der *Kayven Ryin* genügt hat, ihre gegenseitige Wertschätzung zu verbessern.«

SI CWAN

IV.

»Ich hasse Sie«, sagte Si Cwan.

»Wird es Ihnen nicht irgendwann langweilig, diesen Satz ständig zu wiederholen?« fragte Kebron.

Tief unter dem Palast, der einmal Si Cwans Wohnstätte gewesen war, befanden sich Cwan und Kebron im sicheren Gewahrsam eines Kerkers. Es hatte erheblich mehr Anstrengung gekostet, Kebron die Freiheit zu nehmen.

Während ein verstärktes Kabel genügte, um Si Cwan zu fesseln, hatten Kebrons Bewegungsmöglichkeiten mit Hilfe von Neuralinhibitoren eingeschränkt werden müssen. Die großen elektronischen Fesseln lähmten jede Bewegung seiner Arme und Beine – um so stärker, je mehr Kraft er einzusetzen versuchte. Er konnte sich anstrengen, so sehr er wollte, aber er hatte keine Kontrolle über seine Gliedmaßen mehr.

»Es wird mir erst dann langweilig, es zu sagen, wenn es mir langweilig geworden ist, daran zu denken. Zuerst haben Sie sich die Geschichte mit Ihren Eltern ausgedacht, um mein Mitgefühl zu gewinnen. Dann waren sie nicht in der Lage, mir zu helfen, unsere Gegner zu überwältigen …«

»Sie waren uns um den Faktor dreißig überlegen«, erwiderte Kebron. »Es hatte einfach keinen Sinn, sich gegen sie zu wehren.«

»Keinen Sinn?« wiederholte Si Cwan ungläubig. »Obwohl sie uns allem Anschein nach töten wollen?«

»Wenn sie uns töten wollen, hätten sie sich nicht die

Mühe machen müssen, uns zu retten«, entgegnete der Brikar.

»Der Grund dafür ist völlig offensichtlich. Sie wollen an mir ein Exempel statuieren.«

»Ein Exempel?«

»Sie wollen mich foltern und mich zu allen möglichen Geständnissen zwingen. Sie wollen mich erniedrigen und mich dann vor das Volk von Thallon schleifen. Für sie bin ich ein Symbol all dessen, was mit dieser Welt nicht in Ordnung ist.«

»Sehen Sie das etwa anders? Sagen Sie mir, Si Cwan ... Haben Sie zum Wohl des Volkes oder zu ihrem eigenen Wohl regiert?«

»Die Sache ist nicht so einfach, wie Sie denken, Kebron.«

»Vielleicht«, grollte Kebron, »sollte sie aber so einfach sein.«

Si Cwan seufzte ungeduldig. Er ließ keinen Zweifel daran, daß er an einer Fortsetzung des Gesprächs nicht interessiert war. Er blickte sich in der Zelle um und sagte: »Wissen Sie ... die Ironie der Situation macht mich krank.«

»Tatsächlich?«

»Vor vielen Jahren ließ ich Soleta aus dem Kerker entkommen ... und soviel ich weiß, handelt es sich um genau diese Zelle. Daraufhin habe ich sie überredet, mir die Möglichkeit zu verschaffen, nach Hause zurückzukehren ... und bin schließlich wieder im Kerker gelandet. Der Kreis hat sich geschlossen.«

»So ist es häufig im Leben«, sagte Kebron.

Si Cwan prüfte die Festigkeit seiner Fesseln. Er zerrte mit aller Kraft daran, doch sie schienen keinen Millimeter nachzugeben. Kebron beobachtete ihn leidenschaftslos, während Si Cwan sich abmühte und immer lauter knurrte und fluchte. Schließlich sank er mit einem verzweifelten Stöhnen zu Boden.

»Eine beeindruckende Vorstellung«, sagte Kebron.

»Verschonen Sie mich mit Ihrem Sarkasmus, Kebron. Damit bewirken sie nichts.« Dann fügte er mit überraschend sanfter Stimme hinzu: »Nichts wird irgend etwas bewirken.«

»Das klingt aber reichlich defätistisch.«

Si Cwan schien plötzlich ein brennendes Interesse für seine Füße entwickelt zu haben. »Kebron ... was wäre, wenn ich Erfolg hätte?«

»Ich fürchte, ich kann Ihnen nicht ganz folgen.«

»Nehmen wir einmal an, ich würde über meine Feinde triumphieren. Daß sich das Volk erhebt und mich unterstützt. Daß jene, die mein Leben zerstört haben, ihre gerechte Strafe erhalten. Nehmen wir einfach mal an, ich wäre wieder an der Macht.«

»Ich könnte mir vorstellen, daß Sie über eine solche Wendung sehr glücklich wären.«

Cwan warf ihm einen traurigen Blick zu. »Ich stelle mir eher vor, daß es genauso sinnlos wäre wie der Versuch, an diesen Fesseln zu zerren. Selbst wenn ich die Macht zurückgewinnen könnte, würde mein Leben nie mehr so wie früher sein. Ich könnte weder meine Schwester noch all die anderen ins Leben zurückholen. Meine Existenz wäre bestenfalls ein Schatten meines früheren Lebens. Ich habe Bewunderer und Anhänger ... aber was nützt mir das? Jedes vernunftbegabte, denkende Individuum muß einfach mehr vom Leben erwarten. Mein Leben war einmal viel mehr. Aber jetzt ist alles verloren.«

»Si Cwan ...«

»Außerdem gibt es für jeden Anhänger, der mir verblieben ist, zwanzig andere, die mich bei der ersten sich bietenden Gelegenheit in Stücke reißen würden. Leute, die nicht zögern werden, mein Leben auszulöschen, wenn sie die Gelegenheit dazu erhalten. Mein ganzes Leben lang habe ich mich redlich bemüht, Kebron.

Aber offensichtlich war es nicht genug.« Er nickte langsam. »Sie sollen mich foltern. Sie sollen mit mir machen, was sie wollen. Es spielt ohnehin keine Rolle mehr. Nichts hat noch irgendeine Bedeutung.«

»Und was ist mit Ihren Feinden? Sie haben gesagt, daß Sie keine Angst vor dem Tod haben, daß es Sie jedoch ärgern würde, wenn Zoran sie überlebt. Hat sich daran etwas geändert?«

»Ob ich vor ihm sterbe oder er vor mir – letztendlich landen wir beide am gleichen Ort. Das ist das Seltsame am Leben. Niemand kann es lebend überstehen.«

Zak Kebron musterte ihn nachdenklich. »Ich muß sagen, daß ich Ihre neue Philosophie ziemlich unsympathisch finde, Cwan. Als unerträgliches Arschloch waren Sie wesentlich interessanter.«

»Ich stelle mir nur ein Leben vor, das zwar weitergeht, für mich aber nur noch Einsamkeit und Erinnerungen an geliebte Menschen bereithält ... oder als Alternative ein Leben, das nach einer Abfolge unangenehmster Torturen endet. Wenn Sie meine Zukunftsaussichten ›unsympathisch‹ finden, ist das Ihr Problem, Kebron, nicht meins. Sie sind nur zufällig in diese Situation hineingeraten. Wenn Ihr Raumschiff Thallon erreicht, wird man Sie vermutlich ohne großes Aufhebens freilassen. Aber ich werde dann schon lange to...«

Der Untergrund erzitterte unter ihren Füßen. Obwohl Si Cwan bereits auf dem Boden saß, wurde er durch die Gewalt der seismischen Erschütterungen umgeworfen. Kebron hingegen schien von alledem überhaupt nicht berührt zu werden. Er saß einfach nur da und wirkte bestenfalls leicht verärgert.

Als das Beben nachließ, schüttelte Si Cwan den Kopf. »Endlich gibt es neue Hoffnung. Vielleicht wird der Boden mich einfach verschlingen.«

»Hören Sie, Cwan ... Sie gehen mir immer noch auf

die Nerven«, sagte Kebron. »Sollten wir das hier lebend überstehend, werde ich zweifellos genausowenig freundschaftliche Gefühle für Sie hegen wie jetzt. Dennoch ist mir die Vorstellung der Folter zuwider. Also verspreche ich Ihnen, daß Sie nicht gefoltert werden.«

Si Cwan bedachte ihn mit einem Schmunzeln, in dem eine Spur von Herablassung lag. »Es ist sehr nett von Ihnen, Kebron, mir so etwas zu versprechen, aber ich glaube kaum, daß Sie in der Lage sein werden, irgend etwas in dieser Hinsicht zu bewirken.«

In diesem Moment hörten sie, wie sich Schritte näherten ... viele Schritte. Die Tür zur Zelle glitt zischend auf, und Si Cwan mußte in der plötzlichen Lichtflut blinzeln. Ein Wachtrupp hatte sich eingefunden. Der Offizier mit dem höchsten Rang trat vor und grinste auf recht unangenehme Weise.

»Ah!« sagte Si Cwan. »Hallo, Heraz.«

»Hallo, Si Cwan«, erwiderte der Offizier. Seine Aussprache des Namens deutete darauf hin, daß es ihm ein heimliches Vergnügen bereitete, einen Titel wie etwa »Lord« weglassen zu dürfen. »Ich fühle mich geschmeichelt, daß Sie sich an mich erinnern.«

»Heraz wurde aus unseren Diensten entlassen, nachdem zwei Vulkanier aus dem Kerker entfliehen konnten«, erwähnte Si Cwan beiläufig zur Information Kebrons. »Ich stelle fest, daß Sie nach der Revolution wieder in Amt und Würden eingesetzt wurden.«

»Wofür ich Ihnen nicht zu Dank verpflichtet bin. Wir haben noch einige Dinge mit Ihnen vor, Si Cwan, und ich kann Ihnen versichern, daß ich sehr lange auf diesen Augenblick gewartet habe.«

»Falls das, was Sie vorhaben, für Si Cwan mit körperlichen Mißhandlungen verbunden ist ... werden Sie wohl noch etwas länger warten müssen«, sagte Kebron. »Sie werden ihn nicht von hier fortbringen.«

In seiner Stimme war etwas ... sehr Selbstsicheres, das gleichzeitig äußerst unangenehm war. So unangenehm, daß die Wachen für einen Moment nicht gewillt schienen, den Gefangenen auch nur einen Schritt näher zu kommen. Heraz drehte sich ungeduldig zu ihnen um. »Was stehen Sie noch herum? Er kann sich niemals aus den Neuralinhibitoren befreien. Beachten Sie ihn nicht weiter, und nehmen Sie Si Cwan mit.«

Als die Wachen vortraten, sammelte Kebron seine Energie. Mit einem Knurren, das den ganzen Raum vibrieren ließ, übte er Druck auf seine großen Hand- und Fußschellen aus. Die Energie kehrte unverzüglich als lähmende Kraft zurück, doch der Brikar schien sich dadurch nicht im geringsten beirren zu lassen. Im Gegenteil – es schien ihn sogar anzuspornen.

»Hören Sie auf! Damit werden Sie niemanden beeindrucken!« rief Heraz, um das sich steigernde Summen der Fesseln zu übertönen. Doch er hatte gelogen. Alle Anwesenden waren zutiefst beeindruckt. Außerdem fiel es ihnen immer schwerer, einen klaren Gedanken zu fassen. Die Energiekonzentration war unglaublich und ohrenbetäubend. Die Thallonianer preßten die Hände an ihre Köpfe, um sich gegen den Ansturm zu wehren.

Si Cwan beobachtete mit erstaunt aufgerissenen Augen das Schauspiel der ungezügelten Kraftentfaltung. Kebron verdoppelte, verdreifachte seine Anstrengungen. Seine Muskeln spannten die dunkle Haut und zeichneten sich deutlich ab, und er zitterte so heftig, daß es schien, als würde die Zelle von einem erneuten Erdbeben erschüttert. Energieentladungen umzüngelten seinen Körper mit schmerzender Helligkeit.

Dann zerbrach er seine Ketten.

Mit einem Gebrüll, das eher zu einer Bestie der Urzeit gepaßt hätte, zerriß er seine Fesseln, zerfetzte sie zu Metallsplittern, die überall herumflogen. Ein Stück fuhr einem unglücklichen Wachmann in den Oberschenkel, worauf er schreiend zusammenbrach. Ein anderes Stück flog genau auf Heraz' Stirn zu. Doch wie es das Schicksal wollte, trug er einen Helm, was ein äußerst glücklicher Umstand für ihn war. Wäre sein Kopf nicht auf diese Weise geschützt gewesen, wäre der Metallsplitter vermutlich ohne großen Widerstand durch seinen Schädel gedrungen. Dennoch verursachte der Schlag ihm heftige Kopfschmerzen. Erst viel später, nachdem er den Helm abgenommen hatte, sollte er feststellen, daß das Metallstück weniger als einen Zentimeter vor seiner Stirn gestoppt worden war.

»Rückzug! Rückzug!« schrie er. Die Wachen gehorchten seinem Befehl bereitwillig und zerrten ihren verwundeten Kollegen nach draußen. Sie stürzten taumelnd in den Korridor, und Heraz schlug auf eine Kontrollfläche an der Wand, die die Tür zugleiten ließ. Sie schloß sich im letzten Augenblick, bevor Zak Kebron durchbrechen konnte. So rannte er mit voller Wucht dagegen, und die Tür, die aus purem Stateit bestand, erzitterte, gab aber nicht nach.

Die Wachen schnappten keuchend nach Luft. Kebron dagegen schien völlig ruhig. »Hören Sie mir genau zu«, sagte er. »Ich hoffe, Sie hören mir zu. Ich werde es nämlich nur einmal sagen.«

»In Ihrer Situation ... haben Sie gar nichts zu sagen ...« versuchte Heraz zu erwidern, in der Hoffnung, sein ernsthaft beschädigtes Selbstvertrauen durch Trotz wettmachen zu können.

»Seien Sie still«, sagte Kebron ungehalten. »In meiner gegenwärtigen Situation kann ich sehr wohl tun und lassen, was ich will. Wenn ich es mir in den Kopf setzte, werde ich nach einiger Zeit diese Tür durchbrochen haben. Oder wenn es sein muß, komme ich auch durch diese Wand.«

»Sie … Sie bluffen nur!« rief Heraz.

»Offensichtlich verwechseln Sie mich mit jemandem, den es interessiert, was Sie denken«, gab Kebron zurück. »Also: Si Cwan wird nicht gefoltert. Inzwischen ist er mehr als nur ein ehemaliger, entmachteter Aristokrat. Er ist ein Botschafter der Föderation. In dieser Funktion stehen ihm nach den Gesetzen der Föderation gewisse Rechte zu. Zum Beispiel muß ihm jederzeit der Zugang zu einer Föderationsbotschaft gewährt werden.«

»Wie bitte?« sagte Heraz und blickte sich zu den anderen um. »Was für eine Föderationsbotschaft? Es gibt keine Botschaft der Föderation auf Thallon.«

»Doch, es gibt eine. Und zwar genau hier.«

»Das ist keine Botschaft, sondern eine Kerkerzelle!«

»Wir werden sie schon noch umdekorieren«, teilte Kebron ihnen mit. »Also … da diese Zelle eine Botschaft ist, haben Sie keinen Zutritt zu diesem Raum. Diese Tür hindert mich nicht am Verlassen des Raumes, sondern Sie am Betreten des Raumes. Wenn Sie versuchen, die Souveränität dieser Botschaft zu verletzen, werde ich Verteidigungsmaßnahmen ergreifen, die darin bestehen, unerwünschte Eindringlinge in der Luft zu zerreißen.«

»Wir haben hier das Sagen!« protestierte Heraz ohne große Überzeugungskraft.

»Da draußen ja. Aber nicht hier drinnen.«

»Sie können nicht ewig in dieser Zelle bleiben!«

»Richtig. Aber das haben wir auch gar nicht vor. Wir bleiben hier, bis das Raumschiff *Excalibur* eintrifft.«

»Ihre Leute wissen gar nicht, daß Sie hier sind!«

»Ich vertraue darauf, daß meine Kollegen in Erfahrung bringen werden, wo wir sind«, erwiderte Kebron. Falls es für ihn in dieser Hinsicht irgendeinen Zweifel gab, so war seiner Stimme nichts davon anzumerken. »Sobald das Schiff eingetroffen ist, werden Sie uns gestatten, Verbindung mit unseren Leuten aufzunehmen. Auf dieser Basis werden wir weiter mit Ihnen verhandeln. Und jetzt gehen Sie bitte. Der Botschafter möchte sich ausruhen. Er hat einen anstrengenden Tag hinter sich.«

Als Heraz noch einmal bewußt wurde, daß ihm die Kontrolle aus den Händen gerissen worden war, raffte er sich ein letztes Mal auf und erklärte: *»Das hier ist keine Botschaft!«* Was ihm an Überzeugung fehlte, versuchte er durch Lautstärke wettzumachen.

Kebron erwiderte völlig ungerührt: »Wenn Sie weiterhin auf diesem Standpunkt beharren, werden wir Sie nicht zu unserem ersten offiziellen Empfang einladen. Und das wird Ihnen noch sehr leid tun.«

Der unglückliche Wachmann blutete immer noch aus der Wunde, die das Metallstück in sein Bein gerissen hatte, und seine Kollegen hatten inzwischen eingesehen, daß eine weitere Diskussion zu nichts führen würde. Mit hastigen und wütenden Blicken über die Schulter zogen sie sich durch den Korridor zurück. Heraz rief ein letztes Mal in Richtung Tür: »Es ist noch nicht vorbei! Wir werden wiederkommen!«

»Ich kann es kaum erwarten!« konterte Kebron. Er blickte ihnen durch einen winzigen Spalt in der Tür nach und ging dann zu Si Cwan hinüber. Es kostete ihn fast keine Anstrengung, Cwans Fesseln zu zerreißen. Cwan rieb sich die Handgelenke, während Kebron zurücktrat und sagte: »Also haben Sie den Wachmann vor einigen Jahren gefeuert. Ich kann es nicht glauben.«

»Wie haben Sie das gemacht?« fragte Si Cwan, der seine Ehrfurcht kaum unterdrücken konnte. »Wie konnten Sie ihre Fesseln zerbrechen?«

»Indem ich mich weigerte, an einen Mißerfolg zu glauben.«

Si Cwan schüttelte den Kopf. »Ich bin beeindruckt.

Ich gestehe es nur ungern ein, aber ich bin wirklich beeindruckt. Jetzt … wollen wir von hier verschwinden.«

»Nein.«

Cwan war bereits in Richtung Tür unterwegs, als Kebrons knappe Erwiderung ihn innehalten ließ. »Wie bitte?«

»Ich sagte nein.«

»Aber wir können diese Zelle verlassen!« erwiderte Si Cwan. »Es sei denn, Sie haben geblufft, als Sie sagten, Sie könnten durch diese Tür brechen …«

»Dazu müßte ich eigentlich in der Lage sein.«

»Dann hindert uns doch nichts mehr daran, von hier zu fliehen!«

»Wohin sollten wir dann gehen? Sie sind wahrscheinlich der bekannteste Thallonianer auf dem ganzen Planeten, und ich falle höchstens dann nicht auf, wenn gerade eine Steinlawine über die Straße poltert.«

Si Cwan spürte, wie seine alten Gefühle der Wut und Ungeduld wieder auflebten, die er von Anfang an gegen den Brikar gehegt hatte. »Also wollen Sie einfach aufgeben.«

»Keineswegs. Wir werden genau das tun, was ich zu den Wachen gesagt habe. Wir bleiben hier, bis die *Excalibur* auf der Bildfläche erscheint.«

»Das ist die falsche Strategie, Kebron. Ich sage Ihnen, daß wir gehen sollten. Und zwar sofort!«

»Na gut«, gab sich Kebron geschlagen und deutete auf die Tür. »Dann gehen Sie!«

»Aber ich komme nicht durch diese Tür!«

»Das ist nicht mein Problem.«

Mit einem Wutschrei reckte Si Cwan dem Brikar die geballten Fäuste entgegen, bis ihm bewußt wurde, wie unklug sein Zorn war, da Kebron sein einziger Verbündeter auf diesem Planeten war. Außerdem war der Versuch, Gewalt gegen Zak Kebron einzusetzen, im günstigsten Fall vergebliche Liebesmüh. Als sein Zorn verraucht war, lehnte Si Cwan sich gegen die Tür und murmelte: »Ich hasse Sie.«

»Obwohl ich Sie gerade vor der Folter bewahrt habe?«

»Das könnte der Punkt sein, wofür ich Sie am meisten hasse.«

BURGOYNE

V.

Burgoyne 172 überprüfte gerade eine Anordnung isolinearer Schaltkreise, um eine Möglichkeit zu finden, sie effektiver zu strukturieren und damit die Verarbeitungsgeschwindigkeit der Sensordaten zu erhöhen, als er/sie bemerkte, daß jemand hinter ihm/ihr stand. Als er/sie den Kopf drehte, stellte er/sie zu seiner/ihrer Überraschung fest, daß es sich um Dr. Selar handelte. Die Ärztin legte ihre übliche Selbstbeherrschung an den Tag, aber Burgoyne hatte das deutliche Gefühl, daß es ihr diesmal besonders schwerfiel.

»Hätten Sie einen Augenblick Zeit für mich?« fragte sie.

Burgoyne erhob sich und wischte sich die Hände an der Uniform ab. Das war eine alte Gewohnheit aus der Zeit, als er/sie häufiger bis zu den Hüften in diverse Maschinen hatte kriechen müssen und sein/ihr Körper überall von Schmiermitteln verunreinigt war. Er/sie vermißte diese Zeit mehr, als er/sie es sich eingestehen mochte. »Für Sie, Doktor ... habe ich jederzeit zwei Augenblicke Zeit. Vielleicht sogar drei.«

»Ich muß mit Ihnen reden. Unter vier Augen.« Sie hielt kurz inne. »Von Frau zu Frau.«

»Passen Sie auf, daß Sie mich damit nicht teilweise beleidigen«, sagte Burgoyne und bedeutet Selar, in sein/ihr Büro zu treten. »Nach Ihnen.«

Sie nickte und folgte der Aufforderung. Als sich die Tür zischend hinter ihnen geschlossen hatte, drehte Selar sich zu Burgoyne um. »Ich muß mit Ihnen reden ...«

»Von Frau zu Frau, ich weiß. Doktor, Sie sollten besser als jeder andere wissen, daß ich genauso weiblich wie männlich bin ...«

»Ja, und Sie haben keinen Zweifel an Ihrem männlichen Interesse an meiner Person gelassen. Andererseits sind die Hermats für ihren recht freizügigen Umgang mit der Sexualität bekannt ...«

»Ich würde nicht unbedingt von ›freizügig‹ sprechen«, erwiderte Burgoyne. »Wir nutzen lediglich die Gelegenheiten, die sich ...«

»Lieutenant Commander.« Selar hob eine Hand. »Ich bin im Augenblick wirklich nicht daran interessiert, die Feinheiten der Hermat-Philosophie zu diskutieren, obwohl es sich zweifellos um ein höchst interessantes Thema handelt. Ich würde gerne mit Ihnen ...«

Burgoyne setzte sich kerzengerade auf, während ein Grinsen auf seinem/ihrem Gesicht erschien. »Mir wäre es ebenfalls ein Vergnügen«, sagte er/sie.

»Nicht, was Sie denken«, erwiderte Selar hastig. »Ich möchte mit Ihnen darüber *reden* ... daß Sie Ihre Bemühungen aufgeben sollten, mich als potentiellen Sexualpartner zu gewinnen. Ich bin mir bewußt ... ich bin sogar beeindruckt ... von Ihrer bemerkenswerten Affinität zu Pheromonen. Daß Sie in der Lage sind ... meine Neigungen wahrzunehmen. Aber ich bitte Sie darum, von Offizier zu Offizier, von ...«

»Von Frau zu Frau?« half Burgoyne ihr mit leichter Verstimmung aus.

»Ja. Ich bitte Sie, sich nicht mehr um mich zu bemühen. Es gibt ...« Selar legte eine Hand an ihren Kopf, um sich zu beruhigen. »Es gibt handfeste medizinische Gründe, warum das keine sehr vernünftige Idee wäre.«

»Obwohl ich genau weiß, daß wir hervorragend zusammenpassen würden?«

»Nichtsdestotrotz. Ich wünsche keine ... Beziehung. Ich habe ...« Selar räusperte sich und hatte plötzlich das Gefühl, ihre Gedanken würden vom Pochen ihres Pulsschlags übertönt. »Ich habe eine bewußte Entscheidung getroffen, diesen Teil meines Lebens zu eliminieren. Und ich bitte Sie darum, meine Entscheidung zu respektieren.«

»Zu eliminieren?« Burgoyne konnte kaum fassen, was er/sie soeben gehört hatte. Er/sie beugte sich vor und nahm zu Selars Überraschung die Hand der Ärztin in seine/ihre. Burgoyne wiederum war überrascht, wie warm sie sich anfühlte. Angesichts der unterkühlten Reserviertheit von Vulkaniern hatte Burgoyne sich unbewußt immer vorgestellt, daß ihre Haut eine entsprechende Kühle aufwies. Dem war offensichtlich nicht so. »Selar ...«

»*Doktor* Selar.«

»*Doktor* Selar. Selbst wenn ich meine eigenen Ansichten zu diesem Thema zur Seite schiebe, muß ich Ihnen sagen, daß so etwas ... kein Leben ist. Selbst Vulkanier gehen Partnerschaften ein. Woher sollten sonst die kleinen Vulkanier kommen? Was ist mit Ihnen passiert? Irgend etwas muß Ihnen zugestoßen sein, das Sie zu dieser lebensfeindlichen Ansicht brachte ...«

Behutsam löste Selar ihre Hand aus seiner/ihrer. »Mit allem Respekt, Lieutenant Commander, aber das geht Sie nichts an. Und es geht Sie auch nichts an, warum ich mir die Mühe gemacht habe, Sie ausdrücklich darum zu bitten, Ihre amourösen Avancen einzustellen.«

Burgoyne atmete tief durch, um sich zu beruhigen. Dann sagte er/sie in betont förmlichem Tonfall: »Natürlich, Doktor. Ihre Bitte genügt mir vollauf. Sie müssen sich keine Sorgen mehr machen, daß ich Sie mit amourösen oder sonstwelchen Interessen belästigen werde.« Er/sie machte eine kleine Pause, bevor er/sie hinzufügte: »Doch als Ihr/e Freund/in muß ich die Feststellung treffen, daß Sie ein sehr trauriges und einsames Individuum zu sein scheinen. Wenn Sie sich weiterhin mit beiden Armen gegen die Welt stemmen, um sie auf Distanz zu halten, haben Sie ein langes und armseliges Leben zu erwarten – und sehr erschöpfte Arme.«

»Vielen Dank für Ihre intelligente psychologische Analyse, Lieutenant Commander«, sagte sie. »Vielleicht haben Sie Ihren Beruf verfehlt.«

Fähnrich Ronni Beth klopfte an die Tür zum Büro, und Burgoyne winkte ihr, daß sie hereinkommen sollte. Beth trat ein und meldete ohne Umschweife: »Chief, wir haben ein Problem mit dem Ionenfluß. Außerdem wartet Lieutenant McHenry draußen. Er sagt, das Schiff würde etwas träge auf seine Navigationsbefehle reagieren, worüber er gerne mit Ihnen reden würde.«

»Ich kümmere mich darum«, sagte Burgoyne knapp und erhob sich von seinem/ihrem Sitz. Dabei sagte er/sie beiläufig zu Selar: »Schließlich kann ich meine Fähigkeiten sehr gut auf meinem Posten einsetzen, nicht wahr?« Und mit einer Geste, die nur freundschaftlich interpretiert werden konnte, klopfte er/sie Selar auf die Schulter.

Schon diese leichte Berührung durch Burgoynes Hand ließ Selar zusammenzucken, als wäre ihr ein heftiger Stromstoß versetzt worden. Nur mit großer Anstrengung konnte sie sich beherrschen. Burgoyne bemerkte nicht, wie sich Selars Finger um die Kante seines/ihres Schreibtisches klammerten. »Das mag sein«, sagte Selar, während sie darum kämpfte, ihre Stimme möglichst emotionslos klingen zu lassen. Sie hatte den Eindruck, daß es ihr nur mit Mühe und Not gelungen war, die Worte herauszubringen, und als Burgoyne im nächsten Moment das Büro verlassen hatte, sackte sie erleichtert zusammen.

Schließlich stand sie auf und ging mit wackligen Knien zur Tür. Als sie den Maschinenraum durchquerte, sah sie, wie Burgoyne sich mit McHenry unterhielt. Nein … sie unterhielten sich nicht nur. Sie lachten. Irgend etwas hatte ihnen Anlaß zur Heiterkeit gegeben, so daß sie nun ausgiebig darüber lachten.

Und Selar empfand Eifersucht. Sie konnte nichts dagegen tun. Und sie konnte es nicht fassen. Sie hatte sich in den Maschinenraum begeben, damit Burgoyne endlich aufhörte, ihr nachzustellen. Und ihr Versuch war offensichtlich erfolgreich, wenn man sich auf Burgoynes Wort verlassen konnte. Doch sobald Selar beobachtete, wie Burgoyne sich zwanglos mit jemand anderem unterhielt, reagierte sie mit heftigen Gefühlen.

»Das muß aufhören!« murmelte sie und machte sich unverzüglich auf den Weg in die Krankenstation, darauf hoffend, daß es dort jemanden gab, der oder die krank genug war, um ihre gesamte Aufmerksamkeit zu fordern. Und wenn nicht, würde sie möglicherweise jemandem das Bein brechen, damit sie etwas hatte, das ihre Zeit und ihre Gedanken in Anspruch nahm.

Zumindest befand sie sich nun wieder auf »heimischem Territorium«. Es war, als würde die Krankenstation Selar Kraft geben. Falls sie dazu geneigt hätte, über die Ironie dieser Angelegenheit nachzugrübeln, wäre ihr sicher aufgefallen, wie unlogisch es war, Kraft aus einem Ort der Krankheit zu gewinnen. Aber im Augenblick war sie nicht sehr daran interessiert, sich in philosophischen Betrachtungen zu ergehen.

Das einzige, was sie beschäftigte, war der Trieb des *Pon Farr*. Und es ärgerte sie maßlos, daß damit untrennbar das Bild Burgoynes verknüpft schien, das ihr einfach nicht mehr aus dem Kopf gehen wollte.

In diesem Moment piepte ihr Kommunikator. »Dr. Selar hier«, beantwortete sie den Anruf.

»Doktor?« Es war der Captain, und es schien, als wäre er ein wenig irritiert. Sie konnte ihm deswegen keinen Vorwurf machen, denn sie hatte selbst bemerkt, daß ihre Stimme viel tiefer und kehliger als gewöhnlich klang.

»Ja, Captain?« antwortete sie. Diesmal gelang es ihr, ihrer Stimme wieder den gewohnten Tonfall zu geben.

»Ich wollte Sie nur bitten, in der Krankenstation alles für mögliche Notfälle bereit zu machen. Wir treffen uns in Kürze mit dem Forschungsschiff *Kayven Ryin*. Obwohl dort nach dem letzten Stand der Dinge alles in Ordnung war, wäre es denkbar, daß jemand Ihre medizinische Hilfe benötigt. Zumindest sollten wir jeden checken, damit wir eine Unbedenklichkeitserklärung ausstellen können.«

»Ich werde mich auf alle Eventualitäten vorbereiten, Captain.«

»Nichts anderes habe ich von Ihnen erwartet. Calhoun Ende.«

Sie lehnte sich zurück und gab eine sehr ungewöhnliche Lautäußerung von sich: einen Seufzer der Erleichterung. Es würde wieder Arbeit für sie geben, die sie von ihren Problemen ablenkte. Vielleicht endete der Tag doch nicht so schlecht, wie er begonnen hatte.

Der Hauptsichtschirm zeigte nichts außer Trümmerstücken in verschiedenen Größen.

Calhoun erhob sich aus seinem Kommandosessel und starrte mit zunehmender Bestürzung auf die Überreste. »Sind Sie völlig sicher, daß wir uns am richtigen Ort befinden, McHenry?«

McHenry nickte stumm. Wie üblich war McHenry, der meistens irgendwie abgelenkt oder geistig mit etwas anderem beschäftigt schien, wenn sich die Dinge routinemäßig entwickelten, hundertprozentig bei der Sache, wenn es ein Problem gab. Man konnte sogar die Ernsthaftigkeit einer Situation daran abschätzen, wie intensiv McHenry darauf reagierte. In Anbetracht seiner gegenwärtigen angespannten Konzentration hatten sie es in der Tat mit einem sehr schwerwiegenden Problem zu tun. »Ja, Captain«, sagte er schließlich. »Völlig sicher. Dies waren die Koordinaten, von denen sich Kebron und Cwan zuletzt gemeldet haben.«

»Was zum Teufel ist geschehen?« verlangte Calhoun zu wissen.

»Ich scanne die Überreste«, sagte Soleta von der wissenschaftlichen Station.

»Überreste … die Überreste der *Kayven Ryin* … oder der *Marquand*?« fragte Shelby.

Nach wenigen Augenblicken antwortete Soleta: »Beider Schiffe.«

»Irgendwelche Hinweise auf Tote?« fragte Calhoun.

»Ja. Zwischen den Trümmern habe ich zwei Finger entdeckt … das dort scheint ein Bein zu sein … und hier haben wir ein Knochenstück, der Länge nach zu urteilen ein Oberschenkelknochen, würde ich …«

»Soleta!« sagte Calhoun streng.

Sie blickte mit unverbindlicher Miene auf. »Ich dachte, Sie wollten die Einzelheiten wissen.«

»Mich interessiert nur, ob es unsere Leute sind.«

»Das ist zu diesem Zeitpunkt unmöglich festzustellen. Dazu muß ich die Fragmente an Bord holen und analysieren …«

»Tun Sie das«, wies Calhoun sie an. »Lefler, Sie überwachen die Aktion. Ich möchte, daß Sie eine ausreichende Menge an Trümmern und Leichenteilen an Bord holen, damit wir genau rekonstruieren können, was geschehen ist. Soleta, koordinieren Sie die Aktion mit Burgoyne. Untersuchen Sie jeden Millimeter der Überreste, wenn es sein muß. Ich will Gewißheit. Brücke an Krankenstation.«

»Hier Krankenstation, Dr. Selar.«

»Doktor, wir benötigen Ihre Dienste.«

»Captain, ich bin auf jede Art von Patient vorbereitet und …«

»Es handelt sich nicht um Patienten, Doktor«, unterbrach er sie. »Ich brauche Sie, um Autopsien durchzuführen. Andererseits könnte auch diese Formulierung falsche Erwartungen wecken. Um es unverblümt auszudrücken: Ich werde Ihnen Puzzleteile schicken, die Sie zusammensetzen sollen, um mir ein möglichst vollständiges Gesamtbild zu liefern.«

Calhoun hatte das Gefühl, daß Selar nicht ein einziges Mal mit der Wimper gezuckt hätte, wenn er ihr Gesicht hätte sehen können. »Gut, Captain. Ich hoffe, ich werde Sie nicht enttäuschen«, hörte er ihre Bestätigung.

»Captain«, meldete sich Lefler plötzlich zu Wort. »Da draußen war noch ein weiteres Schiff. Ich habe eine Ionenspur entdeckt.«

Er kam sofort an ihre Station und musterte die Anzeigen. »Sie glauben, es könnte das Schiff sein, das die *Kayven Ryin* und die *Marquand* zerstörte?«

»Das wäre möglich. Aber wenn wir optimistisch sein wollen, wäre es genauso denkbar, daß damit jene Personen entkommen sind, die sich noch an Bord des Forschungsschiffs oder des Runabouts befanden.«

»Das ist in der Tat eine optimistische Theorie. Können Sie den Schiffstyp bestimmen?«

»Dazu benötige ich genauere Daten.

»Können Sie seine Spur verfolgen?«

Sie nickte eifrig. »Das wäre kein Problem.«

»Dann tun Sie es.« Er richtete sich auf und wandte sich der gesamten Brückenbesatzung zu. »Ich will Antworten, meine Damen und Herren. Ich will wissen, was hier vorgefallen ist. Wenn wir das Schiff eingeholt haben, das zuletzt an diesem Ort war, will ich wissen, ob wir es mit einem potentiellen Verbündeten zu tun haben ... oder ob wir den Tod zweier Besatzungskollegen rächen müssen.«

Im Konferenzraum hatte Calhoun am Kopfende des Tisches Platz genommen. Außerdem hatten sich Shelby, Soleta, Burgoyne, McHenry und Selar eingefunden. »Die Schiffe wurden also auf unterschiedliche Weise zerstört?« fragte er.

Soleta nickte und bediente den Computer, der ihre Analysen auf den Bildschirm projizierte. »Ja, Captain. Die Brandspuren an den Überresten der *Marquand* deuten darauf hin, daß der Runabout durch hochenergetisches Feuer zerstört wurde, obwohl unmöglich festzustellen ist, ob dieser Angriff vom Forschungsschiff ausging. Was die *Kayven Ryin* betrifft, so geht Chief Burgoyne davon aus – und darin stimme ich ihm mit neunundneunzigprozentiger Gewißheit zu –, daß das Raumschiff durch eine Bombe vernichtet wurde.«

»Eine Bombe?« Calhoun war fassungslos.

»Ja, Captain«, bestätigte Burgoyne. »Eine schwere Thermitbombe, wenn ich mich nicht irre. Zumindest deuten der Explosionsradius und die chemischen Spuren darauf hin. Ich habe persönlich miterlebt, was eine derartige Höllenmaschine mit einem Erkundungsschiff anstellte, das sich in den Raumsektor der Gorn verirrt hatte.«

»Also hat jemand auf die *Marquand* geschossen und dann die *Kayven Ryin* gesprengt. Hat irgendwer eine Vermutung, was die Urheber oder die Hintergründe betrifft?«

»Ich störe mich am Begriff ›Vermutung‹« sagte Soleta. »Wenn ich eine Rekonstruktion der Vorgänge abliefern sollte, würde ich sagen, daß die *Marquand* innerhalb der Reichweite des Forschungsschiffs in einen Hinterhalt gelockt wurde, worauf etwas später das Raumschiff zerstört wurde – entweder um keine Hinweise auf das Geschehene zu hinterlassen oder um auch jene zu töten, die möglicherweise an Bord des Forschungsschiffs überlebt hatten.«

»Apropos Überlebende«, sagte Calhoun und wandte sich Selar zu, »was konnten Sie den Überresten der Toten entnehmen?«

»Ich habe eine DNS-Analyse durchgeführt. Es handelt sich definitiv um Thallonianer.«

Für einen Moment war es totenstill. »Si Cwan?« wagte Shelby schließlich zu fragen.

Doch Selar schüttelte den Kopf. »Das glaube ich nicht. Andererseits war ich auch nicht in der Lage, die präzise Todesursache festzustellen. Ich habe keine Ahnung, ob sie durch die Explosion oder schon vorher getötet wurden.«

»Irgendwelche Überreste eines Brikar?«

»Nein, Captain. Zumindest nicht in dem Material, das mir zur Verfügung gestellt wurde.«

Im Raum trafen sich mehrere Blicke. »Wenn man die Stabilität eines Brikar-Körpers berücksichtigt«, sagte Shelby, »wie groß ist dann die Wahrscheinlichkeit, daß keinerlei feststellbare Spuren davon übrigbleiben?«

»Wenn ich eine ungefähre Schätzung abgeben soll«, sagte Selar und dachte kurz darüber nach, »würde ich sie bei eins zu siebentausendneunundzwanzig ansiedeln.«

»Das ist sehr beeindruckend«, bemerkte Calhoun. »McHenry, haben Sie einen Hinweis gefunden, wohin wir uns wenden müssen? Welchen Kurs dieses geheimnisvolle Schiff genommen hat?«

»Nun, mit Gewißheit läßt sich das erst dann sagen, wenn wir der Spur bis zum Ende gefolgt sind«, antwortete McHenry. »Aber wenn ich die Richtung zugrunde lege, die meine Sensoren ermitteln konnten, und ich davon ausgehe, daß der Kurs unterwegs nicht geändert wurde … dann ist unser nächstes Ziel Thallon.«

»Thallon? Sind Sie sicher?«

McHenry nickte zuversichtlich. »Ja, Captain. Ich mache keine Fehler.«

»Tatsächlich?« fragte Burgoyne amüsiert. »Sie beeindrucken mich. Ich bin noch nie zuvor jemandem begegnet, der keine Fehler macht.«

»Ich habe einmal einen Fehler gemacht«, räumte McHenry ein, doch dann runzelte er die Stirn. »Moment ... nein. Es war gar nicht meine Schuld. Verzeihung. Das war mein allererster Fehler.«

Klugerweise machte niemand eine Bemerkung zu diesem Punkt.

»Wir wollten ohnehin irgendwann nach Thallon«, sagte Shelby nach einer Weile. »Wie es scheint, ist der Zeitpunkt plötzlich ein gutes Stück näher gerückt.«

»Richtig. Dann wollen wir mal die Warptriebwerke anwerfen. Was meinen Sie, Lieutenant Commander Burgoyne?«

»Die Maschinen stehen zu Ihrer freien Verfügung, Captain.«

»McHenry«, sagte Calhoun, »setzen Sie Kurs auf Thallon, optimale Geschwindigkeit.«

»Verstanden, Captain.«

»Bleibt uns nur noch zu hoffen, daß es Kebron und Cwan wohlbehalten dorthin verschlagen hat.« Er stand auf – das unmißverständliche Zeichen, daß die Besprechung vorbei war.

Als sie den Raum verließen, sagte Burgoyne zu McHenry: »Übrigens, ich glaube, ich habe unser kleines Problem in den Griff bekommen. Lassen Sie mich wissen, ob sie sich nun etwas fügsamer verhält.«

»Großartig, danke«, sagte McHenry.

Selar beobachtete die beiden, worauf ihr bewußt wurde, daß ihr verschiedene unangebrachte Gedanken durch den Kopf gingen. Daher sagte sie leise zu Soleta: »Ich muß mit Ihnen reden. Allein.«

Soleta blickte sie mit leiser Überraschung an, doch dann nickte sie. »Sobald ich mich freimachen kann«, sagte sie.

»Vielen Dank.« Selar schaute sich im Konferenzraum um, der sich inzwischen geleert hatte, bevor sie hinzufügte: »Soleta … ich habe noch nie zuvor einen Freund gebraucht. Aber jetzt ist es soweit. Ich hoffe, daß Sie … nachsichtig mit mir sind.« Dann ging sie, bevor Soleta etwas darauf erwidern konnte.

THALLON

VI.

Im großen Sitzungssaal des thallonianischen Palasts warf der Regent Heraz einen fassungslosen Blick zu. »Eine … Botschaft?«

»Ja«, bestätigte Heraz und rückte unbehaglich auf seinem Stuhl hin und her.

Die übrigen Anwesenden waren Zoran, D'ndai von Calhoun, der Bruder von M'k'n'zy von Calhoun (welcher diesen Namen schon seit längerer Zeit nicht mehr in dieser Form benutzte), und als Neuankömmling Ryjaan aus dem Imperium der Danteri. Ryjaan war untersetzt und stämmig, und seine bronzefarbene Haut glänzte noch stärker, als es für Danteri typisch war. Er lächelte schnell, doch es hatte stets etwas Unheimliches, was vermutlich auf seine makellosen und recht scharfen Zähne zurückzuführen war.

Ryjaan hatte die Hände hinter dem Rücken verschränkt und sagte: »Tja, wie es scheint, stehen wir vor einem ziemlichen Durcheinander. D'ndai, ich hatte Sie gebeten, Ihren Bruder aus dem Verkehr zu ziehen. Aber Sie hatten einfach nicht den Mumm, dieses Vorhaben aus eigener Kraft auszuführen. Also haben Sie sich mit Zoran verbündet, der eine Falle vorbereitete, um das zu erreichen, worum ich ursprünglich Sie gebeten hatte … Aber es ist ihm nicht gelungen, Ihren Bruder zu fangen.« Er wandte sich an den Regenten, bevor er weitersprach. »Wir haben hier wirklich eine reizende Allianz etabliert, Yoz. Die Danteri und die Thallonianer arbeiten Hand in Hand und begründen eine Koalition, die es vielleicht sogar mit der Föderation aufnehmen könnte. Und was haben wir erreicht? Wir haben ein Föderationsraumschiff im Nacken, das von einem äußerst gefährlichen Individuum kommandiert wird … und einen Gefangenen, der seine Kerkerzelle in eine sichere Festung verwandelt hat.«

Der Regent, den Ryjaan mit dem Namen Yoz angesprochen hatte, wandte sich wieder an Heraz und entgegnete zornig: »Bringen Sie ihn sofort hierher! Stürmen Sie die Zelle mit gezogenen Waffen und holen Sie ihn heraus!«

»Wir … äh … das haben wir bereits versucht.«

»So? Und was ist geschehen?«

Die Tür war aufgeflogen, umstellt von Wachen mit schwerer Bewaffnung, und sie hatten das Feuer eröffnet.

Der Brikar hatte aufgeschrien und sich auf sie gestürzt. Die Energiesalven hatten ihn verlangsamt, ihn wanken lassen … aber sie hatten ihn nicht aufgehalten. Si Cwan war hinter dem Brikar in sicherer Deckung geblieben, und dann hatte Zak Kebron den ersten der Eindringlinge mit seinen gewaltigen Händen gepackt.

Bald war die Umgebung der Kerkertür voller Blut, und es war ausnahmslos thallonianisches Blut. Die Wachen hatten sich schreiend zurückgezogen, waren auf dem Blut ausgerutscht, das überall den Boden bedeckte, und Zak Kebron hatte mit unfaßbarer Seelenruhe die Tür geschlossen.

Es war nicht die Schuld der Thallonianer. Sie hatten nicht gewußt, daß es nur wenige Dinge gab, die gefährlicher als ein verwundeter Brikar waren. Bedauerlicherweise hatten sie diese Erfahrung am eigenen Leibe machen müssen.

Yoz, Ryjaan, D'ndai und Zoran hörten dem Bericht schweigend und staunend zu. »Bei den Göttern!« flüsterte Yoz. Dann richtete er sich auf und sammelte all die Kräfte und Eigenschaften, die ihn zu einem Anführer, der die Massen überzeugen konnte, gemacht hatten. »Also gut. Dann setzen wir eben Gas ein. Sie müssen gar nicht eindringen. Wir setzen sie zunächst mit Gas außer Gefecht. Wenn beide bewußtlos sind, können Sie Si Cwan gefahrlos herausholen.«

»Ähem ...« machte Heraz mit sehr schwacher Stimme. »Auch das haben wir bereits versucht.«

»Und ...?« bohrte Yoz nach.

Die Tür war aufgeflogen, und die Wachen hatten zögernd gewartet, bis sich die dichten Gaswolken verzogen hatten. Zu ihrem Schutz hatten sie Atemmasken angelegt. Nun lugten sie vorsichtig durch die Gasschwaden und suchten nach den reglosen Körpern von Kebron und Si Cwan.

Dann konnten sie in einer Ecke undeutlich einen Haufen erkennen, dessen Ausmaße der Figur von Si Cwan zu entsprechen schienen. Von Kebron sahen sie zunächst nichts.

Bis sie ihn doch sahen.

Er war durch den Nebel nach vorn geschritten, den Mund fest verschlossen. Seine Faust sahen sie in der getrübten Luft nicht.

Dann bewegte sich Kebrons Faust und schlug in den Körper des ersten Wachmanns. Der Hieb war tödlich. Dann hob er den noch zuckenden Sterbenden empor und schleuderte ihn dem Wachtrupp entgegen, wodurch mehrere der Männer zu Boden geworfen wurden. Zweien riß er die Masken ab, dann schlug er die Tür wieder zu. Die Wachen, allen voran Heraz, flüchteten Hals über Kopf durch den Korridor und warteten nicht einmal ab, bis sie den Knall hörten, mit dem sich die Tür hinter ihnen schloß.

Es war nicht die Schuld der Thallonianer. Sie hatten nicht gewußt, daß das einzige, was gefährlicher als ein verwundeter Brikar war, ein verwundeter Brikar war, den man mit Gas außer Gefecht zu setzen versuchte. Da ein Brikar mindestens zwanzig Minuten lang den Atem anhalten konnte, war eine solche Strategie nur wenig erfolgversprechend. Bedauerli-

cherweise hatten sie diese Erfahrung am eigenen Leibe machen müssen.

Yoz drehte sich zu D'ndai um und sagte: »Das verstehe ich nicht. Wenn dieser Kebron tatsächlich eine so furchterregende Kampfmaschine ist, warum hat er seine Kräfte dann nicht an Bord Ihres Schiffes eingesetzt? Sie sagten, Sie hätten ihre Waffen auf ihn gerichtet, worauf er kampflos die Hände erhob.«

»Das ist doch recht offensichtlich«, sagte D'ndai. »Er wollte herausfinden, wer hinter allem steckt. Er wollte direkt an die Informationsquelle gelangen. Und nachdem er dieses Ziel jetzt erreicht hat, verbarrikadiert er sich und wartet darauf, daß mein Bruder ihn herausholt. Und das wird er tun – gehen Sie nicht von falschen Voraussetzungen aus! M'k'n'zy und seine Leute werden hier auftauchen. Sie werden nicht glauben, daß Cwan oder Kebron tot sind, bevor sie ihre Leichen als Beweis gesehen haben. Und sie werden sie hier irgendwie aufspüren.«

»Meine Herren«, sagte Yoz langsam, »ich warte auf Ihre Vorschläge.«

»Was schert uns dieser verdammte Brikar!« sagte Zoran wütend. »Halten Sie sich nicht damit auf, ihn betäuben zu wollen. Setzen Sie tödliches Gas ein. Selbst wenn es Kebron gar nichts ausmacht, wird es zumindest genügen, um Si Cwan auszulöschen. Das ist das einzige, was zählt! Wir müssen ihn töten!«

»Und ist das auch Ihre Meinung?« wollte D'ndai von Yoz wissen.

Yoz erkannte etwas in D'ndais Augen. Etwas Kaltes und Berechnendes. »Sie denken, daß dem nicht so ist?«

D'ndai ging unruhig auf und ab. »Yoz … meine Heimatwelt hat einen langen Freiheitskrieg geführt, obwohl die Voraussetzungen denkbar ungünstig für uns waren. Immer wieder kamen die Danteri auf die dumme Idee … womit ich Sie keineswegs beleidigen will«, fügte er an Ryjaan gewandt hinzu.

»Schon gut«, sagte Ryjaan ruhig.

»Immer wieder nahmen die Danteri einen bedeutenden Kämpfer unserer Rebellion gefangen, um an ihm ein Exempel zu statuieren. Sie exekutierten ihn, und zwar gewöhnlich auf die grausamste Weise, die ihnen in den Sinn kam. Sie gaben sich große Mühe, bei jeder neuen Gelegenheit sich selbst zu übertreffen. Und das einzige, was sie damit bewirkten, war die Schaffung einen großen Zahl von Märtyrern.«

»Was wollen Sie damit sagen?«

»Damit will ich sagen, Yoz, daß Si Cwan Ihnen als Toter viel gefährlicher werden könnte, als er es lebend jemals sein wird. Sie und Ihre Verbündeten haben die königliche Familie entmachtet, aber Sie haben noch keine eigene Machtbasis begründet. In dem, was noch vom Imperium übrig ist, grassieren Chaos und Rebellion. Jene, die die Rebellion unterstützten, könnten auf die Idee kommen, daß sie sich nur für einen Traum engagiert haben und daß die Wirklichkeit diesem Traum nicht entspricht. Und wenn sie nun Si Cwan sehen … wie er großartig, tapfer und ehrenvoll stirbt, könnte das Kräfte freisetzen, auf die Sie nicht vorbereitet sind.«

»Also hatte ich doch recht!« sagte Zoran streng. »Ich hätte ihn im Forschungsschiff töten sollen. Beziehungsweise Sie hätten ihn töten müssen, D'ndai! Sie hatten die Gelegenheit dazu!«

»Ich bin nicht Ihr gedungener Mörder, Zoran. Sie waren meiner. Ich bin nicht dafür verantwortlich, hinter Ihnen aufzuräumen, wenn Sie Ihren Auftrag verpatzt haben.«

»Das sagen Sie!« erwiderte Zoran in anklagendem Tonfall. »Vielleicht fehlte Ihnen einfach nur der Mut, es zu tun.«

D'ndai lächelte ruhig. Er wies eine flüchtige Ähnlichkeit mit seinem Bruder auf, obwohl die Jahre deutliche Spuren in seinem Gesicht hinterlassen hatten. »Es steht Ihnen natürlich frei, eine solche Meinung zu hegen.«

»Was würden Sie vorschlagen, D'ndai«, fragte Yoz. »Daß wir ihn laufenlassen?«

»Nein!« grollte Zoran, dessen wütende Miene den Eindruck erweckte, als könnte er sich quer durch den Raum auf Yoz stürzen und ihm mit den Zähnen die Kehle zerfetzen, nur weil er einen solchen Vorschlag geäußert hatte.

»Nein, dazu würde ich nicht raten«, sagte D'ndai. »Ich rate vielmehr dazu, ihn vor ein öffentliches Gericht zu stellen.«

Yoz schien ausgiebig darüber nachzudenken, während er sich das Kinn rieb. »Das hätte gewisse Vorteile.«

»Vorteile!« Zoran wollte offensichtlich nicht glauben, was er gerade gehört hatte. »Was für Vorteile?«

»Damit würden wir uns als vernünftige, zu Mitgefühl fähige Individuen darstellen«, sagte Yoz. »Wenn wir seinen Willen brechen und er sämtliche Verbrechen gesteht, die wir ihm vorwerfen, wird das Volk merken, was gespielt wird. Das dürfte kein gutes Licht auf uns werfen. Wir wollen nicht als die größeren und gnadenloseren Tyrannen erscheinen.«

»Aber welche Verbrechen können wir ihm vorwerfen?« fragte Zoran. »Es gibt keine konkreten Beweise für die Machenschaften, in die er unmittelbar verwickelt war.«

»Das ist richtig. Aber die Verbrechen der anderen Mitglieder seiner Familie und der Generationen vor ihm sind allgemein bekannt. Also ist er mitschuldig. Mitgehangen, mitgefangen.«

»Und es … gibt da noch etwas«, sagte D'ndai langsam, »das ich selbst als Zeuge miterlebt habe. Ich …« Er blickte sich unbehaglich um. »Ich habe bis zum jetzigen Zeitpunkt gezögert, darüber zu reden, da ich nicht möchte, daß das Bündnis zwischen den Thallonianern und den Danteri beeinträchtigt wird. Aus einer solchen Störung könnten sich große Schwierigkeiten für mein Volk entwickeln.«

»Störung?« fragte Ryjaan verdutzt. Auch Yoz und Zoran schienen nicht zu verstehen, worauf er hinauswollte.

»Es gab ...« begann D'ndai und mußte sich räuspern, bevor er weitersprechen konnte. »Es gab diverse ›private‹ Vereinbarungen. Gewisse Verbündete, die unseren Kampf für die Freiheit der Xenexianer unterstützten.«

»Was für Verbündete?« fragte Ryjaan, doch dann bemerkte er den bedeutungsvollen Blick, den D'ndai Yoz zuwarf, worauf er sich ganz auf den Thallonianer konzentrierte. »Sie?« rief er. »Die Thallonianer haben sich mit Xenex gegen uns verbündet? *Sie!*«

Yoz hob beschwichtigend die Hände. »Ich wußte nichts davon! Sie sprechen von Dingen, die zwanzig Jahre zurückliegen. Damals war ich noch nicht einmal Kanzler.«

»Ja«, bestätigte D'ndai. »Yoz spricht die Wahrheit. Er hatte persönlich nichts damit zu tun ... jedenfalls ist mir nichts dergleichen bekannt. Aber Si Cwan.«

»Si Cwan?« Ryjaan war fassungslos. »Aber er war zu jener Zeit noch gar nicht erwachsen!«

»Das gleiche könnte man von meinem Bruder behaupten«, erwiderte D'ndai. »Trotzdem hat er einiges bewegt.«

»Zoran, haben Sie davon gewußt?« fragte Ryjaan.

Ryjaan beobachtete D'ndai, und für längere Zeit herrschte Schweigen, während es in seinem Kopf lautlos arbeitete.

»Nun?« bohrte Ryjaan nach. »Zu jener Zeit waren Sie und Si Cwan die dicksten Freunde. Hat er Ihnen gegenüber irgend etwas erwähnt?«

»Nein«, sagte Zoran mit größerer Selbstbeherrschung, als typisch für ihn war. »Aber es kam häufiger vor, daß er Thallon für einen längeren Zeitraum verließ. Wenn er zurückkehrte, verriet er mir nie, wo er gewesen war. Si Cwan bildete sich einiges auf seine Geheimnisse ein.«

»Also wäre es möglich.«

»Aber sicher. Es ist sogar recht wahrscheinlich.«

»Also gut«, sagte Ryjaan und wandte sich wieder an D'ndai. »Ich danke Ihnen, daß Sie auf diesen Punkt hingewiesen haben.«

»Es ist mehr als nur ein Hinweis, den ich Ihnen liefere«, erwiderte D'ndai. »Zufällig weiß ich, daß Si Cwan bei seinen Bemühungen, die Herrschaft der Danteri zu unterminieren, eine Reihe von brutalen Taten beging. Eine davon dürfte Sie besonders interessieren.«

»Und die wäre ...?«

Er verschränkte die Arme und sagte: »Er hat Ihren Vater getötet.«

Ryjaan schwankte, als hätte man ihm einen heftigen Schlag versetzt. »W... was?« brachte er stammelnd hervor.

»Sie haben gehört, was ich sagte«, erwiderte D'ndai mit übernatürlicher Ruhe. »Einen hochrangigen Danteri-Offizier namens Falkar. Das war Ihr Vater, soweit mir bekannt ist.«

Ryjaan nickte benommen.

»Sie verstehen, daß ich diese Verbindung nicht unverzüglich erkannt habe«, sprach D'ndai auf die gleiche gelassene Weise weiter. »Aber Sie und ich haben uns immer wieder getroffen, und da unser Bündnis immer intensiver wurde, hielt ich es für hilfreich – wenn Sie meine Aufdringlichkeit verzeihen können –, mich genauer über Sie zu erkundigen. Es ging mir gar nicht um Geheiminformationen. Alles, was ich in Erfahrung brachte, ließ sich mühelos aus öffentlichen Quellen ermitteln. Doch als ich hörte, daß Falkar Ihr Vater war, nun … bitte verzeihen Sie, daß ich mich nicht dazu überwinden konnte, es Ihnen früher zu sagen.«

Ryjaan ließ sich langsam in einen Stuhl sinken. »Ich war noch ein Kind, als er mich verließ«, sagte er ruhig. »Als er sagte, er würde nach Xenex gehen, um dort eine Rebellion niederzuschlagen, klang es, als bestünde kein Zweifel, daß er schon bald zurückkehren würde. Aber er kehrte nie mehr zurück. Irgendwann fand man schließlich seine Leiche. Er wurde mit einem Schwert durchbohrt, aber seine Waffe hat man niemals gefunden. Das Schwert unserer Familie, es war verloren. Und all die Jahre dachte ich, es befände sich nun in der Hand irgendeines … irgendeines Wilden … falls Sie mir diesen Ausdruck verzeihen«, fügte er an D'ndai gewandt ohne jede Ironie hinzu.

»Schon gut«, sagte dieser.

»Sie haben keine Ahnung, D'ndai, wie sehr dieses nicht abgeschlossene Kapitel meines Lebens mir den Umgang mit den Xenexianern erschwert hat. Ich habe mich dazu gezwungen, weil meine Regierung mich damit beauftragt hat. Doch wenn ich nun nach all den Jahren die Gelegenheit erhalte, den Schmerz zu lindern, den ich die ganze Zeit mit mir herumgetragen habe … meinen unbeantworteten Ruf nach Rache …« Er drückte D'ndais Schulter. »Danke … ich danke Ihnen, den ich zum ersten Mal wahrhaftig ›Freund‹ nenne. Und wenn das Urteil über Si Cwan gesprochen wurde, wenn seine Schuld bewiesen ist und er für seine Verbrechen mit dem Tod bestraft wird, dann wird es meine Hand sein, die das Urteil vollstreckt.«

Yoz nickte dazu. »Genauso soll es sein«, sagte er. Dann dachte er kurz nach. »Was ist mit Kebron? Dem Brikar? Er tötete mehrere unserer Wachen. Sollen wir ihn einfach freilassen?«

»Er hat Narren getötet«, sagte Zoran ohne Mitleid.

»Sollen wir etwa öffentlich zugeben, daß ein einziger unbewaffneter Vertreter der Föderation einen bewaffneten Trupp unserer Wachen ausgelöscht hat? Auf Thallon und den benachbarten Planeten kursieren schon viel zu viele Gerüchte und Legenden über die Macht der Föderation. Warum sollen wir ihnen neue Nahrung geben?«

»Also schlagen Sie vor, die Sache zu vertuschen«, sagte Yoz.

»Ich schlage vor, daß wir den Brikar begnadigen. Immerhin bleibt uns noch Si Cwan. Wir können es uns leisten …« sagte Zoran und lächelte, »… großzügig zu sein.«

Und während die übrigen Anwesenden nickten, tauschte er einen kurzen Blick mit D'ndai aus. Ein Blick, der Bände sprach. Ein Blick, der sagte: *In Ordnung. Ich habe Ihnen Rückendeckung gegeben. Also sollten Sie mich jetzt nicht enttäuschen … sonst werden Sie es noch bitter bereuen.*

SELAR

VII.

Selar stand auf dem Gipfel des Berges Tulleah und spürte, wie sie von der heißen Luft Vulkans umweht wurde. Diese Empfindung beruhigte sie und gab ihr Kraft. Der Himmel leuchtete in einem düsteren Rot, und der Sand der Gondi-Wüste erstreckte sich bis in die Unendlichkeit. Selar war in ihrer Jugend häufig zum Tulleah gekommen, der für sie zu einem Ort des Friedens und der Kontemplation geworden war. Nachdem sie nun die Kontrolle über ihre innere Welt verloren hatte, wie es schien, stellte sie erfreut fest, daß der Berg Tulleah immer noch dieselbe Wirkung auf ihr Gemüt hatte.

Sie hörte, wie sich von hinten Schritte näherten, und drehte sich um. Es war die Person, die sie erwartet hatte. »Danke, daß Sie gekommen sind, Soleta.«

Soleta brummte leise. »Sie mußten sich unbedingt den Gipfel des Berges als Treffpunkt erwählen?« fragte sie.

»Am Fuß des Berges Tulleah wird man nur schwer seelischen Trost finden.«

»Richtig, aber dort gerät man auch nicht so leicht außer Atem.« Sie schüttelte den Kopf. »Ich hatte vergessen, wie heiß und trocken die Luft hier ist. Ich war nur selten auf Vulkan.«

»Sie wissen gar nicht, was Ihnen entgangen ist.«

»Wenn ich das hier sehe«, sagte sie und deutete auf den weiten Ausblick, »wird es mir deutlich bewußt.«

Selar schüttelte den Kopf. »Ich will gar nicht in Abrede stellen, daß es sich um eine ausgezeichnete Simulation handelt. Aber in meinem Herzen weiß ich, daß es nicht mehr als das ist.«

»In Ihrem Herzen. Eine recht unvulkanische Formulierung.«

»Ich habe mich in letzter Zeit auch recht unvulkanisch gefühlt.«

»Selar«, sagte Soleta, »Sie befinden sich im Anfangsstadium des *Pon Farr*. Das heißt, daß Sie sich im Augenblick *allzu* vulkanisch verhalten.«

Selar starrte eine Zeitlang auf die ausgedörrten Ebenen Vulkans, bis sie sagte: »Ich muß herausfinden, was ich tun soll. Ich muß wissen, wie ich mit diesen ... diesen ...«

»Gefühlen?«

»Ja, das ist das Wort. Danke. Wie ich mit meinen Gefühlen umgehen soll. Es gelingt mir einfach nicht«, sagte sie und legte die Finger an die Schläfen, »Burgoyne aus meinem Kopf zu verdrängen. Ich weiß nicht, warum. Ich weiß nicht, ob diese Gefühle echt sind oder nicht, und das ... ärgert mich. Es ärgert und ängstigt mich.«

»Wollen Sie dagegen kämpfen oder den Gefühlen nachgeben?«

»Ich will dagegen kämpfen«, sagte Selar entschlossen. »Dazu müßte ich in der Lage sein. Mein letztes *Pon Farr* war vor zwei Jahren. Dieses ... Gefühl, das ich jetzt habe ... ich kann einfach nicht glauben, daß es echt ist.«

»Selar ...«

»Ich weiß, was Sie zu mir gesagt haben. Ich weiß, wie Sie meine Situation einschätzen. Aber ich glaube nicht, daß das, was ich empfinde, wirklich *Pon Farr* ist. Vielleicht ist es nur ... eine verzögerte Reaktion auf den Tod Voltaks ...«

»Um zwei Jahre verzögert?« fragte Soleta skeptisch.

»Soleta ... ich kann behaupten, eine Expertin auf

vielen Gebieten zu sein. Aber Gefühle gehören nicht dazu.«

»Nun«, sagte Soleta nachdenklich. »Ich schätze, das wäre möglich. Schließlich war es ein traumatisches Erlebnis, ihren Partner zu verlieren. Vielleicht wünschten Sie sich tief innen, noch einmal diese Art von Verbindung zu spüren.«

»Ich habe den festen Entschluß gefaßt, mich davon zu lösen«, sagte Selar mit Nachdruck.

»Genau das könnte das Problem sein.«

Selar blickte auf die Ebenen von Vulkan hinab. »Burgoyne sagt, er/sie würde eine Verbindung zwischen uns spüren, ich wäre an ihm/ihr interessiert. Vielleicht hat er/sie recht. Oder vielleicht beschäftigen sich meine Gedanken nur deshalb mit Burgoyne, weil er/sie die erste Person war, die jemals in dieser Form an mir interessiert war. Ich weiß es nicht. Ich glaube, ich weiß gar nichts mehr.«

»Wer zugibt, nichts zu wissen, hat den ersten Schritt zur Erkenntnis getan.«

»Vielen Dank, Soleta. Aber das gibt mir immer noch keinen Hinweis, was ich tun soll.«

»Das kann ich Ihnen auch nicht sagen. Das kann niemand – außer Ihnen selbst.«

Selar schüttelte den Kopf, und Ihrem Gesichtsausdruck war tatsächlich eine Spur von Traurigkeit zu entnehmen. »Ich hatte während meines ganzen Lebens noch nie das Gefühl, mich auf jemand anderen als mich selbst verlassen zu müssen. Vielleicht … ist das ein Teil des Problems. Ich bin während meines ganzen Lebens allein gewesen … doch jetzt … fühle ich mich zum ersten Mal … einsam.«

In weiter Ferne zog ein Vogelschwarm über den Himmel. »Ich hoffe, ich konnte Ihnen zumindest ein wenig helfen«, sagte Soleta.

»Ein wenig. Aber ich weiß immer noch nicht genau,

welche Maßnahmen ich nun ergreifen soll. Wenigstens habe ich jetzt den Eindruck, daß ich mich in eine gewisse Richtung bewege.«

»Mehr kann niemand erwarten. Ich bin auf der Brücke, falls Sie mich brauchen.«

Selar schaute sie an und sagte: »Ich möchte Ihnen danken … meiner Freundin.«

»Gern geschehen.«

Soleta kehrte ihr den Rücken zu und begann mit dem Abstieg vom Berg. Selar blickte weiterhin über die vulkanischen Ebenen, doch mit halben Ohr horchte sie auf Soletas leise Litanei aus grunzenden und schnaufenden Lauten und verärgertem Gemurmel über die Unbequemlichkeiten des Auf- und Abstiegs. Doch schon wenige Minuten später war nichts mehr von ihr zu hören oder zu sehen, und Selar stellte zu ihrer Verblüffung fest, daß sie Soleta bereits vermißte.

Sie hatte sich so intensiv gewünscht, allein zu sein, und dennoch mußte sie sich nun eingestehen, daß sie damit möglicherweise nach einem höchst unnatürlichen Zustand gestrebt hatte. Vielleicht war die Einsamkeit selbst für Vulkanier keine erstrebenswerte Lebenssituation. Vielleicht gab es höhere Ziele im Leben als die Isolation – sowohl in intellektueller als auch in körperlicher Hinsicht.

Unwillkürlich wünschte sie sich, die Vulkanier wären wirklich so, wie andere Spezies sie wahrnahmen, nämlich emotionslos. Keinerlei Gefühle zu haben, würde das Leben erheblich vereinfachen. Das Problem war nur, daß die Vulkanier in der Tat Emotionen hatten, sie aber mit aller Kraft unterdrückten und kontrollierten. Und vielleicht war Selar zu weit in ihren Bemühungen gegangen, sämtliche Aspekte ihres Lebens zu kontrollieren.

Vermutlich war das gar kein Wunder, überlegte sie. Schließlich war sie nicht nur Vulkanierin, sondern hatte obendrein die Medizin zu ihrer Aufgabe erkoren. Sie war Ärztin, und es gab keinen Beruf, in dem Selbstbeherrschung in jeder Hinsicht wichtiger war als im Beruf des Arztes. Daher hatte sie niemals die Gelegenheit gehabt – und auch niemals die Neigung dazu verspürt –, sich zu entspannen und in Gegenwart eines anderen einfach nur sie selbst zu sein. Ihre erste und wichtigste Aufgabe war es, jede Situation zu beherrschen. Sie konnte sich niemals dem natürlichen Lauf der Dinge überlassen. Höchstwahrscheinlich war es ihre schreckliche Erfahrung mit Voltak, die ihr diese Fähigkeit endgültig geraubt hatte. Schließlich hatte sie genau das getan, als sie sich mit Voltak vereinigt hatte. Sie hatte sich von den Wellen ihrer Emotionalität fortreißen lassen, und sie beide hatten dafür einen schrecklichen Preis zahlen müssen.

Und an diesem Tag hatte sie geschworen, nie wieder ihre Selbstbeherrschung aufzugeben – mit niemandem, in keiner Situation, unter gar keinen Umständen.

Doch allmählich wurde Selar nun bewußt, daß es einen gewaltigen Unterschied zwischen unterdrückten Emotionen und verkümmerten Emotionen gab.

Ihr natürlicher Impuls als Heilerin bestand darin, all jenen zu helfen, die in irgendeiner Weise beeinträchtigt waren. Doch als sie nun Ihre eigenen Bedürfnisse diagnostizierte, wurde sie unwillkürlich an eine Mahnung aus der terranischen Bibel erinnert, die ein Lehrer ihr gegenüber einmal erwähnt hatte. An ein Sprichwort, das ausgezeichnet zu ihrer gegenwärtigen Lage zu passen schien:

Arzt, hilf dir selber.

»Computer, Programm beenden.«

Die Ebenen von Vulkan verschwanden und wurden durch die gelblich glühenden Gitterlinien des Holodecks ersetzt.

»Arzt, hilf dir selber«, sagte sie. Dann verließ sie das

Holodeck, obwohl sie für einen kurzen Moment das seltsame Gefühl hatte, einen vulkanischen Windhauch im Genick zu verspüren.

»Thallon liegt direkt voraus, Captain«, gab McHenry bekannt. »Wie es aussieht, gibt es noch weitere Besucher.«

Dem schien in der Tat so zu sein. Im Orbit um Thallon befanden sich mehrere Raumschiffe. Doch nur eins davon weckte Calhouns sofortige Aufmerksamkeit, als er sich von seinem Sitz erhob. »Dieser Mistkerl!« murmelte Calhoun.

Shelby blickte überrascht auf. »Gibt es ein Problem, Captain?«

»Das Schiff da drüben ...« Er ging bis zum Sichtschirm vor und tippte mit dem Finger auf die Stelle. »Lefler, maximale Vergrößerung.«

In nächsten Moment füllte das Raumschiff den gesamten Bildschirm aus. Es war grün und von dreieckiger Form und besaß mächtige Warptriebwerke, die am Heck angebracht waren.

Soleta trat von der wissenschaftlichen Station zurück und bemerkte: »Das ist ein xenexianisches Schiff, nicht wahr, Captain?«

Er nickte langsam. »Daran zeigt sich wieder einmal, wie schnell sich manche Dinge verändern können. Als ich dort lebte, gab es auf Xenex noch gar keine Sternenschiffe. Unsere Erfolge in der Weltraumfahrt waren bestenfalls bescheiden. Wir waren kein raumfahrendes Volk. Doch nachdem wir die Herrschaft der Danteri abgeschüttelt hatten, vollzog sich unsere technische Entwicklung mit Riesenschritten. Manchmal glaube ich, daß es das Schlimmste war, was unserem Volk jemals zugestoßen ist.«

»Das Schlimmste? Wieso?« fragte Shelby.

Er drehte sich zu ihr um. »Weil ich wußte, daß wir

Hilfe erhielten, aber niemals erfuhr, von wem sie kam. Das war ein ... recht wunder Punkt während meiner seltenen Heimatbesuche. Und einer der Hauptgründe, warum ich irgendwann aufhörte, meine Heimat zu besuchen. Aber das dort ist nicht irgendein xenexianisches Schiff.« Er wandte sich wieder dem Sichtschirm zu. »Ich kenne diese Markierungen. Es ist das Schiff meines Bruders.«

»Captain«, meldete Soleta. »Die Ionenspur, die wir verfolgt haben ... sie endet hier. Und nicht nur das, ich glaube sogar, daß sie zu diesem Schiff gehört.«

»Rufen Sie es, Mister Boyajian.«

»Das können wir uns sparen, Captain, denn es ruft uns.«

»Das habe ich mir fast gedacht. Auf den Schirm.«

Als ein Gesicht erkennbar wurde, war Shelby verblüfft über die Ähnlichkeiten mit Calhoun ... doch gleichzeitig wurden ihr die Unterschiede bewußt. Er sah wie Mackenzie aus, doch er verfügte eindeutig über eine größere Portion Selbstgefälligkeit. Er neigte leicht den Kopf und sagte: »Hallo ... Mackenzie.« Er sprach den Namen mit deutlicher Betonung aus, als wäre ihm diese Lautfolge völlig unvertraut. »So möchtest du heutzutage doch genannt werden, nicht wahr?«

»Wo sind meine Leute, D'ndai?« wollte Calhoun ohne Umschweife wissen.

D'ndai schien sich über seine mangelhaften Umgangsformen zu amüsieren. »›Deine‹ Leute? Ich verstehe, daß du damit den recht kräftig gebauten Burschen in der Starfleet-Uniform meinst ... Aber soll das heißen, daß du Lord Si Cwan, den ehemaligen Prinzen des Thallonianischen Imperiums ... ebenfalls zur Gruppe ›deiner‹ Leute rechnest?«

»Ersparen wir uns die Spiegelfechterei, D'ndai. Hast du sie, oder hast du sie nicht?«

»Du solltest dich um eine etwas freundlichere Ausdrucksweise bemühen, kleiner Bruder«, sagte D'ndai streng. »Wenn ich nicht gewesen wäre, würden ›deine‹ Leute längst als verstreute Atome zwischen den Sternen treiben. Du hättest Mühe, sie einzusammeln, um sie in einer Urne aufzubewahren. Also würde ich mich an deiner Stelle etwas respektvoller verhalten.« Dann lehnte er sich zurück und machte den Eindruck, die Situation völlig unter Kontrolle zu haben. »Wenn du herüberkommen möchtest, um die Angelegenheit deiner vermißten Besatzungsmitglieder zu besprechen ... dann ist es mir ein Vergnügen, eine diesbezügliche Einladung auszusprechen.«

»Angenommen«, erwiderte Calhoun, ohne zu zögern. »Calhoun an Transporterraum.«

»Transporterraum, Watson hier.«

»Watson, machen Sie alles für einen Transport bereit. Ich werde in Kürze bei Ihnen sein, damit Sie mich in das Schiff beamen, mit dem wir gegenwärtig kommunizieren.«

»Verstanden, Captain.«

»Captain, ich rate dringend zu einer Sicherheitseskorte«, warf Shelby im nächsten Moment ein.

»Sicherheit?« D'ndai hatte die Gespräche über den Schirm verfolgt und schien sich nun darüber zu amüsieren. »Machst du dir etwa Sorgen, daß ich dir etwas antun könnte, Mackenzie? Hat unsere Beziehung schon einen solchen Tiefpunkt erreicht?«

Calhoun schwieg eine Weile, bis er Shelby antwortete: »Ein Sicherheitsteam ist nicht nötig.«

»Aber ...« Doch dann bemerkte sie seinen Gesichtsausdruck und sagte nur: »Ja, Captain.«

»Ich bin in wenigen Minuten bei dir, D'ndai.«

»Wir werden unser bestes Tafelsilber auflegen«, entgegnete D'ndai und ließ die Verbindung unterbrechen.

Calhoun drehte sich schnell zu Shelby um, so daß sie keine Gelegenheit erhielt, noch irgend etwas zu sagen.

»Doch bevor ich irgendwohin gehe, werden wir in Erfahrung bringen, was aus unseren Leuten geworden ist. Soleta«, wandte er sich an den wissenschaftlichen Offizier. »Sie sagten, die Hauptstadt dieses Planeten heißt Thal?«

»Ja, Captain. Zumindest war es so, als ich das letzte Mal hier war.«

»Tun Sie sich mit Boyajian zusammen und nehmen Sie Verbindung mit den Thallonianern auf. Ich will mit einem Verantwortlichen reden und herausfinden, ob Kebron und Si Cwan sich irgendwo dort unten befinden. Nötigenfalls schicken wir ein Außenteam auf die Oberfläche. Ich will wissen, was mit ihnen los ist, und ich will es sofort wissen!«

Im Augenblick war alles ruhig in der Botschaft der Föderation – Dienststelle Thallon, unter der Leitung des Sicherheitsbeauftragten Zak Kebron.

Nachdem sich das Gas verflüchtigt hatte, saß Kebron still da und wartete ab, während die erstaunliche Regenerationsfähigkeit seines Körpers die Wunden verschwinden ließ, die er sich zugezogen hatte. In Wirklichkeit empfand Kebron wesentlich größere Schmerzen, als er jemals zugegeben hätte, doch die Brikar waren allgemein für ihre Unerschütterlichkeit bekannt, die einen Vulkanier im direkten Vergleich als das reinste Nervenbündel erscheinen ließ.

Auch Si Cwan hatte schon seit sehr langer Zeit nichts mehr gesagt. Er saß in der gegenüberliegenden Ecke, hatte die Beine an den Körper gezogen und die Arme um die Knie geschlungen. Doch irgendwann kam der Zeitpunkt, wieder eine Äußerung von sich zu geben. »Kebron«, sagte er.

»Was ist?« Niemand hätte dieser Antwort entnehmen können, daß er unter irgendwelchen körperlichen Unannehmlichkeiten litt.

»Ich …« Er machte eine kurze Pause, bevor er weitersprach. »Ich wollte …. nur sagen … danke.«

»Keine Ursache«, entgegnete Kebron.

Damit war das Gespräch schon wieder beendet. Es war im Grunde auch unnötig, dem noch etwas hinzufügen.

Schließlich hörten sie Schritte, die leise durch die Tür drangen. Kebron kam langsam auf die Beine und gab ein knappes Grunzen von sich – der einzige Hinweis auf seinen einsetzenden Erschöpfungszustand. Dann hörten sie, wie ihnen eine Stimme von draußen zurief: »Machen Sie sich keine Sorgen. Ich will nicht kämpfen. Ich bin allein. Ich bin ohne Wachen gekommen.«

Kebron bemerkte aus dem Augenwinkel, daß mit Si Cwan etwas nicht zu stimmen schien. Seine Miene zeigte fassungsloses Erstaunen. Kebron blickte ihn fragend an, doch es war, als hätte Cwan völlig vergessen, daß noch jemand mit ihm in der »Botschaft« war.

»Erkennen Sie mich wieder, Si Cwan?« meldete sich noch einmal die Stimme von draußen.

»Sie sind tot!« sagte Si Cwan, als würde er aus weiter Ferne sprechen.

»Ich wurde für tot erklärt. Man sollte niemals öffentliche Erklärungen mit der Wirklichkeit verwechseln.«

»Ein Freund von Ihnen?« erkundigte sich Kebron.

Si Cwan blickte ihn mit unverhohlenem Entsetzen an. »Dafür hatte ich ihn vor langer Zeit einmal gehalten.« Dann rief er nach draußen: »Yoz? Kanzler Yoz?«

»Ex-Kanzler, ja. Der schändliche Titel, der mir von der tyrannischen Königsfamilie von Thallon verliehen wurde, bevor ich meine Irrtümer erkannte und dem Volk des Thallonianischen Imperiums half, die Fesseln der Unterdrückung abzuschütteln.«

»Sparen Sie sich die Propaganda für die Leichtgläubigen«, gab Si Cwan zurück. Er lehnte sich gegen die Wand und stützte sich daran ab, als er sich langsam erhob. Während er sprach, wurde seine Stimme zunehmend lauter und zorniger. »Unser treuer Kanzler Yoz. Sie haben geholfen, die … die Rebellion zu organisieren? Sie sind mitverantwortlich für den Sturz des Thallonianischen Imperiums? Sie haben *mitgeholfen, meine Familie zu zerstören? Wir haben Ihnen vertraut!*«

»Ich war nur Ihre Galionsfigur, und Sie haben mich mit Verachtung behandelt. Versuchen Sie nicht, die Geschichte nach Ihren Vorstellungen umzuschreiben. Ich war stets ein Bürger zweiter Klasse für …«

Erneut bebte der Boden unter ihren Füßen.

Diesmal war es heftiger als je zuvor. Si Cwan taumelte und fiel gegen Kebron, dem es gelang, ihn im richtigen Moment aufzufangen, bevor er sich an Kebrons felsgleichem Körper verletzt hätte. Yoz konnten sie natürlich nicht sehen, da er sich außerhalb des Kerkers befand, doch Cwan empfand eine gewisse Befriedigung bei der Vorstellung, daß Yoz wie ein Spielball von den Naturgewalten umhergeworfen wurde. Kebron, der unerschütterlich dastand, hielt Cwan fest und verhinderte auf diese Weise, daß er durch die Zelle geschleudert wurde.

Dann war ein Krachen zu hören.

Sie starrten verdutzt auf den Boden des Kerkers, der sich unter ihnen bewegte, bis sich knirschend ein großes Stück löste und etwa einen halben Meter in die Höhe schob. »Ich fasse es nicht«, flüsterte Si Cwan. »Was zum Teufel geht hier vor sich?«

Allmählich ließen die Erschütterungen nach. »Yoz!« rief Cwan. »Sind Sie noch da?«

»Danke für Ihre …« setzte Yoz zu einer Erwiderung an, doch dann mußte er laut husten. Staub drang nun durch die Tür. Es war möglich, daß draußen ein Teil der Wand eingestürzt war und große Mengen Staub aufgewirbelt hatte. »Danke für Ihre Besorgnis«, sagte er schließlich in sarkastischem Tonfall. »Ich bin gekommen, um Ihnen mitzuteilen, daß Ihr Raumschiff eingetroffen ist. Eine Delegation wird demnächst im Versammlungssaal des Volkes erwartet. Sie sind herzlich eingeladen, an diesem Treffen teilzunehmen. Dazu müssen Sie natürlich Ihre ›Botschaft‹ verlassen, aber ich garantiere Ihnen freies Geleit.«

»›Versammlungssaal des Volkes‹?« wiederholte Si Cwan.

»Was zu Ihren Zeiten der Thronsaal war. All diese künstlichen Insignien der Macht befinden sich nun im Besitz des Volkes von Thallon.«

»Das könnte ein Hinterhalt sein«, gab Kebron zu bedenken.

»Ja, Ihr Commander Shelby sagte, daß Sie einen solchen Verdacht äußern könnten. Sie bat mich darum, Ihnen folgenden Kode zu übermitteln: Alpha Gamma Alpha. Hat das für Sie irgendeine Bedeutung?«

Kebron wandte sich an Si Cwan. »Es ist kein Trick. Das ist einer der regulären Sicherheitskodes, die in Situationen wie diesen zur Identifikation dienen.«

»Situationen wie diesen? Das Ausmaß Ihrer vorausschauenden Planung beeindruckt mich.«

»Wir sind Starfleet. Wir sind stets bemüht, auf jede denkbare Situation vorbereitet zu sein.«

»Verraten Sie mir eins, Yoz. Was wird mit mir geschehen, wenn ich in diesen Volksversammlungssaal komme?«

»Sie werden sich Ihren Anklägern stellen«, antwortete Yoz. »Sie werden sich vor dem thallonianischen Volk und der thallonianischen Gerechtigkeit verantworten.«

»Gut. Ich akzeptiere Ihre Bedingungen.«

Mit leiser Stimme sagte Kebron: »Das gefällt mir nicht. Sie wissen überhaupt nicht, worauf Sie sich einlassen. Es könnte sich um ein abgekartetes Spiel handeln.«

»Das sehe ich genauso«, sagte Cwan. »Aber ich erkenne im Augenblick keine bessere Möglichkeit. Ich meine, so reizend diese Räumlichkeiten und Ihre Gesellschaft auch sein mögen, aber ich hege keineswegs die Absicht, den Rest meines Lebens in dieser ›Botschaft‹ zu verbringen. Sie etwa?«

»Ich muß zugeben, daß meine weitere Lebens- und Karriereplanung von diesem Ort aus nur unter erheblichen Schwierigkeiten zu realisieren wäre.«

Mehr gab es dazu offensichtlich nicht zu sagen. Kebron ging langsam zur Tür und zog vorsichtig daran. Sie war nicht verschlossen. Er öffnete sie weiter, und nun war zu sehen, daß sich draußen tatsächlich nur der Thallonianer namens Yoz befand. Si Cwan trat hinter Kebron und sagte ruhig: »Wissen Sie ... ich habe mir immer wieder gesagt, daß ich überglücklich sein würde, wenn ich jemandem aus den sonnigeren Tagen meines Lebens wiederbegegne. Dieser Fall beweist wieder einmal, daß es immer anders kommt, als man erwartet hat.«

Statt einer direkten Erwiderung deutete Yoz mit einer auffordernden Geste in den Korridor. »Hier entlang«, sagte er.

»Ich glaube«, entgegnete Si Cwan eisig, »daß ich den Weg zum Thronsaal noch recht gut kenne ... oh, Verzeihung, ich meine natürlich den Versammlungssaal des Volkes.«

»Die Wiedersehensfreude ist eine der größten Freuden.«

Und als sie sich durch den Korridor auf den Weg machten, sagte Ex-Kanzler Yoz: »Lieutenant Kebron ... ich bitte Sie aufrichtig um Verzeihung, daß Sie in all das hier hineingezogen wurden. Sie sind als Unbeteiligter in die Wirren unserer planetaren Innenpolitik geraten, und wir können Sie nicht für irgendwelche Taten verantwortlich machen, die Sie infolge unserer ... Meinungsverschiedenheiten unternommen haben. Ich hoffe, wir verstehen uns.«

Kebron würdigte ihn nicht einmal eines Blickes. Er sagte nur: »Halten Sie sich lieber von mir fern, sonst werde ich Sie wie ein Ei zerquetschen.«

Von nun an gab sich Yoz besondere Mühe, zu ihm auf Distanz zu gehen.

D'NDAI

VIII.

D'ndai wartete in seinem Privatquartier auf seinen Bruder. Der klassische Begriff für diese Situation war »Heimvorteil«. Doch falls es Calhoun irgendwie unangenehm war, ein fremdes Revier zu betreten, ließ er es sich nicht anmerken.

Er schaute sich um und nickte anerkennend, wie es den Eindruck erweckte. D'ndais Räume waren opulent eingerichtet; das Mobiliar war zugleich rustikal und kunstvoll gearbeitet. Ein großes Porträt von D'ndai hing an einer Wand, und Calhoun erkannte sofort am Stil, daß es von einem der berühmtesten xenexianischen Porträtmaler stammte. »Nun, D'ndai ... du hast es dir zweifellos gutgehen lassen, wie ich sehe.«

»Das war schon immer das Problem zwischen uns beiden, nicht wahr, M'k'n'zy?« sagte D'ndai. »Die Tatsache, daß es mir immer sehr gut ergangen ist.« Er griff in einen Schrank und holte eine große Flasche heraus. »Etwas zu trinken?« fragte er. »Wesentlich kräftiger und gehaltvoller als dieser fade Synthehol, der meines Wissen an Bord eurer Raumschiffe kredenzt wird.«

»Nein, danke.«

»Warum nicht, M'k'n'zy? Bist du mißtrauisch, wenn ich dir etwas zu essen oder trinken anbiete?« Er lachte. »Glaubst du etwa, ich würde versuchen, dich mit irgend etwas zu vergiften?«

Calhoun lächelte dünn, gab aber keine Antwort.

Das folgende Schweigen war vernichtend, und D'ndai bemühte sich darum, deutlich zu machen, wie sehr er daran Anstoß nahm. »Ich bin zutiefst beleidigt, Bruder. Ein solcher Mangel an Vertrauen!«

Calhoun achtete nicht auf die Proteste seines Bruders, sondern ging langsam im Quartier umher und sah sich alles an. Er klopfte auf die Möbel, er strich mit dem Finger über eine Kante, als wollte er prüfen, ob sie verstaubt war. »Wo sind sie, D'ndai?« fragte er. Es klang bemerkenswert beiläufig.

»Willst du mir nicht erst einmal danken, daß ich sie gerettet habe?«

»Danke, daß du sie gerettet hast. Und wo sind sie jetzt?«

D'ndai nahm einen Schluck von seinem Drink und sagte dann: »Weißt du ... in gewisser Weise bin ich froh, daß du wieder diese Uniform trägst. Sie steht dir gut.«

Jedes Wort von Calhouns Lippen war kalt wie ein Eiszapfen. »Wo ... sind ... sie?«

»Zufällig befinden sie sich auf diesem Planeten. Ich wollte ihnen in einigen Minuten ohnehin einen Besuch abstatten. Du bist natürlich eingeladen, mich zu begleiten. Wir können sie gemeinsam besuchen. Sie sind gesund und unbehelligt ... was in ihrer Situation nicht unbedingt selbstverständlich ist.«

Calhoun hob eine Augenbraue. »Was willst du damit andeuten?«

»Ich will damit andeuten – auch wenn ich es nur ungern zugebe –, daß die Thallonianer gegenüber den Herren Kebron und Cwan ein recht angriffslustiges Verhalten an den Tag legten. Allerdings stießen sie auf erbitterten Widerstand. Dieser Kebron ist ein recht beeindruckendes Individuum.«

»Ich werde ihm sagen, welchen Eindruck er bei dir hinterlassen hat«, entgegnete Calhoun und machte sich auf den Weg zur Tür.

»M'k'n'zy! Du solltest noch etwas bleiben!« rief

D'ndai ihm zu. »Wir haben noch so vieles zu besprechen! Meinst du nicht auch, daß es an der Zeit ist, über einige Dinge zu sprechen?«

»Und was sollte das bringen?« fragte Calhoun verärgert zurück. Dann beruhigte er sich und wiederholte in gelassenerem Tonfall: »Und was sollte das bringen? Du hast deine Entscheidungen getroffen. Du kennst meine Meinung dazu. Was gäbe es noch zu sagen?«

»Ich habe Entscheidungen getroffen, von denen Xenex profitiert hat.«

Diesmal gab sich Calhoun keine Mühe, seinen Zorn zu zügeln. Er ging schnell durch den Raum, während er die Hände zu Fäusten geballt hatte. »Vor allem hast du Entscheidungen getroffen, von denen du profitiert hast, D'ndai. *Du!* Du und die anderen!«

»Xenex ist unter unserer Führung aufgeblüht, M'k'n'zy. Das weißt du. Das Volk ist glücklich.«

»Dem Volk geht es schlecht, aber das Volk weiß es nicht.«

»Aber du weißt es, wie?« entgegnete D'ndai. Er ging im weiten Bogen durch den Raum und hatte die Arme ausgebreitet, als wollte er den Himmel um Beistand anflehen. »Du weißt es wieder einmal besser! Du, M'k'n'zy, der davonging, um seinen eigenen Kurs zu verfolgen, der uns im Stich ließ, du weißt wieder einmal besser als wir alle, wie es um Xenex steht!«

»Ich bin gegangen, weil ich meine Aufgabe erfüllt hatte. Weil ich dachte, daß du vertrauenswürdig bist.«

»Das bin ich auch.«

»Du hast den Geist unseres Volkes verkauft!« sagte Calhoun wütend. »Wir haben die Unabhängigkeit von Danter erkämpft, und das erste, was dir in den Sinn kam, war, Bündnisse und Handelsverträge mit unseren Feinden zu vereinbaren!«

»Wir wurden gleichberechtigte Partner! So etwas bezeichnet man als Fortschritt.«

»Wir wurden erneut versklavt! Natürlich werden wir jetzt besser behandelt und verwöhnt, aber schon wieder bestimmen die Danteri über unser Schicksal! Und diesmal haben wir uns freiwillig in die Sklaverei begeben! Nach zwanzig Jahren stehen wir wieder an dem Punkt, wo alles begann, und niemand bemerkt es oder will es verstehen!«

»Du sagst ständig ›wir‹, als wärst du immer noch ein Teil der xenexianischen Gesellschaft«, erwiderte D'ndai ruhig. »Falls du vergessen hast, welche Uniform du jetzt trägst, muß ich dir sagen, daß deine Ansichten über die Entwicklung unseres Volkes völlig irrelevant geworden sind.«

»Oh, ich habe die Entwicklungen von Anfang an verfolgt. Ich habe dich bei deinen vertraulichen Treffen mit den Danteri beobachtet. Ich habe gesehen, was du vorhast – du und deine Spießgesellen. Schon damals war ich strikt dagegen.«

»Der Krieg war vorbei, M'k'n'zy. Wir haben gewonnen. Hätten wir auf dich gehört, hätten wir den Kampf fortgesetzt, auch nachdem die andere Seite längst nachgegeben hatte. Wir hätten uns völlig isoliert und von allen Möglichkeiten abgeschnitten.« Sein Zorn schien den Raum auszufüllen, als er fortfuhr: »Als dir die Möglichkeit geboten wurde, Xenex zu verlassen und dich zwischen den Sternen herumzutreiben, hast auch du die Gunst der Stunde genutzt. Aber von uns hast du verlangt, die Hand abzulehnen, die uns zum Frieden entgegengestreckt wurde, die zuvor nur daran interessiert war, uns zu schlagen.«

»Verstehst du es denn nicht, D'ndai?« sagte Calhoun eindringlich. »Der Triumph der Xenexianer war ein Triumph, der aus der Seele des Volkes kam. Wir haben unsere Freiheit ohne Verbündete gewonnen! Es war völlig unnötig, daß wir uns anschließend an unsere Feinde wandten, um diese Freiheit aufrechtzuerhalten ...!«

Doch er geriet ins Stocken, als er etwas in D'ndais Gesichtsausdruck erkannte. Es war hauptsächlich ein selbstgefälliges Grinsen, als wüßte D'ndai etwas, das er nicht sagen wollte. Gleichzeitig lag ein Anflug von Traurigkeit in seiner Miene. »D'ndai ...?«

»Wie kommst du auf die Idee, wir hätten keine Verbündeten gehabt?« fragte D'ndai.

»Was?«

»M'k'n'zy, auch wenn du jetzt ein Starfleet-Offizier bist, so bist du doch ein Dummkopf geblieben. Natürlich hatten wir Verbündete.«

»Aber ...« Calhoun war verwirrt, und für einen kurzen Moment hatte er den Eindruck, als wäre er nicht älter als die neunzehn Sommer, die er gezählt hatte, als er sein Volk in die Freiheit geführt hatte. »Ich ... ich verstehe nicht. Was willst du damit ...?«

»Hast du dich niemals gefragt, woher unser Nachschub an Waffen kam? Unser Proviant, wenn die Danteri unsere Versorgung abgeschnitten hatten? Nein ... diese Fragen hast du dir wahrscheinlich nie gestellt«, sagte D'ndai verächtlich. »Du warst so sehr damit beschäftigt, Strategien auszutüfteln und die nächsten Schritte der Danteri vorherzusehen, daß dir gar keine Zeit blieb, dir wegen anderer Dinge Sorgen zu machen. Es genügte dir vollauf, solche Angelegenheiten mir zu überlassen. Und ich habe mich darum gekümmert.«

»Wie?« fragte Calhoun, doch dann wurde ihm allmählich bewußt, wie die Antwort lauten mußte. »Die Thallonianer.«

»Richtig, M'k'n'zy. Die Thallonianer. Sie hegten keinerlei Sympathie für ihre Nachbarn, die Danteri. Und als die Thallonianer von unserem Kampf gegen die Danteri erfuhren, waren sie sofort bereit, uns mit allem zu versorgen, was wir benötigten, damit der Kampf weiterging. Die Angelegenheit wurde ohne öffentliches Aufsehen geregelt, denn die Thallonianer waren nicht daran interessiert, Aufmerksamkeit auf sich zu lenken. Aber wir waren Verbündete.«

»Und all das geschah, ohne daß ich davon wußte?« Calhoun konnte es nicht fassen. »Du hättest mit mir darüber reden müssen! Ich hatte das Recht, es zu erfahren!«

»Du warst kaum mehr als ein Kind! Ein idealistischer, kampfbesessener kleiner Junge mit mehr Stolz, als Sterne am Himmel stehen. Du hättest dich mit aller Kraft gegen jedes Hilfsangebot gewehrt. Du hättest alles verdorben, weil du unbedingt alles selbst regeln wolltest. Ich wußte, daß es eine Riesendummheit gewesen wäre, dir von unseren Verbündeten zu erzählen. Mir blieb keine Wahl, ich mußte es dir verheimlichen. Es hätte nur zu überflüssigem Streit geführt.«

»Oder zu einem notwendigen Streit!« gab Calhoun zurück. Dann hielt er inne, als er sich fragte, warum ihm diese Worte so bekannt vorkamen.

Schließlich erinnerte er sich. Daß Elizabeth Shelby ihm fast wörtlich die gleichen Vorwürfe gemacht hätte. Die Ironie dieser Parallele verursachte ihm Übelkeit. Aber natürlich ging er mit keinem Wort darauf ein, sondern fragte: »Aber ... wie sind wir ... oder wie seid ihr ... anschließend zu Verbündeten der Danteri geworden?«

»Weil wir nicht wollten, daß unsere Abhängigkeit von den Thallonianern uns in eine Position der Schwäche brachte. Indem wir eine Kehrtwendung vollzogen und uns mit den Danteri verbündeten, wurde es uns möglich, die Thallonianer in Schach zu halten. Schließlich waren wir nicht daran interessiert, uns von der Herrschaft des Danteri-Imperiums zu befreien, nur um danach unter den Einfluß des Thallonianischen Imperiums zu geraten. Eine vernünftige Maßnahme, findest du nicht auch?«

»Sehr vernünftig. Du warst schon immer der vernünftigste Mann, den ich kenne.«

Calhoun stand eine ganze Weile reglos das, gegen die wertvolle Kommode gestützt. D'ndai kam zu ihm, stellte seinen Drink auf dem Schrank ab und faßte Calhoun an den Schultern. »M'k'n'zy ... komm zurück nach Xenex. Du könntest dort so viel bewirken ... mehr als du ahnst. Mehr als du mit einem Raumschiff zwischen den Sternen leisten kannst. Wir Xenexianer sind deine größte und wichtigste Bestimmung.«

»Zu welchem Zweck sollte ich zurückkehren? Damit ich bei jeder Gelegenheit mit dir in Streit gerate? Vielleicht erreiche ich damit nur, daß mir eines Nachts im Schlaf die Kehle durchschnitten wird. Ich wette, das würde dich nicht allzusehr beunruhigen.«

»Du verletzt mich, Bruder.«

»Du wärst bereit, mir viel schlimmere Dinge anzutun, und wir beide wissen es.«

»Ich will dich nur warnen ...«

Calhoun starrte ihn mit eiskalter Ruhe an. »Du willst mich *warnen*? Willst du mir damit sagen, daß meine einzige Möglichkeit darin besteht, genauso wie du zu werden?«

D'ndai erkannte, daß er sich auf gefährlichen Boden begeben hatte, und sagte hastig: »Ich weiß, was du denkst.«

»Nein.«

»Doch. Du denkst, daß ich unser Volk verraten habe. Daß ich und die anderen, die dem Regierungsrat angehören, die Interessen des Volkes gegen verschiedene Vergünstigungen und Privilegien verkauft haben, die uns von den Danteri angeboten wurden. Daß mein Motiv nur noch Eigennutz und nicht mehr das Wohl aller ist. Ich weiß nicht, was ich sagen könnte, um deine Meinung zu ändern – außer daß mir auf meine Weise genausoviel an Xenex liegt wie dir.«

»Siehst du ... ich hatte recht. Du weißt überhaupt nicht, was ich denke.«

»Nun … dann könntest du mich vielleicht ins Bild setzen.«

Calhouns Faust bewegte sich so schnell, daß D'ndai nichts davon bemerkte. Der Aufwärtshaken traf ihn an der Kinnspitze und ließ ihn zu Boden gehen. Dort blieb D'ndai eine Weile benommen und verwirrt liegen.

»Ich habe gedacht, wie gerne ich das einmal tun würde«, sagte Calhoun.

»Das …« D'ndai versuchte, sein Kinn wieder einzurenken, während er noch am Boden lag. »Fühlst du dich jetzt besser?«

»Nein«, antwortete Calhoun.

»Nun … dann bist du inzwischen vielleicht doch noch erwachsen gew…«

Calhoun versetzte ihm einen Tritt in die Magengrube. D'ndai keuchte auf und krümmte sich vor Schmerzen.

»*Jetzt* fühle ich mich besser«, teilte Calhoun ihm mit.

Soleta und Lefler standen auf den Ebenen außerhalb von Thal. Soleta hatte die Hände in die Hüften gestemmt und beobachtete die Umgebung. Ein Tricorder hing am Riemen über ihrer Schulter, und in einem Rucksack führte sie verschiedene weitere Instrumente mit sich. Sie zeigte auf eine Region und sagte: »Es war genau dort.«

»Der Treibsand?«

»Ja.« Sie nahm den Tricorder in die Hand und näherte sich dem Bereich, in dem vor zehn Jahren ihr Shuttle versunken war. »Dieser Zwischenfall hat mich ein Jahrzehnt lang geärgert. Ich bin mit meinem Schiff an einer Stelle gelandet, die ich für stabil hielt … doch dann war alles ganz anders.«

»Ist so etwas möglich?«

»Ich hätte es vorher für unmöglich gehalten. Doch nun habe ich den Eindruck, als wäre auf der Oberfläche dieser Welt praktisch alles möglich.« Lefler half ihr dabei, den Rucksack abzuschnallen, und ging in die Hocke, um die Instrumente auszupacken.

Soleta lief langsam weiter, den Tricorder in der Hand, und verfolgte die Meßanzeigen. Hinter ihr warf Lefler einen Blick über die Schulter auf Thal, während sie eine komplizierte Anordnung von Meßgeräten aufbaute. Die hohen Türme der Stadt glänzten vor dem violetten Himmel Thallons. Aber es war lediglich die Spiegelung des verblassenden Sonnenlichts. Sie erinnerte sich, daß die Stadt hell erleuchtet gewesen war, als sie sich das letzte Mal hier aufgehalten hatte. Das war jetzt nicht der Fall. Die Lichter waren erloschen, um Energie zu sparen. Energie, die stets im Überfluß zur Verfügung gestanden hatte, bevor die Quellen von Thallon versiegt waren. »Glauben Sie, daß Commander Shelby und McHenry in Thal zurechtkommen werden?«

»Ich bin überzeugt, daß sie ihre Aufgabe genausogut, wenn nicht besser als erwartet erfüllen werden. Ich bin in erster Linie daran interessiert, die Arbeit zu Ende zu führen, die ich vor zehn Jahren begonnen habe, nämlich die Bestimmung der Ursachen für die Instabilität dieses Planeten. Eine Instabilität, von der ich glaube, daß sie sich im Laufe der Jahre verstärkt hat. Und ich will in Erfahrung bringen, woher die Energie stammt, die direkt aus dem Kern dieses Planeten zu kommen scheint.«

»Soweit ich feststellen kann, haben in letzter Zeit außerdem die seismischen Aktivitäten zugenommen«, teilte Lefler mit. Sie studierte das Sensorennetz, das sie zusammengebaut hatte. »Es wundert mich nur, daß die ursprünglichen Sensordaten keinen Hinweis auf geologische Verwerfungslinien enthalten. Also kann ich nicht sagen, wodurch die Beben verursacht werden.«

Soleta ging langsam und vorsichtig um den Bereich herum, in dem ihr Shuttle versunken war. Obwohl ihr

Tricorder behauptete, es handele sich um festen Boden, war sie nicht bereit, irgendwelche Risiken einzugehen. Obwohl es kaum wissenschaftlicher als die Messungen des Tricorders war, streckte sie behutsam ein Bein aus und berührte den Boden mit dem Fuß. Auch dort schien er aus fester Substanz zu bestehen. Sie wagte sich ein paar Schritte weit vor, wobei sie sich wie ein umsichtiger Schlittschuhläufer bewegte, der die Tragfähigkeit einer Eisdecke prüft.

Inzwischen hatte Lefler das Sensorennetz im Boden verankert und gewann erste Daten aus dem Untergrund von Thallon. Solche gründlichen Messungen waren aus dem Orbit einfach nicht möglich. Lefler musterte die Anzeigen der Energiewellen und schüttelte verwirrt den Kopf. »Ich habe hier Hinweise auf eine Art ... seismisches Pulsieren«, rief sie. »Das könnte für die Instabilitäten verantwortlich sein.«

»›Pulsieren‹? Das ist ein recht vager Begriff«, bemerkte Soleta. »Wodurch wird es verursacht?«

»Unbekannt. Aber keine Sorge. Ich werde es schon noch herausfinden.«

»Davon bin ich überzeugt. Genauso zuversichtlich bin ich, daß ich herausfinden werde, was es mit diesem seltsamen Fluktuationen der Planetenoberfläche auf sich hat.«

»Alle Achtung!« sagte Lefler amüsiert. »Es ist schön zu wissen, daß Sie von sich selbst überzeugt sind. Mir kam nur gerade der Gedanke, daß ... es ist natürlich nur eine Möglichkeit ... daß Sie mit Ihrem Schiff vielleicht zufällig auf Treibsand gelandet sind und nur nichts davon bemerkt haben. Und daß der Bereich, den Sie gerade untersuchen, gar nicht mit dieser Stelle identisch ist. Immerhin erwarten Sie von mir, daß ich Ihnen glaube, der Boden hier draußen könne sich von einem Augenblick auf den anderen vom festen Zustand in Treibsand verwandeln.«

»Die Alternative wäre, daß ich mich in diesem Punkt irre. Das wäre allerdings höchst unwahrscheinlich.«

»Aha! Leflers Gesetz Nummer dreiundachtzig: Wenn man das Unmögliche eliminiert hat, muß das, was übrigbleibt, die Wahrheit sein, wie unwahrscheinlich sie auch erscheinen mag.«

»Lefler«, sagte Soleta, die ihr immer noch den Rükken zuwandte, »ich bin überzeugt, daß Sie diese endlose Litanei von ›Gesetzen‹ unterhaltsam finden. Vielleicht gibt es sogar Personen, die diese Ansicht teilen. Auf mich wirkt es jedoch wie eine affektierte Angewohnheit, mit der Sie möglicherweise nur Ihre Unsicherheit überspielen wollen. Sie erleben, daß es Gebiete gibt, auf denen Ihre Kenntnisse mangelhaft sind, also täuschen sie eine umfassende Allgemeinbildung vor. Auch in Dingen, von denen sie keine oder nur wenig Ahnung haben. Und diese ›Gesetze‹ fallen auch nicht notwendigerweise unter Ihre eigene Urheberschaft. Was Sie soeben zitiert haben, ist in Wirklichkeit eins der berühmten Axiome des Schriftstellers Arthur Conan Doyle, der es seiner literarischen Schöpfung Sherlock Holmes in den Mund legte. Bitte verstehen Sie, daß ich Sie mit diesen Feststellungen keineswegs verärgern will. Mir liegt nur daran, daß wir mit einem Minimum an Reibung zusammenarbeiten.«

Als Antwort erntete sie nur Schweigen. »Lefler?« Sie drehte sich um und schaute in die Richtung, in der sie Lefler zuletzt gesehen hatte.

Lefler war nicht mehr da. Dasselbe galt für das Sensorennetz.

»Lefler?« rief sie erneut. Sie ging einen Schritt auf den Bereich zu, in dem Lefler sich noch vor wenigen Augenblicken aufgehalten hatte.

Plötzlich tauchte Leflers Kopf im Boden auf.

Von ihr war nicht mehr zu sehen als das Gesicht. Ihr Mund war geöffnet, die Augen waren panisch geweitet, und ihr blieb kaum die Zeit, »*Soleta!*« zu keuchen, bevor sie wieder im Boden versank.

Soleta stürmte los, während sie gleichzeitig den Tricorder vor sich hielt. Sie scannte die Oberfläche und bremste kurz vor dem Rand des plötzlich entstandenen Treibsandlochs ab. Sie warf sich auf den Bauch und streckte einen Arm so weit vor, wie es ging. Sie war immer noch etwa einen halben Meter von der Stelle entfernt, an der Lefler verschwunden war.

Hastig zog Soleta ihre Uniform aus und knotete Jacke und Hose zusammen. Dann nahm sie einen großen Stein, schnürte ihn in die Jacke und warf dann das schwere Ende der behelfsmäßigen Rettungsleine in das Loch, während sie das andere Ende festhielt. Dabei hoffte sie inständig, daß sie Lefler nicht mit dem Stein verletzte und bewußtlos schlug.

Die zusammengeknüpfte Kleidung versank im Loch. »Komm schon, Robin, greif zu ...« murmelte Soleta. »Na los, beeil dich ...«

Sie wußte, daß es wahrscheinlich einem Selbstmord gleichkam, wenn sie Lefler hinterhersprang. Es wäre unlogisch, wenn sie beide umkamen. Aber vielleicht mußte sie es tun, wenn es keine andere Möglichkeit mehr gab. Sie wappnete sich und sagte dem Leben stumm Lebewohl, als sie plötzlich spürte, wie etwas an der Rettungsleine zerrte.

Unverzüglich stemmte Soleta sich gegen den Boden und setzte ihre gesamte, nicht unerhebliche Körperkraft ein. Die Leine spannte sich, und sie betete, daß die Knoten hielten. Wenn ihre provisorische Konstruktion versagte, konnte sie ihre Hoffnungen buchstäblich begraben.

Sie kämpfte sich Schritt für Schritt zurück, ohne jemals lockerzulassen, obwohl der Treibsand ihren Anstrengungen Widerstand zu leisten schien. Und als sie schon glaubte, daß Lefler unmöglich so lange den

Atem anhalten konnte, brach plötzlich ihr Kopf durch die Oberfläche. Sie keuchte und sog gierig Luft in ihre Lungen. Dann gelang es ihr mit übermenschlicher Anstrengung, einen Arm aus dem Treibsand zu befreien und das Seil zu packen. Sie zog sich Stück für Stück heraus, bis sie sich aus dem Boden hervorgekämpft hatte und sich neben Soleta auf den festen Untergrund fallen ließ. Ihre Brust hob und senkte sich mit heftigen Bewegungen, und es dauerte eine ganze Minute, bis sie beide wieder genügend Kräfte gesammelt hatten, um sprechen zu können.

»Ich … glaube, das war … Treibsand«, brachte Lefler schließlich heraus.

»Es scheint so«, erwiderte Soleta.

»Offensichtlich ist der Boden tatsächlich instabil. Es tut mir leid, daß ich an Ihnen gezweifelt habe.«

»Dann sollten Sie es nicht wieder tun. Obwohl auch das keine Garantie ist, daß sich der Boden nicht noch einmal unter unseren Füßen öffnet.« Sie setzte sich auf, und zog nun den behelfsmäßigen Rettungsanker aus dem Loch, damit sie die Uniform entknoten und wieder ihrem ursprünglichen Zweck zuführen konnte. Sie untersuchte ihre bloßen Beine, die kaum aufgeschrammt worden waren, als sie flach auf dem Boden gelegen hatte. Dann blickte sie in die Richtung, wo sich die Ausrüstung befunden hatte, bevor alles unter die Oberfläche des Planeten gezogen worden war. »Das Sensornetz können wir wohl abschreiben.«

»Nicht ganz …« sagte Lefler und zeigte ihr, daß sie die zentrale Dateneinheit in der Hand hielt.

Soleta war überrascht. »Sie haben sie nicht losgelassen, während Sie im Boden versanken?« Als Lefler nickte, fügte Soleta anerkennend hinzu: »Äußerst beeindruckend.«

»Ich kann sehr hartnäckig sein. Wenn wir die Einheit zum Schiff zurückbringen, können wir die Daten analysieren … nachdem wir uns saubere Uniformen angezogen haben«, erwiderte sie, während sie die Dateneinheit begutachtete. »Übrigens … ich hörte, wie Sie mir etwas erzählen wollten, als ich versank. Etwas über meine Gesetze. Könnten Sie es noch einmal wiederholen?«

Soleta zögerte kurz, bevor sie sagte: »Es war völlig ohne Belang.«

Als Commander Shelby sich im überfüllten Saal umblickte, wurde ihr unangenehm bewußt, wie hoffnungslos sie in der Minderzahl waren.

Sie und McHenry hatten »Ehrenplätze« im Versammlungssaal des Volkes zugewiesen bekommen. Neben ihr saß ein Individuum, daß sich als Yoz vorgestellt hatte und offenbar eine führende Position innehatte. Sie spürte von allen Seiten die Blicke, während die Thallonianer McHenry und sie mit unverhohlener Neugierde musterten. Ein Meer aus roten Gesichtern, das nichts Besseres zu tun hatte, als zwei Starfleet-Offiziere anzustarren. Sie unterhielten sich leise miteinander, ohne Shelby und McHenry auch nur einen Moment aus den Augen zu lassen. In ihrer Nähe befanden sich zwei weitere Personen, die ihr vorgestellt worden waren. Der eine war Zoran und schien eine Art Adjutant von Yoz zu sein, der andere war Ryjaan, ein Botschafter von Danter. Sie war Ryjaan noch nie begegnet, aber sie hatte von ihm gehört. Er hatte an den ersten Gipfeltreffen teilgenommen, die schließlich dazu geführt hatten, daß die *Excalibur* in diesen Raumsektor geschickt wurde. Sie bemerkte, daß ein Schwert an seinem Gürtel hing, und er bemerkte, daß sie es betrachtete. »Ich trage es nur zu zeremoniellen Zwecken«, sagte Ryjaan. »Ich kann natürlich damit umgehen … aber ich habe es niemals zum Kampf eingesetzt. Abgesehen von seltenen Ausnahmen haben wir uns weit über dieses Stadium hinaus entwickelt.«

»Das freut mich sehr«, sagte Shelby, deren Stimmung jedoch alles andere als freudig war, zumal ihr die Blicke der Thallonianer allmählich auf die Nerven gingen.

»Ich muß mich für die Neugier meines Volkes entschuldigen«, sagte Yoz, der sich zu ihr hinübergebeugt hatte und im Tonfall aufrichtiger Zerknirschung sprach. Er reichte ihr eine Schale mit kleinen Knabbereien.

»Einen Moment lang dachte ich, ich würde es mir nur einbilden«, sagte sie. Sie nahm etwas aus der Schale und aß es vorsichtig.

»Ich muß Ihnen leider versichern, daß es keine Einbildung ist. Wir Thallonianer leben mit einem interessanten Widerspruch. Wir besitzen ein Imperium, dem viele Planeten angehören. Und dieses Imperium – beziehungsweise das, was noch davon übrig ist – besteht zwar aus einer Fülle von Völkern, aber Thallon selbst war stets von einer gewissen … Xenophobie geprägt. Besucher aus fremden Völkern, selbst solchen, die dem Imperium angehören, sind eher eine Seltenheit auf Thallon und insbesondere hier in Thal. Und daß Außenweltler Ehrenplätze erhalten … ist äußerst ungewöhnlich.«

»Dessen bin ich mir durchaus bewußt, Yoz. Wir sind von weither gekommen. Thallon hat sich gewandelt, von einer Welt, die jeden Außenkontakt gemieden hat, zu einer Welt, die die ersten Besucher aus der Föderation willkommen heißt. Das wissen wir zu schätzen.«

»Tatsächlich?« Yoz wandte sich interessiert McHenry zu. »Gilt das auch für Sie?«

Shelby blickte sich zu ihm um und bemerkte, daß McHenry ins Leere starrte. Sie hatte ihn mitgebracht, weil er gemeinsam mit Soleta die Geschichte dieser Region recherchiert hatte. Jetzt hoffte sie inständig, daß sie damit keinen Fehler begangen hatte. McHenry mochte exzentrisch wirken, aber er hatte mehrfach bewiesen, daß er imstande war, über jede Situation hinauszuwachsen. Sie betete, daß er jetzt keinen Rückfall erlitt. »Lieutenant«, sagte sie streng und stellte erleichtert fest, daß McHenry ihr sofort seine volle Aufmerksamkeit schenkte. »Lieutenant, ich glaube, Yoz hat Ihnen eine Frage gestellt.«

»Mich hat nur interessiert, welchen Eindruck sie von unserer schönen Stadt gewonnen haben, Lieutenant McHenry«, sagte Yoz freundlich.

»Aha.« Während McHenry über die Frage nachdachte, biß er in ein grünliches gebäckartiges Ding, das er sich aus einer Schale genommen hatte. Er lächelte und blickte Yoz mit fragender Miene an.

»Yukka-Chips. Eine thallonianische Delikatesse. Sie sind sehr beliebt.«

»In der Tat«, pflichtete McHenry ihm bei, während er einige weitere Kekse verspeiste und noch etwas länger nachdachte. »Nun … nachdem ich mich zugegebenermaßen nur flüchtig in Ihrer Stadt umsehen konnte … würde ich sagen, daß Sie dabei sind, die Liegestühle auf der *Titanic* neu zu arrangieren.«

»Die … die was auf der was?« Er schaute Shelby verständnislos an, die nur die Schultern zuckte, bevor er sich wieder McHenry zuwandte. »Ich fürchte … ich verstehe nicht ganz, was …«

»Oh, Entschuldigung.« McHenry beugte sich vor, als er sich allmählich für das Thema erwärmte. »Die *Titanic* war vor mehreren Jahrhunderten ein großes Dampfschiff auf der Erde, das als unsinkbar galt. Es stieß gegen einen Eisberg und versank.«

»Ich verstehe«, sagte Yoz langsam. »Und wer Möbelstücke auf einem Schiff umherbewegt, das gerade sinkt, tut etwas äußerst Sinnloses. Und es deutet darauf hin, daß derjenige, der es tut, nicht wahrhaben will, daß das Schiff sinkt.«

»Exakt«, sagte McHenry und nickte liebenswürdig.

»Ich meine, wir sind gekommen, weil das Thallonianische Imperium zusammengebrochen ist, und Sie sitzen hier herum, als wollten Sie versuchen, irgend etwas wieder aufzubauen. Als würde alles wie früher weitergehen, weil es Ihnen vielleicht gelungen ist, die Kontrolle über Thallon zu gewinnen, und als bestünde die einzige Veränderung darin, daß jetzt Sie das Sagen haben und nicht mehr die anderen. Und das ist eine Selbsttäuschung.«

»Teilen Sie die Ansicht des Lieutenants, Commander?«

Shelby blickte Yoz direkt in die Augen und sagte: »Ich hätte es vielleicht nicht so unverblümt ausgedrückt ... aber ich würde sagen, daß seine Einschätzung im wesentlichen zutreffend ist. Sie stehen vor ernsthaften Problemen, Yoz, und mir scheint, Ihnen liegt mehr daran, eine eindrucksvolle Vorstellung für die Zuschauer zu inszenieren, statt zu versuchen, sie wirklich anzusprechen.«

»Diese ›Vorstellung‹, die wir ›inszenieren‹, ist unser Versuch, sie anzusprechen«, erwiderte Yoz. »Wir wollen dem Volk zeigen, daß das Thallonianische Imperium – das wir übrigens offiziell in Thallonianische Allianz umbenennen werden – nicht ins Chaos versinken darf und wird.«

»Das ist bereits geschehen«, sagte Shelby. »Das aktuelle Problem besteht darin, dieses Chaos zu beseitigen.«

»Wenn Sie meinen. Wir werden das Chaos beseitigen, indem wir zeigen, daß wir für Ordnung eintreten. Und die beste Methode, um Ordnung zu schaffen, besteht darin, Gerechtigkeit zu üben. Würden Sie dem zustimmen, Commander?«

Sie wollte gerade antworten, als sie das vertraute Summen des Transporters hörte. Von den Zuschauern kamen Laute der Überraschung. Viele hatten bereits den Vorgang des Materietransports miterlebt, aber auf

Thallon funktionierte diese Technik nur mit Sende- und Empfangsplattformen. Daß jemand einfach so irgendwo materialisierte, war kein alltäglicher Anblick.

Die Transporterstrahlen verdichteten sich zu zwei Körpern – denen von Captain Calhoun und D'ndai. Die *Excalibur* hatte den Transfer durchgeführt. Beide blickten starr geradeaus, als wollten sie auf jeden Fall vermeiden, sich gegenseitig anzusehen. Calhoun erkannte den Ersten Offizier und den Piloten seiner Besatzung und nahm ihre Anwesenheit mit einem knappen Nicken zur Kenntnis. Dann ging er zu Yoz und begrüßte ihn. Sofort wurden weitere Sitzgelegenheiten gebracht, und Calhoun nahm in der Nähe von Shelby Platz. Zu seiner Überraschung versank er buchstäblich in den Polstern, doch nach einigen Bemühungen gelang es ihm, eine Stellung zu finden, in der er an der Versammlung teilnehmen konnte.

»Es freut mich, daß Sie in der Lage waren, sich hier einzufinden, Captain«, sagte Yoz freundlich. »Ich hatte soeben eine interessante Diskussion mit Ihrem Ersten Offizier. Eine Diskussion über Gerechtigkeit.«

»Tatsächlich?« Calhoun blickte sich mit erhobener Augenbraue zu Shelby um. »Ich würde gerne verfolgen, wie diese Diskussion ausgeht.«

»Ich wollte gerade sagen, daß die Gerechtigkeit und die Mittel, mit denen die Gerechtigkeit durchgesetzt werden kann, zu den Eckpfeilern einer zivilisierten Gesellschaft gehören. Und genau das versuchen wir hier und heute zu etablieren. Würden Sie mir darin zustimmen, Commander?«

»Ja«, antwortete Shelby sachlich und knapp.

»Und jede Störung dieser Gerechtigkeit würde dem Chaos Vorschub leisten. Entspricht auch das den Tatsachen?«

Doch an dieser Stelle hatten sich Shelbys »Antennen« aufgerichtet, und sie erkannte an Calhouns Miene, daß es ihm genauso ging. »Ich wäre sehr daran interessiert zu erfahren, worauf Sie hinauswollen, Yoz«, entgegnete Shelby.

»Also gut, ich werde es Ihnen sagen.« Er beugte sich vor. »Wir werden Si Cwan vor diese Versammlung führen. Für die gegenwärtige Regierung von Thallon ist er ein Gesetzesbrecher. Er besaß die Unverfrorenheit, in unseren Raumsektor zurückzukehren. Wir möchten ihn dafür zur Rechenschaft ziehen. Haben Sie die Absicht, sich einzumischen?«

Shelby wollte schon etwas erwidern, aber dann überließ sie es Calhoun, sich dazu zu äußern. Der jedoch blickte sie nur erwartungsvoll an und gab ihr mit einem leichten Nicken zu verstehen, daß sie sprechen sollte. »Wir haben ein Gesetz, das als Erste Direktive bekannt ist. Es verpflichtet uns zur Nichteinmischung. Wenn sich Si Cwan im Gewahrsam der hiesigen Justiz befindet … gibt es nur wenig, was wir dagegen tun können.«

»Sie würden ihn nicht mit Ihrem Transporter befreien, wenn die getroffene Entscheidung ungünstig für ihn ausfällt?«

»Das … wäre uns nicht gestattet, nein«, sagte sie zögernd. Sie blickte sich erneut zu Calhoun um, doch dessen Miene gab keinen Hinweis auf seine Gedanken. »Aber ich würde gerne erfahren, welche Verbrechen er angeblich gegen sein Volk begangen haben soll.«

»Nicht nur gegen seine thallonianischen Mitbürger«, meldete sich Ryjaan zu Wort. Er schien bei außergewöhnlich guter Laune zu sein. »Auch gegen die Danteri. Er hat einen hochrangigen Danteri-Offizier getötet. Allein deswegen hätte er die Letzte Herausforderung verdient.«

»Die was?« fragte Shelby.

»Danteri-Recht«, erklärte Calhoun, bevor Ryjaan ihr antworten konnte. »Das Danteri-Recht ist sehr interessant, was die Strafen für Kapitalverbrechen betrifft. Der Staat kann die Entscheidung fällen, den Kriminellen selbst zu exekutieren. Diese Methode ist relativ human – sofern man im Fall von Mord von Humanität sprechen kann. Widerspruch gegen ein solches Urteil ist nur von Seiten der Familie des Verstorbenen möglich. Sie kann statt dessen eine Letzte Herausforderung verlangen. Der Vorteil für den Beschuldigten besteht darin, daß er praktisch freigesprochen ist, wenn er überlebt oder triumphiert. Im anderen Fall jedoch … nun … es kann zum Beispiel mehrere qualvolle Tage dauern, bis man an einer Bauchwunde gestorben ist. In der Letzten Herausforderung ist jede Art erlaubt, den Gegner zu töten.«

Ryjaan nickte lächelnd und setzte hinzu: »Das ist die ›seltene Ausnahme‹, die ich vor kurzem erwähnte.«

»Und wir Thallonianer haben eine neue Vereinbarung mit den Danteri getroffen«, sagte Yoz. »Sie besagt, daß wir in diesem Bereich vorläufig ihre Rechtsprechung übernehmen. Und die Föderationsgesetze verbieten es Ihnen, irgendwelche Maßnahmen zu ergreifen.«

»Wie ich schon sagte, ist es uns nicht erlaubt. Außerdem … vermute ich, daß Si Cwan die Angelegenheit aus eigener Kraft meistern wird. Und ich weiß, daß unser Captain ein großer Anhänger der Ansicht ist, daß jeder die Verantwortung für seine Taten übernehmen soll.« Sie warf Calhoun einen leicht trotzigen Blick zu, doch dieser nickte nur.

»Nachdem das geklärt ist«, sagte Yoz und rieb sich die Hände, »soll sich der Angeklagte vor unserem Gericht verantworten.«

»Wo ist Zak Kebron?« fragte Calhoun, bevor Yoz weitersprechen konnte. »D'ndai teilte mir mit, daß er sich ebenfalls hier unten befindet.«

»Ja, das ist richtig. Zufällig ist er in diesem Augenblick auf dem Weg zu uns.«

Plötzlich meldete sich D'ndai zu Wort. »Sagen Sie mir noch eins«, bat er mit ehrlichem Interesse. »Ihre Rechtsansichten sind doch sehr offen und liberal, wenn es um jemanden geht, der nicht zu Ihrer Besatzung gehört. Wie stünde es, wenn es um Kebron ginge? Wenn er eines Verbrechens angeklagt wäre? Wären Sie auch in diesem Fall der Ansicht, daß die thallonianische Rechtsprechung angewendet werden sollte?«

»Natürlich«, antwortete Shelby, ohne zu zögern.

In diesem Moment ging ein Raunen durch die Menge, als Zak Kebron und Si Cwan in den Saal geführt wurden. Die Offiziere von der *Excalibur* stellten erleichtert fest, daß keiner von beiden in allzu schlechter Verfassung zu sein schien, auch wenn Kebron durchaus etwas mitgenommen wirkte. Aber sie gingen mit gemessenen Schritten und erhobenen Häuptern – auch wenn Kebrons starrem Kopf kaum ein Unterschied anzumerken war.

Sie waren weder gefesselt, noch wurden sie gegen ihren Willen hereingetrieben. Sie wurden von Wachleuten flankiert, die jedoch eher zeremoniellen Zwecken dienten. Allerdings wirkten sie etwas nervös. Es machte beinahe den Eindruck, als hätten Kebron und Si Cwan die Situation unter Kontrolle und nicht die Wachen oder sonstige Autoritäten.

Sie gingen bis in die Mitte des Saals und blieben dort stehen. Sie registrierten die anwesenden Besatzungsmitglieder von der *Excalibur*, aber ihre Reaktion war recht verhalten. Es gab keine großen Gesten oder laute Begrüßungen. Zurückhaltung schien das Gebot der Stunde zu sein.

Ohne Vorrede sagte Yoz: »Mister Kebron ... ich überstelle Sie hiermit der Obhut Ihres vorgesetzten Offiziers. Sie stehen unter Bewährung und werden gebeten, nach ihrem Aufbruch nicht mehr auf die Oberfläche von Thallon zurückzukehren.«

Es war im allgemeinen schwierig, einem Brikar Emotionen anzumerken, doch Kebron schien tatsächlich mit leichter Überraschung zu reagieren. Dann – sozusagen nach einem mentalen Schulterzucken – ging er zu den anderen hinüber.

Bis er wieder anhielt.

Er drehte sich um, blickte auf Si Cwan und dann erneut auf Yoz. »Was ist mit ihm?«

»Sein Fall wird separat verhandelt. Er ist schwerer Verbrechen gegen sein Volk angeklagt.«

»Ich verstehe.«

Kebron stand einen Moment lang da und zeigte etwa genausoviel Gefühl wie eine Statue von der Osterinsel. Dann ging er langsam zu Si Cwan zurück, um sich neben ihn zu stellen und sich seinen Anklägern zuzuwenden.

Sofort verstärkte sich das Stimmengewirr im Saal. Shelby sah zu Calhoun, um seine Reaktion zu beobachten. Zu ihrer Verblüffung schien Calhoun sich alle Mühe zu geben, ein Grinsen zu verbergen.

»Mister Kebron, es steht Ihnen frei zu gehen«, sagte Yoz mit etwas mehr Nachdruck.

»Ich lehne dieses Angebot ab«, sagte Kebron völlig ruhig.

Nun wandte Si Cwan sich ihm zu und sagte: »Kebron, damit werden Sie nicht das geringste erreichen. Was mit mir geschieht, habe ich ganz allein zu verantworten. Sie sind nur ein Bauer, der zufällig zwischen die Fronten dieses Spiels geraten ist. Ein Bauernopfer wäre in dieser Situation völlig sinnlos.«

»Das ist allein meine Sache«, erwiderte Kebron.

»Nein, Lieutenant ... es ist meine Sache«, mischte sich nun Calhoun ein. Der Captain stand da, die Hände lässig hinter dem Rücken verschränkt, doch in seiner Stimme war nichts Lässiges. »Ich respektiere die Ethik aller meiner Besatzungsmitglieder. Aber ich erlaube nicht, daß sich einer von ihnen sinnlos opfert. Dieses Volk und sogar Si Cwan haben Sie von jeder Verantwortung entbunden. Und Sie sind viel zu wichtig für mein Schiff, als daß ich Sie ohne guten Grund abschreiben könnte. Ich befehle Ihnen, das Angebot anzunehmen, Lieutenant.«

Diesmal stieß Kebron einen Laut aus, der nach einem Seufzer klang, und entfernte sich von Si Cwan, um sich zu seinem Captain zu gesellen. Doch er bedachte Calhoun mit einem mißbilligenden Blick, den der Captain keineswegs gutheißen konnte. Andererseits konnte er seinen Offizier sehr gut verstehen.

»Si Cwan«, intonierte Yoz, »Sie sind zahlreicher Verbrechen gegen das Volk von Thallon und mehrerer weiterer Welten im Thallonianischen Imperium angeklagt. Dazu gehören: die Unterdrückung eines Aufstands auf Mandylor Fünf, die Exekution von Dissidenten auf Respler Vier A ...«

Die Liste wurde noch eine Zeitlang fortgesetzt, während Si Cwan völlig reglos dastand und sein Gesicht kein Anzeichen einer Regung zeigte. Die Menge war ebenfalls verstummt, so daß jeder neue Anklagepunkt wie der Schicksalsschlag einer Totenglocke klang.

Erst als Yoz geendet hatte, meldete sich Si Cwan zu Wort. »Sagen Sie mir, Yoz ... haben Sie irgendwelche Beweise, daß ich persönlich an all diesen Aktivitäten beteiligt war?«

»Wollen Sie irgendeinen der Punkte leugnen?« gab Yoz zurück.

»Ich will nicht leugnen, daß all diese Dinge geschehen sind. Aber es gab andere, die die entsprechenden Entscheidungen trafen. Ich war nicht für alles verantwortlich, was sich im Imperium ereignete. Ich war nur eine Stimme unter mehreren. Häufig erfuhr ich erst von diesen Ereignissen, nachdem sie eingetreten waren.«

»Also glauben Sie, daß Sie nicht dafür verantwortlich gemacht werden können. Es handelt sich ausnahmslos um Aktivitäten der königlichen Familie. Sie waren ein Teil dieser Familie. Daher tragen Sie auch die Verantwortung!«

»So sehen Sie es«, sagte Si Cwan. »Immerhin ...« begann er und warf einen giftigen Blick in Zorans Richtung, »waren Sie auch bereit, einem jungen Mädchen, das nichts mit alledem zu tun hatte, das Leben zu nehmen. Also ist es nur konsequent, daß Sie nicht zögern, mich für alles verantwortlich zu machen.« Zoran schien sich durch diese Bemerkung kaum erschüttern zu lassen, sondern antwortete sogar mit einem breiten Lächeln.

Doch nun trat Ryjaan vor und sagte: »Sie leugnen, persönlich in diese Dinge verwickelt gewesen zu sein. Aber wir wissen es besser, Cwan. Wir wissen, was Sie auf Xenex taten! Dafür fordere ich Blutrache!«

Zum ersten Mal wirkte Si Cwan verwirrt. Sein Gesichtsausdruck spiegelte sich in Calhouns Verblüffung, doch da fast alle Blicke auf Si Cwan gerichtet waren, bemerkte es kaum jemand. Nur *fast* alle Blicke, denn D'ndai beobachtete Calhoun mit unverhohlenem Interesse.

»Xenex?« fragte Si Cwan. »Was geschah auf Xenex?«

»Heucheln Sie keine Unschuld! Beleidigen Sie nicht meinen Geheimdienst!« tobte Ryjaan. »Sie töteten meinen Vater, und dafür werden Sie büßen!«

»Wer war Ihr Vater?« Si Cwan klang nicht im geringsten schuldbewußt, sondern eher aufrichtig neugierig.

»Falkar aus dem Haus Edins«, sagte Ryjaan schnaubend. »Ein großer Mann, ein großer Krieger, ein großer Vater ... und Sie haben ihn mir genommen, Sie Ungeheuer! Er wurde zum Opfer Ihrer Mordlust!«

Calhoun spürte, wie ihm das Blut ins Gesicht schoß.

Sein Kopf fuhr herum, so daß er D'ndai genau in die

Augen blickte. Dieser erwiderte den Blick nicht. Er starrte entschlossen geradeaus, als würde seine Aufmerksamkeit völlig von Si Cwan in Anspruch genommen. Doch seine Mundwinkel waren kaum merklich zur Andeutung eines Lächelns nach oben gezogen.

Du Mistkerl, dachte Calhoun, während er seinen Kommunikator aktivierte und leise hineinsprach. Shelby bemerkte davon nichts, da sie Si Cwans Reaktionen auf die Vorwürfe beobachtete.

»Ich habe noch nie von einem ›Falkar‹ gehört«, sagte Si Cwan. »Ich bedaure, daß Sie ihn verloren haben, aber ich war es nicht, der ihm das Leben genommen hat.«

»Also streiten Sie es ab! Ich wußte, daß Sie ein Feigling sind! Im Namen der Gesetze von Thallon und Danter, im Namen meiner Familie verlange ich Gerechtigkeit, weil Sie meinen Vater ermordeten!«

»Ein interessantes Rechtssystem«, erwiderte Si Cwan ironisch. »Eine Anklage kommt einem Schuldspruch gleich. Beweise sind nicht erforderlich.«

»So ähnlich war es auch, als Ihre Familie noch an der Macht war«, bemerkte Yoz. »Wie häufig waren mir als Lordkanzler die Hände gebunden, wenn Feinde Ihrer Familie spurlos verschwanden, während Sie dann in Abwesenheit verurteilt wurden. Immerhin geben wir Ihnen die Möglichkeit, sich zu verteidigen.«

»Sie fordern mich auf, mich zu einer Anklage zu äußern, für die gar keine Beweise vorgelegt wurden. Wie soll ich mich da verteidigen?«

»Das«, sagte Ryjaan, »ist Ihr Problem.«

Dann meldete sich eine andere Stimme zu Wort, zur Überraschung aller – mit einer Ausnahme. Und sie sagte laut und deutlich: »Eigentlich ... ist es mein Problem.«

Sofort wandten sich alle Blicke dem Sprecher zu. Es war Captain Calhoun, einer der Besucher aus der Föderation. Er hatte sich von seinem Ehrenplatz erhoben und ging auf Si Cwan zu, bis er etwa auf halber Strecke zwischen den Anklägern und dem Angeklagten stehenblieb. Si Cwan beobachtete ihn nachdenklich, als Calhoun sich zu den Anklägern umdrehte. »Ryjaan, es würde mich interessieren ... ob mein geliebter Bruder Ihnen sagte, daß Falkar von Si Cwan getötet wurde.«

»Ja ... ja, er hat es mir gesagt«, erwiderte Ryjaan langsam.

»Laß mich raten, D'ndai ... wahrscheinlich wolltest du deinen jüngeren Bruder in Schutz nehmen«, sagte Calhoun, dessen Stimme vor Sarkasmus troff. »Oder du hast Si Cwan nur als nützliches Mittel betrachtet, um die Verbindungen zwischen den Danteri und Thallonianern zu festigen ... um dir eine bessere Altersversorgung zu sichern. Eine andere Möglichkeit wäre ... und diese erscheint mir am glaubhaftesten ... Du wußtest genau, daß ich niemals untätig zusehen würde, wie Si Cwan für dieses ... ›Verbrechen‹ zur Rechenschaft gezogen wird.«

D'ndai sagte kein Wort. Er schwieg wie ein Grab.

Shelby erhob sich langsam von ihrem Sitz, als sie das Unheil nahen spürte. Sie tippte Kebron auf die Schulter, um ihm zu signalisieren, daß er sich auf Schwierigkeiten gefaßt machen sollte. McHenry hatte ebenfalls bemerkt, daß es Probleme gab. Dennoch war er in der Lage, Prioritäten zu setzen, so daß er den Inhalt mehrerer Schalen mit Yukka-Chips in die Taschen seiner Uniformjacke kippte, da er den leisen Verdacht hegte, daß ihm in näherer Zukunft der Zugang zu dieser Delikatesse verwehrt werden könnte.

»Captain ...« sagte Shelby warnend.

Doch er hob eine Hand und erwiderte streng: »Das ist allein meine Angelegenheit, Commander. Ryjaan ... Ihr Vater wurde nicht ermordet. Er starb im Kampf, im Krieg, als Soldat. Er fiel tapfer und ehrenhaft. Ich weiß es ... weil ich es war, der ihn tötete.«

Die Zuschauer reagierten mit lautstarker Überraschung. Ryjaan zitterte vor kaum unterdrückter Wut. »Sie?«

»Ja. Ihnen dürfte meine Vergangenheit als Freiheitskämpfer bekannt sein. Genauso müßte Ihnen bekannt sein, daß Ihre Regierung im Zuge der Vereinbarungen zwischen beiden Planeten eine Amnestie für alle Verbrechen gegen die Danteri erlassen hat. Sie klagen mich eines Verbrechens an, das Ihre Regierung gar nicht mehr als Verbrechen betrachtet.«

»Ich habe dieser Entscheidung nicht zugestimmt!« erwiderte Ryjaan wütend. »Es ist mir gleichgültig, was meine Regierung entschieden hat! Es war mein Vater, der auf Xenex starb!«

»Ja, und es war Ihr Vater, der mir dies hinterlassen hat«, gab Calhoun zurück und berührte seine Narbe.

»Alles nur Lügen!« tobte Ryjaan. »Sie glauben, Sie könnten Si Cwan entlasten, indem Sie die Schuld für ein Verbrechen auf sich nehmen, das Sie gar nicht begangen haben! Sie haben keinerlei Beweise ...«

»Nein?« fragte Calhoun ruhig. Er tippte auf seinen Kommunikator. »Calhoun an Transporterraum. Beamen Sie es herunter.«

Bevor irgend jemand reagieren konnte, machte sich das Flimmern und Summen des Transporterstrahls bemerkbar, und direkt neben Calhoun materialisierte etwas auf dem Boden. Es war ein Schwert. Ein Kurzschwert. Shelby erkannte es sofort als das Schwert, das normalerweise in seinem Bereitschaftsraum an der Wand hing. Calhoun bückte sich und hob es auf. Er ging so selbstverständlich damit um, als wäre es ein Teil seines Körpers.

»Erkennen Sie es?« fragte er.

Die Klinge des Schwertes, die Schnitzereien des Griffs waren unverkennbar.

Unter wütendem Gebrüll stürmte Ryjaan plötzlich

los. Schneller, als das Auge ihm folgen konnte, hatte er sein eigenes Schwert aus der Scheide gezogen. *»Letzte Herausforderung!«* heulte er.

»Angenommen!« rief Calhoun zurück, und im nächsten Augenblick fing er den ersten Hieb des Schwertes geschickt mit seiner Waffe ab.

Die Menge war in Aufruhr; alle schrien durcheinander.

»Los!« rief Shelby, und Kebron setzte sich in Bewegung. Er stieß jeden zur Seite, der zwischen ihm und Calhoun stand, so unaufhaltsam wie eine Flutwelle. Shelby und McHenry folgten ihm dichtauf. Kebron packte Ryjaan von hinten, als dieser gerade eine neue Attacke starten wollte, und warf ihn zur Seite. Ryjaan flog im hohen Bogen hinter die Ehrenplätze, während Shelby ihren Kommunikator aktivierte und schrie: »Shelby an Transporterraum! Fünf hochbeamen! *Sofort!*«

Die Luft knisterte wie elektrisiert, als das Außenteam entmaterialisierte. Und das letzte, was sie hörten, waren Ryjaans wilde Rufe: »Letzte Herausforderung! Letzte Herausforderung! Stellen Sie sich, wenn Sie ein Mann sind, und kämpfen Sie gegen mich, Sie Feigling!«

MACKENZIE

IX.

»Captain, nein! Das können Sie nicht tun!«

Shelby und Calhoun befanden sich immer noch im Transporterraum. Die übrigen Mitglieder der Landegruppe standen in der Nähe. Die Transportertechnikerin Polly Watson hielt sich abseits, da sie keine Ahnung hatte, worum es ging.

»Eine Herausforderung wurde ausgesprochen und angenommen«, entgegnete Calhoun ruhig. »Hier geht es um Gerechtigkeit. Sie haben es selbst gesagt, Commander. Wir müssen uns einheimischen Gepflogenheiten unterwerfen. Die Erste Direktive …«

»… steht hier überhaupt nicht zur Debatte, Captain! Können wir dieses Gespräch vielleicht in Ihrem Büro fortsetzen?«

»Nein.« Er drehte sich zu Watson um. »Machen Sie sich bereit, mich wieder nach unten zu beamen.«

»Ja, Captain.« Die Frau kehrte an ihre Konsole zurück.

»Warten Sie noch«, sagte Shelby.

»Ja, Commander.« Sie trat von der Konsole wieder zurück.

»Haben Sie für ein allgemeines Prinzip Partei ergriffen oder nur für einen individuellen Fall, Commander?« fragte Calhoun. »Es kann nicht sein, daß etwas, das für Si Cwan oder für Kebron gilt, nicht auf meine Person anzuwenden ist.«

»Sie sind der Captain dieses Schiffs«, erwiderte Shelby.

»Dann ist ja alles klar. Ich sollte als gutes Beispiel vorangehen und keine Ausnahme von der Regel dulden.«

»Falls ich etwas einwerfen ...« begann Si Cwan.

»Nein!« sagten Shelby und Calhoun gleichzeitig.

»Dann eben nicht«, gab Si Cwan sich geschlagen.

»Captain, die Rechtslage ist bestenfalls zweifelhaft«, sprach Shelby weiter. »Zumindest sollten wir wegen der juristischen Details mit der Starfleet-Zentrale Rücksprache halten. Sie haben selbst gesagt ...«

»Schon auf unserer allerersten Mission verlangen Sie von mir, daß ich jede Verantwortung abgebe und Starfleet bitte, mir zu sagen, was ich tun soll? Das, Commander, dürfte eine sehr effektive Methode sein, um das Vertrauen zu erschüttern, daß die Besatzung dieses Schiffs in der Lage ist, ihre Aufgabe zu erfüllen.«

»Bitte um Erlaubnis, frei sprechen zu dürfen«, meldete sich Kebron zu Wort.

»Nein!« sagten Shelby und Calhoun gleichzeitig.

»Gut. Denn eigentlich wollte ich auch gar nichts sagen.«

»Bitte um Erlaubnis, auf die Brücke zurückkehren zu dürfen«, sagte McHenry schnell, bevor der Streit weiterging. »Ich glaube kaum, daß ich Ihnen irgendwie von Nutzen sein kann.«

»Gehen Sie nur voraus. Wir kommen gleich nach«, sagte Shelby.

»Nein, *wir* werden nicht nachkommen«, widersprach Calhoun. »Watson, beamen Sie mich jetzt hinunter.«

Watson trat wieder einen Schritt auf die Konsole zu, doch sie warf Shelby einen mißtrauischen Seitenblick zu. Shelby wiederum wandte sich an Calhoun und sagte: »Captain ... ich bitte Sie nur um fünf Minuten.«

Er musterte sie nachdenklich. »Zwei. Alle anderen verschwinden von hier. Kebron, Sie sehen aus, als wären Sie durch einen Fleischwolf gedreht worden. Begeben Sie sich sofort in die Krankenstation.«

Die anderen benötigten keine weitere Aufforderung, um den Transporterraum zu verlassen, so daß Shelby und Calhoun kurz darauf allein waren.

»Mac, ich weiß genau, worum es eigentlich geht. Wir sind jetzt unter uns; du mußt mir also nichts vormachen. Du kannst mir nicht weismachen, daß du dich aus heiterem Himmel zum glühenden Verfechter der Ersten Direktive gewandelt hast.«

»Und du kannst mir nicht weismachen, daß dir plötzlich überhaupt nichts mehr daran liegt.«

»In erster Linie liegt mir etwas an dir. Für dich besteht kein Grund, irgend etwas beweisen zu müssen. Hier geht es nicht um Gerechtigkeit oder die Erste Direktive. Hier geht es nur darum, daß du wieder einmal an deine Grenzen gehen willst. Du möchtest dir noch einmal beweisen, daß du immer noch der Kerl bist, der du einmal warst. Aber das mußt du gar nicht tun. Es spielt überhaupt keine Rolle, ob du noch derselbe bist. Es zählt nur, wer du jetzt bist: Captain Mackenzie Calhoun vom Raumschiff *Excalibur*. Und ein Starfleet-Captain begibt sich einfach nicht ohne Rücksicht auf Verluste in Lebensgefahr. Soll Ryjaan toben! Soll er seinen Groll hegen! Es ist unwichtig. Es zählt nur, daß du die Verantwortung für dieses Schiff hast, für diese Besatzung, für ...«

»Für dich?« fragte er leise.

In ihrer Stimme war keine Spur von Verärgerung oder Schärfe, wie er erwartet hatte. Ihre Antwort war nur ein einfaches und leises »Ich ... hoffe es.«

Er wandte sich von ihr ab, da er sich plötzlich außerstande fühlte, sie anzusehen. »Ich kannte dich ... schon bevor wir uns kennenlernten«, sagte er.

»Das ... verstehe ich nicht.«

»Ich hatte eine ... Vision von dir. Ich will jetzt nicht

auf die Einzelheiten und Umstände eingehen. Aber ich habe dich gesehen, Jahre bevor wir uns erstmals tatsächlich begegnet sind. Ich müßte lügen, wenn ich sagen würde, daß ich mich in diesem Augenblick in dich verliebt hätte. Ich kannte dich ja überhaupt nicht. Aber ich wußte, daß du ein Teil meiner Zukunft sein würdest. Genauso wie ich jetzt weiß, daß dies meine Zukunft ist. Ich muß es tun, Eppy. Ich habe keine andere Wahl.«

»Doch, die hast du. Außerdem habe ich als Erster Offizier das Recht, dich aufzuhalten, wenn du dich einem unnötigen Risiko aussetzen willst.«

»Das heißt, hier geht es eigentlich darum, was nötig und was unnötig ist.« Er hielt kurz inne und drehte sich dann wieder zu ihr um, ging auf sie zu, so daß sie sich in die Augen schauen konnten. »Dort unten ist ein Mann, der Gerechtigkeit verlangt. In der ganzen Galaxis gibt es nur ein Individuum, das sie ihm geben kann. Ich muß es tun. Wenn du das nicht verstehst ... hast du mich noch nie verstanden. Und du sollst verstehen, daß ich möchte, daß du hier bleibst. Ich will dich aus der Sache heraushalten. Du darfst dich nicht einmischen. Das sind meine Befehle an dich.«

Shelby, die zum ersten Mal in ihrem Leben nicht mehr wußte, was sie entgegnen sollte, seufzte und berührte dann seine Gesichtsnarbe mit den Fingerspitzen. »Sei um Gottes willen vorsichtig«, sagte sie.

»Ich weiß nicht, ob ich genug an Gott glaube, um seinetwillen vorsichtig sein zu können«, sagte Calhoun ruhig. »Aber wenn du es wünscht ... werde ich zumindest deinetwillen vorsichtig sein.«

Soleta hatte sich in ihrem Quartier eine eigene Forschungsstation eingerichtet. Sie hatte festgestellt, daß ihre wissenschaftliche Station auf der Brücke für Untersuchungen während des Fluges völlig ausreichte, aber daß es immer wieder bestimmte Probleme gab, die eine gründlichere Analyse und damit eine ruhigere oder privatere Umgebung verlangten. Im Augenblick jedoch war die Atmosphäre nicht völlig privat, da Robin Lefler bei ihr war, um die Resultate ihrer Expedition auf die Planetenoberfläche zu studieren.

»Sie haben recht mit diesen Bodenproben«, sagte Lefler gerade. »Ich habe sie mit den Testergebnissen verglichen, die Sie vor zehn Jahren gewonnen haben. Es ist ähnlich wie mit landwirtschaftlich genutzten Böden, bei denen nicht ausreichend auf Fruchtwechsel geachtet wurde. Dem Boden fehlen bestimmte Nährstoffe, die ihm durch eine Nutzpflanze entzogen wurden. Im Fall von Thallon geht es in Ermangelung eines besseren Begriffs um eine Art ›Energie-Nährstoff‹. Und diese Nährstoffe sind allesamt ausgelaugt ... bis auf einen.«

Soleta lehnte sich zurück, nachdem sie lange ins Leere gestarrt hatte. »Bis auf einen ... Sie scheinen zur gleichen Schlußfolgerung gelangt zu sein wie ich. Daß die Energienutzung durch die Thallonianer eigentlich nicht ausreicht, um den Mangel zu erklären.«

»Genau. Ich meine, das sind in gewissem Umfang natürlich alles Vermutungen. Wir konnten die Thallonianer nicht in regelmäßigen Intervallen beobachten oder ständig neue Bodenproben nehmen, was für eine präzisere Einschätzung der Situation notwendig wäre. Doch soweit ich feststellen kann, gibt es hier etwas, das einfach nicht zu erklären ist. Und dann wäre da noch diese seltsame seismische Anomalie, die ich angemessen habe.«

Soleta nickte und rief die Daten auf, die Lefler mit ihrem Sensorennetz gewonnen hatte. Sie verfolgte, wie die zackige Kurve der seismischen Aufzeichnung über den Monitor wanderte.

»Was in aller Welt könnte eine solche Art von ...

Pulsieren hervorrufen?« fragte Lefler. »Es sieht überhaupt nicht nach gewöhnlichen seismischen Störungen aus ...«

»Einen Augenblick«, sagte Soleta. »Vielleicht ... vielleicht betrachten wir diese Sache aus einem völlig falschen Blickwinkel. Computer: Umsetzung der seismischen Aufzeichnung in akustische Signale. Die verfügbaren Daten als Endlosschleife ausgeben und um neunzig Prozent beschleunigen.«

»Angaben über die Art der akustischen Umsetzung erwünscht«, sagte der Computer.

»Sie wollen es zum Klingen bringen?« fragte Lefler in offensichtlicher Verwirrung. »Was stellen Sie sich vor? Glocken, Flöten, klirrendes Glas ...?«

»Herzschläge«, sagte Soleta. »Humanoide Herzschläge.«

Im nächsten Augenblick hallte genau dieses Geräusch durch den Raum – schnell und regelmäßig.

»Sie erlauben sich einen Scherz ...« sagte Lefler langsam.

»Wenn man das Unmögliche eliminiert hat, muß das, was übrigbleibt, die Wahrheit sein, wie unwahrscheinlich sie auch erscheinen mag. Ihre Worte, wenn ich mich richtig erinnere.«

»Aber auch das ist unmöglich! Sie wollen sagen, daß die seismischen Impulse, die wir registriert haben ...«

»... Herzschläge darstellen, genau.«

»Also wirklich! Sie wollen mir doch nicht erzählen, daß der Planet *lebt*!«

»Nein, das will ich nicht. Ich glaube auch nicht, daß das der Fall ist. Ich glaube vielmehr, daß etwas unter der Oberfläche des Planeten lebt. Etwas Gigantisches. Das ist es, was die Erdbeben verursacht, die mit immer größerer Häufigkeit und Heftigkeit auftreten. Ich vermute, daß die Energie des Planeten eine Art ›Dünger‹ ist, wie er von einem Bauern ausgebracht wird. Doch jetzt ist dieser Dünger aufgebraucht, und das, was sich davon ernährt hat, ist nun vermutlich ausgewachsen … und wird versuchen, aus seinem Ei zu schlüpfen. Und wenn das geschieht, wird niemand, der sich dann noch auf dieser Welt befindet, überleben.«

RYJAAN

X.

Die Berge von Thallon ließen sich nicht unbedingt mit denen von Xenex vergleichen ... aber so groß war der Unterschied auch nicht. Diese Beobachtung war für Calhoun ein gewisser Trost.

»Etwas Abwechslung kann nie schaden«, murmelte er, als er einen kleinen Hügel bestieg, um sich einen besseren Überblick zu verschaffen. Er erreichte ein Plateau, zog sich hinauf und kroch langsam bis zum Rand weiter. Der violette Himmel hatte die gleiche Farbe wie seine Augen.

Der Schauplatz der Letzten Herausforderung war von Ryjaan ausgewählt worden. Als Calhoun in den Versammlungssaal des Volkes zurückgekehrt war, hatte niemand mit größerer Verblüffung reagiert als der in seiner Ehre Gekränkte, doch er hatte keine Zeit verloren und sofort entschieden, wo der endgültige Kampf stattfinden sollte. Doch während Ryjaan geredet hatte – unter heftigen Prahlereien und verbalem Sich-auf-die-Brust-Trommeln –, hatte Calhoun nicht einen Moment lang D'ndai aus den Augen gelassen.

Als er an ihm vorbeigeführt wurde und in seine Hörweite kam, hatte er so leise, daß nur D'ndai ihn verstehen konnte, gesagt: »Ich habe keinen Bruder mehr.«

D'ndai hatte nur gelächelt. Offensichtlich freute er sich bereits auf die nähere Zukunft, in der er ebenfalls keinen Bruder mehr haben würde.

Calhoun hielt das Schwert bequem, aber mit festem

Griff in der rechten Hand, als er auf dem Plateau kauerte. Er lauschte sorgsam auf jedes Geräusch, da er sich noch genau erinnerte, wie Ryjaans Vater ihn vor zwanzig Jahren überrascht hatte. Er war nicht darauf erpicht, daß sich die Ereignisse wiederholten … obwohl damals, als Falkar jene beachtliche Leistung vollbracht hatte, ein heftiger Sandsturm getobt hatte. Heute jedoch war alles verhältnismäßig ruhig …

… bis der Boden unter ihm aufriß.

Es geschah ohne Vorwarnung. Das Plateau, auf dem er gelegen hatte, war plötzlich verschwunden, war unter ihm zusammengebrochen, als die gesamte Umgebung heftiger als jemals zuvor erschüttert wurde. Er hatte nichts, woran er sich festhalten konnte. Das Schwert flog ihm aus der Hand und wurde von der Steinlawine verschluckt, während Calhoun stürzte und den Abhang des Hügels hinunterrollte. Er streckte sich verzweifelt, drehte sich im Sturz, bis seine Finger einen schwachen Halt fanden, der seine Bewegung zumindest für einen Moment verlangsamte. Dann setzte sich sein Sturz fort, und er prallte schließlich auf den Boden, wo er sich zu einer Kugel zusammenrollte und den Kopf mit den Armen schützte, während von überall Steine und Schotter auf ihn herabregneten.

Und Ryjaan konnte alles aus nicht allzu großer Entfernung beobachten. Auch unter seinen Füßen hatte sich der Boden plötzlich bewegt und nach oben geschoben. Er hatte sich daran geklammert, hatte sich verzweifelt nach oben gezogen, um nicht in den Spalt zu rutschen, der sich unter ihm aufgetan hatte. Dazu hätte nicht viel gefehlt. Doch nun sah er Calhoun, der seine Waffe verloren hatte und von einer Lawine verschüttet wurde. Es war, als hätte der Planet sich vorgenommen, ihn zu strafen.

Schließlich packte Ryjaan sein Schwert, wartete ab,

bis das Beben aufgehört hatte, und marschierte dann los, dorthin, wo Calhoun begraben war, um zu vollenden, was er sich vorgenommen hatte.

»Evakuieren?« wiederholte Yoz skeptisch. »Nur wegen einiger Erdbeben?«

Vom Bildschirm sprach Soleta mit Nachdruck und Eindringlichkeit. »Es handelt sich um mehr als nur Erdbeben. Sie verfügen über Raumfahrzeuge, mit denen Sie Reisen und Erkundungen unternehmen. Benutzen Sie alles, was Sie haben. Verlassen Sie den Planeten. Wir werden uns ebenfalls bemühen, so viele wie möglich zu retten. Zum Glück hat der größte Teil Ihrer Bevölkerung den Planeten bereits verlassen, nach dem Zusammenbruch ...

»Hier ist nichts zusammengebrochen!« erwiderte Yoz verärgert. »Wir werden alles wieder aufbauen! Wir werden bald wieder unsere frühere Größe erreicht haben!«

Dann trat Si Cwan in den Erfassungsbereich des Sichtschirms. »Nein«, sagte er. »Sie werden sterben.«

»Was haben Sie uns noch zu sagen, ›Lord‹ Si Cwan? Sie Verräter! Sie Feigling!«

»Ersparen Sie sich die Erfindung weiterer Namen, Yoz. Im Augenblick zählt nur noch die unmittelbare Notwendigkeit, das Leben unseres Volkes zu retten. Wenn Sie wirklich daran glauben, daß Sie zum Wohl des Volkes handeln, dann sollten Sie Soletas Rat und Angebot bekanntmachen. Und zwar schleunigst.«

»Sie können mir keine Vorschriften mehr ...«

»Ich mache Ihnen keine Vorschriften, sondern gebe Ihnen einen dringenden Rat. Ich bitte Sie darum, wenn es Ihnen so lieber ist.« Dann schien ihm etwas einzufallen, worauf er in einen recht schmeichlerischen Tonfall wechselte. »Wenn Sie möchten, können Sie es folgendermaßen betrachten: Sie erhalten die Gelegenheit, mich vor dem gesamten Volk von Thallon zu blamieren. Als schwatzhaften Endzeitpropheten, der versucht, alle von einer bevorstehenden Katastrophe zu überzeugen, die lediglich in seiner verworrenen Phantasie existiert. Diejenigen, die mir glauben und fortgehen möchten … nun, diese Leute sind für Sie ohnehin nutzlos. Sie sind schwach und leichtgläubig und trauern nur den alten Zeiten nach. Doch jene, die bei Ihnen bleiben, Yoz … sie bilden den Kern des neuen Imperiums, das Sie wiederaufbauen werden. Diese Leute wissen, daß ich nur ein Spinner und Betrüger bin, während Sie selbst sich als entschlossener und unerschütterlicher Mann beweisen können. Ich gebe Ihnen die Möglichkeit, Yoz, sich ein für allemal als der Anführer zu etablieren, der Sie sein möchten.«

Auf Yoz' Gesicht trat ein Lächeln. »Si Cwan … schon als Prinz hatten sie eine besondere Begabung, andere zu überzeugen. Selbst nachdem Sie in Ungnade gefallen sind … können Sie mit Worten umgehen. Ich werde darüber nachdenken.«

»Denken Sie schnell nach, Yoz. Denn gleichgültig, ob Sie mir glauben oder nicht, ich bin von den Worten dieser Frau überzeugt. Ihnen bleibt nicht mehr viel Zeit.«

Ryjaan spürte ein kurzes Nachbeben, während er durch das Geröll stapfte, aber es brachte ihn kaum aus dem Gleichgewicht. Nichts sollte den bronzehäutigen Danteri von seinem Ziel ablenken.

Er erreichte die Stelle, an der er Calhoun zuletzt gesehen hatte. Die Steine schienen seit der Lawine nicht mehr bewegt worden zu sein. Es war durchaus möglich, daß Calhoun bereits tot war, was Ryjaan zutiefst verärgert hätte. Er wollte derjenige sein, der Calhouns Leben mit eigener Hand beendete. Er und kein anderer. Aber er erkannte, daß er sich vielleicht mit dem Schicksal abfinden mußte, das die Natur für seinen Feind vorgesehen hatte.

Er kroch auf den Trümmerhaufen und begann zu graben. Er schob die Hände tief in das Geröll, suchte, sondierte, versuchte verzweifelt, irgendeinen Hinweis zu finden, wo Mackenzie Calhoun unter der Steinlawine begraben lag. Dann spürte er etwas, aber es war alles andere als lebendes Gewebe. Es war hart und scharfkantig. Er verzog das Gesicht, weil sein Arm bis zur Schulter im Schotter steckte, und dann zog er es mit einem Knurren heraus.

Er hielt das Schwert seines Vaters hoch. Es glitzerte im Zwielicht von Thallon.

Dann erhielt er einen Schlag von der Seite. Er stürzte zu Boden, das Schwert flog ihm aus der Hand, und Calhoun fing es auf. »Vielen Dank«, sagte er.

Ryjaan blickte benommen vom Sturz auf. »Wo …?«

»Ich habe mich ausgegraben und versteckt, um auf Sie zu warten. Ryjaan … nachdem wir jetzt unter uns sind«, sagte Calhoun in beinahe beiläufigem Tonfall, »bitte ich Sie darum, es nicht zu tun. Dadurch können Sie Ihren Vater nicht zurückholen. Sie werden damit nur erreichen, ebenfalls das Leben zu verlieren.«

»Sie sollten nicht blind auf Ihren Erfolg vertrauen«, höhnte Ryjaan, als er sich aufrappelte und sein Schwert zog.

»Das tue ich auch nicht. Ich bin nur … zuversichtlich.« Schweigend fügte er hinzu: *Und ich hoffe, daß ich nicht enttäuscht werde.*

»Für die Ehre!« schrie Ryjaan und griff an.

Er war verdammt schnell. Schneller als Calhoun erwartet hatte. Ryjaans Schwert war nur noch ein blitzender Schemen, und plötzlich stellte Calhoun fest, daß er zurückgedrängt wurde. Immer schneller, immer weiter, und auf einmal hatte er eine Schnittwunde im Arm, ohne daß er genau wußte, wie er dazu gekommen war.

Der Sohn war ein schnellerer Kämpfer als der Vater.

Oder Calhoun war langsamer geworden.

Ja. Ja, das war der verdammte Grund.

Vor zwanzig Jahren war er jemand gewesen. Eine Persönlichkeit, ein großer Mann. Er hatte den Gipfel seines Lebens erklommen. Und jede Aktivität, die er seitdem unternommen hatte, war der ununterbrochene Versuch gewesen, diese Tatsache zu leugnen. Er war einmal groß gewesen, zu einer Zeit, als er – tief im Herzen – niemals damit gerechnet hätte, jemals älter als zwanzig Jahre zu werden. Doch nun fühlte er sich alt. Obwohl er »erst« vierzig war, war er alt. Er war nicht mehr der, der er einmal gewesen war. Er war nur noch ein Schatten des ehemaligen Kämpfers.

Die Verzweiflung drohte ihn zu überwältigen …

… und dann brannte seine linke Gesichtshälfte. Der Schnitt war nicht so tief wie jener, der zu seiner Narbe geführt hatte, aber tief genug, um Blut hervorquellen zu lassen.

Ryjaan lachte verächtlich und triumphierend. Er verspottete Calhoun, daß er nicht einmal in der Lage war, ihm einen richtigen Kampf zu liefern.

Dann klickte etwas in Calhouns Kopf. Die Verzweiflung verflüchtigte sich wie Tau, der von einer Nova hinweggefegt wurde.

Und Calhoun warf das Schwert fort, mit der Spitze nach unten. Es fuhr in den Boden und blieb vibrierend stecken. »Na los!« schrie Calhoun. *»Na los!«* Und er gestikulierte trotzig, während sich seine Rage mit jedem verstreichenden Augenblick steigerte.

Einen Sekundenbruchteil lang fragte sich Ryjaan, ob Calhoun von ihm erwartete, daß auch er sein Schwert fortwarf. Daß er mit bloßen Händen gegen ihn weiterkämpfte und freiwillig auf seinen Vorteil verzichtete. Nun, wenn dem so war, dann stand Calhoun eine schwere Enttäuschung bevor, zumindest während der wenigen Sekunden, die sein Leben noch andauern würde. Mit einem triumphierenden Gebrüll setzte Ryjaan zum Angriff an und ließ das Schwert durch die Luft sausen.

Calhoun konnte nicht schnell genug ausweichen. Doch er drehte sich halb herum, so daß die Klinge nicht seine Brust durchbohrte, sondern in seinen rechten Arm fuhr. Sie ging völlig hindurch, bis das Heft gegen den Knochen stieß.

Und Calhoun sagte nichts. Er schrie nicht auf, er gab nicht das leiseste Geräusch von sich, obwohl Ryjaan wußte, daß die Schmerzen entsetzlich sein mußten. Ryjaan versuchte, das Schwert herauszureißen.

Es steckte fest.

Calhoun holte mit dem linken Arm aus und schlug mit der Faust gegen Ryjaans Kinn, was diesen aus dem Gleichgewicht brachte. Dann hob er den Fuß und trat Ryjaan in den Bauch, wodurch er zu Boden ging. Während dessen packte Calhoun den Schwertgriff und brach ihn ab. Dann griff er nach hinten und zog die Klinge von der anderen Seite durch seinen Arm. Er biß sich so heftig auf die Unterlippe, um einen Schrei zu unterdrücken, daß ihm Blut über das Kinn tropfte. Als er das zerbrochene Schwert zu Boden fallen ließ, spannte er seinen rechten Arm verzweifelt an, damit er ihm nicht den Dienst versagte. Dann schrie er: »Na los, Ryjaan! Wollen Sie immer noch Rache? Oder haben Sie jetzt genug davon?«

Ryjaan sagte nichts, sondern stieß nur einen unartikulierten Wutschrei aus, bevor er wieder zum Angriff überging. Calhoun zielte mit dem linken Arm auf ihn, doch sein unbrauchbarer rechter Arm brachte ihn aus dem Gleichgewicht, so daß der Schlag weit daneben ging. Ryjaan rammte ihn, dann stürzten sie gemeinsam zu Boden und rollten über die zerklüftete Oberfläche von Thallon.

Erneut bebte überall die Erde, bis der Boden unter ihren Füßen aufbrach. Doch sie achteten gar nicht darauf, so sehr waren sie auf den Kampf konzentriert. Ryjaan hatte den festen Willen, den Mörder seines Vaters zu erledigen, und Calhoun …

Für Calhoun ging es um viel mehr. In ihm war eine glühende Wut, eine heftige Wildheit, wie er sie nur selten verspürt hatte, und es war wie die Rückkehr eines alten und lieben Freundes. Plötzlich floß neue Kraft in seinen rechten Arm und riß ihn mit. Er hob Ryjaan von den Beinen und warf ihn gute drei Meter weit. Ryjaan schlug auf den Boden, und Calhoun setzte ihm nach. Der Danteri holte mit den Beinen aus, als Calhoun in Reichweite kam, und brachte ihn zu Fall. Dann stürzte sich Ryjaan auf den Starfleet-Offizier, packte ihn und bemühte sich, seine Finger um Calhouns Kehle zu schließen.

Calhoun drehte den Kopf zur Seite und grub seine Zähne in Ryjaans Arm. Ryjaan heulte auf, als sein Blut zwischen Calhouns Kiefern hervorsickerte, und Calhoun befreite sich aus dem Griff seines Gegners. Er schlug Ryjaan eine Faust mitten ins Gesicht und hörte befriedigt, wie die Nase brach. Ryjaan war so benommen, daß er sich wehrlos von Calhoun zurückstoßen ließ, bis dieser wieder auf den Beinen war und sich nun auf Ryjaan warf. Er rammte ein Knie in seine Brust und brüllte auf, während seine Fäuste auf Ryjaans Kopf einschlugen. Er war völlig außer Kontrolle geraten, und ein Teil von ihm schrie triumphierend auf.

Und dann schien es, als würde plötzlich ringsum der Boden explodieren.

Kanzler Yoz erschien auf dem Bildschirm der *Excalibur*. Er machte den Eindruck, als könnte er seinen Zorn nur mühsam unterdrücken. »Ich bin … ein Mann, der zu seinem Wort steht«, sagte er ohne Vorrede. »Ich habe

Ihre Botschaft an das Volk von Thallon weitergeleitet und ...«

Er taumelte, als sich plötzlich der Boden unter seinen Füßen bewegte. Das Bild flackerte und stabilisierte sich kurz darauf wieder. Yoz wirkte, als wäre überhaupt nichts gewesen, während er weitersprach. »Und manche haben beschlossen, Ihr Angebot anzunehmen. Sie versammeln sich auf dem Großen Platz ... Sie erinnern sich bestimmt an diesen Ort, Si Cwan.«

»Ja, sicher.« Sofort ging er zu Robin Leflers Station hinüber und beschrieb ihr, wo der Platz in Relation zum Versammlungssaal des Volkes lag, damit sie die Koordinaten vom Schiffscomputer ermitteln lassen konnte.

»Also können Sie jetzt die Transporterstrahlen Ihres Schiffes ausrichten«, fuhr Yoz fort, »um die Leute an Bord zu holen. Andere machen sich mit eigenen Transportmitteln auf den Weg.« Dann steigerte sich sein Zorn, und er zeigte mit zitterndem Finger auf Si Cwan. »Sie haben die Leute eingeschüchtert, Cwan! Ich hatte gehofft, sie seien aus härterem Holz geschnitzt, aber Sie ... Sie haben Ihnen alptraumhafte Ängste eingejagt und jetzt fliehen sie! Sie fliehen ohne vernünftigen Grund!«

»An alle Transporterräume, hier spricht Kebron«, sagte der Brikar-Sicherheitsoffizier schroff. »Stimmen Sie sich mit Lieutenant Lefler ab, und beginnen Sie sofort damit, die Thallonianer heraufzubeamen, die sich an den angegebenen Koordinaten befinden.«

»Yoz, wir werden auch Sie an Bord holen«, sagte Si Cwan. »Trotz allem, was zwischen uns vorgefallen ist, will ich Ihnen nicht die Gelegenheit verweigern, Ihr Leben zu retten ...«

»Mein Leben ist nicht in Gefahr!« rief Yoz. »Ich werde nicht auf Ihren Betrug hereinfallen und mich auch nicht ...«

Dann ertönte ein Geräusch, als würde der gesamte

Palast von einer Explosion erschüttert. Das letzte, was sie von Yoz sahen, war seine trotzige Miene, obwohl bereits die Decke auf ihn herabstürzte.

Überall brach der Boden auf und schob sich übereinander. Dann sah Calhoun zu seinem Entsetzen, wie Magma aus den Rissen hervorquoll. Es war, als würde sich etwas durch den geschmolzenen Kern des Planeten schieben. Die Zerstörung der Oberfläche schritt weiter voran, als würden Eisschollen auf einem arktischen Meer auseinandergerissen … nur daß in diesem Fall das Meer in der Lage war, sie verglühen zu lassen.

Calhoun und Ryjaan waren nur wenige Meter voneinander entfernt, als der Boden zwischen ihnen aufriß und sich nach oben schob. Calhoun stand plötzlich auf einem Abhang mit siebzig Grad Neigung. Er warf sich auf den Bauch und versuchte sich irgendwo festzuhalten. Dann sah er in unmittelbarer Nähe sein Schwert. Es rutschte an ihm vorbei, und er griff verzweifelt mit einer Hand danach. Er bekam es zu fassen und rammte es in den Boden.

Vorübergehend wurde sein Sturz aufgehalten, doch durch den Stoß riß sich sein Kommunikator los. Bevor er ihn mit der freien Hand auffangen konnte, schlitterte er davon und verschwand schließlich in einem blasenwerfenden Tümpel aus Lava.

Der Spalt zwischen Ryjaan und Calhoun dehnte sich aus, und Ryjaan wich mehrere Schritte zurück. Dann nahm er Anlauf und sprang. Er überwand den Abgrund und landete ein kleines Stück über Calhoun. Er schrie triumphierend auf, während er einen in seinem Stiefel verborgenen kleinen Dolch hervorzog. Dann arbeitete er sich immer näher an Calhoun heran …

… und plötzlich geriet die Oberfläche erneut in Bewegung. Im nächsten Augenblick befanden sie sich auf einem Plateau, neben dem es fast zehn Meter in die

Tiefe ging. In Sprungweite befand sich ein weiterer Felsvorsprung, der Calhoun im Vergleich zu seinem gegenwärtigen Aufenthaltsort wesentlich sicherer erschien – falls er irgendwie dorthin gelangen konnte.

Ryjaan wollte aufstehen, um Calhoun über die vorübergehend halbwegs ebene Oberfläche zu folgen – als der Boden wieder unvermittelt erschüttert wurde. Die Risse breiteten sich überall aus, weiter als das Auge reichte, als wäre die Landschaft Thallons plötzlich in ein riesiges Puzzle zerfallen. In der Ferne war zu sehen, wie die große Stadt Thal – einst das Zentrum der Wirtschaft und der Sitz der Macht des Thallonianischen Imperiums – in sich zusammenstürzte. Die gewaltigen Türme wurden unterschiedslos dem Erdboden gleichgemacht.

Das Beben riß Ryjaan von den Beinen und warf ihn zum Rand des Steilhangs – und dann darüber hinaus. Schreiend stürzte er ab, und das einzige, was ihn vor dem unausweichlichen Ende bewahrte, war ein kleiner Felsvorsprung, an dem er sich im letzten Moment festklammern konnte. Direkt unter ihm kochte Lava, als würde sie hungrig darauf warten, ihn verschlucken zu können. Er versuchte sich hinaufzuziehen, mühte sich fluchend und knurrend ab …

… und dann war Calhoun über ihm, mit wutfunkelnden Augen. Er mußte Ryjaan nur einen leichten Stoß versetzen, dann würde er hilflos in die Lava stürzen. Er konnte seinem Leben jederzeit ein Ende setzen. Der wilde Teil von Calhoun wollte nichts anderes, er flehte ihn an, es endlich zu tun. Und er wußte, daß es für ihn keinen einzigen Grund gab, Ryjaan zu verschonen …

… und dann packte er Ryjaans Handgelenk.

»Festhalten!« rief er zu Ryjaan hinunter. »Kommen Sie! Ich werde Sie hochziehen!«

Ryjaan blickte zu ihm auf, und in seinen Augen standen zwanzig Jahre aufgestauter Haß.

Dann spuckte er ihn an. »Gehen Sie zur Hölle!« rief er zurück und riß sich von Calhoun los. Calhoun schrie auf, doch er konnte nichts dagegen tun, als Ryjaan abstürzte und direkt in die Lava fiel, die ihn gierig verschlang.

Calhoun kam taumelnd auf die Beine, hob sein Schwert auf und machte sich bereit, sich mit einem Sprung zum nahen Felsmassiv in vorläufige Sicherheit zu bringen.

Doch nun erfolgte eine weitere Explosion, die noch lauter als die vorhergehenden war, und Calhoun wurde zurückgeworfen. Diesmal hielt er sein Schwert fest, da er es vielleicht noch gebrauchen konnte. Er flog durch die Luft, er strampelte mit Armen und Beinen, ohne seine Bewegung dadurch anhalten oder sich an irgend etwas festhalten zu können. Unter ihm leckten Lavazungen nach ihm, und er bildete sich ein, er könnte Ryjaans triumphierendes Heulen hören, denn es war nur noch eine Sache von Sekunden, bis die Schwerkraft seine Bahn unvermeidlich nach unten krümmte und Calhoun in die Lava stürzte.

Dann traf ihn etwas mitten im Flug, und er hörte eine Stimme rufen: *»Nottransport einleiten!«*

Seinem Geist blieb nicht einmal genügend Zeit, um zu registrieren, daß es Shelbys Stimme war, bevor die Landschaft von Thallon bereits entmaterialisierte. Das nächste, was er spürte, war sein Sturz auf den Boden des Transporterraums. Er blickte sich verwirrt um und erkannte Shelby, die sich den Staub von der Uniform klopfte und reichlich mitgenommen wirkte. »Gute Arbeit, Polly.« Watson nahm das Lob mit einem knappen Nicken entgegen.

»Wo zum Teufel bist du plötzlich hergekommen?« fragte er.

»Ich war die ganze Zeit bei dir. Wir hatten deinen Kommunikator in der Peilung, bis du dorthin geraten bist, wohin dein überschäumendes Testosteron dich getrieben hat und du deinen Kommunikator verloren hast. Dann ließ ich mich persönlich zu dem Schauplatz beamen, falls die Lage – nach meiner Einschätzung, versteht sich – zu gefährlich werden sollte.« Sie zeigte auf die großen Metallklötze an ihren Füßen. »Antigravstiefel. Sind gelegentlich ganz praktisch, diese Dinger, vor allem wenn einem gerade der Boden unter den Füßen zusammenbricht.« Sie zog die Stiefel aus und zupfte ihre Uniform glatt.

»Du hast alles gesehen?«

»Ja.« Sie holte tief Luft. »Ich mußte mich ziemlich zusammenreißen, um dich nicht schon früher herauszuhauen. Aber ich wußte, daß du die Sache bis zum bitteren Ende durchstehen mußt.« Sie verließ den Raum, und Calhoun folgte ihr in den Korridor. Kurz darauf traten sie in einen Turbolift.

»Brücke«, sagte Calhoun und wandte sich dann an Shelby. »Du hast es getan, obwohl ich dir den ausdrücklichen Befehl erteilte, an Bord zu bleiben. Obwohl ich dir sagte, daß du dich auf keinen Fall einmischen sollst. Obwohl die Erste Direktive dir nahelegte, dich aus der Sache herauszuhalten.«

»Nun, weißt du ... irgendwer hat mir einmal erzählt, daß es Situationen gibt, in denen man sich sagen muß: ›Verdammt, ich oder keiner. Und wenn man nicht damit leben kann, daß es keiner tut, dann muß man es eben selbst tun.‹«

»Wirklich? Scheint ein kluger Kerl gewesen zu sein.«

»Zumindest hält er sich gerne dafür.«

Calhoun trat auf die Brücke und sagte schroff: »Lagebericht!«

Die Tatsache, daß Calhoun ziemlich ramponiert wirkte und aus mehreren Wunden blutete, veranlaßte kein Mitglied der Brückenbesatzung zu irgendeiner

Bemerkung. Sie waren viel zu sehr damit beschäftigt, ihr Überleben zu sichern. Burgoyne stand an seiner/ihrer technischen Station auf der Brücke, wo er/sie normalerweise nur selten anzutreffen war. Doch da vom Schiff abrupte Kursmanöver verlangt wurden, wollte er/sie sich direkt am Nervenzentrum der Entscheidungen befinden, damit er/sie keine Zeit verlor, um notwendige Anpassungen vorzunehmen.

»Wir haben vollen Rückwärtsschub gegeben, Captain!« sagte McHenry. »Ich konnte den Orbit nicht halten. Der Planet zerbricht, und das Gravitationsfeld unterliegt zu heftigen Fluktuationen!«

»Dann bringen Sie uns auf sicheren Abstand«, sagte Calhoun. »Soleta, was geschieht dort unten?«

»Der Planet zerbricht, Captain«, antwortete Soleta. »vermutlich aufgrund des Drucks, den etwas ausübt, das sich darin befindet und herauszukommen versucht.«

»Herauszukommen?«

»Ja, Captain.«

Im Weltraum rings um Thallon wimmelte es von Schiffen aller Größen und Formen, die versuchten, soviel Entfernung wie möglich zwischen sich und den in Auflösung begriffenen Planeten zu bringen. Es herrschte ein ziemliches Chaos. Irgendwann kollidierten mehrere Schiffe, die es offenbar sehr eilig hatten, von Thallon zu entkommen. Ihre Bemühungen endeten in einem glühenden Feuerball, der die Trümmer in allen Richtungen durch den Raum wirbelte. Zum Glück waren die meisten Piloten vernünftig genug, um weitere solcher Katastrophen zu vermeiden.

»Was ist aus der Planetenbevölkerung geworden?«

»Den meisten ist es gelungen, sich mit privaten Schiffen zu retten, Captain«, sagte Soleta. »Einige wollten unbedingt auf dem Planeten bleiben und ...«

»Dummköpfe. Charakterstark, aber dumm«, sagte Calhoun.

»Außerdem konnten wir mit der *Excalibur* über eintausend Individuen evakuieren«, meldete Kebron.

»Eintausend?« keuchte Shelby. »Angeblich liegt die maximale Kapazität dieses Schiffes für einen Evakuierungsfall bei sechshundert.«

»Wir haben die Leute gebeten, etwas näher zusammenzurücken.«

»Eine gute Idee, Kebron«, stellte Calhoun trocken fest. Er wandte sich wieder an Shelby. »Wie es scheint, werden wir schneller auf das Angebot der Nelkariten zurückkommen, als sie oder wir vermutet hätten.« Dann bemerkte er Si Cwan, der etwas abseits stand und stumm auf den Bildschirm starrte. »Alles in Ordnung, Botschafter?«

Er löste den Blick vom Schirm und sah Calhoun an. »Natürlich nicht.«

Eine klare Antwort auf eine nicht sehr intelligente Frage.

»Captain, die Energiekonzentration nimmt zu!« gab Soleta bekannt.

»Bringen Sie uns fünfhunderttausend Kilometer weiter von hier weg, Mister McHenry. Burgoyne, halten Sie die Warptriebwerke bereit, falls wir ganz schnell von hier verschwinden müssen.«

»Vielleicht wäre es klüger, sich bereits jetzt vom Schauplatz zu entfernen«, schlug Shelby vor.

»Vermutlich haben Sie recht. Es wäre in der Tat klüger. Aber ich möchte trotzdem zusehen, was hier geschieht.«

Sie nickte. Wenn sie ehrlich war, ging es ihr genauso.

Auf dem Schirm war zu erkennen, daß weiterhin das Chaos auf Thallon tobte. Die gesamte Oberfläche war von gigantischen Rissen durchzogen. Selbst aus der Entfernung, die sie inzwischen hinter sich gebracht hatten, konnte man überall Lava hervorquellen sehen. Der Planet schien zu pulsieren, erzitterte unter den Kräften dessen, was sich einen Weg nach draußen zu bahnen versuchte.

Und dann, ohne Vorankündigung, drang etwas von innen nach außen.

Es war eine Klaue. Eine einzige, gigantische, glühende Klaue, kilometergroß, die durch das stieß, was einmal eine polare Eiskappe gewesen war. Eine zweite Flammenklaue kam zum Vorschein, mehrere hundert Kilometer entfernt, dann eine dritte und eine vierte, allerdings auf der entgegengesetzten Seite des Planeten, und sie schien noch riesiger zu sein. Die Helligkeit des Sichtschirms wurde automatisch gedämpft, um die Brückenbesatzung vor Augenschäden zu bewahren.

Nachdem es einmal begonnen hatte, liefen die Ereignisse immer schneller ab. Immer mehr Stücke lösten sich von der Oberfläche, und dann brach der gesamte Planet in einer spektakulären Kaskade aus Materie und Energie auseinander. Thallon wurde von innen auseinandergerissen …

… und es kam ein Geschöpf zum Vorschein, wie Calhoun es noch nie zuvor gesehen hatte.

Es erinnerte entfernt an einen Vogel, dessen Federn aus zuckender und flammender Energie bestanden. Es streckte die glühenden Klauen aus und entfaltete die gigantischen Flügel. Dann öffnete es den langen Schnabel und stieß einen Schrei aus, der im Vakuum des Weltraums unhörbar war. Obwohl es kaum zu glauben war, schienen die Sterne durch das Geschöpf hindurch. Es war, als wäre das Geschöpf existent … und gleichzeitig nichtexistent.

»Ich glaube, ich spinne«, sagte Calhoun fassungslos. »Was zum Teufel ist das?«

»Unbekannt, Captain«, antwortete Soleta. »Das äußere Erscheinungsbild weist gewisse Parallelen zum ausgestorbenen Pteranodon oder dem Feuervogel von Ricca Vier auf. Aber was Größe und Physiologie betrifft …«

»Oh, mein Gott!« sagte Burgoyne in ehrfürchtigem Erstaunen. »Das ist doch nicht möglich! Erkennen Sie es denn nicht?« sagte er/sie mit zunehmender Erregung.

»Was meinen Sie, Burgy?« fragte Shelby, die genauso gebannt wie alle anderen auf den Schirm starrte.

»Es ist … es ist der *Große Vogel der Galaxis*!«

DER GROSSE VOGEL DER GALAXIS

XI.

»Reden Sie doch keinen Unsinn!« sagte Shelby. »Das ... das ist ein Märchen!«

»Dasselbe wurde früher einmal von der Vorstellung behauptet, es könnte Leben auf anderen Planeten geben«, bemerkte Zak Kebron.

Der Große Vogel bewegte in der Luftleere des Weltraums die Flügel. Sein Körper wurde von Energieentladungen umzuckt. Er öffnete immer wieder den Schnabel, um nach vorbeitreibenden Trümmern zu schnappen, die noch von Thallon übrig waren ...

... und dann schien sich seine Aufmerksamkeit auf das Raumschiff *Excalibur* zu richten.

»Oh-oh!« sagte Shelby.

»Das gefällt mir ganz und gar nicht«, stimmte Calhoun ihr zu. »Stimmt es, daß Vögel nach dem Schlüpfen einen ausgeprägten Appetit entwickeln?«

»Im allgemeinen, ja«, sagte Soleta.

»Was ist, wenn es über die anderen Schiffe herfällt?«

»Im Augenblick scheint es sich nur für uns zu interessieren, Shelby«, sagte Calhoun. »Wahrscheinlich, weil wir der größte Happen sind.«

»Sollen wir alles für einen Kampf bereitmachen, Captain?« fragte Kebron, dessen Finger sich längst der taktischen Konsole genähert hatten.

»Sie wollen gegen den Großen Vogel der Galaxis kämpfen?« sagte Calhoun. »Selbst uns sind gewisse Grenzen gesetzt.«

Das Geschöpf bewegte sich nun eindeutig in ihre

Richtung. »Er scheint es auf uns abgesehen zu haben«, sagte Shelby.

»Damit könnten Sie recht haben. Gut ... dann verschwinden wir mit Warp eins. Wir wollen ihn von hier weglocken, damit alle anderen die Möglichkeit zur Flucht erhalten.«

»Wir werden von einem der Schiffe gerufen, Captain«, meldete Kebron.

»Nicht jetzt. Mister McHenry, bringen Sie uns von hier weg.«

Die *Excalibur* gab Rückschub, wendete und entfernte sich dann von den verstreuten Überresten Thallons, während der Große Vogel der Galaxis – oder was immer dieses Wesen darstellen mochte – ihnen dicht auf den Fersen blieb.

»Er wird schneller«, sagte Lefler.

»Gehen Sie auf Warp vier«, befahl Calhoun, der ruhig mit verschränkten Fingern dasaß.

Die leistungsstarken Warptriebwerke erhöhten den Energieausstoß, und die *Excalibur* machte einen Satz nach vorn. Der Große Vogel schlug mit den Flügeln und folgte ihnen weiter.

»In der Legende heißt es«, sagte Burgoyne, »daß es immer nur einen Großen Vogel geben kann. Und wenn er spürt, daß sein Ende naht, pflanzt er seine Essenz in eine neue Welt, wo diese im Laufe der Jahrhunderte wächst, bis er wiedergeboren wird. Ich schätze, deswegen wurde er zu einer Sagengestalt ... weil es Jahrhunderte dauert, bis das ›Ei‹ ausgebrütet ist, sozusagen.«

»Aber Sie haben mir gesagt, daß der Satz ›Möge der Große Vogel der Galaxis sich auf Ihrem Planeten niederlassen‹ ein Segen sei«, warf Calhoun ein.

»Das war es offensichtlich auch. Immerhin durfte Thallon während der Brutzeit einen beträchtlichen Wohlstand genießen.«

»Aber wenn er schlüpft, wird der Planet zerstört! Was für ein Segen soll das sein?«

»Hier geht es um mündliche Überlieferung und weniger um exakte Wissenschaft, Captain«, bemerkte McHenry.

»Vielen Dank, Lieutenant«, sagte Burgoyne.

»Captain, er holt auf.«

»Werfen Sie die Bremsklötze ab, McHenry. Warp neun.«

Die *Excalibur* raste davon, und diesmal schien das Geschöpf einen lautlosen Schrei auszustoßen, als die *Excalibur* es weit hinter sich ließ. Es wurde immer kleiner, bis die Schiffssensoren es kaum noch erfaßten und es schließlich ganz verschwand.

Über die Brücke wehte ein kollektiver Seufzer der Erleichterung. »Hoppla«, sagte Shelby fröhlich, »das war aber kein großes Problem.«

»Kollisionskurs!« rief McHenry.

Nun war der Große Vogel genau vor ihnen und hatte den Schnabel weit aufgerissen. Schneller als irgendwer für möglich gehalten hätte, änderte McHenry den Kurs und versuchte zu verhindern, daß das Schiff direkt in den Rachen des Geschöpfes flog.

Doch es nützte nichts. Die *Excalibur* geriet genau zwischen die geöffneten Schnabelhälften …

… und flog mitten durch den Kopf.

Das Schiff wurde gründlich durchgeschüttelt, und die Brückenbesatzung hatte Mühe, sich auf den Sitzen zu halten. »Schadensbericht!« rief Calhoun.

»Ein leichter Energieverlust der Deflektorschilde! Ansonsten ist alles in Ordnung!« antwortete Lefler.

Das Geschöpf wurde nun von den Hecksensoren des Schiffes erfaßt. Der Bildschirm zeigte, daß es sie mit großer Neugier zu beobachten schien. Wenn man die Besatzung aufgefordert hätte, sich hemmungslosen Interpretationen der Ereignisse hinzugeben, hätte vermutlich jeder gesagt, daß dieses Geschöpf genauso neugierig auf das Schiff reagierte wie die Besatzung der *Excalibur* auf den Großen Vogel.

Dann schien es, als würde das Geschöpf mit dem folgenden Flügelschlag die Struktur des Raumes selbst verwerfen …

… und im nächsten Augenblick war es spurlos verschwunden.

Diesmal dauerte es eine Weile, bis jeder davon überzeugt war, daß nun keine Gefahr mehr drohte. Schließlich sagte Shelby: »Wohin mag es wohl verschwunden sein?«

»Wohin es auch immer verschwinden wollte«, antwortete McHenry, und niemand widersprach ihm.

»Captain … ich schlage vor, daß Sie sich in die Krankenstation begeben. Sie sollten sich wieder zusammenflicken lassen«, sagte Shelby.

»Ein guter Rat, Commander.« Er erhob sich unsicher von seinem Sessel und mußte sich bei Kebron abstützen. »Ach, würde es Ihnen etwas ausmachen, mich nach unten zu begleiten, Lieutenant?«

Doch dann drängte Shelby sich dazwischen und sagte: »Schon gut, Kebron. Ich werde mich darum kümmern. Immerhin sollte Ihnen insbesondere Ihr Stellvertreter eine Stütze sein.«

»Das ist wohl wahr«, sagte Calhoun schwach.

»Und noch ein guter Rat: Kommen Sie nicht auf die Idee, eine zweite Narbe im Gesicht behalten zu wollen. Eine ist wirklich genug.«

»Auch das ist eine vernünftige Empfehlung.«

Als sie sich dem Turbolift näherten, hielt er einen Moment inne und sagte: »Ach ja … wir hatten doch eine Übertragung empfangen. Worum ging es?«

»Sie kam nur über Audio herein, Captain. Ich spiele sie ab.«

Kebron nahm einige Schaltungen vor, worauf eine

markante Stimme über die Brücke hallte. Eine Stimme, die sofort als die von Zoran identifizierbar war.

Und Zoran sagte: »Si Cwan … ich wollte Ihnen nur mitteilen … daß ich gelogen habe. Ihre Schwester lebt. Versuchen Sie sie zu finden, großer Prinz.«

Und sein schallendes Gelächter hallte noch etliche Zeit in Si Cwans Kopf nach, als die Botschaft schon lange verklungen war.

U.S.S.
EXCALIBUR

XII.

Es war Abend auf der *Excalibur* ... was natürlich nur relativ zu verstehen war.

Selar trug ihre Freizeitkleidung und betrachtete sich im Spiegel. Zum ersten Mal seit langer Zeit gefiel ihr, was sie darin sah.

Sie war nervös, so nervös, daß sie am ganzen Körper zitterte. Einen kurzen Moment überlegte sie, ob sie ihr Vorhaben verwerfen sollte. Aber sie hatte eine Entscheidung getroffen, und sie mußte die Sache jetzt durchstehen.

Zum x-ten Male glättete sie ihre Kleidung und machte sich dann auf den Weg zu Burgoynes Quartier. Dabei probte sie noch einmal alles, was sie zu ihm/ihr sagen würde. Die Grundregeln, die sie klarstellen wollte. Die Hoffnungen, die sie in diese potentielle Partnerschaft setzte. Sie hätte niemals gedacht, Burgoyne könnte ihr Typ sein, aber er/sie hatte etwas an sich, daß so ... so unkonventionell war. So andersartig. Vielleicht war es das, was Selar brauchte. Jemanden, für den (oder die) Fragen wie Sex und Beziehungen und Verhältnisse einfach nur Dinge waren, denen man sich nicht widerstrebend näherte, sondern die man ohne Hemmungen erkundete.

Das war es, erkannte Selar, was sie brauchte. Was immer es mit diesem Trieb, der in ihr war, auf sich hatte, sie brauchte einen radikalen Geist, der darauf reagierte. Jemand, der (oder die) unkonventionell war, aggressiv war, jemand ...

... jemand ...

... jemand war bei Burgoyne.

Selar verlangsamte ihre Schritte, als sie Burgoynes Quartier näher kam, als ihr feines Gehör das Lachen wahrnahm, dessen Ursprung sich hinter der nächsten Gangbiegung befand.

Und dann kamen sie in Sicht: Burgoyne 172, der/die sich an die Schulter von McHenry lehnte. Sie schienen sich prächtig über etwas zu amüsieren, doch Selar hatte keine Ahnung, was es war. Kurz bevor sie in Burgoynes Quartier taumelten, gab er/sie McHenry einen leidenschaftlichen Kuß, den dieser bereitwillig erwiderte. Dann steckte Burgoyne sich ein kartoffelchipähnliches Gebäck in den Mund und kaute es genüßlich. Sie schoben sich in Burgoynes Quartier, und die Tür schloß sich hinter ihnen.

Selar stand längere Zeit reglos da. Jetzt hatte sie ein Problem. Sie hatte sich darauf verlassen, daß Burgoyne ihre ... Schwierigkeiten mit ihrem Paarungstrieb lösen würde. Vielleicht war jetzt eine Rückkehr nach Vulkan angebracht. Möglicherweise gab es auch noch eine andere Lösung, die etwas näher lag.

Selar kehrte in ihr Quartier zurück, zog ihre nächtliche Kleidung an und trat vor die Erinnerungslampe, die wie immer brannte, um sie stets an Voltak zu erinnern.

Sie griff nach dem Schalter und löschte das Licht zum ersten Mal seit zwei Jahren. Sie hatte nicht vor, es jemals wieder leuchten zu lassen. Dann fiel sie in einen unruhigen Schlaf.

Calhoun hielt sich in seinem Bereitschaftsraum auf und hatte soeben das Schwert wieder an der Wand angebracht, als er den Türmelder hörte. »Herein!«

Shelby trat ein, blieb jedoch im Türrahmen stehen. »Ich dachte mir ... ich wollte gerade ins Casino und mir einen Drink genehmigen. Und da dachte ich mir, daß du vielleicht mitkommen möchtest.«

»Eine großartige Idee.« Er betrachtete das Schwert eine Weile und sagte dann: »Weißt du, was das Interessanteste war?«

»Nein, Mac. Was war das Interessanteste?«

»Als ich versuche, Ryjaan zu retten ... Ich habe es getan, ohne darüber nachzudenken. Es war ... instinktiv.«

»Das ist gut.«

»Ist es das?« fragte er. »Ich hatte immer geglaubt, meine Instinkte wären die eines nackten Wilden.«

»Zumindest deine Überlebensinstinkte. Weil du sie während deines Lebens immer wieder gebraucht hast. Weil du nur mit ihrer Hilfe erreichen konntest, was du erreicht hast. Aber selbst niederste Instinkte können sich verändern, und das ist nicht notwendigerweise bedenklich. Als Captain eines Raumschiffs steht man nicht ausschließlich im Überlebenskampf. Diese Aufgabe verlangt viel mehr von dir.«

»Und ich schätze, du wirst mir jetzt erklären, was das ist.«

»Natürlich. Ich kann es auswendig aufsagen.«

»Nun, Eppy ... vielleicht kannst du verstehen, daß ich es in diesem speziellen Augenblick eigentlich gar nicht hören will.«

»Und vielleicht kannst du verstehen, daß du endlich aufhören solltest, mich mit diesem blöden Spitznamen anzusprechen.«

Er lachte leise und kam um den Schreibtisch herum. Als sie sich auf den Weg machten, sagte sie: »Nur noch eine kurze Frage: Du hast mir gesagt, du hättest mich vor langer Zeit in einer ›Vision‹ gesehen.«

»Ja, das ist richtig.«

»Es würde mich nur interessieren ... War ich in dieser Vision zufällig bekleidet?«

»Nein, splitternackt.«

»Ach ja«, seufzte sie, als er einen Arm um ihre Schulter legte, »es ist tröstlich zu wissen, daß sich manche Instinkte niemals zu ändern scheinen.«

Dann begaben sie sich zum Casino, um sich einen Drink zu genehmigen.

STAR TREK™

in der Reihe
HEYNE SCIENCE FICTION & FANTASY

STAR TREK: CLASSIC SERIE

Vonda N. McIntyre, Star Trek II: Der Zorn des Khan · 06/3971
Vonda N. McIntyre, Der Entropie-Effekt · 06/3988
Robert E. Vardeman, Das Klingonen-Gambit · 06/4035
Lee Correy, Hort des Lebens · 06/4083
Vonda N. McIntyre, Star Trek III: Auf der Suche nach Mr. Spock · 06/4181
S. M. Murdock, Das Netz der Romulaner · 06/4209
Sonni Cooper, Schwarzes Feuer · 06/4270
Robert E. Vardeman, Meuterei auf der Enterprise · 06/4285
Howard Weinstein, Die Macht der Krone · 06/4342
Sondra Marshak & Myrna Culbreath, Das Prometheus-Projekt · 06/4379
Sondra Marshak & Myrna Culbreath, Tödliches Dreieck · 06/4411
A. C. Crispin, Sohn der Vergangenheit · 06/4431
Diane Duane, Der verwundete Himmel · 06/4458
David Dvorkin, Die Trellisane-Konfrontation · 06/4474
Vonda N. McIntyre, Star Trek IV: Zurück in die Gegenwart · 06/4486
Greg Bear, Corona · 06/4499
John M. Ford, Der letzte Schachzug · 06/4528
Diane Duane, Der Feind – mein Verbündeter · 06/4535
Melinda Snodgrass, Die Tränen der Sänger · 06/4551
Jean Lorrah, Mord an der Vulkan Akademie · 06/4568
Janet Kagan, Uhuras Lied · 06/4605
Laurence Yep, Herr der Schatten · 06/4627
Barbara Hambly, Ishmael · 06/4662
J. M. Dillard, Star Trek V: Am Rande des Universums · 06/4682
Della van Hise, Zeit zu töten · 06/4698
Margaret Wander Bonanno, Geiseln für den Frieden · 06/4724
Majliss Larson, Das Faustpfand der Klingonen · 06/4741
J. M. Dillard, Bewußtseinsschatten · 06/4762
Brad Ferguson, Krise auf Centaurus · 06/4776
Diane Carey, Das Schlachtschiff · 06/4804
J. M. Dillard, Dämonen · 06/4819
Diane Duane, Spocks Welt · 06/4830
Diane Carey, Der Verräter · 06/4848
Gene DeWeese, Zwischen den Fronten · 06/4862
J. M. Dillard, Die verlorenen Jahre · 06/4869
Howard Weinstein, Akkalla · 06/4879
Carmen Carter, McCoys Träume · 06/4898
Diane Duane & Peter Norwood, Die Romulaner · 06/4907

STAR TREK™

John M. Ford, Was kostet dieser Planet? · 06/4922
J. M. Dillard, Blutdurst · 06/4929
Gene Roddenberry, Star Trek I: Der Film · 06/4942
J. M. Dillard, Star Trek VI: Das unentdeckte Land · 06/4943
Jean Lorrah, Die UMUK-Seuche · 06/4949
A. C. Crispin, Zeit für gestern · 06/4969
David Dvorkin, Die Zeitfalle · 06/4996
Barbara Paul, Das Drei-Minuten-Universum · 06/5005
Judith & Garfield Reeves-Stevens, Das Zentralgehirn · 06/5015
Gene DeWeese, Nexus · 06/5019
D. C. Fontana, Vulkans Ruhm · 06/5043
Judith & Garfield Reeves-Stevens, Die erste Direktive · 06/5051
Michael Jan Friedman, Das Doppelgänger-Komplott · 06/5067
Judy Klass, Der Boaco-Zwischenfall · 06/5086
Julia Ecklar, Kobayashi Maru · 06/5103
Peter Norwood, Angriff auf Dekkanar · 06/5147
Carolyn Clowes, Das Pandora-Prinzip · 06/5167
Michael Jan Friedman, Schatten auf der Sonne · 06/5179
Diana Duane, Die Befehle des Doktors · 06/5247
V. E. Mitchell, Der unsichtbare Gegner ·06/5248
Dana Kramer-Rolls, Der Prüfstein ihrer Vergangenheit · 06/5273
Barbara Hambly, Der Kampf ums nackte Überleben · 06/5334
Brad Ferguson, Eine Flagge voller Sterne · 06/5349
J. M. Dillard, Star Trek VII: Generationen · 06/5360
Gene DeWeese, Die Kolonie der Abtrünnigen · 06/5375
Michael Jan Friedman, Späte Rache · 06/5412
Peter David, Der Riß im Kontinuum · 06/5464
Michael Jan Friedman, Gesichter aus Feuer · 06/5465
Peter David/Michael Jan Friedman/Robert Greenberger, Die Enterbten · 06/5466
L. A. Graf, Die Eisfalle · 06/5467
John Vornholt, Zuflucht · 06/5468
L. A. Graf, Der Saboteur · 06/5469
Melissa Crandall, Die Geisterstation · 06/5470
Mel Gilden, Die Raumschiff-Falle · 06/5471
V. E. Mitchell, Tore auf einer toten Welt · 06/5472
Victor Milan, Aus Okeanos Tiefen · 06/5473
Diane Carey, Das große Raumschiff-Rennen · 06/5474
Margaret Wander Bonanno, Die Sonde · 06/5475
Diane Carey, Kirks Bestimmung · 06/5476
L. A. Graf, Feuersturm · 06/5477

STAR TREK™

A. C. Crispin, Sarek · 06/5478
Simon Hawke, Die Terroristen von Patria · 06/5479
Barbara Hambly, Kreuzwege · 06/5681
L. A. Graf, Ein Sumpf von Intrigen · 06/5682
Howard Weinstein, McCoys Tochter · 06/5683
J. M. Dillard, Sabotage · 06/5685
Denny Martin Flinn, Der Coup der Promethaner · 06/5686
Diane Carey/Dr. James I. Kirkland, Keine Spur von Menschen · 06/5687
William Shatner, Die Asche von Eden · 06/5688
William Shatner, Die Rückkehr · 06/5689
William Shatner, Der Rächer · 06/5690
Peter David, Die Tochter des Captain · 06/5691
Dean Wesley Smith/Kristine Kathryn Rusch, Die Ringe von Tautee · 06/5693
Diane Carey, Invasion – 1: Der Erstschlag · 06/5694
Dean Wesley Smith/Kristine Kathryn Rusch, Tag der Ehre – 4: Das Gesetz des Verrats · 06/5702
William Shatner, Das Gespenst · 06/5703

STAR TREK: THE NEXT GENERATION
David Gerrold, Mission Farpoint · 06/4589
Gene DeWeese, Die Friedenswächter · 06/4646
Carmen Carter, Die Kinder von Hamlin · 06/4685
Jean Lorrah, Überlebende · 06/4705
Peter David, Planet der Waffen · 06/4733
Diane Carey, Gespensterschiff · 06/4757
Howard Weinstein, Macht Hunger · 06/4771
John Vornholt, Masken · 06/4787
David & Daniel Dvorkin, Die Ehre des Captain · 06/4793
Michael Jan Friedman, Ein Ruf in die Dunkelheit · 06/4814
Peter David, Eine Hölle namens Paradies · 06/4837
Jean Lorrah, Metamorphose · 06/4856
Keith Sharee, Gullivers Flüchtlinge · 06/4889
Carmen Carter u. a., Planet des Untergangs · 06/4899
A. C. Crispin, Die Augen der Betrachter · 06/4914
Howard Weinstein, Im Exil · 06/4937
Michael Jan Friedman, Das verschwundene Juwel · 06/4958
John Vornholt, Kontamination · 06/4986
Mel Gilden, Baldwins Entdeckungen · 06/5024
Peter David, Vendetta · 06/5057

STAR TREK™

Peter David, Eine Lektion in Liebe · 06/5077
Howard Weinstein, Die Macht der Former · 06/5096
Michael Jan Friedman, Wieder vereint · 06/5142
T. L. Mancour, Spartacus · 06/5158
Bill McCay/Eloise Flood, Ketten der Gewalt · 06/5242
V. E. Mitchell, Die Jarada · 06/5279
John Vornholt, Kriegstrommeln · 06/5312
David Bischoff, Die Epidemie · 06/5356
Peter David, Imzadi · 06/5357
Laurell K. Hamilton, Nacht über Oriana · 06/5342
Simon Hawke, Die Beute der Romulaner · 06/5413
Rebecca Neason, Der Kronprinz · 06/5414
John Peel, Drachenjäger · 06/5415
Diane Carey, Abstieg · 06/5416
Diane Duane, Dunkler Spiegel · 06/5417
Jeri Taylor, Die Zusammenkunft · 06/5418
Michael Jan Friedman, Relikte · 06/5419
Susan Wright, Der Mörder des Sli · 06/5438
W. R. Thomson, Planet der Schuldner · 06/5439
Carmen Carter, Das Herz des Teufels · 06/5440
Michael Jan Friedman & Kevin Ryan, Requiem · 06/5442
Dafydd ab Hugh, Gleichgewicht der Kräfte · 06/5443
Michael Jan Friedman, Die Verurteilung · 06/5444
Peter David, Q^2 · 06/5445
Simon Hawke, Die Rückkehr der Despoten · 06/5446
Robert Greenberger, Die Strategie der Romulaner · 06/5447
Gene DeWeese, Im Staubnebel verschwunden · 06/5448
Brad Ferguson, Das letzte Aufgebot · 06/5449
Kij Johnson/Greg Cox, Die Ehre des Drachen · 06/5751
J. M. Dillard/Kathleen O'Malley, Wahnsinn · 06/5753
Dean Wesley Smith/Kristine Kathryn Rusch,
Invasion – 2: Soldaten des Schreckens · 06/5754
Pamela Sargent/George Zebrowski, Verhöhnter Zorn · 06/5756
J. M. Dillard, Star Trek VIII: Der erste Kontakt · 06/5757
Diane Carey, Tag der Ehre – 1: Altes Blut · 06/5763
John Vornholt, Der Dominion-Krieg – 1: Hinter feindlichen Linien · 06/5765
John Vornholt, Der Dominion-Krieg – 3: Sternentunnel · 06/5766
Peter David, Imzadi II · 06/5767
John de Lancie/Peter David, Ich, Q · 06/5768
J. M. Dillard, Star Trek IX: Der Aufstand · 06/5770

STAR TREK™

STAR TREK: DIE ANFÄNGE

Vonda N. McIntyre, Die erste Mission · 06/4619
Margaret Wander Bonanno, Fremde vom Himmel · 06/4669
Diane Carey, Die letzte Grenze · 06/4714

STAR TREK: DEEP SPACE NINE

J. M. Dillard, Botschafter · 06/5115
Peter David, Die Belagerung · 06/5129
K. W. Jeter, Die Station der Cardassianer · 06/5130
Sandy Schofield, Das große Spiel · 06/5187
Dafydd ab Hugh, Gefallene Helden · 06/5322
Lois Tilton, Verrat · 06/5323
Esther Friesner, Kriegskind · 06/5430
John Vornholt, Antimaterie · 06/5431
Diane Carey, Die Suche · 06/5432
Melissa Scott, Der Pirat · 06/5434
Nathan Archer, Walhalla · 06/5512
Greg Cox/John Gregory Betancourt, Der Teufel im Himmel · 06/5513
Robert Sheckley, Das Spiel der Laertianer · 06/5514
Diane Carey, Der Weg des Kriegers · 06/5515
Diane Carey, Die Katakombe · 06/5516
Dean Wesley Smith/Kristine Kathryn Rusch, Die lange Nacht · 06/5517
John Peel, Der Schwarm · 06/5518
L. A. Graf, Invasion – 3: Der Feind der Zeit · 06/5519
Michael Jan Friedman, Saratoga · 06/5721
Diane Carey, Neuer Ärger mit den Tribbles · 06/5723
L. A. Graf, Tag der Ehre – 2: Der Himmel von Armageddon · 06/5725
Diane Carey, Der Dominion-Krieg – 2: Verlorener Friede · 06/5727
Diane Carey, Der Dominion-Krieg – 4: Beendet den Krieg! · 06/5728

STAR TREK: STARFLEET KADETTEN

John Vornholt, Generationen · 06/6501
Peter David, Worfs erstes Abenteuer · 06/6502
Peter David, Mission auf Dantar · 06/6503
Peter David, Überleben · 06/6504
Brad Strickland, Das Sternengespenst · 06/6505
Brad Strickland, In den Wüsten von Bajor · 06/6506
John Peel, Freiheitskämpfer · 06/6507
Mel Gilden & Ted Pedersen, Das Schoßtierchen · 06/6508
John Vornholt, Erobert die Flagge! · 06/6509
V. E. Mitchell, Die Atlantis Station · 06/6510

STAR TREK™

Michael Jan Friedman, Die verschwundene Besatzung · 06/6511
Michael Jan Friedman, Das Echsenvolk · 06/6512
Diane G. Gallagher, Arcade · 06/6513
John Peel, Ein Trip durch das Wurmloch · 06/6514
Brad & Barbara Strickland, Kadett Jean-Luc Picard · 06/6515
Brad & Barbara Strickland, Picards erstes Kommando · 06/6516
Ted Pedersen, Zigeunerwelt · 06/6517
Patricia Barnes-Svarney, Loyalitäten · 06/6518
Diana G. Gallagher, Tag der Ehre – 5: Ehrensache · 06/6530

STAR TREK: VOYAGER
L. A. Graf, Der Beschützer · 06/5401
Dean Wesley Smith/Kristine Kathryn Rusch, Die Flucht · 06/5402
Nathan Archer, Ragnarök · 06/5403
Susan Wright, Verletzungen · 06/5404
John Betancourt, Der Arbuk-Zwischenfall · 06/5405
Christie Golden, Die ermordete Sonne · 06/5406
Mark A. Garland/Charles G. McGraw, Geisterhafte Visionen · 06/5407
S. N. Lewitt, Cybersong · 06/5408
Dafydd ab Hugh, Invasion – 4: Die Raserei des Endes · 06/5409
Karen Haber, Segnet die Tiere · 06/5410
Jeri Taylor, Mosaik · 06/5811
Melissa Scott, Der Garten · 06/5812
David Niall Wilson, Puppen · 06/5813
Greg Cox, Das schwarze Ufer · 06/5814
Michael Jan Friedman, Tag der Ehre – 3: Ihre klingonische Seele · 06/5815
Christie Golden, Gestrandet · 06/5816
Dean Wesley Smith/Kristine Kathryn Rusch/Nina Kiriki Hoffman, Echos · 06/5817

STAR TREK: DIE NEUE GRENZE
Peter David, Captain Calhoun · 06/6551
Peter David, U.S.S. Excalibur · 06/6552

DAS STAR TREK-UNIVERSUM, 2 Bde.,
von *Ralph Sander* · 06/5150
DAS STAR TREK-UNIVERSUM, 1. Ergänzungsband
von *Ralph Sander* · 06/5151
DAS STAR TREK-UNIVERSUM, 2. Ergänzungsband
von *Ralph Sander* · 06/5270

STAR TREK™

Ralph Sander, Star Trek Timer 1996 · 06/1996
Ralph Sander, Star Trek Timer 1997 · 06/1997
Ralph Sander, Star Trek Timer 1998 · 06/1998
Ralph Sander, Star Trek Timer 1999 · 06/1999

William Shatner/Chris Kreski, Star Trek Erinnerungen · 06/5188
William Shatner/Chris Kreski, Star Trek Erinnerungen: Die Filme · 06/5450

Phil Farrand, Cap'n Beckmessers Führer durch STAR TREK – DIE CLASSIC SERIE · 06/5451
Phil Farrand, Cap'n Beckmessers Führer durch STAR TREK – DIE NÄCHSTE GENERATION · 06/5199
Phil Farrand, Cap'n Beckmessers Führer durch STAR TREK – DIE NÄCHSTE GENERATION – Teil 2 · 06/6457
Phil Farrand, Cap'n Beckmessers Führer durch STAR TREK – DEEP SPACE NINE · 06/6458

David Alexander, Gene Roddenberry – Die autorisierte Biographie · 06/5544
Judith & Garfield Reeves-Stevens, Star Trek Design · 06/5545
Nichelle Nichols, Nicht nur Uhura · 06/5547
Leonard Nimoy, Ich bin Spock · 06/5548
Lawrence M. Krauss, Die Physik von Star Trek · 06/5549
Judith & Garfield Reeves-Stevens, Star Trek – Deep Space Nine: Die Realisierung einer Idee · 06/5550
Herbert F. Solow & Yvonne Fern Solow, Star Trek: Das Skizzenbuch – Die Classic-Serie · 06/6469
Judith & Garfield Reeves-Stevens, Star Trek – Phase II: Die verlorene Generation · 06/6470
Herbert F. Solow/Robert H. Justman, Star Trek – Die wahre Geschichte · 06/6499
J. M. Dillard, Star Trek: Wo bisher noch niemand gewesen ist · 06/6500

Diese Liste ist eine Bibliographie erschienener Titel,
KEIN VERZEICHNIS LIEFERBARER BÜCHER!